魅丽文化
桃夭工作室

亿万年星光

FENGQIAN WORKS
风浅 著

江苏凤凰文艺出版社
JIANGSU PHOENIX LITERATURE AND ART PUBLISHING, LTD

图书在版编目（CIP）数据

亿万年星光. 2 / 风浅著. -- 南京 : 江苏凤凰文艺出版社, 2018.6
ISBN 978-7-5594-1958-3

Ⅰ. ①亿… Ⅱ. ①风… Ⅲ. ①长篇小说－中国－当代 Ⅳ. ①I247.5

中国版本图书馆 CIP 数据核字（2018）第 082332 号

书　　名	亿万年星光. 2
作　　者	风　浅
出版统筹	黄小初 邹立勋
选题策划	刘思月
责任编辑	胡小河 姚　丽
文字编辑	罗李璇
责任监制	刘　巍 江伟明
出版发行	江苏凤凰文艺出版社
出版社地址	南京市中央路 165 号，邮编：210009
出版社网址	http://www.jswenyi.com
印　　刷	湖南凌宇纸品有限公司
开　　本	880mm×1230mm　1/32
字　　数	235 千字
印　　张	10
版　　次	2018 年 6 月第 1 版，2018 年 6 月第 1 次印刷
标准书号	ISBN 978-7-5594-1958-3
定　　价	32.80 元

目　录 >> >

C O N T E N T S

目录

C O N T E N T S

楔子

帝国纪年4787年，茫茫太空中飘浮着一艘黑色的军舰。这是来自伊克斯佩特帝星的战舰破军号。它的气流防护罩已经损毁，陈旧的外壳上千疮百孔，尾端的逃生舱也已经被炮火损毁，摇摇欲坠地挂在舰体上。

“……元帅。”破军号唯一幸存的少将罗斯特，艰难地走进驾驶舱，屈身跪在驾驶舱前。

“元帅，燃料舱发生爆炸我们……可能无法按照计划返回帝国了。”

“……元帅？”罗斯特小心地上前一步，他有些害怕，因为眼前的战神就像是死了一样，没有一丝生气。破军的主帅莱格修斯此刻正静静趴在指挥椅上。他的胸口破了一个巨大的窟窿，血液正从里面汩汩流出。冷硬的脸上裂开了一道狰狞的伤口，衬得他的表情更加诡异。

“元帅？！”罗斯特终于忍不住慌张起来。指挥椅上的莱格修斯抬了抬手指，像是从久远的记忆里终于抽回了思绪：“宛籽……她还好吗？”

“她很好。”罗斯特艰涩地斟酌词语，“她……在医疗舱睡着了。”

莱格修斯闭上了眼睛，片刻之后，他艰难地站起了身体，缓缓向残破的破军号深处迈进。在透明的遮罩内，他的地球王妃已经安静地入睡了，苍白的脸上还留着入睡前的惊惶。她大概已经猜到了这一次变故的恐怖性，不过……应该没有想过，这将会是永别吧。

“我曾经以为地球人的一生很短暂，我可以看到你老了的样子。”莱格修斯的指尖隔空触碰她的脸。

“对不起，醒来的时候……不要害怕……”莱格修斯的身体忽然歪斜，低垂的头几乎要触碰到透明遮罩上。就这样保持着怪异的姿势好久。他终于抬起了头，混杂了太多脏污与混浊的金色眼里，却闪出微弱的光来。医疗舱本身是一个小型的飞行器，里面的燃料不足以支撑它飞回帝国，却能够随机选取一处有生命的星球。运气好的话宛籽还有生存的机会。

“准备引入预设航线，发射时间，即刻。”医疗舱缓缓沉入地面以下，几秒钟后，它被巨大的推进力发射出去，成为划过宇宙的一颗流星。经过这一次发射，破军号的能源已经彻底枯竭了，所有的照明系统瞬间失灵，整个医务室只剩下微弱的应急光芒。莱格修斯仿佛用尽了所有力气，再也无法支撑，于是慢慢地顺着舱壁坐到了地上。暗色的血液从他的身体里不断地流淌，把地面上的一切都逐渐染透。

“宇宙很辽阔……很美。”

“你看见……星光了吗？”

亿万年之星光

第一章：星光无法到达

艾斯特公历8767年，极其普通的一天星际商队的宇宙飞船如同往常一样，缓缓降落在一颗大地色的荒凉星球上。

这颗星球叫作FQ1218，是茫茫宇宙中一颗毫不起眼的边远星球，早年这里盛产稀有的能源，吸引了很多贫民来当矿工，后来能源枯竭，这里也就成了最不起眼的乡下小星，连殖民者都对这里毫无兴趣。

直到今天，一切发生了变化。商队飞船上走下来的并不是人们熟知的运送物资的精明老头儿，而是一帮孔武有力的巨人族。巨人族们手持枪械，很快封锁了集市出入口，带头的走到惊恐的人群前面，慢条斯理地举起枪，朝着远处的一艘小型飞行器开了一枪。

顷刻间热浪席卷狂沙，飞行器在所有人眼皮底下化为灰烬。渣渣都没有剩下。带头的巨人眯起血红的眼睛喉咙底挤出嘶嘶的笑声：“我们是星际海盗船队，路过贵星球，来采集一些土特产。”

集市上的人群面面相觑，终于有人惊恐地尖叫起来。FQ1218上的能源已经枯竭了40个恒星年，这里的特产只剩下一种，原住民。艾斯特公历8767年，一帮罪恶滔天的星际海盗意外坠落在这一颗祥和的小星球上，并马上对这颗星球的原住民进行屠杀。星球上的雄性几乎被屠戮殆尽，只剩下孩童与雌性被分批押解上船，作为奴隶资源运输到遥远的星系。

茫茫宇宙中，小星球的湮灭实在是太过寻常，寻常到星际历史根本不会记录下这一笔。唯一特殊的是，在这一批被俘虏上船的奴隶中有一个小小的身影。她身穿黑色的斗篷，跟在一群智商不高的原住民身后，存在感极低，只是等上了船之后才抬起头来，朝着野火炮灰的远方深深凝望了一眼，沮丧地，叹了口气：“走到哪儿，亡星灭种到哪儿。”

宛籽啊宛籽，你还真是星际版柯南啊……

星际海盗船满载而归，FQ1218星的俘虏们被分批关押到了不同的囚牢，雌性与老人被安排在船舱奴隶室，幼崽则被分别装进了一个个笼子里，等待海盗头子的检阅。

海盗小头目手里挥舞着一根发光的鞭子，腆着巨大的肚子来回巡视："这一片星域黑洞数量比草原上的麝香兽还要多，你们最好老实一点儿。"

笼子里幼年的兽类呜呜作响，眼底泛起凶狠的光。小头目听见了声音，冷笑一声，手一扬，发光的鞭子就钻进了笼子里——只听见刺啦一声响，幼兽的身上冒出滚滚黑烟，它只来得及呜咽了一声，就一头撞在了笼壁上，痛苦地蜷缩起身体。

"嗷呜——"笼子里剩下的幼兽们感同身受跟着一起凄惨地嚎叫起来。

"吵死了！闭嘴！"小头目烦躁地一脚踹翻了一个笼子。很快他发现，在一片乱糟糟中有一个身影一直很安静，并没有跟着幼兽们一起崩溃嚎叫。小头目顿时起了兴致——根据经验，FQ1218上所有的物种大多是四肢发达头脑简单的兽人族，不过也不排除偶尔有一两个特殊情况存在的可能性。

如果真是这样，那价格就……嘿嘿……

"来人，打开它。"小头目指着最角落的笼子。那个小身影听见了哆嗦了一下缩得更紧。

"出来！"海盗们打开了笼子，抓住那只不明生物，把它从笼子里扯了出来一把扯下了它身上的斗篷，终于所有人看清了它。它的个子非常小，四肢细长，脸上的五官与常见的兽人族有着明显的不同，黑色的长头发，深褐色的眼睛，一道陈年的伤口从脸颊边裂到了耳根，就像是个古怪的图腾……虽然长相外观很像虫族，仔细看来，却并不是。此时此刻，它正瞪大着圆溜溜的眼睛惊恐地看着小头目。小头目伸出自己长了鳞片的爪，勾起它的头颅猩红的舌头舔了舔它的脸颊："我闻到了智慧生物的气息。"

不明生物："嗷呜，嗷呜嗷呜——汪汪汪——"

所有人：……

这时候再来装傻，不觉得太晚了吗？小崽子！小头目得意地甩鞭，心情大好："来人，把它送到高级奴隶区。"

不明生物双手被束缚，用力地在原地挣扎扭动，发出不规律的声音。如果低级牢房配备了语言翻译器，小头目也许还有机会听懂不明生物的尖叫声是什么，可惜，他只能听见一堆没有意义的音符。他戳了戳不明生物的头颅，狰狞地咧开嘴：“你会感激我的，小家伙。”

宛籽：“啊！你这只蜥蜴人你的口水到底有没有毒啊！！太恶心了！！！”

很快，海盗带着新确认的高等智慧生物转移牢房。地球人宛籽默默跟在海盗的身后，悄悄打量着这个世界。看得出来，这艘船大概真的已经很多年了，很多零部件摇摇晃晃，船舱与船舱之间的连接处涂层剥落锈迹斑斑，一副随时能散架的样子。

宛籽轻叹一声，绝望得想要变成一颗蘑菇算了。她只记得伊克斯佩特星发生内乱，她随着莱格修斯出征，然后遇到了虫族与亚瑟的联合攻击……那时候，破军号上所有人乱作一团，有人在慌乱中把她按到了医疗舱里，等她再醒来的时候，已经在这一颗废旧的星球上了。

宛籽在原地等了几天几夜，始终没有等到莱格修斯，后来她就在沙漠里晕了过去。也许……是被丢弃了吧？

大概人要倒霉起来真的能够烂穿黑洞，横跨整个宇宙吧。宛籽颓丧地跟着海盗往前走，走着走着，也不知道经过了哪一个特殊的区域，她发现自己竟然可以听懂那些海盗的对话。

蜥蜴人甲：“这一趟真是满载而归啊，头儿捞到不少高级货色呢。”

蜥蜴人乙：“那是高危货色吧，就S区21号关着的那个……它一个能抵我们全船战斗力吧？”

蜥蜴人甲：“呸！小声点，小心头儿看见了把你鳞片剥下来清理地板！”

蜥蜴人乙：“本来就是，要是不小心逃出来，啧……”

他们的声音嘶嘶哑哑的，笑起来像干裂的稻草，在寂静的船舱过道里让人毛骨悚然。宛籽依旧装作一根行走的葱，乖乖跟着他们搭乘电梯上了一层又一层，最后在一个防守森严的船舱过道上放缓了脚步。

“17、18、19、20、21……”蜥蜴人的声音哆嗦了一下，加快几步走过传说中的21号舱，一脚踹开22号舱门把宛籽推了进去，“行了，你就住这里吧！好好享受你的旅程，跟邻居相处愉快哈！”

宛籽一个踉跄跌进了牢房里，摔了个狗啃屎。舱门在她身后阖上了，紧随其后的是蜥蜴人飞快离去的脚步声。宛籽揉了揉腰茫然坐起身来，忽然隐约感受到一点不安。这里是一个单人间，要比底层的笼子好上太多，有昏暗的采光，休息的软榻，还有食物，每个单人间之间还有一个小小的栅栏窗口，大概是为了方便邻里和睦？

等等、这是几号来着？宛籽抬起头，望向那个空洞洞的窗口。蜥蜴人说的那个东西是在那吗？宛籽咽了口口水，选择了距离它最远的角落蹲下。

她努力想要忽视那个窗口，可是越想要忽视，越忍不住在意——

也不知道是不是心理作用下的错觉，那窗口内侧似乎弥漫着一股淡淡的腥甜味道，屏住呼吸还能听见一点点微不可闻的细碎声音，就像是昆虫的翅膀飞快扇动引发的气流声。

所以……那是什么声音？不论是什么，反正肯定不是什么好东西！星际生存第一法则，绝对不要有好奇心。宛籽捂住耳朵拉过斗篷，把自己从头到脚包裹了起来缩到角落最深处。时间久了身体渐渐被困意席卷。

也不知道过了多久，空旷的室外走廊上忽然响起了脚步声，紧接着是一声又一声规律的“咣当——咣当——”的关闭舱门声。蜥蜴人特有的嗓音在外面嚷嚷着叫喊：“今天船长心情好，给你们加一餐，你们识相的话记得多长点肉，卖个好价钱！”

蜥蜴人的声音渐渐靠近，动作明显越来越慢，等到接近21号囚牢的时候，他们的脚步声几乎变得轻不可闻。“叩叩”很文雅的敲门声，蜥蜴人的嗓子捏得细细的：“请问尊贵的客人，您需要点心吗？”

没有人回应。蜥蜴人等了一会儿轻声细语：“啊，既然不需要，那就便宜后面那个废物了哦。”轻轻的脚步声“哒哒哒”又加快几步，过了一会儿宛籽的舱门被打开了：“便宜你了。”

蜥蜴人懒洋洋开口随手朝里面丢了东西，紧接着是一声巨大响亮的“咣当”声！

懵懂的宛籽：……

被扔进来的是两个罐头，在地上“咕噜噜”滚动着，精准地滚到了宛籽的脚下。同一时刻，宛籽的肚子非常配合地“咕咕”叫了一声。好汉不吃眼前亏。宛籽利落地把罐头捡了起来，找到了开罐的按钮。罐头盖子一开，微微的甜香弥漫开来，而且闻起来居然还不错？有点像是水蜜桃。

宛籽咽了口口水，顾不上卫生，用手抓了一把罐头里的不明物体塞进嘴巴里咀嚼——唔……吃起来、居然、也还、相当可以哎……

她吃得正高兴，丝毫没有注意到21号窗口后面露出了一双圆圆的眼睛。那双眼睛没有光泽，就像覆盖了一层薄薄的雾，在黑暗中注视着宛籽狼吞虎咽，一动也不动。

“灰叶，我也好饿……”过了好久，一个细细的声音打破了寂静。宛籽一愣，茫然抬头，随即看到了窗口后面的那一双眼睛。

宛籽：“啊啊啊——”那双眼睛被吓得飞快地眨了眨，缩了回去，随即一阵噼里啪啦，21号囚牢传来一个细软的声音。

“哎呀，疼呀。”一个小女生的声音，听起来狼狈极了，像是垫着脚的东西坍塌摔了。这就是那个不小心逃出去能放倒一船海盗的高杀伤性生物？那群海盗是开玩笑吗？

“你要吃一点吗？”宛籽尴尬地问。毕竟她手上的罐头理论上来说是属于21号囚牢的。

“要。”那个软软的声音回答。好吧，友好的睦邻关系是建立统一战线的基础。宛籽把能垫脚的东西都拖到了窗口下面，小心翼翼地把手里的罐头举着伸过了窗口。然后，她看见一只白皙的手把罐头接了过去。那是一只跟人类非常相似的正常的手。没有鳞片，没有触手，没有黏糊糊恶心的东西。

呼，还好还好——宛籽轻轻舒了一口气，心里的防备降下了大半。

“那个……”宛籽正想开口搭讪，忽然感觉到一个冷冰冰的东西覆盖住了她的手腕，她还来不及反应，手腕上忽然传来剧痛，一股巨大的力量把她整个人拽向了21号囚牢！

“啊——”宛籽痛得眼前发黑，垫脚的东西东倒西歪倒了一地，她整个身体几乎被悬挂在了窗口。

“灰叶，快放开她呀！流血啦！”那个软软的声音响起来。

“不要吃他们的食物。”另一个全然不同的声音响起，语调毫无波澜。宛籽痛得一阵阵晕眩，整个世界昏暗得如同黑夜。

柔软的声音说：“快放手呀灰叶，她快要死啦，好不容易来个能说话的邻居……”

“他们的食物也许对你的身体不好，还是吃新鲜的吧。”

还是吃新鲜的吧。

吃新鲜的吧。

新鲜……的……吧？

宛籽简直想哭出来——傻子都猜得到新鲜的食物指的是什么！

那是一场漫长的僵持。宛籽的脚尖失去了支点，身体的重量都集中到了手臂上，剧烈的撕裂疼痛席卷了她的身体。更可怕的是她知道自己的手腕正在被什么撕咬，那种冰凉的濡湿的感觉简直让她全身的寒毛都竖了起来……

视野越来越昏暗，听觉却出奇地被放大。她听见遥远的地方那些蜥蜴人讲话的声音，听见自己的脚尖摩擦着金属舱壁的声音，还有21号囚牢里传来的细微的薄翅扇动声和一点点吮吸的声音……

宛籽分不清此刻的眩晕是恶心还是恐惧，她只知道自己可能就要死了。

在昏沉之际，那些被遗忘的恐怖记忆终于一下子席卷了她的身体——

莱格修斯……

宛籽喊不出声音，却清晰地看见自己记忆深处最后所见的画面：那时候破军号已经被亚瑟带领的虫族军舰击中，从医疗室显示的监控上可以看到指挥舱已经一片狼藉，地上横七竖八堆满了尸体，莱格修斯坐在破军的指挥椅上……他的身体破了一个巨大的窟窿，血液不断地从那里涌出来，就像是死了一样。

莱格修斯！她慌忙地冲出医疗室，却在路上被人按住了肩膀死死拖住。混乱中有个声音仓皇问：“宛籽殿下，您怎么在这里？这里非常危险！”

……不……我想去指挥舱……

“殿下，我们遇到了强烈的攻击，马上要进行空间跃迁，您的身体无法承受，必须进入医疗舱！”

……可是莱格修斯……

“殿下，这是元帅的愿望！请您谅解！”视野渐渐模糊，最后的记忆都像是棉花糖浸入了水里，模糊一片，什么都捕捉不住了。

然后，她醒来，在FQ1218的荒野。孤单单，一个人。黑暗中，宛籽手臂上的痛觉已经到达极致，到后来几乎麻木了。宛籽觉得自己一直浸泡在水里，不知道过了多久，才终于找回了自己的意识。

她尝试着动了动手指，发现全身的骨头都快散架了。酸痛的感觉好像钻进了每一寸骨头的缝隙里，稍微一动，连心跳都会跟着错乱成一片。

——居然没有被吃掉吗？

——等等……手！

宛籽慌乱地坐起身来，找到了自己的手，发现情况比想象中要好。她的手还在，手腕上只是留下了两个圆圆的窟窿，看起来像是牙印？

“喂，你醒了吗？”寂静中，那个软绵绵的声音又响起来。宛籽只觉得毛骨悚然，连滚带爬地离开了窗口，缩到囚牢里最远的角落。那不明生物正通过窗口注视着宛籽。她的眼眸极大，却没有什么神采，看起来就像是一种懵懂无害的生物，并没有什么攻击性。看见宛籽防备的眼神，不明生物的声音也欢快起来：“灰叶，她醒过来了，真的没有死。”

宛籽紧张地僵直了身体。果然，之前的一切都不是幻觉，21 号囚牢竟然关着两个怪物？刚才咬伤她的是另一个叫灰叶的怪物吗？那个懵懂的小天真说：“灰叶，这个邻居长得比之前的都好看。”宛籽迅速拉过斗篷，把自己全身上下裹起来。

小天真说：“灰叶，是不是因为她长得漂亮，所以你饶了她呀？”宛籽蒙头想屏蔽：这是什么莫名其妙的话题？高阶异形的餐后助消化聊天吗？

那个灰叶久久没有回应，可怕的寂静顿时又回来了。

过了好久，空气中传来一个没什么情绪的声音。

“不是。”

“不好吃。”

“味道臭死了。”

那个叫灰叶的怪物如是说。

谢天谢地，感谢地球血液自带的血腥味！宛籽简直想要掀开斗篷当作旗帜挥舞！牢固的牢房既然能够锁住它们，短时间内她应该是安全的了，只要不作死再靠近窗口！

短暂的狂欢之后，新的麻烦又降临了——那只软妹音的怪物一直趴在窗口观察她，无时无刻，几乎不会疲倦一样。而且她甚至还一而再再而三企图与她沟通？宛籽在心里冷笑，转了个身，用后脑勺面对窗口。

“我叫白露。”那个怪物软萌萌地说。

“你是从哪里被抓来的呀？

“你叫什么名字？是什么种族呢？这里太黑了，有点看不清。

“喂呀……”

——喂你个头。宛籽打了个哈欠把剩下的罐头拆了，挖出里面的食物一口一口吃掉。

吃饱喝足，盖上斗篷睡觉……好吧，其实也睡不着。

黑暗中，她盯着斑驳破旧的舱体，眨了眨红肿的眼睛。那些可怕的记忆刚刚复苏，正一遍又一遍在她的脑海里回放。她在入睡之前不断地重复着最后的分别，每一次梦魇中她都换了另一个方法找到了莱格修斯，可是醒来时，面对的依旧是残酷的现实。

你还活着吗？宛籽揉了揉刺痛的眼眶，用力闭上了眼睛。

……对不起，饿得快死掉的时候，真的怀疑过是不是被抛弃了。

……对不起，现在才记起来。

总之，邻里和睦的计划已经彻底泡汤了，宛籽过起了独居的生活。确切地说，是宛籽单方面独居，隔壁 21 号囚牢简直就是过上了养宠物的日子。每天的固定时间，那只叫白露的软妹音怪物就会爬上窗口，闪着雾蒙蒙的眼睛观察宛籽的生活，或跟那只凶残的怪物交流心得感想与新发现。

“灰叶，她长得真的很可爱呢。

“灰叶，她好像是个雌性，唔，看起来战斗力不高。

“灰叶，她长得跟我们很像哎，不过她没有翅膀，好可惜。”

一点也不可惜！宛籽真的很想找东西堵住窗口，可惜她连靠近窗口的勇气都没有。大部分时候，她都缩在角落里沉沉入睡。她好像是又做了一场噩梦，梦里的她又回到了掉落沙漠的那一天。她饿极了，好不容易发现了一只活动的小生物，于是拼尽了所有的力气追着它跑。可是不论她跑得有多快，永远落后那只小生物一点点……

睡梦中的宛籽汗流浃背气喘吁吁，急得快要哭出来。梦里的道路好像没有尽头。在她看不见的地方，还有一个声音一直在絮絮叨叨地说着什么。她听不清，也甩脱不掉，到后来干脆烦躁地捂住了耳朵——

“8 号，兽族，三百个星际币，成交！”忽然间，那个声音放大了无数倍响起来。宛籽出了一身冷汗，意识终于回到了身体里。

她发现不知道什么时候又被关回了笼子里，而笼子的外面赫然是一个露天广场。整个场地十分陈旧，广场四周是十几层楼高的观众席，外观看起来就像是古罗马的斗兽场。而她被关在了一个透明的椭圆形胶囊容器里，和身边的数十个胶囊一字排开，列成一排。

一个装扮滑稽的蜥蜴人在胶囊前来回走动，尾巴一摇一摆：“各位未来的战士、英勇的少帅们，下面向大家介绍我们 9 号奴隶。9 号——矮星人，战值是很少见的 B 级哦，底价两千星际币。”

宛籽的耳朵嗡嗡作响，终于确定在梦里一直喋喋不休的就是这个讨厌的声音。所以现在，这是什么情况？

“我出三千个星际币。”看台上有人高声喊。

“六千星际币。”

“——七、七千！”

“三万。”

……

现场僵持了一会儿，没有人再喊出高价了。蜥蜴人的眼睛 亮，口水都快流出来。他迫不及待喊：“好！成交！三万！这只矮星人归你了！”

宛籽：……

所以，这是拍卖会现场吗？而拍卖品是……被抓上海盗船的他们？！

“下面这个就特殊了哦，各位未来的战士们可看好了。”蜥蜴人走到宛籽的胶囊前，对着广场上的人高声介绍：“这只，战斗力系数评估虽然只有F级，神秘的不知名种族。虽然不能上战场，但是长得娇小可爱，养在家里当宠物也是很有意思的哟！这是我们的22号——不知名种族雌性，起价八百个星际币！”

不知名种族F战值废渣雌性宛籽同学，面瘫地看着蜥蜴人。蜥蜴人荡漾着甩尾巴，彼此都很沉默。

广场上响起窃窃私语，却没有一个人喊价。八百个星际币不是小数目，相当于一个普通家庭很久的支出了，用来买一个……F级战值奴隶？

场面一度很尴尬。蜥蜴人干咳一声：“好吧，为了回馈大家一直以来的支持，今天算是馈赠，五百个星际币！”

宛籽：……

众人：……

蜥蜴人：“这是最后的孤品了！既然大家都还在观望。好吧，两百个星际币，把她跟人鱼养在一起也很有看头啊！真的不考虑一下吗？你们看这光滑白嫩的皮肤，你们的荷尔蒙真的没有问题吗？年轻强壮的少爷们？”

宛籽：……

众人：……

蜥蜴人：“一百？”

所有人：……

嗨翻天的奴隶拍卖会，最终以尴尬的冷场收尾。广场上的人渐渐散去，留下宛籽与蜥蜴人面面相觑，沉默对望。宛籽丢了个爱莫能助的眼神给他。作为硕果仅存的一枚赔钱货，她简直幸灾乐祸地快要憋不住笑出声来——啊哈，啊哈哈哈——砸手里了吧你们这帮蠢货！

蜥蜴人叹息："来人，把22号送去公爵府。"

他的手下一脸茫然："可是她……"她明明连贫民场都卖不出去啊，怎么可能入得了那帮贵族的眼？

蜥蜴人通红的眼睛扫过宛籽的脸。"就当作21号买一赠一的赠品吧，总比继续浪费船队的食物好。"

作为赠品宛籽当然没有再留在胶囊里的资格。广场上的人群散了后，她被人像提着一颗蘑菇一样从胶囊里拎了出来，丢进了一个飞行器里。

砰——舱门关闭。飞行器上的其他乘客纷纷抬头。它们显然是传说中的S级战值的高贵品种们，来自不同种族的高贵品种，长相也各异，有人长着尖锐的牙齿，有人的四肢如同螳螂的镰刀，还有人身体都溃烂了，露出一根根的肋骨，只有最角落里闭眼依偎着的一对少女长得与人类有几分相像。

宛籽僵直地站在原地，欲哭无泪，僵硬着抬起头："你……你们好……"

她颤抖着朝飞行器原乘客们打招呼。

"吼——"镰刀手怪物忽然向宛籽扑来！

"啊啊啊——"宛籽吓得屁滚尿流，抱头蹲下。等了好久，镰刀手怪物却没有继续攻击。宛籽颤颤巍巍抬头，终于发现这些S级怪物都被一根巨大的锁链锁着，每个人能活动的地方只有座位旁的一平方米左右。其实镰刀怪根本够不到她。

"嘎嘎嘎——"镰刀手捶地板笑，一副恶作剧得逞的模样。剩下的怪物们一个个手舞足蹈，一时间飞行器里充满了各式各样的嘶吼声。宛籽终于反应过来。独眼龙曾经说过这些S级战值的怪物都是高等智慧生物，他们绝对不会没有缘由地浪费体力攻击弱小，更不会没考虑到自己身上的铁链。她之所以会有刚才的待遇，纯粹是因为——她被耍了。

浑蛋！宛籽咬牙站起身，计算着铁链的长度，一点点绕开那些恶劣的怪物，走到那一对最像人类的少女身边，挨着她们蹲下。虽然她们也显然不是人类，但至少长得十分相像，而且很漂亮，但对她来说已经是飞行器里长得最有亲和力的了。

"别害怕，他们不会伤害你。"姐妹花之一睁开了眼睛，露出淡绿色的眼眸，语调轻柔得像泡沫。宛籽的心跳个不停，吃力地点了点头，又挨近了一点点，小心翼翼地偷看她们。她们的脸色要比地球人更加苍白，眼睛没有眼白，看起来像是蒙上了一层淡淡的雾气，原本该是耳朵的地方长着叶子形状的器官，身后各自有三对透明的翅膀。以地球审美来说，她们长得很像人类想象中的精灵。特别是在一飞行器的奇形怪状的可怕怪物中，她们显得尤其漂亮。

“你受伤了？”绿眼的精灵盯着宛籽的手。宛籽这才发现手上不知道什么时候多了道擦伤，拘谨地摇头：“……嗯，不要紧。”

绿眼精灵皱起了眉头，伸手抓过了宛籽的手，小心捧着靠近另一个精灵：“……帮帮她吧。”

绿眼精灵笑起来，小声解释：“我成年啦，我们族类，只有未成年的幼崽的体液才具有治愈的功能。”她举着宛籽的手，轻轻戳身旁的精灵，“她也帮过我们呀，喂，帮一帮嘛。”

另一只精灵终于睁开了眼睛，露出灰色的瞳眸，冷冷地看着宛籽。它似乎是在犹豫，僵持良久，终于低下头，闭着眼睛舔了舔宛籽的手。

宛籽：……这残暴恶心的宇宙社交礼仪到底是哪个种族发明的？！

“呸。”灰眼精灵舔完，嫌弃地吐了口口水。

宛籽：……

“看，好起来了呢。”绿眼精灵笑起来。宛籽低头看了一眼自己的手，发现被舔过的地方真的止了血。

“你们也是被抓来的吗？”宛籽别有用心地问。如果他们也是被强行抓来的，只要想办法找到钥匙给他们解锁，以他们的战斗力，说不定能够直接掀了那帮恶心的蜥蜴人呢。

绿眼精灵摇头道：“我们这些人，大多是主动上船的。”

“……啊？”

“因为这样，我们才能进入伊克斯军事学院呀。”

“……啊？”漫长的路程，宛籽被结结实实地上了一堂社会课。

原来海盗船队上的奴隶总共分为三个等级，下等是智商低下的宠物与巨人族、兽族劳动力，他们在飞船降落的时候就已经集中卖给了新的奴隶主；中等的是拥有一定的智商与相当的战斗力的智慧种族，他们会被放到拍卖会上，由帝国具有经济实力的中产所获得；而最上等的奴隶则全然不同，他们并不会被出售，而是用于进献给帝国的贵族与皇室，与选定的贵族权二代们一同进入本星系最专业的军事学院进行培训，并在毕业之后成为贵族将帅们的亲部。

他们都是S级战值的高等智慧生物，每一个都拥有屠灭半个海盗船的能力，为了让那些蜥蜴人放心，所以甘愿以俘虏的形式被押解到目的地。

严格说来，他们与蜥蜴人不过是中介公司与雇佣兵的关系。

“你也是去公爵府应征的吗？”漫长的讲解之后，绿眼精灵好奇地问。宛籽尴尬地扯了扯嘴角，一时不知道如何回答。怎么这么说呢……她其实只是个……咯，赠品？

“对了，还不知道你的名字。”绿眼睛拉着宛籽的手，兴冲冲地介绍，“你已经知道我叫白露啦，我是一个雌性。”

宛籽：……这需要特别强调吗？

绿眼精灵笑着扯过灰眼精灵的手：“他呀，还没有选择性别，叫灰叶。”

另一人微微睁开眼，灰色的眼里流过一丝鄙夷的光。他的目光若有似无地落在她手腕上，又嫌弃地移开了视线。仿佛在说，好难吃。

宛籽：……我靠！！！

接下来的旅程充满了恐惧与尴尬。宛籽感觉自己像一只掉进了猫窝的老鼠，虽然猫老大们现在正被关在笼子里，目测并不能够扑上来一口把她的脑袋咬下来，但是谁知道笼子的门有没有闩紧？万一有一个怪物没有被锁紧，瘦小如她，恐怕连塞牙缝都不够……

好在独眼龙的锁链还是牢靠的，一路上大家彼此都很安分，就连那个吃人怪物灰叶都没有什么露骨的行为。不久之后，飞行器缓缓停靠在了一处空旷的平台上。独眼龙吐着鲜红的舌头，踮着脚在飞行器内巡视，脸上的神情是前所未有的温和。

他说：“诸位大人辛苦了，感谢大家一路的配合，让我们完成了这次融洽的旅行。”

他笑得谄媚无比：“等到诸位进到公爵府内部，我就会替诸位大人解除锁链。诸位未来如果能进入伊克斯学院，也会是我们商队的光荣……”

“能快点吗？”一个冷淡的声音打断了独眼龙的絮絮叨叨。发言人是睡了一路的灰叶。

他率先跳下舱门，面无表情地路过了独眼龙，一只手上还悬挂着的半截锁链正叮当作响。于是他停步，伸手捏住锁链，指尖扭了扭，铁链叮当一声落了地。随后这个细胳膊细腿的斯文少年形状的杀人魔，吊儿郎当地甩了甩胳膊。

独眼龙：……

宛籽：= 口 = ！！！

所以刚才的一路他根本就没有被束缚吗？！太、太可怕了！！！

“开门。”灰叶对看守城堡的护卫队说。侍卫们面面相觑，其中一个人拔出了枪械，可惜他并没有机会开枪。所有人都没有看清怎么回事，只见到一道白光闪过，守门的侍卫就被按到了城堡古老的墙上。墙体碎裂了好几道口子，同时侍卫的身体里传来沉闷的咔嚓声。……不是骨头碎了吧？宛籽冷汗涔涔地想。

“还没成年就有这种速度与力量，不愧是S级的杀人机器。”独眼龙热泪盈眶目送灰叶。

“长、长官，真的不管他吗？护卫队快死完了……”

独眼龙：……

场面一片混乱。宛籽还躲藏在飞行器里，压抑着呼吸观察这帮杀人魔。

我是一个赠品。她悄悄安抚自己。我是一个既没有锁链，也不值钱，更加没有人会注意到的赠品。她尽量屏住呼吸，悄悄地轻手轻脚爬下飞行器，绕过飞行器，悄悄地往远离城堡的方向走——从FQ1218被捕获开始到现在，她为了等待时机已经装了一路的孙子，现在终于等到了。现在不走更待何时？

再见了你们这帮船夫！要不是你们，我还离不开那颗原始星球呢！

等到所有人发现少了一个赠品时，宛籽已经跑出好远。

公爵府处于荒郊野外远离城镇，后方是一片茂密的原始森林。她在原始森林里飞快地奔跑，一刻都不敢停歇。是的，从一开始听说这艘奴隶船，她就是处心积虑上的船，为的只是搏一把能够离开FQ1218。到目前为止，除了遇到杀人魔灰叶，其余所有的事情都顺利得有些不真实。

——大概是因为神秘的宇宙对斯文美丽的地球人还是非常善意的吧？

与此同时，公爵府门口的混乱终于平息。独眼龙看了一地惨烈的尸体迎风流泪。“没事，没事，不用紧张。反正每次都不会那么顺利……”他擦了擦眼睛，回头看了一眼，“咦，赠品呢？”

“她往森林方向跑了。”独眼龙凝望远处的山川。沉默。

“算了。”他叹息，“死了，省点粮食也好，省得选不中我还得带回去养……”

蜥蜴人们纷纷望向远处，每个人都叹了口气。虽然战斗力几乎可以忽略却一直很乖巧，但是这么死了，可惜了这个智慧种族小可爱啊！

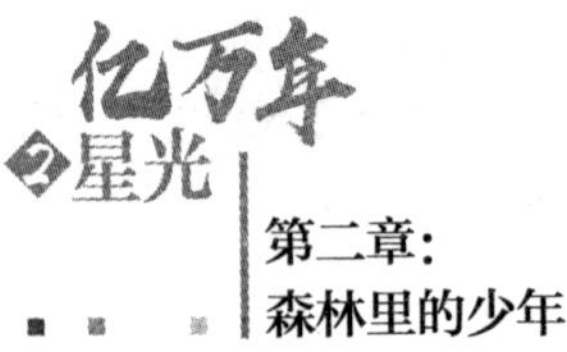

第二章：森林里的少年

在“很遥远”的森林里，宛籽已经放下了心放缓了速度，越走越慢，越走越心慌。显然这一片森林有些不对劲，这颗星球上的山川地貌与地球上一模一样，气候温暖，水源充足，植物茂盛，可以推测这颗星球上的生物构成应该多种多样。可是为什么这片森林安静得有些过分？最起码，虫鸣鸟叫总该有吧？

可是偏偏这里什么声音都没有。只有风吹过树叶的沙沙声，寂静得令人毛骨悚然。……别怕别怕！不要乱想！宛籽用力捶了一记自己的脑袋，逼自己冷静——当务之急，是先找到水源。宛籽喘息着，仔细判断了一下地形，往地势比较低的方向走。

忽然，空气中传来一声尖锐的嘶鸣，像是……大象的声音。她站在原地茫然，只听见那个声音越来越近，随后看见远处的树叶枝蔓剧烈抖动了起来——忽然间，近处的几棵树轰隆一声倒地，一个巨大的蜥蜴出现在她的面前。它足足有一个房间那么大，正张开血盆大口仰天长啸。

宛籽吓得肝胆俱裂，一动都不敢动弹。过了好久，她鼓足勇气拔了一片树叶，遮住头顶，低调地路过。

一步。

两步。

三步。

啊啊啊啊——救命啊——“嗷——”背后蜥蜴疯狂的脚步声紧追不舍。时间变得极其缓慢。宛籽疯狂地穿梭在森林中，她已经不知道自己身体被荆棘划破了多少口子，直到一个湖泊挡住了她的去路。宛籽无路可走，僵直地站在湖边。那只蜥蜴仿佛也知道了她无处可逃，竟然没有直接扑上前。她攥紧了拳头，一点一点朝后退。蜥蜴吐着芯子，一步一步靠近宛籽。

……既然这样。宛籽深深吸了一口气，朝碧绿的湖面纵身一跃！冰凉的湖水顷刻间包裹了她的身体，她奋力朝下游潜，只听见身后又是一声惊天的“扑通”声。

——这只蜥蜴神经病啊！

——为了塞牙缝的肉至于这么拼吗？！

蜥蜴跳进水里，掀起了一阵波浪。宛籽在水里头晕目眩，拼命划动双手浮出水面。骤然间水面剧烈震荡起来，水下传来了惨烈的嘶鸣。片刻之后，殷红的鲜血渐渐地在水底翻腾了开来，渐渐地把整个湖面染红。

——水、水下还有什么更可怕的怪物吗？宛籽全身僵硬，深深觉得自己是不是应该在刚才的蜥蜴面前举手投降被吃算了，现在的她保持不沉下去已经尽力了，根本没有多余的力气游泳离开这片水域。

她在水里绝望地泡着，等了好久，也没听见新的动静。正迷茫，她忽然看见不远处的水面上起了小小的波浪，一道白色的影子缓缓划过水面，缓缓地从水中走上了岸。

那是一个人形的背影，看样子是一个少年，金色的短发湿漉漉地贴在脸颊，白色的衣裳贴在他瘦削匀称的身体上。他一只手拿着一把匕首，另一只手拎着一只蜥蜴的断尾。血液正一滴一滴从断尾处渗出来，滴落在湖边的裸石上。

那是……人类吗？宛籽不敢确定，可以确定的是他是迄今为止她见到的最接近人类的外星生物了。

“你等一等！”宛籽在水里激动地呼喊，用力划动双手向他靠近。可惜，那个少年显然连等待的欲望都没有，他转身就往森林深处走。

“喂！等、等一等啊——”宛籽也不知道自己哪来的力气，手忙脚乱地划水到了岸边，上了岸朝着少年所在的方向追逐。少年走得不算快，她很快赶上了他，激动地去抓他的手臂：“你等等，我……”

宛籽感觉自己抓了个空，然后自己的脖子就被一个湿漉漉的东西捏在了手里，脊背重重撞上了身后的树干——砰！一声巨响。

我去这熟悉的画面……

宛籽还记得，灰叶不久之前就是这个动作，然后拧断了侍卫的脖子。

“救、救命……”她知道对方不一定能听懂，除非是带着随身的翻译器。

然而眼前的少年似乎并不像灰叶那么残暴，他居高临下看着宛籽，眼里流过一丝探究的微光。手抵着宛籽的脖颈，冷声问：“你是什么东西？”

宛籽发现自己听得懂他的话语，不是翻译器，而是他用的是伊克斯佩特语！

“我……我是……喀喀……被海盗船抓来的……”

“撒谎。”少年手上的力气增大了几分。宛籽顿时无法呼吸了。

“是真的……我被送往公爵府……逃出来的……”

“撒谎。”少年忽然逼近，鼻尖几乎要戳到宛籽的鼻尖。他的身上仍然带有血腥味，还有一股很潮湿的湖水味，淡蓝色的眼眸因为光照变得有些透明，却丝毫不掩盖其中的锋利。这是一个气场像匕首的少年。锋芒毕露，干净利落。他眯起眼睛，声音轻轻地道：“最后一次机会。”

宛籽惊恐到极点，吓得想要哭出来：“真的……他们已经在公爵府了……我还知道这一批人里有个叫灰叶的，他有个同伴叫白露……真的没撒谎……”

这一次，少年没有再开口。他仔细凝视着眼前的不明生物，慢吞吞道：“那么，你又是什么东西？”

这个生物绝不会是本土智慧生物，可是长相又确实与本土生物十分相似，宇宙中还有长得如此像人形的碳基生物吗？宛籽被吓得脑袋短路，眼泪终于落了下来。她听见了问话，没有多考虑就脱口而出：“我、我是赠品……”

买一送一，地球人全宇宙包邮哦亲。

少年最终松开了对宛籽的束缚，匕首穿过蜥蜴的断尾，头也不回地走向森林的深处。宛籽终于喘过气来瘫坐在原地大口大口呼吸，默默目送少年的背影渐渐消失在茂密的森林里，整个身体都沉浸在劫后余生的庆幸中。树林里又刮来一阵大风，吹得湿漉漉的她打了个哆嗦，彻头彻脑地清醒了过来。

这个森林里，不知道还隐藏着多少巨型的怪物。这个少年……他虽然很凶，但是他本可以杀了她却并没有真的下杀手。这说明三点：一、他对滥杀无辜没有兴趣；二、他的食物类别里并不包含地球人；三、他对地球人本身毫无抓捕的兴趣。在这颗星球上，符合这三点的生物简直是珍稀种类！

“喂！你等等——”宛籽回过神，迈开脚步向少年离开的方向追了上去。

“那个……我能不能、和你一起走……”少年身上带血的衣裳已经半干，被风吹得猎猎作响。他虽然没有说话，然而举着匕首的动作已经把他的心情表达得很充分了：你再靠近一步试试。

宛籽赔笑："我保证，跟着你一句话都不多说！就像影子一样安静！"

少年冷眼。

宛籽："如果你感觉饿了，我还可以给你做吃的，我的烹饪技巧很不错的！"

少年举着匕首，甚至连眼睫都没有眨一下。宛籽泪眼道："我不能一个人留在这里，求求你……我一定会死，一定会死的……"尊严这种不能吃的东西，宛籽早在八百年前就已经丢在地球了。要不是少年手里有一把匕首，她能够立刻抱住他大腿叫爸爸。

"你是公爵府的应征奴隶？"静默良久，少年终于开了口。

"是、是的……"

"你不是S级。"

"……是、是啊……"

"所以你会什么？"少年神情淡漠地问。

所以你会什么？

会什么？

宛籽惨烈地扭头：再没有比这更伤自尊的问题了，她能说会吃饭吗？

可偏偏那个少年脸上毫无表情，眼神干净明澈，既没有嘲讽，也没有不屑，目光好像只是单纯地在看一个物品，一张桌子，或者一株花。

"我……"宛籽抓耳挠腮，搜空心思挖优点，"我会做烤肉，我胃口小浪费不了多少粮食，我……我可以在你打架的时候给你喊加油。"

少年盯着她，过了好久，收起了匕首扭头往森林深处走。宛籽呆呆在原地站了片刻，忙不迭地跟了上去，一面跟着他走，一面暗自揣摩，刚才究竟是哪一点打动了他呢？烤肉？加油？

"喂，你等等我啊……"

少年一路都很沉默，他前进速度很快，背上背着一张十字弓，腰间插着特制的匕首。他把蜥蜴的断尾挂在了皮带的扣子上，一眼看过去，就像他自己长了尾巴一样。宛籽默默跟在他后面，看见的就是一个纤细的少年，穿着湿漉漉的衣裳，身后还甩着一根短短的蜥蜴尾巴，顿时可耻地觉得……有点萌。

"喂，我叫宛籽。你叫什么名字啊？"她加快脚步追近了几步，方便更仔细地盯着他的尾巴，憋着笑问。

"伊斯。"少年淡淡地道。宛籽没有想过居然能得到回应，顿时兴奋得心花怒放，又追上几步跟他并排："我是被那群海盗抓来这里的，逃跑的时候不小心进了这片林子。你呢？"

"考试。"少年举起十字弓，警觉地停下了脚步。

"……啊？"考试？宛籽怀疑自己听错了，想当年她不懂得伊克斯佩特语言，亚瑟居然直接把语言天赋做进了她的基因里，这么远古的词汇出现在这些发展得丧心病狂的外星社会真的很突兀啊！

伊斯回头望了望，又趴在地上听了一会儿，站起来时眼睛里已经多了一丝凌厉。宛籽呆站在原地，眼看着伊斯的目光落在自己的鼻尖，顿时有些紧张起来。"你……"她想问出了什么事，还没来得及开口，就看见伊斯忽然跳了起来，紧接着她的肩膀就被伊斯握在了手里，巨大的力量把她一下子推出去好远。

宛籽重重地摔在了地上。伊斯就趴在她的身上，整个人成弓形，如同蓄势待发的猛兽。他的短发还留着一点水，一滴一滴落在宛籽的脸上，潮湿的湖水气息一点点浸入宛籽的鼻尖。宛籽觉得自己忽然有些熟悉的安心。

"伊……怎么了？"这种被地咚的姿势，保持一秒是帅气，保持十秒以上就是尴尬了。宛籽不安地挣动了几下，抬起头来，发现刚才她所站立的后方的树木已经被齐齐地削了头，只剩下木桩还留在原地，干干净净，一刀切。

又有什么东西……过去了吗？伊斯终于松开了手，站起身来，居高临下地看着眼前的这只F级战斗力的废物。宛籽躺在地上，露着肚腩。

彼此沉默。

良久伊斯解下了腰间的匕首，扔在了F级废渣身旁，转身就朝前走。宛籽捡起匕首愣了一会儿，望见他的背影越来越远，心慌的感觉快要爆棚了。

"伊斯！"这么久以来，这是她第一次听到伊克斯佩特官方语言。不久之前，她从FQ1218苏醒，走了许多天终于抵达城镇。然而，这一颗边远的小破星球大概是与世隔绝太久了，没有一个人听说过伊克斯佩特，更别提破军号与它的主帅莱格修斯了。

后来，她渐渐习惯了在镇上的生活。她一心一意地赚钱，想要攒够一张离开FQ1218的船票，后来被告知，一张抵达隔壁星系的船票大概是她打猎三百年的收入。她曾经一度绝望，直到后来，海盗船队降临了。到目前为止，一切都很顺利，既然这里已经是用伊克斯佩特的官方语言，或许已经很接近呢。自从有了伊斯这一条粗壮的大腿，之后的路程异常轻松。树林中的草木渐渐变得稀疏，之后出现大一片的草坪，草坪的尽头是一条宽广的大河，河流那边露出了一座青灰色砖墙的古堡。

“这里是哪里？”宛籽望着巍峨的古堡，感觉有一点点眼熟。伊斯难得回了头，正视这条跟了一路尾巴的眼睛，停顿一会儿，又继续朝前走。这是要她跟上去的意思？宛籽有一种很神奇的感觉，她好像能够理解这货内敛得要死的表达方法？这就是……患难与共产生的奇妙缘分吗？

她放下心来，跟着他的脚步走过河边的桥，走进古堡的高墙下。看守古堡的侍卫看见少年忽然握紧了佩剑，昂首挺胸，用力一跺脚。

面瘫脸少年面无表情路过了他们。宛籽埋着头龟速挪过关卡。她忽然很羡慕伊斯的腰间的尾巴，挂在他身后，就不用硬着头皮走过那么多可怕的地方了吧……

宛籽跟着伊斯一路进入古堡。看得出伊斯应该是属于这里的常客，所有的看守侍卫见到他都肃然起敬，他在宽敞而奢华的古堡里来回穿梭毫无阻力，连同他的尾巴宛籽本人，也获得了莫名其妙的优越感。

“你是谁的贴身保镖吗？”宛籽追着他的脚步问。就像灰叶和白露一样，他大概是某个贵族的贴身奴仆？否则怎么会把去丛林冒险当作考试内容呢？

伊斯睨了宛籽一眼。宛籽干笑：“听说贵族们会挑选S级的作为贴身保镖，因为他们自己都是战斗渣。”

据白露描述，他们的身份不仅是保镖，还是小时候的玩伴，长大后的副手。而对在地球文化熏陶下的宛籽则自动把这类归为贴身保镖加奴隶了。

伊斯没有回答。他金色的短发已经干了，尾端有一点点打结微微翘起。

宛籽忍住伸手捋一捋的冲动，因为他的目光简直……太嫌弃了。

“你是S级吗？”宛籽换了个问法。

“……嗯。”伊斯答。

“那我……”

伊斯停下了脚步，指着挡住面前的一间屋子，淡然地道：“你先去休息。”

“……哦，好。”宛籽自讨没趣，垂头丧气地去推面前的门，她走到门前回头看，伊斯已经不见了。

那扇门足有四五个宛籽那么高，且重量惊人。她力气小个子也小，使出浑身力气终于推开了一道门缝，小心地把自己的身体挤了进去。门后是一个富丽堂皇的殿堂，四周是乳白色的巨石雕砌成的浮雕，屋顶上悬挂着立体投影的三维星空，如同一团烟云笼盖着整座殿堂。

殿堂中央坐着几个七八十岁的老头子，他们的身体比地球人大一圈，长相却与地球人差不多。在他们面前站着的人……看起来有几分眼熟。

“宛籽！你来了啊！！！”殿堂中央的人形小个子精灵兴奋地扇翅膀。

宛籽：……

“灰叶，你过去一点，我想要宛籽来我们中间。你忍一忍别咬啊！”

灰叶：= =

宛籽：……

独眼龙震惊地看着宛籽，满脸不可置信：“你还活着？”他拍了拍自己的脸，“你怎么回来了？”

宛籽低头地看了自己身上染血的碎布条和伤口，很想坐在地上哭一场。

“我……”她艰涩地挤出一抹笑来，“……我包邮。”

宛籽站在S级怪物队列里，欲哭无泪。老天爷开了一个巨大的玩笑，还附赠满身的伤口，早知道结果会是这样，她还跑什么啊……

“你去哪儿了？”白露笑眯眯地问。宛籽站在这两只吃人怪物中间，紧张得一句话也说不出来。白露扫视了一圈，低声道：“灰叶，脖子不能咬，太容易死了。”

“哦。”灰叶冷冷地收回了视线。

宛籽：……这个意思是其他地方随便咬吗？！

现场的气氛有点尴尬，他们站成一排，像是货物一样地被独眼龙挨个儿介绍展示。独眼龙的尾巴耷拉着，脸上挤满了谄媚的笑容，指着灰叶道：“公爵大人，这是我们的最后一位，也是本次旅程我们船队的巨大收获。”

“哦？”坐在中央的老头儿抬了抬眼睛。

“是的公爵大人，他叫灰叶，虫族，就算是我这百年的航行生涯里，他也绝对是数一数二的！”独眼龙血红的眼睛冒精光，“更重要的是，他还没有成年就已经达到S级，未来经过伊克斯学院的培训，绝对能成为一位改写历史的星际战将！”

“……嗯。”老头儿微微点头，表示赞许。独眼龙顿时又露出了老鸨一样的神态：“还有啊！他可是虫族，没成年的虫族嘿嘿嘿……”

灰叶：……

下一秒，灰叶风驰电掣般朝独眼龙袭去！叮当——他手上新换上的锁链瞬间启动，把他整个人拽回了地上。灰叶痛苦地转动了两圈，站起身，冷冷看着独眼龙。

很显然，锁链升级了。白露相当不仗义地捂嘴笑了出来。

“那她呢？”老头子终于注意到了宛籽，饶有兴趣地问。

“这个……”独眼龙的脸色顿时尴尬起来。

宛籽：——你这羞耻的表情是怎么回事？我有这么拿不出台面让你羞于启齿吗？！

“她是赠品。”独眼龙走到宛籽身边，嫌弃地把她乱糟糟的头发捋到脑袋后面，露出她的脸蛋来，“她是意外获得的，不具备任何攻击性，温顺可爱，长得也与贵族十分相似，而且她的体表温度要比许多种族高。”

“嗯？”老头子饶有兴致。

独眼龙示范性捏了捏宛籽的脸：“软软的，热热的，比人鱼要好养许多，还不用水泡着。如果子爵收下了我们进献的S级奴隶，这只可以作为赠品。”他抬起宛籽的下巴，补充一句，“优点是抱起来很舒服。”

宛籽：……去你的啊！！！

独眼龙松开手，躲开宛籽的牙齿，嘿嘿直笑：“不知道尊贵的子爵他……”

正谈话间，远处的殿门缓缓敞开，一列侍卫鱼贯而入，分立到了两侧。所有的目光都聚焦到了门口，过了片刻，才看见一个纤细的身影缓缓步入大殿，目不斜视地到了老头子身旁。

那是一个白皙的少年，金色的短发，脸上写满了冷淡。刚硬的战士制服包裹着他纤细的身体，佩剑上镶嵌着几颗莹绿色的宝石，衬得他的指尖越发苍白。宛籽看见他的脸，愣了。他的目光落在宛籽脸上，毫不惊讶。

独眼龙的眼睛亮了亮，躬身行了一个夸张的大礼：“尊贵的伊斯阁下！请收下我来自远方的诚挚问候！”

宛籽：……

“伊斯。”老头子的脸上有了一点点笑意，“这是船队新进的人才，你可以选择一个，陪你一同入学。”

“我不需要。”伊斯淡淡地道。

“伊斯。”

“我不需要别人替我战斗。”

老头子并不恼怒，只是眉宇间渐渐透出了一丝威严。他温和道："伊克斯学院的入学就需要贵族协同自己的战斗伙伴，这个规定不可能有所更改。在你没有能力改变社会法则之前，我希望你遵守它。"

伊斯沉默。他的目光掠过在场的每一个S级精英。精英们纷纷昂首挺胸，露出自己最雄壮的一面，甚至连高傲的灰叶都忍不住站直了身体。空气一时间寂静得诡异。宛籽作为局外人轻松得很，优哉游哉地看着这一堆暴力狂用愚蠢的方式展现自己的暴力值。为什么有人会巴不得去给人家做奴隶呢？好吧，虽然那个奴隶有个好听的名字，叫战斗伙伴，但说白了还是指哪儿打哪儿的奴隶啊！

果然这群野蛮族群，不论科技有多发达，骨子里依旧是大型猛兽啊！宛籽乐得看戏，忽然感觉到了一丝不一样的气息，顿时警觉地抽回了放飞的心思。然后她看见伊斯的目光落在了她的身上，顿时心中警铃大作。

伊斯面无表情，缓缓抬了起手，指向宛籽："我要她。"

宛籽：……

所有人：……

"战斗伙伴。"伊斯微微合眼，似乎是完成了一个满意的决定。

宛籽：= 口 = ！！

独眼龙的下巴久久没有合上，他想开口说话，于是自己伸手人工合了合下巴："伊斯阁下，她不是S级，只是我们的赠品，您可要再选一个，我个人推荐灰叶，这个我们可要免费赠送给您……"

"她叫宛籽。"伊斯转头面向老头子，一字一顿道，"我们已经一起战斗过了。"

是、是吗？宛籽心惊胆战地想，如果他打架她围观也算的话，倒也的确有……

伊斯淡淡地道："并且完成了默契合作。"

宛籽的脑海里浮现了唯一的一次"合作"，当时怪物路过，他飞身扑倒，而她默契地被扑倒？

伊斯道："危险时，她没有选择抛下我逃跑，忠诚度过关。"

宛籽的脑海中响起自己的哭诉：求求你，带上我一起走，我会死的我肯定会死的啊啊啊——

伊斯冷漠总结："所以，我选择她。"

所有人：……

宛籽：= =

“没有什么剩下的事宜的话，我先告辞。”伊斯对着老头儿微微颔首，头也不回地离开了大殿。

殿上静默一片，尴尬的气氛蔓延。S级暴力狂们的目光落在宛籽身上，凶狠的，诧异的，还有来自灰叶的鄙夷的。

“咯。”老头子干咳了一声，“既然伊斯做了选择，那么短期内她会陪伊斯一起入学。至于灰叶……”老头子想了想道，“作为后备留在这里吧。”

一瞬间，宛籽感觉到了自己后颈处凉飕飕的。大概是灰叶的目光吧……

于是，宛籽留在了公爵府，以伊斯的战斗伙伴的身份。她不确定是不是自己的幻觉，似乎她的到来让公爵府上下几乎要喜极而泣了？

所有的侍仆都在匆匆准备着她的一切，她的房间，她的衣裳，她的日常饮食。所有的服装与配饰都经过服饰官的静心搭配，与伊斯的从格调到性能都要成套且互补，甚至连佩剑都是根据她的身材量身定制的，剑柄上雕刻着精美的图腾，与伊斯的制服袖章上的一模一样。

宛籽目睹这一切，满腹疑虑：这哪里是仆从标准，根本就是情侣套装吧？

……他们不怕会浪费吗？宛籽目睹着侍从们忙碌准备的一切，如同一个提线木偶一样，被套上层层礼服，由衷地担心公爵府的支出铺张浪费现状——难道他们不知道她这个“战斗伙伴”是个战斗渣吗？就不怕她还没有用完一圈这些东西就挂了呢……

与她现状呈鲜明对比的是灰叶，他只分到了一套护卫队的制服。这只可怜的本该享受这一切的S级大魔王。

宛籽就这样被圈养了起来，再也没有机会见到那个叫伊斯的少年。

直到某一天到来。那天所有的侍者都神情慌张，行色匆匆，整个古堡都被一股难以言说的紧张气息充斥着。突然，一阵尖锐的声音打破了僵持的寂静：“伊斯阁下！伊斯阁下来了！”

只见城堡的门口缓缓出现了一个瘦削的身影，他依旧是穿着白色的宽大衣裳，一头极淡的金发被风吹得柔软翻动。他原本身手轻盈，只是今天却不知道为什么挪动尤其缓慢，直到他走近了，人们终于看见他的脸色惨白，整件衣裳被血迹浸染，苍白的指尖仍有新鲜的血液一滴一滴落下来。

“……伊斯阁下！”古堡内的侍者们终于彻底乱作一团。年轻的侍卫冲了上去，把孱弱的伊斯抱了起来，慌乱地拨开人群朝前奔跑。宛籽就站在道路两旁，呆呆地看着这一切。

……发生了什么事吗？宛籽不明白，她跟上侍卫的步伐，进入到了古堡的另一个陌生领域，看着侍卫把瘦削的伊斯小心翼翼地放到休憩的床上。整个过程中，伊斯一直没有失去意识，淡蓝的眼睛一直静静地打量着房间里的每一个人。最后，他的目光落在了宛籽身上。

“啊，阁下在这里！”终于，纷乱的人群发现了在一旁呆立的宛籽。

宛籽咽了一口口水，小声问：“那个……他……怎么了？”

结果竟然没有一个人回答，他们面面相觑后，居然很有默契地一个接着一个退了出去，把伤重的伊斯和一脸茫然的她一起留在了一个空荡荡的房间里？

房间里的空气好像快要被冻结了。宛籽看着满身血污的伊斯，好半天终于回过神来跑向门外，结果房间的门居然被锁住了。

这、这是什么情况？他们不管伊斯的死活了吗？还是说这又是什么奇怪的风土民情啊啊啊——

宛籽手忙脚乱跑到床边，无措地站在原地：“你、你怎么样啊？你流了好多血，我……我打不开门……”

伊斯静静盯着宛籽，仿佛是刚刚从睡梦中醒来。他是失血过多傻了吗？宛籽更加慌乱：“你到底怎么样……伊斯，你还有意识吗？”

伊斯依旧没有言语。他身上的血液已经染红了大半件衣裳，看起来惨烈无比。宛籽的脑内已经浮现了很多剧情，从他会狼性大发忽然吃了她进补，到宫廷内斗她要被嫁祸杀人了，纷乱间，她顾不得思考，伸手触碰到了伊斯的衣裳，手下传来的血液的黏稠感让她毛骨悚然。她哆嗦着解开伊斯的衣裳，一层，又一层，最后露出了伊斯的苍白的胸口。

胸口……没有伤口。

也就是说，没有危及主要器官？

——谁知道这群外星人的主要器官长在哪里啊？！

“伊、伊斯，你能开口说话吗……有没有哪里很疼……”宛籽的手微微战栗，停下来问伊斯。

伊斯依旧睁着明澈的眼睛，静静望着宛籽。

……真的是已经傻了吗？宛籽挥了挥手，然后在他的目光下把他的衣裳又扯开了一点点，露出光洁的肩膀，细窄的腰——没有伤口。

宛籽松了口气，心中的狐疑越来越大。奇怪……整个主躯干都没有伤口，那衣服上那么可怕的血是从哪里来的？

宛籽又疑惑地看了一眼伊斯，发现他的身上不知道什么时候出了许多汗，柔韧瘦削的身体上覆盖了一层细细的晶莹，属于少年的肤色在光线下泛着白皙的光泽，金色的头发紧紧地贴在脸上，淡蓝色的眼睛已经变得水汪汪，眼眶周围泛起了红晕，一副快要哭出来的样子。

……疼得吗？

宛籽靠近一些，犹豫着要不要再仔细查看一下。忽然，她看见伊斯淡蓝的眼眸中闪过一抹光泽，整个身体狠狠战栗了一下。她还没明白过来发生了什么事，整个身体就凌空而起，忽然朝后栽倒，脊背狠狠砸上地面——

"啊——"

宛籽的后脑勺磕到了地面，一阵头晕目眩。迷蒙的视野中，她看见伊斯衣衫凌乱跪在她身旁，手里的匕首毫不客气地抵在了宛籽的脖子上，狠狠朝前送了一分！

"你没有遗言。"伊斯还有些气喘，脸上的汗滴到匕首上，又流淌到了宛籽的身上。

"唔……"宛籽痛苦地闷哼了一声，肩胛骨上传来一点破碎的声音。她知道，那是伊斯的匕首划进了她的胸口。

"我、不想死……"宛籽哆嗦着伸手够到了伊斯的手，"我只是，想救你啊……"

伊斯的眼里泛着平静的杀意。

宛籽狠狠瞪着伊斯，可惜没坚持几秒就红了眼眶。这个恩将仇报的禽兽。如果不是现在这局面，她很想要给他写万字泣血书控诉他的种种罪状！

宛籽用力抓紧伊斯的手臂："我死了……灰叶会代替我……做你的战斗伙伴……"

伊斯面无表情。他的眼睫稍稍颤动，似乎终于回想起了关于战斗伙伴的合约。过了一会儿，他渐渐松开了手，收回匕首，居高临下，冷眼看着在地上翻滚的 F 级战力渣。

"没有下次。"他道。

下次什么啊？宛籽痛得七荤八素，缩在墙壁的角落里，看着那个残暴的少年把带血的衣裳一件一件穿回去，然后一丝不苟地系好，连胸口的纹理都一丝一丝翻好，动作十分优雅。

他再也没有看宛籽一眼，转头离开了房间。宛籽痛得张不开口，也站不起身，只能在原地蜷缩着冒冷汗。也不知道过了多久，终于有侍者进来，发现了躺在血泊中的她。那时，距离她晕过去已经很久很久了。

宛籽醒来时发现已经回到了自己的床上，身边是日常陪伴她的侍者妮娜。妮娜见她醒来，终于露出了个松懈的笑容："您终于醒了，宛籽小姐。"

宛籽平躺着不敢多动，她还记得晕过去之前，自己的肩胛骨那边被割裂了个口子，温热的黏稠血液一直沿着她的肩膀往下流淌，落在冰凉的石质地面上。绝望的感觉曾经侵蚀了她的所有思绪，她曾经以为自己以后会在这个陌生的星球上就这样死去。

妮娜轻轻叹气："伊斯子爵选中阁下作为战斗伙伴之后，出门却从不与您一起，所以公爵授意增加两位的相处时间，在入学之前建立起信赖感。"

所以才把她一个人留在伊斯的房间吗？宛籽在心底泣血，显然信赖感这种东西不是说建立就能建立的啊！

妮娜："伊斯子爵每次精力透支之后会在短时间内丧失战斗力，本来以为挑选这个时间，能够保障阁下的安全，没想到……"

……原来不是受伤，而是体力透支啊！宛籽顿时悲从中来，所以从头到尾受伤的只有她一个吗？

妮娜自言自语："不过，伊斯子爵为什么会忽然暴躁到这地步呢？"

宛籽的思绪翻飞，脑海里浮现了一件件被翻开解散的血衣，柔韧白净的胸膛，以及湿漉漉的蓝眼睛和濡湿柔软金发，还有他微红的眼眶……

宛籽：……所以她刚才是差点儿做了尹志平吗？

=口=！

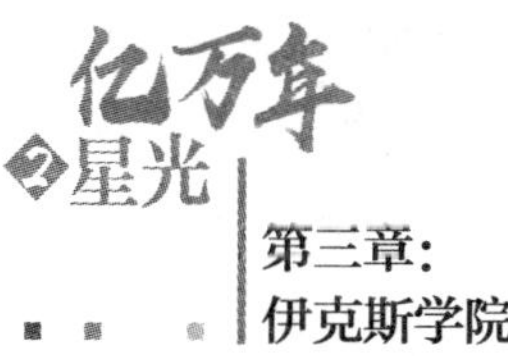

第三章：伊克斯学院

就这样，伊克斯学院开学的日子终于到来。宛籽作为伊斯的“战斗伙伴”，自然陪同登上豪华的军用战舰，一同前往传说中整个星系最优秀的军事学院伊克斯学院。

一路上气氛果然不出意料的僵硬。

一号座：伊斯冷脸坐在战舰前排，脸色冷得足够冻结湖面。

三号座：宛籽所在战舰最边缘的角落，努力催眠自己是一颗蘑菇。

四号座：战舰最后一个乘客登船，目光落在宛籽的身上，冷冷地挤出了一声“哼”。

宛籽听见声响回过头，看见一个阴沉脸的少年坐到了战舰另一端。少年正用鼻孔盯着她，满脸的不屑与憎恶都快溢出来了。

吃人魔灰叶？

“你怎么在这里？”宛籽问他。

灰叶抬起下巴，又冷哼了一声：“入学。”

宛籽：“可是你不是……”不是被淘汰了吗？

灰叶冷笑：“等你死了，就轮到我了。”

宛籽：……

灰叶：“愚蠢的废物。”

宛籽：……

这充满恶意的旅程！宛籽不想再搭理军舰里的两尊杀神，扭头看窗外的景色。这是她第一次真正看清这一颗陌生的星球。这颗星球叫穆查理。是一颗与伊克斯佩特星颇为相像的星球，地表河流不多，地面上的草木大多是深浅不一的蓝色。在恒星的微光下，戈壁荒原与森林交错出现，各式各样的野兽在地面上奔跑生存，自成一体。

军舰飞行的速度很快，没过多久，地面上的风景就起了变化。恒星的光芒逐渐变得明媚温暖，大地上开始出现绵延不止的山川，蓝色的旷野渐渐蜕变成绿色，草木更加旺盛，无数条河流交错汇聚成大江，大江的尽头赫然是一片蔚蓝无垠的海洋！

这是……地球吗？

就算明知道只是茫茫宇宙中的一个巧合宛籽仍然激动得头脑都有些晕眩。她已经记不得自己多久没有见到过这样的景色，一年？十年？上百年？她急促地呼吸着，拼命睁大眼睛想要看得再清晰一点，眼泪凝结在眼眶里，涨得眼眶酸痛无比——这真的不是在做梦吗？

“愚蠢。”灰叶用眼角瞥了一眼宛籽脖子上的伤口，好奇地挑了挑眉。

这么难吃的东西，居然有人吃了吗？

伊斯的注意力在别处，他看见海洋的中央隐隐约约出现的岛屿，脸上的神情终于出现了一丝松动，露出一点点属于真正年龄的激越。

伊克斯军事学院。他闭上眼睛，再睁开时，目光已经平静如初。漫长的航行进入尾声，军舰降落在伊克斯学院前的操场上。校门口早已集结了无数学员，他们所有人都翘首以盼，紧紧盯着军舰大门。学员们大致上是按照性别排列，每个人的话题略有不同，却都围绕着伊斯与他的战斗伙伴。

纷乱的议论声，在军舰落地的一瞬间戛然而止。所有人目光热切地盯着军舰舱门，看着它慢慢开启，然后从里头走出来一个瘦削的金发少年。

少年似乎见惯了这阵仗，目光在人群中搜寻了片刻，找到了学院负责人就径直走了过去，甚至连一个多余的神色也没有分给别人。

伊斯低眉行礼：“伊斯·艾伦特，向您报到。”

学院负责人是个矮人族的小老头儿，被伊斯的礼仪震得受宠若惊，嘴巴咧到了耳根：“啊哈！艾伦特伯爵家的公子，早就听说你是个优秀的孩子，欢迎你加入伊克斯学院！”

小老头儿笑着看伊斯，心里抹了一把血泪：我的母神啊，你这个浑小子总算妥协了肯带战斗伙伴了！他干笑着把身边的一个女性推了出来，和蔼地道：“这是你的前辈，伽蓝。她会带你熟悉学院的生活，让你尽快进入学习状态。”

“嗯。”

小老头儿的眼神翩飞，飞啊飞到军舰上：“那个，请问你的……”战斗伙伴呢？你可别给我临时又掉链子啊小浑球儿！所有人的目光都聚焦在军舰敞开的门上。

终于，一个身影慢悠悠从军舰深处走了出来，抬着下巴居高临下扫视了一圈众人，而后从鼻孔里挤出了第一声问候："哼。"

翻译：你们好，废渣们。

众人恍然大悟，目光中露出了羡慕。小老头儿眉开眼笑："原来是虫族啊，虫族的确是天生的战斗系天才，这位好像还没成年，潜力可嘉，潜力可嘉啊！也只有艾伦特家族的公爵才能找到这样优质的……"

"他不是。"伊斯冷淡打断。

——哈？难道，还在后面？如果S级未成年虫族都算不上战斗伙伴的话，这位子爵大人选中的战斗伙伴得有多可怕？！现场鸦雀无声，所有的目光焦灼在军舰舱门上。终于，舱门口闪过了一点点阴影。众目睽睽之下，一个瘦小的生物扒着舱门露出了一小截身体——是个人形生物。

停顿了一会儿，大约是确定没有什么危险，那只不明生物终于整个露了出来，懵懂地扫视了周围一圈，扶着军舰的舱门小心地够到了地面——还差点重心不稳。

"你们好啊……"不明生物干笑着打招呼，声音软绵绵的。

伊斯淡淡扫了她一眼："是她。"

老头儿：……

众人：……

伊斯闲步绕过老头儿走进学院门口。在他身后跟着下巴就快朝天的虫族精英少年，以及畏畏缩缩随时会跌倒怎么看都不像是S级的……战斗伙伴。

小老头儿颤颤巍巍朝前追了两步。操场上所有人风中凌乱。刚、刚刚过去的……那是什么东西啊……啊？

每一个帝国战士，在成年之后，都将拥有一个强大的别族战斗伙伴。

帝国本土的智慧人族在过去的几万年时光里靠着卓越的智商与强大的战舰在宇宙中驰骋殖民，但是帝国人类自身的战斗力其实是有限的，而且大部分帝国人类的身体孱弱，黄金寿命只有区区两百个恒星年。伊克斯学院培育出精良的将帅，军队再招募大量的异族奴隶代为战斗，这是穆查理帝国多年以来的军事战略。

而艾伦特家的长子伊斯子爵除外。伊斯子爵在年幼时就已经表现出了惊人的战斗天赋。很多年前，军部就已经开了专题会议，讨论内容为：该选择什么样的种族作为战斗伙伴，才能把这位未来的星际将帅的能力开发到极限呢？有人推荐灵活性与智商双高的虫族，有人推荐杀伤性惊人且自带强大撕咬力的兽族，众说纷纭，好不容易选择了十几个预选方案送到公爵府去，结果竟然被刚刚完成少年礼的伊斯子爵全部退回！

伊斯子爵说：为什么需要别人代为战斗？

这一句话，让年少的伊斯一夜之间成为万千帝国少女的梦想。当然也让他被伊克斯学院直接驳回了入学申请。时隔三个恒星年，他竟然妥协了吗？

于是，大家的目光又纷纷落在了伊斯带来的战斗伙伴上——那显然是一个人形，而且是智慧种族，可是她的骨骼与身体看起来全然不像是可以战斗的样子，莫非有什么隐藏的特殊技能？

贵族们很好奇，究竟是怎样的人物能够入了伊斯的眼？

他们的战斗伙伴则是跃跃欲试：能打一下吗？能戳一刀吗？能稍微碰碰她的手指头吗？

校园里充斥了无数炙热的目光。在所有人猜测的时候，有人已经率先把基础资料发到了校园网络。这篇报道的署名为“基因实验室之光”，上面详细地从宇宙生物学与基因学外观剖析了这个叫宛籽的不明生物的属性：

称呼：宛籽。

物种：不明

属性：碳基生物

精神力测试：0

战斗值：F 级（尚未测试，仅是本学者猜测）

种族特性：经研究观察，该物种生性胆小，行动缓慢，仅外观与穆查理本地人群相似。

特殊属性：本学者正在持续研究中，敬请期待！

怎么可能？那可是艾伦特家的人！没有任何人会相信这个生物只是一个普通的生物。她肯定有 S 级的战斗力，或者 S 级的自然感知力，否则怎么可能作为伊斯的战斗伙伴？要知道伊斯自己的战斗力都已经超过 S 了好吗！

对于学校里正发生的这一切，宛籽丝毫没有察觉。

她其实感觉前所未有的安心，因为穆查理帝国的主流生物长得跟地球人很像，只是五官更为深邃，个子也稍微会比地球人平均身高稍高，除此之外，不论是这颗星球的发展程度还是日常生活，都与地球十分相似。她走在校园里，有时候会有一点点的恍惚，以为自己是在梦里。

当然，有时候也会觉得伊克斯学院的人有点儿……太热情了。伊斯去办理入学，宛籽与灰叶先回宿舍。宛籽觉得脊背上都快着火了，小声问灰叶："那个……他们是在看我还是看你……"

灰叶答："你。"

宛籽好奇地问："为什么啊？"这学校里奇形怪状的种族明明那么多，明明不是最显眼的一个。隔壁灰叶还长着三对烧包的翅膀呢！

灰叶冷眼："他们不敢看我。"

宛籽：……

宿舍区位于学院的最深处。宛籽觉得自己简直接受了整个学院的注目礼，外加各式工具的偷拍，好不容易安全抵达了宿舍区，她觉得自己每一根寒毛都要奓开了。好在，伊斯的宿舍区是级别最高的，并没有多少围观群众。

伊克斯学院作为本星系最高端的军事精英培训基地，为学员提供了优渥的住宿条件。每一个学员都被分配到了一个现代化套间，套间拥有齐全的配套与独立的小型飞行器升降平台，并且为学员与其作战伙伴提供了各自独立又方便沟通的生活空间，保证学员与伴侣良好的感情沟通。

宛籽盯着奢华的套间，踟蹰着回头看了一眼伊斯与灰叶。问题就出在这里，他们不是两个人，是三个人。一个男性，一个女性，一只残暴的虫子。宛籽站在宿舍的门口发呆。她鼓起勇气看了一眼灰叶把心里的疑问咽了回去。

冷静。她告诉自己，不能问他你到底是雄性还是雌性，否则一定会被咬死的一定会的……

"滚开，别挡路。"灰叶慵懒道。他伸了个懒腰，挑了其中一个房间，飞扬翅膀腾空，然后落在了床上。

宛籽：……这货不怕把翅膀压折了吗？

灰叶占了一间，至于另一间……宛籽决定装作智商不足，硬着头皮忐忑地躺了上去。床很柔软，舒适的触感带来一阵阵的困意。

宛籽躺在床上睁着眼，能够看见天花板上模拟的星图。星图上每一个星系大小不一，它们缓缓地在轨道上移动着，共同组成了一幅璀璨的景象。

这里面会有伊克斯佩特星吗？宛籽眯着眼睛看星图，第一次无比痛恨自己的懒散。很久以前，莱格修斯常年在破军号上看着星图，一盯就是半天。

而她从来都是光注意莱格修斯专注的英俊的脸，居然从来没有好好看一眼他研究的星图。

无论如何，为时已晚。

“起来，或者去死。”宛籽盯着星图睡了过去，睡梦中似乎听见了一个讨人厌的声音。她翻了个身，顿时感觉脖子上冰凉冰凉的，梦境与现实一瞬间揉成了一团。她艰难地睁开眼睛，发现脖子上赫然横着一把刀。刀的主人是阴沉脸的灰叶，他戾气冲天，居高临下看着她，像看着一只恶心的毛毛虫。

宛籽心想，明明你才是虫子！灰叶的刀往前送了一点点，似乎是在认真地考虑什么。

“什、什么事啊……”宛籽硬着头皮问。

灰叶眼里的鄙夷更甚了：“伊斯发来信息，让你去 L 区实战区上课。”

“上、上课？”宛籽一时反应不过来。

灰叶的眼睛里写满了“你是蠢货吗”，他说：“学院规定，不带战斗伙伴不能进教习区。”

原来如此！宛籽恍然大悟，所以伊斯是到了上课的地点才发现甩不掉她这个包袱吗？

宛籽连忙从床上爬起来，草草收拾了一下行装，准备离开宿舍。

“你不去吗？”宛籽客气地问。灰叶仍然留在房间，只是嘴角勾起冷笑，露出尖锐的牙齿，若有所思地盯着宛籽的脖子，森然道：“既然是你的要求，那你死，我去。”

啊啊啊——宛籽已经锻炼出了卓绝的反应力，在他拔刀之前飞奔逃窜出宿舍！

L 区位于校园的最外延，实战教习区。宛籽在教习区的入口看见了面无表情的伊斯。穆查理星人的身体素质与战斗力远低于这座学校里面的奴隶精英们，所以如果只是单独的贵族学员是不被允许进入实战教习区的，学员只有在被战斗伙伴保护的前提下才能进入，这正是伊斯把她叫来的原因。

“走吧。”伊斯看见宛籽，淡淡地道。

……然而您确定带上我有实质性作用吗？

宛籽亦步亦趋跟在他的身后，看着他瘦削的身影幸灾乐祸想，如果到时候遇到凶猛的野兽袭击，她应该是先逃走，还是在他身后为他加油？当然，宛籽也就过了下脑补的爽感，却没想到在短短数十秒后，脑补成了真。

“吼——”忽然间，一只野兽挣脱了枷锁，在沙场埋头嗅了嗅，目光锁定了伊斯径直扑了过来！它的身上一片赤红，身体皮肤如同冷却的火山岩浆一样露出一道道火红的裂纹，那些裂纹的缝隙中有火焰从中窜出，如同飘荡的毛发一样笼盖在它的身周。

“吼——”火焰猛兽眼看快要冲到宛籽与伊斯的中间。

宛籽来不及反应，身体已经替自己做出了最佳选择——跑啊啊啊！

“吼——”火焰猛兽冲到了伊斯面前嘶吼。伊斯一动不动，甚至连眼皮都没有抬一下。野兽身周的火焰熊熊燃烧，从它的皮肤缝隙中飞出的火星在空中盘旋飞舞，掀起一阵阵热浪，吹起了伊斯金色的短发。

伊斯依旧没有动弹，只是当火星化作的焦炭跌落到了他的衣领上，留下一点黑渍时，伊斯少爷终于皱起了不悦的眉头。

“滚开。”伊斯道，那只火焰猛兽像是受到了震慑一点一点朝后退却。

宛籽觉得自己刚才围观到了大型装 × 现场。她灰头土脸地从藏身的地方爬了出来，尴尬地站在原地。现在走到他身边，很容易被人看出来她刚才丢下他逃命了……还是装作不认识吧！

“刚才很危险，你做出了很敏捷的反应。”忽然她的身旁响起了一个温和的声音。宛籽抬起头来，看见一个年轻人站在她的身旁，正含笑地看着她。

“……谢谢。”宛籽悄悄打量他，这个人长得比伊斯要矮一些，大约与地球人差不多，身上穿着一件带帽子的斗篷，从头上一直套到了脚下，只露出一点点灰色的头发在脸颊边，显得斯文而又俊秀。

“你是虫族吗？”宛籽问他。他这装扮让她想起了很久以前认识的一个虫族，青庭。那时候他也是差不多的斗篷装扮，为的是遮住精灵似的耳朵和闭合的翅膀。

那人的眼里露出诧异的神色，微笑点了点头。

“你叫什么？”他温和问。

“……宛籽。”

“很高兴认识你，”虫族青年柔声道，“我叫青禾。”

“……嗯。”

“来，跟我过去。”

“……好。”宛籽浑身别扭，她已经很久没有遇到正常能沟通的生物了，这个青禾虽然是只虫子，但是彬彬有礼温文尔雅，简直是另一种生物，跟宿舍里那只神经病虫子完全不一样啊……

宛籽跟着青禾朝教习区中央走。路过那只火焰猛兽，她看见青禾从斗篷里掏出了一根非常细的金属链子，很随意地套在了已经不再暴躁的火焰兽的脖子上。随后，青禾走到了伊斯身边，温声道："你就是伊斯子爵吗？"

伊斯淡淡望着青禾，没什么表示。青禾不以为然，只是眼神锋利了一点点。他道："我是你的L区主教官，青禾。伊斯·艾伦特，我对你刚才的反应十分失望。"

伊斯站直了身体，除了眼神没有到位，身体处处已经很是体现尊重。

青禾笑了："我并不是军部那些迂腐的老头子，礼节方面我无所谓。只是危险来临的时候，你的战斗伙伴居然舍你而去，自顾自跑了。"

宛籽："……"您刚才不是还夸奖过我反应棒吗？

青禾收敛笑意，轻声道："当然，这并不能归咎于你的战斗伙伴自觉性不够。因为你似乎并没有与她有任何感情上的培养，假如刚才是在战场，你知道你将付出什么代价吗？你的军队，你的星球将付出什么代价？"

宛籽："……"这借题发挥无限拔高的教育场景怎么有点眼熟？

青禾的话语声很轻，透着一点点慢条斯理。操场上的风吹得他的斗篷微微摆动，仿佛是在为尴尬的僵持计时。宛籽作为关键人物，尴尬地黏在地上，深深觉得自己就是那只热锅上的蚂蚁。她抽空瞄了一眼伊斯，发现这个霸道总裁养成时的少年平静的眼里似乎露出了一点点情绪，不知道是烦躁还是抵触。然后，他的目光落在了宛籽身上。

宛籽：……不关我的事儿啊，她用眼神告诉伊斯。

伊斯移开视线，最后淡淡地道："我不需要她保护。"

青禾笑起来："在你确保自己能够在超越S级的对手面前活下来之前，永远不要说不需要。"

伊斯沉默。

青禾道："今天的第一堂课，伊斯，试着与你的战斗伙伴情感交流。"

伊斯与宛籽面面相觑，下一秒伊斯面无表情移开视线。青禾左右查看两个人的反应，静默了一会儿，问："所以，你们从来没有缔结过精神契约，甚至连初步的情感交流都没有？"

宛籽：……

伊斯沉默。

"跟我来。"青禾笑眯眯地说。宛籽跟在青禾的后面，横穿过教习操场。

L区的教习操场，不同种族的奴隶正在进行着各项训练，其间有穆查理星人出没，他们的身边都陪伴着自己的战斗伙伴。每个配对的形态各异，视觉效果相当有意思。

一起出没的有的是人与兽组合，人形的学员身旁跟着威风凛凛的野兽；也有人与改良机械人的组合，人形学员骑在机械人的肩膀上，犹如操控自己的机甲战士。其中最和谐的就是人与人形战斗伙伴的组合，比如人与虫族，与成年的人鱼族，这时候，出双入对赏心悦目的概率就很高。

宛籽看了一圈周围，再抬头看看伊斯：他们俩大概算学霸与废柴组合吧？或者被嫌弃组，迟早淘汰组，备胎是个吃人魔组……

宛籽一路胡思乱想，不知不觉到了教习场的边沿。巨大的树木连接着教习场与它背面的腹地，金黄色的树叶被风吹得沙沙作响，隐隐约约，还有一点花香从森林的深处传来。宛籽对树林有着严重的阴影，在森林边缘就停下了脚步。好在青禾也停了下来，回头温柔看着伊斯与宛籽。

“每一个学员都会在入学之前就由自己或者家族选定战斗伙伴。”青禾的声音幽幽地从前面飘来，“总有一天，你将走上战场，为帝国的荣耀而战，到那时你的战斗伙伴将是你唯一可以信赖的伙伴与伴侣。”

“信赖并不是与生俱来，而是后天培养的。”

“适当的感情交流能够稳固彼此心灵的关系，而心灵的契合则会让你们的灵魂也相依。”

青禾的声音有着非常典型的虫族特征，他们讲话大多非常温暾，就算是灰叶，他的语速也会比普通人慢一点，这让他们的声音非常具有说服力。

青禾看着伊斯：“一般战士与他的战斗伙伴来自不同的种族，而信赖，首先要从了解彼此开始。现在，伊斯，请把手放到宛籽的胸口。”

宛籽：……

青禾轻轻地道：“仔细看清宛籽的容貌，去感受她的心跳，那是她生命的源泉。”

宛籽：……对不起，是我想歪了。

伊斯皱起了眉头，显然并不乐意接触他眼中的低等生物。不过他有着军人非常良好的属性，在知道青禾是教官之后，服从的本能战胜了他的情绪。

伊斯嫌弃地皱起眉头，余光中看见青禾的神情，在军人的服从本能下不得已伸出手，轻轻地触上眼前生物的胸口。

手掌下传来细微的跃动，一下，一下非常有规律。伊斯感触到一股难以言说的微妙感觉，那是她的体温，透过衣裳蔓延到了他的手上。

温暖，且柔软。伊斯有些诧异，低下头颅，第一次正眼看面前的蝼蚁。

她有着人形的外观，身体十分脆弱，眼睛里似乎很容易分泌液体，并且……一直都很吵。似乎只要稍稍靠近她，她就会怯懦地缩得更加矮小，就像现在这样，深褐色的眼眸里颤动着一点水润，似乎马上要流淌下液体。

果然是低级的怯懦的脆弱的外星生物。伊斯嫌弃地移开视线。

“宛籽，用你的手去感触伊斯的心跳。”青禾的声音夹杂在风里，似乎能安稳人的情绪。宛籽的呼吸早就已经乱了套，脊椎紧张得绷直。她在伊斯刚刚走近她的时候就已经恐惧地想要逃跑了，现在根本就已经是惊吓过度，完全不敢动弹。她的锁骨上至今还留着伊斯的匕首割破的伤口，当时骨头都碎了，她躺在冰凉的地上的时候，真的以为自己会死。后来没有死成，可是那种绝望却一直留在了记忆里。

她害怕伊斯，就像兔子害怕人类。她可以逼自己与他同乘，也可以骗自己说他比灰叶好太多，甚至可以尝试与他聊聊天，可是真的碰到他的时候……还是很害怕。怕得连呼吸都不敢，怕得身体的每一根骨头都在颤抖……

“宛籽？”青禾的声音带了疑虑。宛籽僵直身体，双手紧握成拳头。她努力睁大眼睛不让自己太过异样，声音却还是出卖了她。

“我……我不敢……”宛籽小声说。她不知道自己情绪为什么会忽然被恐惧淹没，明明只是很简单的要求，为什么……那么难？

伊斯的手正在她的胸口，他只要稍微用力，她的心脏就会被揪出来。

“我不敢……”宛籽哆嗦着快要哭出来。伊斯冷冷看着眼前情绪崩溃的宛籽，沉默地松开了手。

青禾站在不远处轻轻叹了口气说：“看见了吗，你的精神接触放大了她心中对你的情绪，她的精神阀值根本无法承受与你的共鸣。哪怕只是初步的交流并不是契约，她也无法配合。真的不考虑换个人吗？”

伊斯冷冷地道：“你是故意的？你是我父亲的部下？”

青禾微笑。

伊斯道：“我不会改变主意。”

青禾轻轻地道：“我只给你三十个恒星日，如果在那之前你仍然无法与她完成契约，你可以选择灰叶，或者退学。”

伊斯沉默片刻，提起宛籽的衣襟，转身就走。青禾的声音在背后响起：“给你一个友情提示，不消除恐惧，她永远不会接收你的精神接触。”

伊斯没有回答。宛籽跟着伊斯的脚步，灰溜溜走出L区教习场。

宛籽暗自摸了摸自己的胸口，感受到心脏已经恢复了原本的跳跃节奏。就算刚才被伊斯拎着衣领提着出教习场时，她其实也没有失控。那，刚才是为什么？

刚才究竟发生了什么？她尝试去回忆，思绪却怎么都整理不出来。她虽然的确有些害怕伊斯，但是她已经是个成年人，无论如何都不至于像刚才一样失控才是——为什么？

“你不用恐惧。”走在前面的伊斯头也不回，声音冷硬，“是他利用了你的精神缺陷，放大你的感知。”

“……哦。”宛籽跟着他的脚步，低着头，不知道该怎么互动。

就这样，两个人一前一后缓缓走过校园。校园的道路两旁装着一些银色的器械，每一个器械上有三片舒展的扇形金属。每当风吹过，扇形的金属围绕着圆形缓缓旋转，间或发出一些清脆的声响，就像是无数个银色的风车。

伊斯的短发被风吹乱了，耷拉着，大概和他的心情一样。

宛籽深深觉得自己似乎是闯了祸，脑袋顶上悬挂着一颗随时会爆炸的炸弹。这种感觉太让人忐忑，她咬咬牙，鼓起勇气追上了伊斯的脚步。

“喂……”宛籽小声叫他，“既然战斗伙伴这么重要，为什么……选我？”

她绝对不是什么理想的对象，身体弱，不会打架，还有他们所谓的精神阈值她肯定也没有，鬼知道那是什么东西。不论如何，就算是随即去大街上拽一个都比她好吧？

伊斯没有回头，显然也懒得回答。宛籽早就有被晾的心理准备，轻轻叹了口气，埋头走在他身边。寂静的道上，只有银色风车转动发出的细微声响。

不知过去多久，伊斯忽然停下了脚步，静静地望向宛籽：“因为你毫无作用。”他说。

“啊？”宛籽一时反应不及，呆呆看着他。

伊斯淡然地道：“我不需要任何辅助。”她忽然想明白了自己成为幸运之子的原因。伊克斯学院的社会民情就是一个学员必须带一个随身保镖，而霸道总裁伊斯因为自己是个学霸，独来独往才是学霸的本性，他不屑培养战斗伙伴却扛不过制度，因此费心选中了一个废物作为战斗伙伴。

就是她宛籽本人了。

真谢谢你温和的用词啊！宛籽咬牙切齿。然后她看见霸道总裁养成时的伊斯殿下的眉头上又皱起了显而易见的嫌弃。他大概是忍无可忍了冷冷地道："你不需要做任何事情，但是三十个恒星日内，你要消除对我的恐惧感。"

宛籽：……

伊斯道："这是命令。"

宛籽：……

这怎么可能强制做得到啊！宛籽在心底呐喊，颤颤巍巍问了他："那要是我……做不到呢？"

伊斯居高临下看着宛籽，眼里无波无澜："我退学，你的生死与我无关。"

宛籽：……

随意你个鬼！你就等着退学吧人渣！宛籽匆匆回到宿舍，在灰叶凉飕飕的目光下收拾了简单的行装，小跑着离开了宿舍。现在的她没有锁链也没有被关起来，当然不会坐以待毙，她顺着记忆中的路途朝着校门口奔跑，一口气跑出了伊克斯学院——然后，气喘吁吁站在校门口发呆。

校园门口是一片开阔，蔚蓝的海水冲刷着白色的沙滩。前方是蓝天，白云，一望无际的海平面与最远方的天空相连。海风阵阵吹来，带来一股潮湿凉爽的气息。

宛籽：不——至——于——吧？

宛籽沿着沙滩边奔跑，也不知道到底走出去多远，依旧没有见到半条船，半个港口。宛籽跑得筋疲力尽，最后在沙滩上躺平成了一个大字，看着天上悠悠白云，不得不相信自己的眼睛。

这里好像真的是一座孤岛。如果这里是一座孤岛，也就可以解释为什么这样一所军事学院却没有半个看守，因为根本没有人能不用任何飞行器离开这里，还需要什么防范措施呢？忽然空气中传来一阵怪异的旋律，像是风铃在窗口被风吹动得叮当作响。

这是上课铃声吗？宛籽坐起身来，疑惑地四顾，发现声音好像是从她头顶的天空传来的，可是天空中只有白云朵朵。不知不觉间，那怪异的铃声越来越大，越来越急促，最后一个重音之后戛然而止。

一时间，万籁俱寂。

宛籽茫然四顾，赫然看见天空的中央忽然像是破了一道口子，明媚的蓝天竟然被撕开了一道黑色的裂口！天色越来越暗，海风不知道什么时候停止了，那道口子越来越大，如同墨汁滴入水里，迅速地向四周蔓延，眼看着就要与海水相接。

宛籽心慌起来，拔腿就往来时的方向跑。陡然间，整个世界就黑了。这到底怎么回事啊？四周漆黑一片，宛籽只能靠着模糊的记忆慢慢向前摸索。走着走着，忽然脚下被什么东西绊了一下，她一个踉跄砸在了地上，额头上传来一阵剧痛。

“啊——”宛籽头晕目眩，模模糊糊伸手抓了一把，黏糊糊的。

……不会是血吧？QAQ

寂静中，远处传来一阵整齐的机械声，咔嚓，咔嚓，咔嚓——

宛籽只觉得全身的鸡皮疙瘩都冒了出来，可是周遭一片漆黑，她的肉眼根本看不见任何东西，只能呆坐在原地，听着那个诡异的声音一点点靠近。

咔嚓，咔嚓，咔嚓。

“有人……有人在吗？”宛籽惊恐地开口。

咔嚓，咔嚓，咔嚓。

“我迷路了……请问你是、是学员吗？”

咔嚓，咔嚓，咔嚓，齐整的声音越来越近……

宛籽觉得自己的胆儿都快被吓得破了，忽然间，她感觉自己能看到了一点阴影。她看见在距离她十几步开外的地方，白天里那些风车忽然自己长了腿，正列队在沙滩上行走，每一步都发出声音，正是那个“咔嚓——咔嚓——”。

微光下，每一个风车的三片叶子都如同锋利的刀锋，整齐地泛着寒光。

可是光是从哪里来的呢？宛籽恍然回过头，看见远处有一个人身穿斗篷，手提着一盏灯，在微潮海风中缓步向她走来。

宛籽呆如木鸡。她看见那人微微俯下了身体，从斗篷里露出一只苍白而又冰凉的手，抓住了她的手腕。

“啊——”

“别出声。”极轻的声音从斗篷里面响了起来。宛籽认得这个声音，是早晨才见过的青禾。她终于松了一口气，拽着他斗篷的衣角，跟着他的步伐慢吞吞往前走。

这种感觉很神奇，周围漆黑一片，那一盏灯只有荧荧之火。宛籽借着微弱的灯火眺望远方，看见长了腿的风车机器人正迈着整齐的步伐沿着海岸线行走，渐行渐远。那些让人毛骨悚然的“咔嚓”声也伴随着透明的脚步渐渐消失不见。整个海岸又平静下来，连风声都没有。

于是黑夜中，寂静里，整个世界就只剩下了青禾身上的斗篷偶尔飞起来，撞上宛籽的手腕。宛籽觉得手腕痒痒的，心跳却渐渐地平静了下来。

于是她鼓足勇气问：“我们……要去哪里？”

青禾的脚步没有停歇，温煦的声音从前方响起来：“去疗养中心。”

宛籽问：“天为什么忽然黑了？那些……是什么东西？”

青禾低声道：“穆查理星运行轨迹特殊，并不会有黑夜与白昼轮转，你刚才看到的是人造黑夜开启，至于那些机甲，它们是学校用来清理冲上沙滩的垃圾的。”

宛籽有太多的疑惑没有办法纾解，于是选择了沉默，就这样跟着青禾的步伐走进了校园，走过漫长的小径，最后抵达了一幢独立的大楼。

“请输入权限密码。”大楼外，没有感情的机械声响起。

青禾道：“L 区实战教习官，青禾，通行指令 BLQ3494。”

“指令通过，请进。”

大楼门禁被接触，金属质地的门缓缓打开，露出里面明亮的通道。宛籽在门开的一瞬间就闭上了眼睛，慌乱中，她又被青禾牵起了手，引导着进入大楼内部的空间。青禾走到了她身旁，撩起了她的刘海儿，用雾蒙蒙的眼睛仔细扫视她的伤口。

宛籽不敢动，乖乖站在原地。

“疼吗？”青禾问。宛籽摇摇头，装作不经意偷瞄青禾——此时的青禾已经褪去了一身斗篷，露出真正的模样来。他有着灰色的没有瞳眸的眼睛，皮肤是虫族人惯有的苍白，银灰色的长发遮住了树叶形的耳朵一泻而下直到腰际，身后三对薄翅自然垂下，静静蛰伏。

青禾轻轻挑起宛籽的下巴：“可是仪器显示你的痛觉神经正在绷着。”

宛籽发现他手上的仪器搭在她的手腕上，仪器上显示：目前疼痛三级，需要止痛处理。

青禾垂眼笑了：“隐瞒或者忽略自己的身体状态是高等智慧生物才会有的行为，我可以理解。不过在这一座学院里面，没有任何人想要伤害你，不用害怕哦。”

宛籽看着青禾，勉强点了点头。漂亮大概是虫族的种族优势吧。他本来就长得很美，笑起来时更加明媚得让人心惊，柔软得让人觉得自己正躺在五月里的沙滩上，吹拂着带着花香的风。

“别动，会有一点难受。”青禾的手上抹了一点绿色的液体，放到了宛籽的伤口边。

他轻轻一点，宛籽的额头上就弥漫开一股冰冰凉凉的刺痛感。宛籽闭上了眼睛，告诉自己，站在自己面前的是一个虫族。她见过虫族是什么样子的，低等的虫族庞大而具有杀伤力，体液能够腐蚀一切物体；中等的虫族面目丑陋，不仅能使用武器，而且锋利的牙齿甚至能够撕开战舰的太阳能板；而高等虫族，他们拥有美丽的皮囊，实际上却是杀人的机器。只要他们愿意，就能从远方召唤来千军万马的低等虫族，把任何地方都变成地狱。

“好了。”青禾轻柔道，“今夜就先在这里休息吧，我会通知伊斯来接你。”

“……好。”

“我带你去实习生的房间休息。”

“……嗯。”

“这里很安全。”青禾摸了摸宛籽的头顶，“你不用害怕。”青禾在前面带路，宛籽亦步亦趋跟着，看着他的背影抓耳挠腮。

“疗养中心”的深处是一排齐整的房间，据说是为在这里工作的医务人员与实习生安排。恰逢军部调配，这几天所有的医务人员都被临时指派到了星际战场，于是整一座疗养中心就空了下来。

宛籽被分配到了最里间。房间不大，干净清新，也没有许多闪光的器材。

“安心休息。”青禾临走前又留下个笑容。

他是看出了她对仪器的恐惧吗？宛籽望着青禾的背影。会有不一样的虫子吗？她在心里问自己，然后更加迷惘。

在伊克斯佩特星，虫族是穷凶极恶的存在，莱格修斯率军与虫族打了数千年。可是在这一颗星球上，虫族与人类却好像是和平共处的？他们不仅能自荐成为“战斗伙伴”，甚至还有人能在全球最好的军事学院当教习老师……

也许茫茫宇宙中，不止一个星际有虫族？至少此时此刻，她很感谢他。

宛籽摸到了柔软的床上，把自己蜷缩成一团，迷迷蒙蒙地闭上了眼睛。与地球上相似的环境让她有一种久违的安全感，原本就疲乏的神志很快就被睡意席卷。真是太久，太久没有好好睡一觉了啊！

宛籽酣然入睡，疗养中心的走廊上一间房门悄悄打开。一个鬼鬼祟祟的身影路过宛籽的房间，定定地定了好久，似乎是克制了好一会儿，才蹑手蹑脚离开，走向不远处的诊疗室。

叮咚。诊疗室的器械被人登录。

“请输入诊疗记录权限密码。”寂静中，机械声响起。

鬼鬼祟祟的人探头探脑，低声道：“内部码，3393。”

“欢迎您，亲爱的医生。”

“调取刚才的记录，少废话。”

没过多久，伊克斯学院的内部网络上，一篇题为《伊斯·艾伦特的战斗伙伴剖析第二弹》的快讯被发布出来。

“本次为大家带来关于伊斯·艾伦特的战斗伙伴的进一步调查报告，帮助大家更好地获得竞争对手信息。当然，如果有人能在实战中遇到她，也请务必将战斗数据发送给我。我将代表星辰感谢您！你的基因实验室未来之光。”

下附一张表格：

种族：依旧不明

姓名：宛籽

生理形态：碳基生物，体表脆弱，易破损。

生物特征：体表温度较高，为恒温动物，内部脏器构成与本星人类大致相等。拥有相当的智慧，能与高等的虫族沟通无障碍，并且性格非常温顺乖巧，比人鱼族可爱多了（P.S. 编者个人感情）。

战斗值：推断不高，甚至可能低出所有人的预计值，很有可能为F。

快讯一出，校园网上顿时炸锅。那个生物的战斗值为F——怎么可能！那可是艾伦特家族的伊斯！是幼年期就通过军部特殊人才招募计划的伊斯·艾伦特！他自己的战斗力就已经到达了罕见的S，能做他的战斗伙伴的生物，普通的S级都没有？不可能吧？

顷刻间，“基因实验室之光”的ID被众人唾弃。诊疗室入侵者打了个哈欠，对内网上的骂声不屑一顾，伸了个懒腰摇摇晃晃朝宛籽的房间走。走到一半，他歪着头想了会儿，一脚踹开了对面的房间。

“借用下啊老师。”他对着空荡荡的房间真诚道，大摇大摆走进房间，关上了房门。

亿万年之星光

第四章：第一次亲密接触

清晨，宛籽是被室外的声音惊醒的，外面似乎有什么声音在交谈？她迷迷糊糊开了门，沿着记忆中的方向走到了诊疗室，顿时整个人清醒了过来。

诊疗室内，青禾正坐在唯一的椅子上，脸上的神情不似往日的明媚，反而是少有的正经。在青禾面前桀骜站着的是伊斯，他的眉头紧锁，原本习惯面无表情的脸此刻浮现一丝愠怒。

青禾盯着伊斯，声音慢吞吞，却足够威严。他说："你的战斗伙伴因为战斗能力而陷入危险，这是她自身的问题，我会推荐你更换战斗伙伴，如果她是因为认知错误，在还没有熟悉伊克斯学院的规则的情况下，遇到了危险甚至是生命危险，伊斯，这是你的责任。"

伊斯站得笔直，神情端正，沉默不语。青禾道："她是一个你必须时刻去保护才能活着的生物，伊斯，你选择了她作为战斗伙伴，早该想到会有这样的一天。哪怕是安全如伊克斯学院，她也随时会丧命，更何况是在战场。"

伊斯沉默。过了片刻，他才冷冷地道："我可以保护她活到我毕业为止。"

在远处偷听的宛籽：……

青禾一愣，憋不住冷脸笑出声来，他道："然后你就可以独来独往，去星际战场耀武扬威了？伊斯子爵，我该说你太自信，还是太不自量力？"

伊斯移开视线，目光准确地落在宛籽身上："我不需要任何人保护。"

"是吗？"青禾淡声应。今天的他没有穿斗篷，反而穿了一身制服。贴身的白色衣裳与黑色皮靴让他整个人一扫温和，露出一丝飒爽来。他歪着脑袋，嘴角还挂着笑，"伊斯·艾伦特，军部特殊人才招募计划第三号。我们都知道第一号是您的父亲，艾伦特伯爵出身普通贵族，却以自己的战斗力而让军部破格升职为元帅。你想知道二号是谁吗？"

伊斯终于回头正视青禾。青禾抬起腿，一脚踏上座椅扶手。

“是我。”他抬头看着伊斯，冷冷地道，“我的战斗伙伴也拥有S级战斗力，可是却在星际战场上生死不明，军部念及他的军功，招募我为伊克斯学院的实战教习官。你还觉得你不需要任何人保护吗？”

伊斯脸上的神情终于有了与他年龄匹配的茫然。他似乎是在仔细考虑她的战斗力，随后眼睛里又弥漫起满满的嫌弃。

宛籽：……嫌弃就别选老子啊！有本事你去找那只吃人的虫子啊！！！

如果不是因为屣，宛籽简直想冲上去揪住他衣襟一脚把他踹进海里！青禾发现了一脸奓毛的宛籽，扑哧一声笑了出来，脸上的正经神色一扫而空。

“宛籽。”青禾温和叫她的名字。

宛籽：“……”这个笑面虎变脸派虫子。

“过来。”青禾温柔地招招手。宛籽小碎步挪到青禾身边，一不小心看见了伊斯皱着的眉头。宛籽权当没看见，视线飘飞到远方。身体的反应骗不了人，相较于伊斯，青禾虽然是个虫子但是他毕竟没有做过什么过激行为，而且温温柔柔，他还美……

青禾：“三十个恒星日，还剩下二十九日。”

伊斯冷眼，青禾轻笑：“今天是星际历史课，教官建议你们翘课去培养感情。”

伊斯：……

宛籽：……

那一天，宛籽跟在伊斯的身后，一起慢悠悠地走向宿舍。宛籽一路沉默，眼看着宿舍楼群已经近在眼前，不由得紧张了起来：“你……要回宿舍吗？”

伊斯回头看着她。宛籽觉得自己脸上有些热支支吾吾：“宿舍，只有两个房间……”您是要跟我睡一张床，还是跟那只雌雄莫辨的虫子一张床呢？

伊斯显然没有理解她的挣扎点，他沉默片刻，道：“你留在宿舍，我另有住处。”

果然，这种开挂的特殊阶层根本就不能用普通学生待遇去衡量。伊斯望了一眼宿舍，转身走向了另一条小径。

宛籽目送他离开终于松了一口气，放松了紧绷的身体与神经。在很久很久以后，宛籽已经记不清许多事情，对伊克斯学院与伊斯最久远的记忆大约就是从那条小道上开始的。她有时候看看风车有时候看看伊斯的背影，忽然就有一种不可思议的熟悉感。这种熟悉感究竟是因为伊克斯学院与她记忆中的地球校园太过相似，还是因为伊斯本人的身上有着一些熟悉的影子。

鬼知道呢？

宛籽龟速地回到了贫民阶层的宿舍，在门口踟蹰了好久，终于鼓足勇气进了房间。整个房间已经变了样，所有的装饰与器具的位置发生了巨大的位移。拥有星空投影的主卧里所有的家具与摆设都不见了，只有一张床突兀地被摆在房间正中。床上大摇大摆地躺着一个纤瘦的身影，正是那个讨厌的吃人虫子，灰叶。

他是拆迁队的吗？

宛籽目瞪口呆犹豫着走向了独立的小套间。果然，所有的东西都被清理到了小套间里，那个原本整洁的小空间现在简直像是杂物间。欺人太甚啊！

宛籽怒了！三两步冲到主卧。

灰叶懒洋洋地支起了身体，眯着眼睛盯着宛籽，道："不服，来打。"

他好像刚刚发现宛籽额头上的伤口，雾蒙蒙的眼睛眯了起来眼底闪过饶有兴致的光芒。僵持一会儿他下床走到宛籽身旁，盯着她的伤口仔细研究。

灰叶问："你受伤了？"

宛籽一瞬间受宠若惊："没、没什么，不要紧的……"

灰叶问："那你什么时候死？"

宛籽咬牙切齿："暂时不会死的，谢谢你的关心。"

"……哦。"

灰叶露出失望的神情。宛籽警觉地用手捂住了额头，因为眼前的虫子正用殷勤的"要不要我来帮你一把"的眼神盯着她。僵持间，她的肚子尴尬地叫了起来。

"咕咕——"算了，识时务者为俊杰。宛籽挤出一个虚伪的笑容，柔声问灰叶："那个……请问你知道在哪里吃饭吗？"

"你难道不知道有个叫做疗养中心的地方？"

宛籽：……

疗养中心大厅，所有的食物都是按照种族自动分发。宛籽和发放食物的小机器人面对面，快要按捺不住火气："给我食物。"

"对不起，无法判断食物需求。"小机器人道，"不明种族用餐者。"

宛籽：……

穆查理星的种族资料库里并没有地球人选项，宛籽怀疑自己会饿死在这里。

“喂，这里——”

大厅的角落里，有一个戴着口罩的陌生男性，正在朝她兴奋地招手。叫我？宛籽投去疑惑的目光。

口罩男朝她勾勾手：“我是疗养中心的义工，我看你好像并没有找到合适的食物，需要帮助吗？”

宛籽犹豫了片刻，在危险性与饿死之间考虑了一下，跟上了那个男人的步伐。她跟着口罩男进了传送梯，到达地底一层竟然又回到了早晨离开的诊疗室。

那个男人大概是工作人员，他熟练地在所有的仪器平台上输入了通行口令，整个室内顿时被一股淡淡的荧绿色光芒笼盖。

“躺上去，我想给你做个身体检查。”口罩男说。

“不是找吃的吗？”

口罩男趴在仪器平台上，支起下巴歪着脑袋看宛籽。他说：“你让我扫描身体数据，我就负责给你找到吃的，公平交换，怎么样？”

“你想做什么？”

宛籽警觉地后退盯着口罩男的眼睛。口罩男有着一双深蓝色的眼睛，目光虽然温和却完全遮盖不住浓浓的兴奋光芒，该不会是什么科学怪人吧？

口罩男大概是笑了，虽然没有露出脸，但是眼睫弯了起来。他说：“你放心，我不会对你的身体做任何损伤的事情，我保证，只是扫描与简单问询。”

宛籽握紧拳头退到了墙边。口罩男并不着急，他在诊疗室里找了个座位，把腿高高架在了试验台上。

“我猜你的食物要么更倾向于陆地植物，要么是不习惯人鱼族原始的饮食习惯，你需要把食物进行一定特殊处理之后才能食用。对吗？”宛籽沉默。

口罩男道：“我们穆查理星人的食物主要由天然矿物分泌的成分与一些植物的种子果实为主，军队中则更多以营养合剂的形式。我猜这些食物你都能吃，不过口味上则不一定认可。”

营养剂……宛籽的脑海里顿时想起许多不怎么美好的回忆，却也稍稍放松了一点。看来这个口罩男的确是研究这些的没错……

口罩男显然接收到了宛籽情绪，缓步走到她身边，弯下腰道：“我给你找些口味偏甜味的浆果，你给我一滴你的血液，我保证，只用于我个人研究，不会做坏事，怎么样？”

不行，他靠太近了。宛籽心里直打退堂鼓。肚子在这时候不知好歹地又叫出了声：“咕咕——”

口罩男声音哀怨起来：“你知道吗，我只是实验室的一个小学徒，我每天能够接触到的资源很少很少……老师们还都很凶……他们天天瞧不起我的思维……”

咕咕——宛籽已经感觉到了一点晕眩。

生死关头，她豁了出去，轻轻点了点头：“好。”

口罩男兴奋地拿了一根针，从宛籽的指尖取了一滴血放入培育皿。宛籽看着殷红的血在培育皿里缓缓地散开，抬起头看见了口罩男深蓝色的眼睛，一瞬间有一种错觉，好像在哪里见过他……

当天，伊克斯学院的内网上，“基因实验室之光”再一次登录。这一次他对伊斯的战斗伙伴研究数据再一次更新，不仅推算出了她的基因组合，更加推算出了她的饮食习惯，肌肉的受压能力，还有她的骨骼生长速度等等。

“上一次的研究，本次实验结果得到论证，该生物不具备作战能力。当然，如果以高等智慧生物的评定标准来推算，她拥有非常完善的人格与相当的智慧，情绪波动十分明显。换言之这是一种非常可以培养出感情的伙伴。”

数据已经越来越明确，学员们中有相当一部分人开始怀疑这份实验报告的真实性，会不会艾伦特家的 S 级长子真的挑选了一个废柴当战斗伙伴呢？毕竟数据已经这么明显了……

可是怎么可能呢？

当然也不是不可能啊，这种天之骄子的脑回路本来就清奇得很啊！在芸芸众生的讨论中，有个叫 3494 的新 ID 发了一条简单的疑问，与其他人完全不同。

3494 问：如果你的实验数据正确，请问如何培养情感？

基因实验室之光回复：基于学者目前的研究数据，这种小可爱不宜用强，可以为她准备喜欢的食物，与她沟通自己的过往，共同讨论一些有兴趣的话题，时机差不多再试着适当的身体接触，循序渐进即可。

众人不屑路过。切——你就编吧！丝毫不知道校园网络存在的宛籽并不知道自己已经成了风云人物。网络上讨论最激烈的时候，她正在享用自己出卖节操换来的食物——一份浆果。

她狼吞虎咽，风卷残云。这个浆果有点像车厘子，却比车厘子更多一股桃香味，总之味道的确如口罩男说的那样，很符合她的需求。

“我叫之光。”那个口罩男神神秘秘说，“当然你也可以叫我全名，基因实验室之光。”

“……哦。”宛籽毫无兴趣，埋头啃啃啃。

口罩男笑笑，戳了戳宛籽的脑袋：“为了我们共同的合作，要不要干脆住在疗养中心？”

“嗯？”

“我可以代表疗养中心的官方渠道通知伊斯，就说你因为昨天受了伤，需要在这里静养。”

宛籽盯着基因实验室之光，犹豫了一会儿，最终点了点头。这个人应该就是疗养中心的工作人员了，也许还搞着自己的小研究项目，勉强还能算个白衣天使。不过人为刀俎我为鱼肉，这种情况下，她待在疗养中心比回去面对那只虫子可好太多了。

“明天换一种植物果实试试吧？刚才的检查我发现你的身体营养数值有些不够。”

“好。”

“实战教习的时候，可以多加一些运动。”

“好。”

“好听话。”口罩男之光戳戳宛籽的脸，“真羡慕那小子啊，为什么我碰不到这么听话的战斗伙伴？”

宛籽：……如果你小命被人捏在手里朝不保夕，你也会听话的。

之光笑了：“明天入学实战测验，多吃一点。”

“好……啊？”

亿万年之星光

第五章：实战测验

作为穆查理帝国唯一的也是整片星区最优秀的军事学院，伊克斯学院的每一个学员都是贵族中的优秀子弟。正因为如此，对于每一个学员的发展方向，学员的考量都是非常仔细而且严谨的。

同一期学员一般是十到二十人不等，入学之后便会交由专门的实战教习与文化教习带领入门，随之完成最基础的学院课程。而在新人期的尾声，则是传说中的入学测验。这一场测验将会把新入的学员区分类别与岗位，进行分别的精英教育，学成之后，插班进入不同专业。

宛籽的三观碎裂了一夜，久违的紧张感笼罩全身，她一夜都没有安眠。万万没有想到，在地球毁灭了之后，竟然还有一种类似“摸底考”的东西能够让她抓狂。更可怕的是如果只是地球上的摸底考，她顶多担心挂科，而在这一颗陌生的星球上，她不仅要担心挂科，她还要担心挂。

为什么，为什么科技都发展到这个地步了，仍然有这种让人放假跟上学都不安生的东西存在啊？！

第二天，宛籽顶着巨大的黑眼圈，昏昏沉沉看着面前的伊斯。伊斯今天的装扮也与往常不同，他今天着装明显更为轻便，也更适宜作战。所以当他看见一脸茫然的宛籽的时候，眼底赤裸裸的嫌弃快要溢出眼眶了。

宛籽低头看了看自己的装扮：公爵府做的日常礼服和皮靴，脖子上还挂着临走前侍女嘱托一定要戴着的象征公爵府的挂坠。这一身的确……非常不合格。但是再回去更换显然已经来不及了。

“我不知道今天要测验……”宛籽弱弱地实话实说。伊斯低眉像是在思索，淡蓝色的眼眸微抬，目光落在她的脸上。宛籽紧张得站直了身体。

伊斯忽然走近，居高临下，用探究的目光看着宛籽。然后，他伸出手，用指尖挑起宛籽的下巴——忽然凑近。

卧槽？！

宛籽吓得连连后退，结果后腰被伊斯的手臂拦在了半空，她进退两难，只能眼睁睁看着伊斯的鼻尖快要碰上她的鼻尖了。这、这、这是什么情况啊？

“宛籽。”伊斯低声道，声音带着一点沙哑。宛籽不知道伊斯多少岁，他的模样看起来其实就是十八九岁的地球少年，而她地球年龄算上在伊克斯佩特星的年龄早就已经超过二十了。她觉得自己正在被一个小屁孩……做奇怪的事。

“你你你……想干什么……”

伊斯微微侧过头，似乎是在思索。其实伊斯思索的时候其实看起来很温良无害，皮肤白皙，眼睛湿漉漉，一副安静好骗的样子。如果不是见过他在森林里举刀横切怪物杀人不眨眼的模样，宛籽几乎要相信这真的是一个内向的翩翩美少年了。可惜啊，这明明就是一个暴力狂！

“伊斯……”宛籽感觉自己受过伤的肩胛骨又开始酸痛起来了。伊斯没有进一步动作，他保持着固定的距离一动不动，又过去片刻，他稍稍移开一些距离，站在宛籽对面，向她伸出了手。

宛籽警觉地拒绝合作。她现在一点都不怀疑这个暴力狂对她有什么企图，她怀疑他最近入了什么诡异的邪教，刚才那个怎么看怎么都像是一种莫名其妙的仪式。

伊斯的眉头又微微皱起来，很快，他的耐心似乎见了底，一把抓住了宛籽的手腕。

宛籽：“啊啊啊——”

伊斯淡淡地道：“别吵，不然容易骨折。”

宛籽：……

伊斯的声音似乎刻意放轻了一点点。他说：“实战测验上，你跟在我身后就可以，不用做什么。”

翻译：学渣，考试的时候你抄答案就好了，少添乱。

宛籽没敢出声，也没敢再挣扎，她紧张地看着自己的手腕，生怕伊斯大少爷一不高兴真的把它拧断了。伊斯的表情很是满意，就这样保持着原来的姿势，牵着宛籽的手走出疗养中心。

一路上，诸多诡异的目光笼罩着肢体僵硬的宛籽、伊斯二人组。宛籽觉得自己的肝胆脾肺肾都快要被提出喉咙了。这到底是怎么回事啊？

L 区实战教习场上已经聚集了一批同期学员。这一期的学员加上他们各自的战斗伙伴总共 16 人，分为 8 个小组，每个人都领到了一根腕带。

青禾在队列前面巡视，严肃的目光掠过每一个人。

“本期测验，将区分出军事战略、机甲操作、实战等诸多方向，测验分为三关，单独测验，三个恒星日内完成。每个人与各自战斗伙伴随机选择进不同考场。学院将根据你们在战场上的表现与特征来进行匹配，所以你们务必发挥自己的最大极限。”

“交给你们的腕带会监控你们的身体各方面数值，如果你们自己觉得已经发挥到极限，不能继续往前，也可以提前选择弃权，只要按下腕带上的红色按钮即可。当然，自动弃权并不会让你们被退学，只不过会被其他学院嘲笑亿万光年。”

“另外，一旦腕带监控到你们的身体出现重大创伤，测验将自动结束，医疗组会将你们带离测验场地。关于规则就这些，你们明白了吗？”

青禾穿着斗篷，因为种族的特征，所以整个人比大部分学员还要低矮一点点。但是他一眼投来，大家还是不由自主地站直了身体。

“明白！”

学员中有个人东张西望，犹豫开口：“长官！听说医疗组去星际战场了，他们回来了吗？”

青禾抬起头微笑，眼睛眯成一条缝。他说：“想通过确认医疗官是否在现场来判断测验危险程度，我个人很欣赏你的智慧。”

提问的学员被戳中了心事，尴尬的眼神乱飞。青禾扬声冷冷地道：“我可以明确告诉你们，医疗组已经从星际战场调回！不仅是医疗组，就连基因研究所的所有精锐也会到场，你们就请——”他又微笑起来，声音轻飘飘的，“安心去吧。”

这叫人怎么安心啊！

所有人心中血泪千行。这么大阵仗，这个测验的危险系数可想而知。这些天来校园生活太过惬意，他们差点就忘了这里真的是素有战士熔炉之称的伊克斯军事学院，再强悍的精英都能在这里丢半条命啊！

“那么，我们开始吧。”青禾笑眯眯地道。他的话音刚落，学员脚下的土壤忽然颤动起来，一个矩形的区域与周围的土壤割裂开来，载着所有的学员缓缓下沉到了地下。

学员们惊慌地扫视四周，发现四面墙壁上各有两个通道，通道上标注着从1到8的序列数字，这就是——随机考场？

“走了！”学员中有人豪情万丈，带着自己的战斗伙伴率先踏入了一个通道内，通道门随即关上。剩下的人面面相觑，一个接着一个挑选了自己的考场。到最后只剩下宛籽与伊斯还站在洞穴内。

青禾站在上方，盯着伊斯与宛籽交叠的手，扑哧一声笑了起来：“入学测验历来全程通过率不到八分之一，你现在后悔需要更换战斗伙伴还来得及。”

“不必。”伊斯冷冷地道。

“那么，祝你顺利。”

宛籽被拉着进入最后一个通道，满脑子只有一个念头：他什么时候才能放开手……忽然她的身后有一抹灰色闪了闪，她没注意到。

考场内说是通道，其实更像是一个山洞。山洞内的温度要比外头高很多，黑暗，温暖，潮湿，安静，只有远处隐约传来的嘀嗒声，让整个世界还有一点点的动静。

人在黑暗中的时候想象力总是特别丰富。真的进入到了考场后，宛籽才庆幸今天的伊斯抽了风拉着她的手，不然她真的不敢想象自己在黑暗中都会摸到些什么东西……

滴答。滴答。滴答。

水滴声似乎永远在前面。伊斯忽然停下了脚步，松开了手。

“伊、伊斯！”宛籽心慌起来，拽住了伊斯一抹衣角。

“你退后。”伊斯轻声道。

我不敢啊！谁知道后面有什么啊——宛籽在心底哀号，牢牢站在伊斯身旁。她其实并不信任伊斯，确切地说在这个穆查理帝国，她一个人都不信任。她所做的所有努力，都不过是为了生存下去，然后离开这里。

伊斯抽出了绑在皮靴外的匕首，敏锐的目光扫视四周。他现在也看不见任何东西，却可以听见，在很远的地方有成群的振翅声正密集而来，连带着山洞里面的温度发生着微妙的变化。

“伊斯，好像忽然变热了……”宛籽在他身后喃喃，“还有什么声音？”

伊斯执刃的手握紧。忽然间振翅声由远而近，几乎迫近伊斯的眼睫。

“靠后！”伊斯厉声道。

他举起手，手里的兵刃划破黑暗的寂静！

刺——裂帛声传来。随之响起的是一声尖锐的嘶鸣：“嘶——”

振翅声连成一片已经混成一团。宛籽感觉自己的头顶拂过什么生物的翅膀，有什么一把抓住了她的头发，连带着发带被扯了下来，顿时她就披头散发了。如果刚才那个爪子再往下抓一点点，恐怕带走的就是她的头颅吧……

宛籽吓得两腿哆嗦，想也不想就往山洞深处跑。

“别跑！”伊斯厉声呵斥，然而为时已晚。他听见振翅声音有一大部分跟随着宛籽的脚步声远去。与此同时，另一群人聚集在考场不远处的疗养中心地下三层。他们都是穆查理人族，以中年与老年人居多，都聚精会神地盯着大厅中央悬浮的投影。

巨大的投影分隔成了八个区域，分别对应一至八号考场，每一个考场的现状都及时地反馈在画面上。几乎所有人都在盯着八号考场——

八号考场里，矮小的宛籽正抱头逃窜，她的身后跟着一大群吸血的蝙蝠穷追不舍。而她的契约者伊斯则在更远的地方无力分身，只能一边斩杀企图靠近他的蝙蝠，一边尽力向宛籽靠近……相较于其余七个考场，这一对战斗伙伴显然是最没有默契和最狼狈的。

专注于战况的中年男人们有些沉默。他们是穆查理的医疗团队，奉命从星际战场赶回伊克斯学院，只是为了预防考试中出现的意外情况。

另一边身穿制服的军部阵营已经按捺不住了，有人站起身来，指着八号考场问：“这是什么情况？这一期学员是没人了吗？这种废柴都招进来？”

青禾站在军部阵营边缘，勾了勾嘴角道：“这是伊斯·艾伦特。特殊人才招募计划的三号。”

军部众：……气氛有些尴尬。

“浑蛋小子！”过了许久，军部为首的威严老头儿忍不住骂出了声。

如果是那个伊斯，就不足为奇了，他从来就没做过靠谱的事情！另一边，医疗团队的学者们的目光则更多地放在逃窜的宛籽身上。为首的是一个儒雅的年轻人他看着宛籽在山洞中逃窜，好奇地问身边人：“这种生物从前见过吗？”

他身边的年轻人摇了摇头：“没有。”

儒雅青年眯起了眼睛。穆查理的基因库已经是星际中比较齐全的了，而眼前这个生物显然并不符合任何一种的特征，而且还是个智慧生物，这可真是有意思。怪不得……

儒雅青年盯着投影，无奈道：“出来吧，不用偷窥了。”

军部众人面面相觑，忽然意识到教学系统似乎被人入侵了，顿时大惊。究竟是什么人能够轻而易举地侵入伊克斯学院的研究所？

过了一会儿，一个鬼鬼祟祟的身影灰溜溜地进入大厅，耷拉着脑袋走到了儒雅青年的身边，抬起脸赔了个讨好的笑。他戴着口罩，却可以让人轻而易举地感觉在笑，声音悦耳动听：“老师。”

儒雅青年平静地看着口罩男。口罩男利落地摘下了口罩，露出了真面目：那是一个与普通学员年纪相差无几的少年，面容漂亮得有些雌雄莫辨，湛蓝的眼睛里似乎天然盛着笑意。

他的目光慢悠悠飘过在座的军部阵营，眼睫弯弯，惹得好几个年轻的雌性军官红了脸。儒雅青年似乎司空见惯，淡然道：“你违规提前返回实验室，就是为了这个新生物？”

口罩男微笑。军部中年轻健壮的少将气急败坏站起来：“哪来的菜鸟医生！你当军部命令是摆设吗？！”

口罩男挑眉，嘴角的笑带了点讥诮。

“我不是医生我是学员。”口罩男的口气轻缓玩味，“是你们招募了我，并准许我提前进入基因实验室实习，允诺我可以自由进行研究，怎么，忘了吗？”

“谁会招募……”年轻少将还想吼，却被军部的带头老头儿的眼神制止。

老头儿锐利的目光扫过口罩男的脸，嘴角勾起了一点笑意，他道：“特殊人才招募计划的四号？”

“是！”口罩男立正，朝着军部一干人等弯眼笑起来，“亚瑟·柯博特，目前服役于基因实验室，向您报到。”

军部阵营如逢雷劈。好在，投影区又有新情况，缓解了现场的尴尬。

不远处的地下八号考场里面，宛籽全身的衣裳已经湿透了。山洞里的路七弯八绕，好像一个伸手不见五指的迷宫。她早就忘记了自己是从哪里来的，也不知道究竟往前跑了多远，身后的振翅声居然悄然而止了。

水声越发靠近。宛籽顺着山洞壁慢慢地向前摸索，手下感觉到的是潮湿的土壤与错乱的苔藓。在山洞壁的连接处，有一条狭窄的缝隙，刚好能够容纳下她的身体。她于是轻手轻脚地把自己的身体挤了进去。

如果把这一场考试理解为打副本，那些东西大概都只是通往Boss关前的小怪吧，而她唯一能做的，就是找一个角落，尽量不要拉到仇恨值。

黑暗中，寂静是环境里唯一的主色调。宛籽听见自己的呼吸声，在四周的一片死寂中显得特别清晰。

她尝试着屏住呼吸。严格意义上来说，她的身体其实并不是那么需要氧气了。她的身体是亚瑟根据地球基因与伊克斯佩特星人的基因融合而成，呼吸只是地球哺乳生物的本能习惯，而她现在的身体，在强制状态下其实只是会虚弱一点点，不会缺氧而死。

停止呼吸之后，黑暗中真的没有一丁点声音了。远处传来细微的躁动，那是伊斯与怪物打斗的声音。一阵嘈杂之后，伊斯的跑步声响起，越来越近。

“宛籽！”伊斯抵达寂静处。

要答应吗？

“宛籽……你能听见吗？”伊斯的声音低下来，同时在山洞里缓慢地行走摸索。大概是在尝试搜索已经晕厥重伤，或者是已经成为尸体的宛籽。

宛籽咬牙沉默。恍惚间，她有一种错觉，山洞里的温度似乎又上升了不少，她缩在缝隙里的时候整个额头都在冒汗。她感觉脸上有点痒，晃了晃脑袋，脸颊忽然接触到一片温热的绒毛。

与此同时，一股奇异的臭味钻入她的鼻腔。

宛籽觉得全身的鸡皮疙瘩都起来了，她颤抖着伸出手抓了一把，感觉抓到了一片巨大温热的动物皮肤，顿时紧张地倒吸了一口凉气：“啊——”

“宛籽？”伊斯听见了声音。

几乎是同时，巨大的嘶鸣响起。山洞里忽然出现一道火焰，点燃了山洞深处的干草，把整个黑暗空间都照亮了。

宛籽面前站着一只巨大的生物，它有着蝙蝠的翅膀与食肉恐龙的身躯。它的体型极大几乎占了山洞的一半，粗壮的尾巴扫过山洞壁上的岩石，带来一阵阵的崩塌每一声嘶吼都喷射出数米的火焰，把整个山洞干燥处都点燃了。

它本来正与伊斯僵持，听见宛籽的声音骤然回过头，张开血盆大口，一口咬向宛籽！

“啊！！”宛籽抱头。巨型恐龙的牙齿只啃到了她头顶的石头。

石头崩塌，噼里啪啦往下跌落，宛籽从缝隙中挤出了身体，跌跌撞撞朝外奔跑："救、救命——"

巨型恐龙一声嘶吼，掉转头眼看就要追上宛籽。忽然间伊斯从它的身侧一跃而起，扬起手里的匕首一刀划向它的眼睛。

"吼！！"恐龙暴戾的吼声在山洞里回荡，粗壮的尾巴在空中乱挥，尾巴所过之处一片崩塌。宛籽逃无可逃，站在山洞死角上，眼看着恐龙形状的怪物的尾巴忽然阴错阳差向她横扫而来——电光石火间，宛籽只看见了一道影子挡在了她的面前，硬生生用手臂抵挡怪物的尾巴。

"唔——"那道影子被尾巴的巨大力量扫得闷哼一声，跪倒在地上。

……伊斯？！

盲眼的恐龙已经彻底狂躁，不停地在室内肆意撞击、摇摆着庞大的身体。伊斯的身体晃了晃，扶着墙壁站起身来，凝神看着乱窜的恐龙，趁着它低头的一瞬间一跃而上！几乎是在一瞬间，锋利的匕首横切而过，竟把恐龙的颅骨削去了一半！

嘶吼声戛然而止。恐龙在地上僵持了好一会儿，忽然直直地朝地上歪去——轰然倒地。伊斯收回了匕首，捂住左手的手腕，皱起了眉头。

"伊、伊斯……"宛籽慌忙站起身去搀扶他，却被他稍稍一侧身，躲过了。

"走吧。"伊斯淡淡地道，绕过宛籽向山洞的更深处迈进。

疗养中心地下三层，儒雅青年——基因研究所的所长饶有兴致地看着宛籽与伊斯二人组。之前的一－七组都已经顺利通过第一关，只有这一组速度最慢，而且……居然还早早受了伤。

"青禾，是谁允许他带个废物的？"军部的长官也按捺不住了。

在八号考场的可是伊斯·艾伦特，穆查理的男性中罕见的S级战斗力。整个帝国都在等着他长大，想看看他会为星际战场带来什么样的变化，而现在，他居然在伊克斯学院的入学考试第一关就挂了彩？青禾无奈地笑了笑："这是他亲自挑选的战斗伙伴。"

军部长官气得眼睛都歪了："那你也不能任由他胡来！这简直是……"

青禾只能微笑。隔壁医疗学者区域则要平静得多。亚瑟·柯博特已经为自己找到个舒适的位置，盯着全息投影聚精会神，湛蓝的眼眸中微光闪烁，与周围乱糟糟的环境格格不入。

"宛籽……"他轻轻念了一遍她的名字低眉笑了起来。有趣，真是太有趣了。

L区地底黑暗的厮杀刚刚结束。宛籽小心翼翼地在山洞里行走，发现周围渐渐有了微弱的照明。刚才的燥热逐渐消失，越往山洞深处走，周围的气温越来越低。

“伊斯……”宛籽小声呼唤。从刚才到现在，伊斯一直走在她前面四五步的地方，再没有回过头。他没有再出过声，可是步伐显然要比正常的时候慢一些，也僵硬一些，大概……还是在刚才受了不轻的伤吧。

对不起啊！她在心底默默地想。他用自己的身体替她阻挡危险，而她却只想要逃跑。

“对不起啊，是我拖累了你。”伊斯没有作声，脚步却越来越慢。

“我下次……一定不跑了。”伊斯的身体摇摇欲坠。

“伊斯！”宛籽慌忙上前去搀扶伊斯，“喂……”

伊斯的身体朝宛籽身上倾到。好吧。他居然晕了。

现在的局面，真是求人不如求己。宛籽拖着伊斯的身体，一步一步后退着朝前挪动。狭窄的山洞里有了微光，似乎也没有那么恐怖了。山洞的石壁上长着苔藓，苔藓上开出星星点点的小花，置身其中，心好似安宁了下来。

终于，一片空地出现在他们的面前。在这个地下原来深埋着一个巨大的地下湖。光好像是从洞穴的顶部岩石缝隙中透出的。日光氤氲中，一个光裸的身影趴在湖心的礁石上，金色的鱼尾拍打着湖面，翻起阵阵涟漪。

宛籽不可置信地掐了掐自己的掌心——这是……人鱼吗？

僵持间，金色的人鱼扑通一声跳下了水，缓缓游到岸边支起了身体，湖蓝色的眼睛一动不动盯着宛籽。

“恭喜你们通过考核，现在授予你们伊克斯勋章。”人鱼伸出手，露出手心的蓝宝石。

就这样……通过了？宛籽不敢相信自己的耳朵，可是人鱼手心的蓝宝石上确实刻着伊克斯学院的蓝宝石。是不是太过容易了些？

“他伤得很重哦。”人鱼懒洋洋甩着尾巴“快点完成仪式出去治疗吧！”

没错伊斯的伤势不能再拖延了。宛籽轻轻把伊斯放下，朝蓝宝石伸出手，却忽然听见了身后的簌簌声响。

骤然间，一道白光闪过，直射向人鱼的胸口！

人鱼尖叫一声，捂着胸口在地上打滚。几乎是同时，整个山洞里的景象发生了变化——山洞顶端的透光缝隙慢慢凝结成一道明亮的影子，而后巨大的藤蔓渐渐蜕变成裸露的岩石，青草与湖泊都渐渐褪色，漂亮的人鱼身上的表皮剥落，露出机械的骨架……

宛籽看见对面站着一个银灰色眼睛的少年，他的手里还有蓄势待发的弓箭。

“灰……叶？”

“愚蠢的废物。”灰叶冷冷地道。这到底是怎么回事？灰叶不是在宿舍吗？这里不是湖泊吗？宛籽彻底蒙了，山洞的土层像水彩一样脱落，露出宽敞明亮的机械舱道，前方是一片空地，并没有湖，也没有花，更没有人鱼。

地上只有一个已经冒烟的机械。机械边站着的伊斯手脚灵活，哪里像是半死不活的样子。

“你的精神被干扰了。”伊斯淡淡地道，“这里并不是山洞也不是全黑，否则监控设备无法捕捉到我们细微的表情，从一开始我们看见入口时，就是被精神干扰所控制，误以为自己在漆黑的地方行走。”

“那人鱼……”

伊斯道：“人鱼是干扰器本体，因为靠得太近，所以完全被它控制，看到了那些人为我们准备好的陷阱。”

宛籽依旧云里雾里，努力总结：“所以……你早就恢复了正常，甚至你都没有因为救我受伤，是我产生了幻觉才……”

“救你是真的。”灰叶不耐烦地打断，“那之后就是假的了，你这个愚蠢的废物。”

宛籽：……

考试显然还没有结束。在明亮宽敞的舱道里，小队前进的速度变快，没过多久就走到了舱道的尽头。尽头处看起来是一道庞大的金属门，门上有一个透明的窗口，从窗口可以看见里面的景象。

宛籽踮起脚张望，只一秒，她的身体就石化在窗口边。窗口里面是一个巨大的圆形区域，区域中间有一个三人合抱大小的柱子，柱子上盘踞着一只怪物，怪物粗壮的身体上布满了一道道鳞片，尾巴散漫地在石柱底部摇摆，碰到地面时发出巨大的撞击声。

那是……巨蛇吗？

宛籽抖落了一身鸡皮疙瘩，正想后退，却看见灰叶按下了舱门开关。舱门缓缓打开，里面的腥臭味扑鼻而来。

宛籽："啊啊啊——"

灰叶捂住耳朵，嘟嘟囔囔了一句"废物"。他张开身后的三对透明翅膀，腾空而起冲入最后的关卡房间。伊斯紧随其后，举起匕首从地底包抄。

宛籽站在舱门口，只觉得一阵腥臭的风吹得她的头发都飞扬了起来。那不是蛇。渺小的宛籽站在舱门口，仰头望向天空的方向。那个长满鳞片的长条形生物从石柱上绕了开来，露出了巨大的獠牙与锋利的前爪，如同没有引力束缚一般在空中盘旋绕圈。

那是——龙啊啊啊啊！！！

"闪开！"伊斯凌厉的声音传来。宛籽看见传说中的生物直直地向自己袭来，一时间全身的血液都快冲上头顶了。

"喂那个蠢货！"灰叶的声音在很遥远的地方响起。宛籽呆呆地站在原地，眼看着巨龙越来越逼近。

作为地球人，她对这种生物抱着十分复杂的情感。西方人把龙视为邪恶的象征，而大多数国人却从很小的时候就已经开始接触这虚拟的生物，古人拜它为神，后人把它作为民族的象征……而今天，她真真正正地看见了传说中的生物。

巨龙近在咫尺，它的利爪眼看就要划破宛籽的胸膛。伊斯拼尽了全力去追赶，匕首斩向巨龙的尾巴。

"嗷——"巨龙的尾巴被划了一道伤口，却仍然没有回头的意思。

"宛籽！"巨龙抵达舱门边缘，忽然间它好像受到了什么隐形的阻挡，整个龙头一个激颤，摇摇坠坠冲回舱内。

它出不了密室？宛籽终于清醒了过来，瘫坐到地上。

不远处，灰叶与伊斯以飞快的速度与巨龙周旋。伊斯的动作极快却始终只能屈于龙身下方，大部分时候并不能够有效攻击到它，而灰叶手里的弓箭无法刺穿龙鳞，每一箭都只让它更加狂怒……两个人的身上都已经伤痕累累，眼看就要无法支撑。

宛籽屏息看着这一切，忽然眼前一亮："伊斯！看那边！"

伊斯跳跃后退，凝神望向宛籽指示的方向，看见那里有一个透明的遮罩，遮罩内放着一件奇特的兵器。

"吼——"巨龙发现了伊斯的企图，从空中降落下来！伊斯闷哼了一声，跪在地上，血液迅速地从脊背上的伤口处流淌出来。他的身体向前倾倒，重重砸在了地上。

“伊斯！”宛籽惊叫，此刻灰叶吸引着巨龙到了高空。

宛籽狠了狠心趁着这难得的机会冲进囚龙密室，一把拽住伊斯的胳膊往外拖。她拼尽全力把他拖出密室，小心地把他的身体调整成脊背向上姿势。

他的衣服脏乱不堪，身后是触目惊心的血痕，从密室深处一直延展到密室外。灰叶狼狈地坠落在宛籽的脚边，胸口大力地起伏着，显然是精疲力竭才终于逃出密室。

“吼——”巨龙嘶吼着，却显然不敢出舱门，正着急地在密室里游荡。

“灰叶，伊斯他……”

“他快死了。”灰叶喘息着支撑起身体，嘴角勾起冷笑，“如果伤口得不到及时救治的话。”

宛籽怔怔地看着伊斯，陡然间回过神来，抓住他的手腕：“腕带……”

灰叶：“不用试了。”

宛籽气急：“都到这时候了就别管成绩了！”

“没用的……”伊斯艰涩地睁开了眼睛，淡蓝的眼睛无神地望着宛籽。

宛籽呆住：“为、为什么？”

灰叶：“以他的失血量，如果腕带有用，早就报警了。”

灰叶的目光轻佻地落在宛籽的身上：“以你的精神状态，早在第一关的时候，就该被当作弃权处置了。而且，”灰叶的眼神暗了几分，“里面那只兽类不是我们的战斗等级可以战胜的。”

宛籽：“那为什么……”

灰叶冷笑：“恐怕是因为那帮老头子，临时把考试升级了。”

疗养院地底三层，军部的人已经炸锅。年轻的少将气得满脸通红，被身边的人死死拉住才没有冲上去揍了医疗团队，只能气急败坏地吼：“你们到底在玩什么花样？里面的只是学员！他们没有经过任何专业训练！”

儒雅的基因研究所所长聚精会神地看着投影中狼狈三人组，嘴角勾了勾，显然并不想回应。

“元帅！”少将气得眼睛都瞪圆了，指着投影道，“那是我们特殊人才招募的三号，平均十万个穆查理星人才有一个本身战斗力到达S，只要他一毕业就会是我们军部的新生力量！您真的打算让他死在考试里吗？”

军部老头儿眯着眼，沉默良久，他缓缓开口：“再等一等。”

儒雅青年的目光落在宛籽的身上，饶有兴致地回头望了一眼亚瑟。他轻声道："你看上的小家伙看起来很脆弱，不过似乎情绪调节能力少有的强韧。"

亚瑟懒洋洋靠在儒雅青年的身旁，瞥了一眼投影中的宛籽，微微笑起来。不远处的战斗副本内，伊斯与灰叶显然已经没有办法再战斗，倒霉三人团只剩下宛籽一个人。宛籽再没有可以仰仗的人，只能逼自己冷静下来。

首先，靠她一个人的力量肯定必死无疑，大腿伊斯和大腿灰叶活，她才有可能活；其次，两只大腿此刻精疲力尽。所以，保障他们两个的体力与精力尽快恢复是她活下去的关键。

她拿了伊斯的匕首，趁着他们闭眼的时候一个人摸回了第一区，找了一些蝙蝠的尸体。其实……也不是蝙蝠吧？它们身体上覆盖着羽毛，除了翅膀像蝙蝠，别的地方更像是小型的秃鹰。

一边割肉一边念念叨叨安慰自己的宛籽，努力不去作多余联想。她把肉类切成一段一段，挑选着看起来干净的部分兜成了一个小包，匆匆返回第三区。

"这是什么？"已经醒来的灰叶闻到了不友好的血腥味，嫌弃地看着宛籽。

"吃的。"宛籽答。

灰叶：……

宛籽跑到伊斯身旁，问他："有火吗？"伊斯沉默了一会儿，解下身上的武器匣子，从里头掏出了一支高温枪。

"这个也行！"宛籽把肉片仔细地一片一片往匕首上放，不一会儿就整理出了整整齐齐的一摞，然后小心翼翼地把匕首平稳放在地面上。

伊斯和灰叶沉默地看着宛籽诡异的动作。宛籽朝着暴力二人组挤挤眼睛，双手握住伊斯的高温枪，熟练地扣下扳机。下一瞬间，极致的热流从高温枪中射出。不明肉类在所有人的眼皮底下变色变卷，表层被一层亮晶晶的溶解脂肪覆盖，紧接着一股难以言说的气体在密闭的舱道内飘散开来。

"总是少点盐……"她叹了口气，把烤好的肉递到伊斯和灰叶的面，"吃点吧，你们需要尽快恢复体力。"

灰叶往回缩了缩："滚。"

宛籽：……不知好歹的虫子！

宛籽绕过灰叶，把烤好的肉递到伊斯的面前。伊斯的脸色更苍白了……

这群外星人，明明杀人不眨眼，为什么对烹饪方式意见都那么大呢？宛籽百思不得其解，但还是耐心劝他：“虽然我知道这不是你们的饮食习惯……唔……你就把它想象成过期结块了的营养剂。”

虚弱的伊斯一动不动地盯着眼前的肉，显然他的精神也正受到拷打。不过他总归比灰叶要懂礼貌，即使整张脸上都写着拒绝，也始终没有把“滚”字吼出来。

宛籽轻声道：“没有什么比活着更重要。”

伊斯艰难地动了动脖子，望向宛籽。这个不明种族的弱小生物一直都是尖叫吵闹着，毫无战斗力可言。明明是这样的弱者，她在他和灰叶真正地失去战斗力后，非但没有崩溃，反而承担起了保护者的角色。

明明她自己就是个弱者。可是此时此刻，她的眼睛里却盛着微弱的光芒，仿佛此刻的绝境并没有令她绝望。她到底……是什么种族呢？

“……伊斯？”宛籽轻轻叫他。伊斯盯着他的匕首……上的肉片。脸上写着拒绝，还有一点点三观崩裂。

宛籽扑哧一声笑了出来，这个表情她太熟悉了，很久很久以前，莱格修斯第一次看到她的作品的时候也是这副模样。明明心里在害怕，却因为逼格而绷着装淡定，这种贵族还真是通病啊！她小声劝：“闭上眼睛，把它想成固态营养剂？高蛋白的那种。”

伊斯盯着宛籽好久，终于他缓缓地、试探性合上了眼睛。

“喂——我说你不会真的要……”灰叶震惊得下巴快要掉下来，啪——他的身体砸在了地上。

“闭嘴！”宛籽气急败坏。

“……”灰叶仰起头，凶恶地亮出牙齿。

宛籽的注意力已经不在这只暴力虫子身上，她盯着金发凌乱、脸色苍白的伊斯小少爷，小心地取下一片肉，放到他的嘴边，让他能够闻到肉的气味。就这样保持了一会儿，她举着肉片触碰到伊斯的嘴唇。

“你会闻到一点点焦炭味，你们的兵器功率还是有点太高……”宛籽在他耳边轻声说，“有一点点膻臊气味，这是肉类本身的气味，它并不脏，就像花自带芬芳一样，是干净的味道……”

伊斯皱了皱眉，犹豫着张开了嘴。宛籽微笑起来：“你可以试着咀嚼一下，穆查理人的牙齿能够轻而易举地撕碎它的纤维，把营养物质咽进肚子里……

也许你们的祖辈就是这样吃食物的，一点也不恶心……”

伊斯听见了宛籽的话，缓缓地咀嚼了起来。宛籽跪坐在他身边，忽然有种自己在花言巧语诱拐小龙女的错觉。灰叶扶着摇摇欲坠的下巴，愣愣地看着这一切进程。终于，漫长的等待后，伊斯睁开了眼睛。

“好吃吗？”宛籽激动地问。

伊斯看见宛籽近在咫尺的脸，还有她亮晶晶的目光，不自然地低下了头。

化身幼稚园老师的宛籽循循善诱：“再吃一块？然后再好好睡一觉，我替你们看着那个怪物！”

“……嗯。”伊斯缓慢地点了点头。宛籽又撕下一片肉，喂到他嘴边。

“喂——”一个不耐烦的声音响起，“那个，给我也来一块。”

“自己去烤。”宛籽冷道。

灰叶：……

进食过后，伊斯与灰叶各自休息。宛籽在他们两个中间找了一个位置蹲下，警觉地看着四周。虽然理论上这个区域已经不会有什么危险，但是她知道，她的警觉能带给受伤休息的人更多的安全感。伊斯安然地睡去了，灰叶显然睡不着，睁着眼睛看宛籽。

灰叶说：“你和他什么时候感情这么好了？”

宛籽：“啊？”

灰叶瞥了一眼伊斯：“你以为S级战斗力的生物，能在别人注视下安睡？”

宛籽疑惑地看了一会儿熟睡的伊斯，问：“你不是也在他身边吗？”

灰叶道：“那是因为我受伤了，可你没有。”

这有什么好纠结的？宛籽快要抓狂了：“你也可以睡啊！我还嫌弃你盯着我难受呢！”她可没有忘记之前在星际海盗船的囚牢里的遭遇，就是他这一双眼睛，让她战战兢兢忐忑了好多天！灰叶露尖锐牙齿。

“睡吧，”宛籽无奈道，“好好恢复，一起活下去。”

“哼。”灰叶翻了个身，背对着宛籽，过了片刻，他的呼吸也均匀了。

切——宛籽在他身后比了个中指。还不是睡着了嘛！

疗养院地下三层。军部与学者团队都已经安静下来。他们已经坚持了两个多恒星日，很多人的精力已经出现了不支的情况，学者团队尤其明显，他们本来就不如战士的体力与精力。

“真有意思。”唯一精力饱满的亚瑟走到了投影的下方，仔细地看着守夜的宛籽。

“……无耻。”精力疲乏的少将鄙视地看了亚瑟一眼。这个家伙，从一开始就坐没坐相地倚靠在椅边，中途甚至睡过去了一会儿，到这最后阶段的时候，反而是他还有精力。

“你笨。”亚瑟微笑。

实战区，八号考场第三区。伊斯和灰叶都已经沉沉地睡了过去，宛籽一个人在第三区周边游走，透过舱门看密室里张牙舞爪的巨龙——它到底是被什么东西挡在密室里出不来呢？

磁场？红外线？或者是别的神力魔法巫术？宛籽实在不懂外星的科技，不过战斗值还是可以看得出来的，伊斯与灰叶就算联手也完全不是巨龙的对手——这个第三关也许只是用来测试每个学员的体能与战斗极限。可是真的是这样，为什么青禾说有八分之一的人“过关”了呢？

过关，到底是指杀了巨龙，还是……完成挑战？

巨龙明明破坏力惊人，刚才却还是让伊斯与灰叶逃脱了，要么是它格外善良，要么就是它根本无法发挥全力？学院凭什么保障学员的生命安全？就算有腕带，死亡只是一瞬间的事情啊！宛籽定睛盯着巨龙，忽然发现了一丝异样——它似乎总是在重复相似的路线？

伊斯与灰叶相继醒来的时候，看见的就是这样一幅景象：孱弱的不明种族生物趴在舱门上，盯着里头的怪物两眼放光，似乎下一秒她就要冲进去结果了它……

“你在干吗？”灰叶冷冷开口。宛籽吓了一跳，回过头看见伤患二人组，笑着咧开嘴：“快来看！我发现了……”

那条龙行径的确有规律，密室是一个巨大的空间，然而巨龙在这个大空间里的飞行似乎是有轨道的，比如它的身体永远是以固定的重复的自下而上的轨道在空中来回游走，比如它的爪子永远够不到地面，它如果要休息，就只能盘在空间中间的柱子上。

“那又怎样？”灰叶冷眼。

宛籽说：“你仔细看轨道，如果有学员伤重躺到了地上，巨龙就无法攻击到他。”

伊斯与灰叶对看了一眼，在对方的眼睛里找到了震惊。宛籽的眼睛亮晶晶的：“我个子小，我可以从底下爬过去，拿到那个武器。”

伊斯没有反驳，他专注地盯着宛籽，好似从来没有看过她的脸。宛籽眯着眼睛看那条巨龙，轻声道：“还有，既然知道它行动轨迹，就能推算出它的下一步动作。”

伊斯与灰叶同时望向巨龙。能拿到武器，同时能够推算出轨迹。这样的话，杀它，也不是不可能的事。有了作战方案，真正实施起来依旧不是一件轻松的事。宛籽小心地在地上爬，边爬边忍不住发抖。

祖宗啊，别生气啊……拥有正版地球灵魂的宛籽，没骨气地向脑袋顶上狂躁游走的巨龙忏悔。眼看着就要爬到那件兵器的储藏地，宛籽艰难回过头，朝着背后喊：“灰叶！”

刹那间，灰叶张开翅膀冲进密室。他一进入就高高地飞起，拉起弓箭，一箭射向巨龙的脑袋！

“吼——”巨龙发现了又一个闯入者，掉转庞大的身躯朝着灰叶冲去。

就是现在！宛籽站起身来，两三步跨到了武器边，一把抓住武器朝伊斯掷去！伊斯一跃而起，接住了武器在迅速在地上打了个滚，仰天躺在地上，发射口对准天上的巨龙，按下启动按钮——蓝色的明亮的光从武器中射出，直刺巨龙的眼睛。

巨龙仰天长啸，身体疯狂地扭动起来，它狂乱地在空中游走。

“灰叶！”伊斯出声。

“是！”灰叶在空中应声，他趁着巨龙反应不及俯冲下来，一把捞起伊斯手里的兵器，从空中射击！

“吼吼——”巨龙盲目乱窜，越飞越接近地面。伊斯用力握紧手里的匕首，站在原地，等着巨龙靠近之时一跃而起刺向巨龙的眼睛！匕首没入眼眶，刺进了它的头颅里，只留了一个剑柄在外头。巨龙一声嘶吼，庞大的身躯轰然倒在了密室地面上。它依旧没有落地，身体悬空在地面上层，却是已经没有了生命。

结、结束了吗？

宛籽呆呆站在原地，她身旁站在满身是血的伊斯，还有气喘吁吁的灰叶。在很久之后，这一幕画面被整个学院收入校博物馆，画面被传播到全星球乃至全星系……那是伊斯·艾伦特的星际生涯的起点。

当然，那是很久以后的事了。

疗养院地下三层，所有人的下巴久久没有合上。死亡一样的寂静笼盖着整个空间。第三关的存在本来就只是测验每个人的临场反应而已，很少有人能通关。通关的条件也只是发现武器并拿到武器，巨龙被射中之后就会盘回柱子上，通关之门就会自动打开。而这帮浑小子……他们居然把巨龙给杀了？

不知过了多久，伊克斯学院校长颤颤巍巍开口："他们把第三关神兽给刷死了……以后的学员还怎么考试？这一只值好几个小星球啊！"

众人：……

校长说："本来第一次受伤的时候就该结束测验了，是你们坚持取消腕带功能……所以你们谁来赔？"

沉默的尴尬。校长左右看军部与基因研究所学者团："我说，你们，该不会不打算赔了吧？"

一不小心 K.O 了长期考卷的三人组走出考场的时候，所有人都已经在考场外等候。宛籽跟在伊斯与灰叶身后左顾右盼，依次看到了面色铁青的校长，一脸一言难尽的青禾，还有那个天生弯眼睛的口罩男。她在现场扫了一圈，最后的注意力集中在校长身旁的老头儿脸上。

这个老头儿面容不过是五十岁上下，头发花白，神情威严，似乎每一道皱纹都天然带着肃杀之气。他站在那边，只是淡淡地向她投来了一眼，她就明显感觉到了周围气场的变化。

宛籽知道这是典型的军人气息，就像她最初遇到莱格修斯的时候，他就是浑身上下都是类似的气息。伊斯身上还没有这种气息，大约是他还没有经历过战争。她并不在意这些威慑的感觉，她在意的是这个老头儿……有点眼熟。

他头发斑白的样子，他让人心凉的眼神，他站在那儿的气场，甚至是他的面容长相……她都觉得自己好像在哪里见过他。

到底是在哪里见过呢？宛籽正在思索，底下的学员已经自动列队。这一期的学员多多少少挂了彩，每个人脸上的神情却都很骄傲。

校长黑着脸，面无表情地宣布考试的结果："本次入学考核总共八个分队，第一名为第三小队，大卫与战斗伙伴莉莉丝在战斗中默契配合，并在第三关卡展现出了出色的配合与灵敏度，成功获得最终武器，通关成功，将分配入军事指挥分院。"

"第二名为第 1、5、7 小队，这三个小队成员发挥出色，虽然没有通关，但是在第三关展现了非凡的勇气，分配进入机甲战队分院。"

“第三名：2、4、6 小队，机动实战分院。”

“欢迎——”场上往期生们欢呼起来，本期学员还在消化听到的声音，有人反应过来与自己的战斗伙伴拥抱欢呼，剩下的人因为没有分派入心目中的学院而耷拉下了脑袋，过了好一会儿，众人才开始渐渐发现异样——伊斯·艾伦特呢？

倒霉三人组很有默契地冷眼看校长。校长揉了揉红肿的眼睛，暴躁地吹开碍事的胡子：“第八小队，伊斯·艾伦特、宛籽，以及考试中途混入的第三个小队成员，以作弊论处，取消本次考试成绩，不予分配进任何学院。”

宛籽想要掀桌！

就连向来淡定的伊斯都忍不住皱起了眉头，凝望着校长。灰叶心虚地干咳了一声。校长冷笑：“而且，因为你们杀了我们的考试巨兽，并且军部与基因研究所都拒绝赔偿，所以，这一部分赔偿费用将从艾伦特公爵府的账上划。”

宛籽：……

灰叶：……

伊斯：……

“就这样吧，校方现在心情不好，迎新宴会取消。”黑脸校长一招手，校方人员气势汹汹地走了，留下了僵化的学员们。好久，终于有个颤抖的声音响了起来：“你们……杀了……最后一关的那个东西？我是不是……听错了？”

伊斯冷眼，转身就走。

“伊斯！”宛籽想追，却忽然感觉到有什么东西滑过手腕。

叮当。一个手镯掉落在了地上，碎裂成两半。

“啊——”宛籽慌乱去捡，却发现它已经彻底坏了。宛籽愣在当下，久久没有回神。手镯是莱格修斯宣布与她的婚约时赠送给她的，它不仅代表着伊克斯皇室身份，更能实时监测到她的身体数据，她掉落到这颗不知名的星球时，也曾寄希望它能把她的位置传输回伊克斯佩特，就算不能，这也是……

莱格修斯存在过的最后的痕迹。可是它现在却断了。

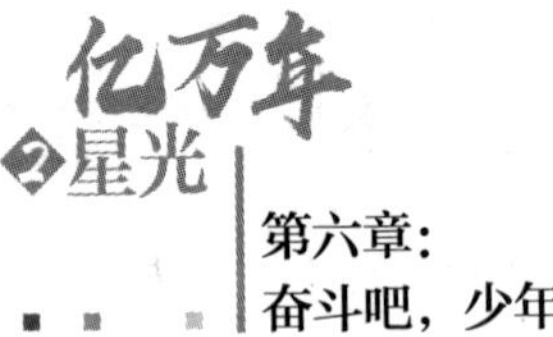

第六章：奋斗吧，少年

校园网上很快就有视频记录传出，当天全校学员都看见了第八分队的战斗情形：拥有惊人的力量与爆发力的S级战斗型穆查理人伊斯，还有异常敏锐出手如闪电的虫族少年灰叶以及……从头到尾在哭着跑的不明种族宛籽。原来那个看起来很渣的战斗伙伴，真的是个渣啊！说好的主角属性呢？根本没有一点反转！

“基因实验室之光”的简讯贴在校园网被置顶，底下是齐整整的一排“瞻仰预言之神”“基因实验室光辉永驻”，于是这一天，宛籽回疗养院房间的路上，周围都是鄙视的眼神，还有人毛手毛脚来撩。

“出手欺负废物，你不怕被全校笑话吗？”宛籽抬头问。于是一路上再也没有人敢动手。

这群四肢发达的家伙，始终还是学不会地球人的无耻与没羞没臊。宛籽回到房间，关上房门，死气沉沉地躺回了床上。从降临到这颗陌生星球到现在，积聚了很久负能量终于迎来了最后一根稻草，所有强装的积极与乐观在这一刻分崩离析，再也拼凑不起来。

宛籽举着断裂的手镯，闭上眼睛时还能想起他金色的眼眸，以及他站在巨大的透明花树下微笑的模样。一直以来，那些恐怖的记忆都被她选择性遗忘了，可是就在刚刚她经历过生死，埋藏的恐惧终于再也遮盖不住。

她记得她最后见到莱格修斯的样子。

破军号被虫族的炮弹击中了。他的身上被一瞬间炸裂的战舰残骸刺了一个窟窿，金色的头发被血污染脏，他的眼睛里已经没有多少生气，茫然得就像是初生的婴儿。

——醒醒吧，笨蛋。宛籽抱住自己的头颅。

——就算你找到去伊克斯佩特星的路，真的还能见到莱格修斯吗？

——你跟他根本不是在伊克斯佩特星上分别的，你们分别在宇宙中，是在出征的路上，不用炮弹，破军号关键部分损毁，真空的宇宙就能把他的五脏六腑都碾碎了。

——而你却安然活在这里，可笑得就像一只低智商的虫子。

“喂，废渣，我们打算找校长算账，你去不去？”忽然，房门被人一脚踹开，灰叶的声音响起，“废渣你……”

伊斯与灰叶停在门口，沉默看着缩在角落里的宛籽。这个软绵绵的废物此刻正缩在角落里，眼睛红肿无神，手上紧紧捏着两片金色的金属。她好像没有听见他们的声音，抑或是听见了，身体却没有做出任何反应，明明睁着眼睛，却好像失去了意识一般。

灰叶疑惑地歪起了脑袋。身为天生战斗种族分子，他并不是非常理解这种明明肢体健全，神经却丧失反应的状态。伊斯居高临下看着宛籽，眼睫微垂。

“废渣？”灰叶不耐烦地靠近她，拍了拍她的脑袋，“你去不去？不去就快拒绝。”宛籽稍稍抬了抬头。

灰叶露出尖锐的牙齿，一口咬向她的脖子，上下颌稍稍用力，牙齿刺入她的肉里。宛籽一动不动，眼神空洞。

灰叶：……

“什么情况……都不反抗……”灰叶保持原有姿势不动，似乎犹豫了一会儿，最终松开了牙齿，带着一脸莫名的表情出去了，房间里就只剩下了伊斯与宛籽。伊斯没有开口，保持着站在原地的姿势没有动。他的目光落在宛籽的手上，他知道他手里紧紧攥着的是她一直戴在手上的手镯。这个手镯在之前的打斗中被怪物抓了一把，之后又砸在地上，摔成了两半。

就因为这个，所以情绪失控了？伊斯皱起了眉头，他有一点烦躁，却找不清缘由。也许是战斗消耗太多，透支的精力还没有彻底恢复。

房间的窗户外面是一片模拟的星空，明亮的星系缓缓地移动，散发着微光。就这样，彼此沉默的两个人保持同一个姿势，相伴了很久。

宛籽感觉到了脖子上隐隐的疼痛，终于恢复了一点神志，一抬头，就看见了倚在门口的伊斯，她艰涩地开了口：“我们……是不是没有可能去军部了？”

伊斯低下头看她，眼眸在微光下变成了湖蓝色：“你很想进军部？”

宛籽迟疑了片刻，轻轻点头，红肿的眼睛并没有往日的神采。伊斯觉得精力透支的后遗症明显加剧了，甚至有点难以言说的焦躁，这并不是什么好现象，这意味着未来在战场上，他将随时因为判断失误而导致战役失败。

于是，他快刀斩乱麻，走到了宛籽的身旁，道："那就试试吧。"

宛籽茫然："试……什么？"

伊斯道："精神接触。"

伊斯在宛籽面前单膝跪地，伸出手抵在她的胸口，缓缓合眼。他感受到了宛籽的心跳，手掌心传来一点温热的触觉。每一个穆查理星人都有着非常强的感知能力，这并没有像魔法一样神奇，却能让他们在短时间内感知到对方是否已经丧失了战斗意识。而与战斗伙伴缔结盟约，从某种意义上来说其实是一种单方面的测试，只不过被穆查理官方戴上了一顶巨大的高帽，渲染成了彼此忠诚的伙伴。宛籽的身体忍不住颤了颤，记忆中铺天盖地的恐惧却并没有如约降临。

"别动。"少年的声音隔得很远，却又十分清晰。

"我允许你做我的战斗伙伴，所以你……不用害怕。"

宛籽感觉到自己的手被一抹冰凉覆盖，随后又被抬了起来，牵引着，触碰到了对方微凉的身体。她只是觉得神情恍惚，原本就已经难以压抑的哀伤情绪被渐渐地梳理放大，仿佛要把她拽进深不见底的湖泊。她不能呼吸，朦胧的视野中只看见眼前缭绕的金色发丝。

……莱格修斯。

宛籽感觉到自己的眼泪又忍不住流了下来，那些久远的埋藏在心底的记忆此刻一幕一幕地在她眼前流转，每一个画面都让她心痛不已。伊斯猛然皱起了眉头，宛籽此刻的情绪太过凌乱，巨大的哀伤与激烈的情绪混杂成一团。很难想象这么脆弱的生物会有这样庞大的思维情绪，而他从来没有感受过这些，就像……就像是所有的内脏器官都被碾成一团，又被冷水浸入。

"宛……宛籽……"伊斯吃力地开口。他原本平稳的心跳此刻已经彻底凌乱。

宛籽茫然抬头，呆呆看着伊斯。伊斯他，其实一直给她很熟悉的感觉。除了眼睛的眸色不一样，他其实与莱格修斯长得十分相像，甚至连性格都有些相似，一样的冷静而内敛，一样的不近人情却意外真诚……

"你……到底怎么了？"

……莱格修斯？宛籽听见了自己灵魂在呼唤的声音。

鬼使神差地，她跪坐起来，俯身向前，抬起头缓缓地靠近那个朦胧模糊的莱格修斯。宛籽已经有些分不清现实与虚幻，她仿佛穿越到了很久以前，她透过培育皿壁看见那个身穿银色铠甲的莱格修斯，下一秒又发现时空斗转，莱格修斯盛装站在她面前，俯下身轻吻她的眼睫。

“宛籽……”伊斯的声音微乱。

好久不见。宛籽闭上眼睛，下一秒，她的唇接触到了微凉的嘴唇。

她的手正抵着一颗跳动的心脏，唇上的柔软让整个世界刹那间坠入柔软的棉花里。所有的情绪如同潮水一样退去，纷乱的思维在这一刻被抽空殆尽。

……好久不见。就好像跨越了时间与空间那样遥远。宛籽的意识仿佛沉入了深海。她的呼吸与心跳都变得极其缓慢，只剩下唇齿间的触感是她唯一的感知。

忽然，她感觉到指尖悬了空，再也触碰不到心跳，随后那只抵在她心脏处的手被人狼狈地抽了回去，一时间所有的海洋与郁结都消失得无影无踪。她的意识渐渐苏醒，呼吸回归正常。

“伊、伊斯……”宛籽闭了闭眼，脑海中快速回放刚才的画面。

伊斯说要尝试精神接触，然后他的手触碰到了她的心脏，后来……所有的情绪就好像被放大了无数倍，她彻底陷落在了久远的回忆里，绝望之中似乎看见了莱格修斯……

伊斯一动不动地站在几步开外的地方，神色略微复杂。他还只是个少年，眉宇间的迷惘毫不遮掩，金色的发丝服帖地垂在耳畔，被汗水濡湿。他的胸口起伏，淡蓝色的眼眸中微微泛着潋滟的光，仿佛还在惊疑刚才发生的事情，神情有些恼怒，还有一点疑惑，更多的是慌乱。

宛籽看见他这副样子，更加手足无措：“伊、伊斯，刚才我……”

“我感受到了你的情绪。”伊斯轻声道，“那是什么？”

“什、什么和什么……”

伊斯像是不敢轻易靠近，目光却始终专注地看着宛籽。他缓慢抬起手，按在自己心脏的位置，低声道：“因为精神接触，你现有的情绪会被放大，刚才……这里，很难受，可是……”

可是那样亲密的距离，却带来前所未有的感觉，如同每次大战过后，躺在森林里仰头看见天空，听见风吹动草木，明明整个世界充满了躁动，心脏却仿佛是在休憩。宛籽很想挖个洞把自己埋了。怎么会、怎么会做出这种丧尽天良的事啊啊啊——

“对对……对不起伊斯，我我……我一时脑抽……”

伊斯眼神纯净：“那是什么？”

宛籽干笑：“是……是我的族人表达友好的一种方式。”

伊斯静静看着宛籽。宛籽觉得自己迟早五雷轰顶。“我忽、忽然记起来还没吃饭……没、没什么事我先走……走了……”

宛籽狼狈逃窜。伊斯独自一人留在房间里，过了好久，才又摸了摸自己的纷乱的心跳。——好像，还是有点精神残留？疗养院一层，宛籽神情恍惚地排在队伍中间，等待系统送来她的每日饮食。她现在迫切需要很嘈杂的地方，以掩盖恨不得掐死自己的冲动，可是越是嘈杂的地方，心也越发不能静下来。

神哪，降下一道天雷劈死我吧！宛籽接过系统送来的便当，抱着便当在大厅蹲下了。人群中有不少人在围观她，自从她和伊斯的作战视频被发布出来，整个学院都已经知道这是一个彻头彻尾的废物，而这个废物居然还名正言顺地跟他们站在一起，享受着全星系最好的军事学院的服务？

“废物就该早点退学，伊斯子爵真是瞎了眼了……”围观人群中有人嘟囔出声。有了始作俑者，跟风的声音就渐渐多了起来：“如果没有她，伊斯和那个虫族应该能进军事指挥分院吧？”

“听说伊斯子爵因为保护她，还挨了巨兽一爪子……真是个没用的队友。”

“呵呵，废物就该滚出伊克斯学院。”

宛籽：……

这帮愚蠢的外星人，讲人坏话要在背后这点道理都不懂吗？宛籽抱着便当盒子站起身来，冷笑朝人群走了两步。人群轰的一声散开了，只留下兽人族小萝莉立在原地。

“你要不要跟我打一架？”兽人族萝莉舔了舔锋利的爪子。宛籽面无表情地把手里的便当全部扣在了萝莉的头上。

“你干吗？”萝莉尖叫。

宛籽冷冷地扫视周围的学员，咬牙道：“老子现在心情不好，除非你们有本事真的动手，否则就少废话。”

学员们面面相觑，翻着白眼散了。伊克斯学院校规：非教习区，严禁私下约架，否则卷铺盖滚蛋。兽族萝莉一看大家散了伙，心虚地夹着尾巴溜了。宛籽盯着地上散落一地的浆果便当，心情更加差了。

“噗……”不远处，有人笑出声来。宛籽顺着声音寻找，发现是那个叫作之光的口罩男。他正站在大厅的拐角处，也不知道看这场闹剧看了多久。

“饿吗？”口罩男微笑问。宛籽冷眼。

“肚子饿的时候，心情也会不好，有的S级甚至会忍不住杀人哦。”

宛籽：……

口罩男朝她勾了勾手指：“相信我，在你的面前正站着整个学院最博学的学者。”

宛籽低头想了一会儿，跟上了口罩男的脚步。宛籽跟着口罩男进入疗养院的地下二层，熟门熟路地坐到诊疗室的椅子上。诊疗室的桌上已经放了一盒鲜美的浆果。宛籽的确饿坏了，从进入考场到现在，她什么东西都没有吃过。她狼吞虎咽，迅速地把一盒浆果吃了个精光。直到最后一个浆果入肚，甜甜的汁液浸润了她整个口腔，暴躁的情绪才被驱赶走了一部分。

宛籽恢复了平静，盯着口罩男的眼睛问：“有什么方法能进军部？”

本来通过考试选拔，再经过培训，就能顺利进入军部，可是现在她跟伊斯的入学资格都难保了，军部就成了一个遥不可及的目标。

口罩男好奇地问：“你为什么想进军部？”

宛籽想了想，低声道：“我想回家。”

宛籽埋下头，看见自己空荡荡的手腕，好不容易恢复一点的心情又低落下来。她已经没有家了，地球早就毁灭，勉强算是第二故乡的伊克斯佩特星又寻不到踪迹……宇宙那么大，却已经没有任何让她觉得安心的地方。

口罩男没有再追问，他从诊疗室的角落里取过了药箱，弯腰俯身，替宛籽处理膝盖上的擦伤。这些伤口，在伊克斯学院的医疗系统中甚至不会算作“受伤”，医疗团队也不会进行处理。可是他记得，这个小家伙在跌倒的时候满脸痛苦。她应该是一个痛觉神经非常敏感的生物。

“军部拥有特殊人才招募体系。”

“……啊？”

“伊斯本来就在招募计划中，就算没通过考试都会直接进入军部入职。”

翻译：伊斯本来就是个神童，就算高考没上本一线，都会被保送进清华。

宛籽：……

口罩男处理完毕伤口，抬起笑眼："跟你们一起的那个虫族，不久之前把校长的胳膊拧断了，被军部破格录取为特殊人才招募十八号。"

翻译：那只虫子因为中考的时候揍了高中校长，没有高中愿意收，所以被清华直接录取。

口罩男："元帅还会在学院留一阵子，我私人建议你可以去尝试向他展现下你的能力。"

特殊人才……招募计划？宛籽呆呆看着口罩男，忽然觉得希望的大门似乎……并没有完全关上？

"只要还有希望，就不要朝着最坏的方向去构想。"口罩男摸了摸宛籽的头，低笑道，"宇宙那么辽阔，任何事情都有着你无法掌握的秘密，所以，永远不要为无法确定的事情付出多余的情绪。"

只要还有希望，就不要朝着最坏的方向去构想吗？宛籽低头看着手心攥着的手环。良久，她抬起头，望着口罩男问："你这里……有没有黏合的东西？"

希望的大门的确没有完全关上，而是留了一道可有可无的只有虫子才飞得进去的门缝。地球人宛籽，显然并不在飞进去的人之列。宛籽利落地回了自己在疗养院的房间，收拾行装，连夜搬回了宿舍。

"我才不干！你这个废柴！我不吃了你就算仁慈了！"双人间宿舍里，灰叶张开翅膀满屋子逃窜。

人到绝路无知无畏的宛籽同学把恐惧之心丢到了一边，追着灰叶把他逼到了墙角。宛籽干笑："嘿嘿，反正你已经入学了，就帮我一下，教教我啊……"

灰叶的小脸蛋神情狰狞，好像听见了最大的笑话："哈哈哈就你？还想当战士？你这种叫食物你知道吗？"

宛籽从隔壁杂物间翻出了一把剑，朝着空中的灰叶挥舞。灰叶狼狈得龇牙咧嘴："喂，你适可而止，不然我咬你了！"

宛籽扔了剑，眯着眼睛看灰叶："你偷偷去找校长，你这种人就算当了伊斯的战斗伙伴，他也未必肯相信你吧呵呵，你还拒绝教我……"

灰叶被踩着痛脚奓毛："我哪是偷偷！我明明叫你了！"

宛籽："没听见。"

灰叶：……

僵持的结局，是宛籽垂头丧气，再也不看空中盘旋的灰叶了。灰叶大概是飞累了，晃晃悠悠降落下来，坐在窗台上跷起二郎腿："怎么忽然想进军部？"

宛籽沉默。灰叶的翅膀耷拉下来，跳下来走到她跟前，用下巴看着她："反正我已经不需要做伊斯的战斗伙伴也能上战场了，教你也不是不行。"

"真的吗？！"宛籽一秒亮眼。

灰叶连退几步："不过我怀疑你不一定能配合。"

"我一定配合！高度配合！"

"是吗？"灰叶凉飕飕地笑了。

之后的一天，灰叶与宛籽都没有去实战区进行日常训练，导致伊斯被拦在了实战区外。伊斯在入口等待许久，原本晴好的脸色渐渐暗沉了下来。他去了疗养院，结果发现宛籽的房间空无一人，犹豫片刻，最终跟着记忆中的路途走到了普通学生宿舍。打开房门，他看见宛籽枕着一把枪，缩在房间的地板上睡着了。

在距离宛籽不远处的床上，灰叶已经在他进入房间的一瞬间警觉地睁开眼睛坐起身，看见是他，灰叶又打了个哈欠，随手丢了一个微型十字弓砸到宛籽头上。宛籽翻了个身，没有醒。

灰叶：……

伊斯：……

这跌穿宇宙的警觉性啊……灰叶叹息。伊斯皱眉看着房间里的一切，不是很明白从什么时候起，他们两个能够有这么融洽相处的时刻了。是因为考试中的战斗信赖感培养，还是……

"怎么回事？"伊斯淡淡地问。灰叶挑了挑眉，意外发现伊斯居然没有掉头就走，这已经很神奇了，更神奇的是，他居然对此表示好奇？

"这个废物也想进军部。"灰叶打哈欠，"也许是听说了你不用入学就能进军部，害怕被丢弃吧。"

作战伙伴，大家都心知肚明，出了学院根本就没有那么大的约束力。更何况以伊斯的能力，军部肯定已经另外准备好了合适的超 S 级伙伴。这种废物……灰叶凉飕飕地看着熟睡的宛籽，她要想跟上伊斯的步伐，几乎是不可能的。

她现在的行为，勉强只能算是勇气可嘉吧。对于灰叶的表情，伊斯尽收眼底，也心知肚明。他缓缓地垂下眼睫，身周的阴郁气息渐渐散去，如微风过境，只留下一点点草木痕迹。

——因为害怕被丢弃吗？

第二天，宛籽与灰叶两个人一前一后去往L实战区，一路上，各式各样的目光依旧笼盖着宛籽。只是这一次除了看废物的眼神，还夹杂了相当一部分猎奇的目光……

“看……上次八号考场的那个很厉害的虫族……”有人小声议论。

“他怎么与那个废柴在一起？”有人提出疑问。

“怎么听起来那么……”有人耐人寻味地笑起来。

灰叶在这方面智商其实不高，他满脑子战斗与荣耀，恨不得分分钟去单挑巨龙，所以他一路上走得相当自在，直到抵达L实战区，他才回过头看宛籽：“你需要保护措施吗？”

“什么？”

“哦不需要啊，好的。”灰叶郑重点头。

宛籽的心中警铃大作，不祥的感觉笼盖她的全身。她还没有反应过来，就觉得后颈上的衣服一紧，整个人就腾空而起——

“啊——”宛籽惊叫。

“别吵。”头顶上传来灰叶的声音。

宛籽发现是自己整个人被灰叶拽了起来。

灰叶就像拎着一个巨大的包裹，扇动翅膀越飞越高，最终把她放到了L区中央耸立的白色高塔的顶端。高塔顶端只有很小的区域，大约能站下三个宛籽，距离地底大约有二三十米，站在塔顶能把整个实战区看得清清楚楚——当然，是没有丝毫恐高的前提下。

恐高的宛籽在双腿落地的一瞬间就屈膝蹲了下来，双手抱紧膝盖，唯恐自己稍稍有所动作就会摔下去粉身碎骨。灰叶悬空在高塔上方，满脸的孺子不可教也。他道：“站起来，跳下去。”

宛籽：……这货根本就是还抱着想她早死早超生的念头吧！

灰叶不屑地吹了口气：“恐惧是一个战士要丢掉的最没用的东西。”

“如、如果我跳下去，丢掉的肯定不止恐惧……”这要是真的砸下去了，恐惧丢不丢得掉暂且不说，小命肯定得丢了……

“不试试，你怎么知道会死？”

……会不会死能试吗？宛籽小心地往底下探望，远远地看见刚刚进入实战区的伊斯。那一瞬间，仿佛心有灵犀一般，伊斯也抬起了头，隔着大半个实战区与她的目光交会。

那么远，其实很可能只是巧合。可是宛籽就是有这样的直觉，伊斯真的看到了她，正如她发觉了伊斯的目光。一瞬间，那股熟悉的感觉又涌上了宛籽的心头。

“喂，你再不跳，我就去休息了。”灰叶懒洋洋地道。

我这是选择性遗忘进化到了自欺欺人的地步吗？还是说，这就是那个什么精神契约的影响？宛籽扪心自问，却找不到答案。她咬紧牙关，尝试用自己的双腿站起来。风吹过高塔，宛籽的头发与衣衫都飞扬起来。她抓不住风，只能摇摇晃晃地伸直双腿，张开双手保持平衡。

……莱格修斯。宛籽在心底呼唤，如果你还存活于这个宇宙中，如果你此刻也在思念着我，你能听见吗？我真很努力地，想要再次与你相遇。

宛籽任凭自己的思绪放空，身体失控向前倾倒，坠落。风在耳畔呼啸而过，冰凉的感觉划破裸露的皮肤。她在下坠中努力睁开眼睛，看见伊斯从遥远的地方飞奔而来，就如同很久以前在异星遭到虫族袭击的时候看见莱格修斯的样子。失重好像也拉长了她对时间的感觉，她看得清伊斯的每一丝表情，看见他眼里难以遮掩的焦急，甚至……好像看见他身后即将张开巨大的金属翅膀。

然而，什么都没有发生。她仿佛被一股温柔的气流托举，身体悬空飘浮在距离地面四五米的地方。

“你……”伊斯已经冲到白色巨塔之下，开了口却没有下文，他的眼里含着微光，脸上还有未来得及收敛的焦躁。

“你这个蠢货啊哈哈哈。”灰叶热心肠地帮伊斯补充完了后半句，他扇动着翅膀，重新拎着宛籽飞开一段距离，把她放在地面上，咧嘴露出锋利的牙齿笑了，“这里是失重体验区，为了应对宇宙战场的训练场地。不过你看这次比较勇敢，勉强算你过关啦！”

宛籽没有心情去回应灰叶的人身攻击，她不敢触碰伊斯的目光，匆忙低下了头。

不行……这种混乱的情绪状态，不能继续下去。精神契约到底是什么东西？还有可能……解除吗？伊斯一到位，三人小分队自然而然又成了围观对象。L 区的氛围是前所未有的尴尬，就连迟钝如灰叶，都感觉出了异样，疑惑地扫视周围。

他的目光所到之处，人群纷纷散开，大家都装作不经意路过的样子。等到灰叶回头，微妙的目光又围拢了过来，窃窃私语声不绝于耳。灰叶掰手腕："实战区是不是可以随意发起挑战？"

伊斯道："理论上，的确可以。"

灰叶露出牙齿，眯眼盯着周围的人群："那要是一不小心把对手打死了呢？"

伊斯的目光落在宛籽的头上，她的头发已经比最初相遇的时候要长一些了，刚才下落让她黑色的头发有些凌乱，整个人圆乎乎毛茸茸的。这让他略微有些不愉快。宛籽丝毫不知道自己的头发引起了某个强迫症患者的不悦，她正兴冲冲看着灰叶，等他出手揍那些无聊路人。

"上啊！"宛籽说。

"好的。"灰叶说。

下一秒，灰叶冲了出去，人群瞬间乱成了一锅粥。青禾教习官到达L区的时候，看见的就是这样一幅场景：清晨的实战区，学员们已经自发地展开混战训练，场面热火朝天，唯有伊斯与宛籽静静站在边上看热闹。

宛籽专注看着战场。

伊斯在看宛籽。

宛籽举着手给灰叶喊加油。

伊斯在看宛籽。

宛籽回头看伊斯。

伊斯不露痕迹地移开视线。

青禾教习官对眼前激烈的斗殴场面投去了赞许的目光。年轻人啊，活力满满啊！青禾朝伊斯勾了勾手指，伊斯权当没有看见。青禾于是几步上前，一把拽住了伊斯的衣襟，拉着这个年轻小浑球儿一路到了僻静处。

青禾问他："你向军部提请了要带上宛籽入职？"

伊斯淡淡嗯了一声。青禾道："你尝试过与宛籽精神接触了？"

伊斯："嗯。"他的目光依旧锁定远处的宛籽。

青禾眼睛亮了，嘴角勾起耐人寻味的笑容："我们都清楚所谓的精神契约就是废话，只是确定伙伴对自己的忠诚度的方式而已，可你现在的样子……"

精神的接触能放大所有的情绪，能让恐惧的人更加恐惧，依赖的人更加依赖，也能让穆查理星人零距离接触到伙伴的情感。青禾憋笑，这个浑小子现在的样子哪里像是主人确定了仆人的忠诚，更像是在感知的过程中被宛籽的灵魂吸引。而这个军部招募的特殊人才显然自己还懵懂无知。

无知又率性。年轻真好啊！青禾仰头望天，他的斗篷猎猎作响，如同被多年之前战场上的风吹过。安逸的生活太过美好，这让他想起了记忆里战场上那个英勇的身影——如果你还活在这世上，大概希望这样的安定永远持续下去吧。青禾走神片刻，微笑问伊斯："你不觉得宛籽的存在，会阻碍你的个人发展吗？"

伊斯的脸色冷了下来："她很好。"

"很好啊！"青禾低笑，"那军部答应宛籽入职了吗？"

伊斯微微皱起了眉。的确，军部还在审批。在遥远的操场上，伊克斯学院的学员们已经横七竖八躺倒了一片，灰叶扇着翅膀落地，一脚踩在企图反抗的兽人身上。

"还有不服的吗？"灰叶气喘吁吁地问。操场上躺平一片，终于没有企图站起来的。灰叶甩了甩手臂，抬着下巴回到宛籽的身旁，一脸得意。

宛籽：……

灰叶冷哼："走吧！因为你刚才表现得比往常稍微不废物那么一丁点儿，所以我决定把你训练得不是那么废物。"

"去、去哪里？"

"海边。"灰叶用鼻孔看别人，"这种地方，只适合废物训练。"

全操场学员：……

对于海边，宛籽还是有点阴影的，当然，很快她就被灰叶的训练计划折磨得忘记了风车机甲阴影，只留下对这只浑蛋虫子的阴影！

早晨在沙滩上绕学院跑一周，然后吃饭，吃完饭后在猛烈的恒星光芒照耀下站立到晕厥，醒来后才能喝一些水，休息一小会儿，等到身体机能恢复又开始入夜前的实战训练。这时候灰叶会亲自上阵，动手动脚外加言语凌辱，一边嫌弃她一边单方面揍她！

哪有人训练是以晕厥为界限的？宛籽十分愤怒。灰叶冷笑："所以你是想说你不想进军部了？"

宛籽咬牙咽下了反驳的话，站起身来继续朝前跑。她有时候会路过伊斯，不止一次，明明整个校园也不过三个出口，他能“恰巧”出现在校门口三次。每一次他都面无表情，好像只是偶然路过，顺带着皱眉看上她一眼，好像说：还是不行啊，不够资格做我搭档。

宛籽更加咬牙切齿。这时伊斯会露出一点愉悦的表情，似乎对她的努力相当认可。一天，两天，三天……

她苦苦支撑，皮肤被紫外线晒成了小麦色。后来不知道为什么，某天晚上口罩男上了门，带着一瓶透明的液体。口罩男说：“涂上这个，就算整个恒星砸下来你都不会变黑。”

宛籽满不在乎：“没事，现在也挺好……”

口罩男的眼神里露出了赤裸裸的嫌弃：“保持漂亮是每个高等智慧生物应该有的自觉，别把自己归为那些奇形怪状的生物一类。”

宛籽：……

口罩男叹息：“一个战斗力 F 级的生物，如果还长得难看，活着还有什么意义呢？”

宛籽：……

这浑蛋颜控狗论调为什么听起来这么耳熟？等等，他怎么知道她变黑了？我靠这个口罩男一直在监视她吗？惨无人道的训练一连持续了很多天。

宛籽的体能渐渐上升，身体敏捷度也的确有了一点改善，具体表现在灰叶单方面揍她的时候，她能偶尔一拳砸中灰叶的鼻子。

“差不多了。”灰叶揉着鼻子冷冷地道，“下海吧。”

下——海？伊斯也露出些许诧异神色。灰叶说：“你以为这些基础训练就能改变你 F 级的生理缺陷吗？前期训练只是为了让你在海底作战时能够更有优势和充沛的体力。”

“啊？”

“你的血液循环似乎并不需要氧气吧？”灰叶问。

“……好像是。”

“除了人鱼族，大部分作战型生物有赖以生存的必需条件，比如氧气，他们无法在水底长期生存，所以海底的侦查队伍一直是人鱼族为主力，不过，”灰叶的目光幽幽地落在宛籽的身上，“你应该也可以。”

伊克斯学院位于一座小岛上，学院四周是白色的沙滩，沙滩外是蔚蓝的海岸。宛籽从浅海处慢慢往外走，海水没过膝盖，淹过胸口，最后到达肩膀的时候，她的身体漂了起来。她回头看见伊斯站在岸边，白色的衣裳好像燃烧起来的羽毛。

这一次，心跳没有乱，因为沁凉的海水正冲刷着她的身体。宛籽深吸了一口气，缓缓地把身体埋进水里，一点一点往下潜——这种感觉很神奇，没有任何潜泳设备也没有笨重的氧气罐，她就像鱼一样轻松自在地在水底长时间地游走，翻过身还能看见蓝天，还有在天上飞的灰叶。

怎么早没想到呢？宛籽在水底拍了拍自己的脑袋，她现在根本就不需要氧气啊！这一带水域不深，恒星光芒能够自然地照射到海底的细软沙岸，五彩斑斓的水生植物在海底软软挥舞着柔荑，贝类成群，鱼虾在珊瑚丛边上闲闲散散享受着暖和的日光。一切都宁静美好得如同梦境。

……等等。

宛籽从明媚的梦境中惊醒，直勾勾盯着珊瑚丛边的鱼和牡蛎、海鲜？

哗啦——宛籽冒出水面，朝着岸边的灰叶与伊斯兴奋招手：“喂——你们有没有锅子？”

天无绝人之路，地球人到哪儿都有一双发现食材的眼睛啊！宛籽在水底游走，手里拖着个袋子，把所到之处能看到的贝类都装进袋子里，装够一小袋，就兴冲冲地运回岸上。一趟一趟，她不知疲倦，冲进海里的姿势简直是跳水式。

灰叶与伊斯站在岸边面面相觑，一时无法接受刚才还病恹恹快要晕厥的F级小渣，怎么忽然就满血复活了？就因为这些水底生物？不远处，宛籽在水底抱住了一条巨大的鱼，吃力地浮出水面，使出吃奶的力气控制住它不动弹，冲向岸边。

伊斯：……

啪——宛籽把大鱼扔在了沙滩上。

伊斯：……

“海鲜火锅。”疗养院的宿舍里，宛籽把洗刷干净的牡蛎扔进刚刚送到的加热容器里。

“这才是你本来的食材吗？”友情赞助了“锅子”的研究所成员之光笑眯眯地看着宛籽。

“对呀对呀！”

“你们会把水生生物放在液态水中煮熟再食用吗？理论上这并不是最佳的营养摄入方式。”

“可是好吃啊！”

“这么说……也有道理。”之光默默地掏出笔记本，记录下观察数据。

宛籽凝神看着他的模样，发现真的有一点眼熟。不论是他的眼睛还是讲话的腔调，都让她觉得似曾相识。她于是心痒难耐，不怀好意地看着之光的口罩。

之光还毫无察觉，他的注意力放在加热容器里，正专注地观察着鱼肉在水里的细胞状态。宛籽咽了一口口水，磨磨蹭蹭接近之光，伸出手，趁着他不注意猛然袭向他的口罩！不料之光反应灵敏，一把抓住了她的手腕，顺势往后一扯——宛籽整个人就扑倒在了之光的身上，额头狠狠撞在了之光的胸口。

“啊哈，哈哈哈……”之光伸手扣住宛籽的脖颈，笑出声来。宛籽只觉得鼻子都快塌了，想要支撑起身体，无奈脖子后面还横亘一只手臂……几次失败，她气喘吁吁地瘫倒在之光的身上。

之光终于松开了手，眼睫弯弯：“我戴着口罩是因为正在自己的脸上做实验，聪明的孩子会懂得好奇心太强，不太好。”

宛籽终于爬了起来，咬牙切齿退了好几步：“浑蛋！”

之光满意地笑了：“这才是乖孩子。”

宛籽狠狠瞪之光。不远处，伊斯一直低着头看不清神色，灰叶抱胸看着宛籽与之光，从鼻子里挤出一声冷哼。

“喂，废渣。”灰叶冷冷地道。

“嗯？”宛籽回头。

灰叶扬起下巴：“你不是要进军部吗，不要跟莫名其妙的废物玩。”

宛籽：……

之光：……

“锅子”咕噜噜沸腾起来，很快贝类与鱼肉的腥气就升华成了海鲜的芬芳。托疗养院关系户之光的福，这次的自制加餐营养十足，锅子里现在漂浮着淡淡的绿色，听说那是辣味的可食用调料。

……虽然颜色看起来很不好看，但是味道应该跟火锅差不多。

宛籽兴冲冲地趴在容器边，用自制的筷子挑起薄薄的鱼片，放入碗具中，又在鱼片上撒了一点香料，翻转鱼片，再撒上一点香料。

鱼片雪白剔透，薄如云锦。宛籽夹起鱼片，咽了一口口水，很狗腿地夹到了伊斯的面前："给。"

伊斯终于抬起了头，脸上的阴霾还来不及收敛。宛籽看着他一副"少爷我不高兴"的嘴脸，眯眼笑起来："这一次有调料，会比烤肉好吃。"

伊斯微皱着眉头看着眼前的鱼片，似乎是在犹豫。过了片刻，他垂下眼睑，微微张开嘴。

宛籽：……行，你是金主，你大爷。

宛籽干笑着俯身向前，小心地把鱼片喂到他口中，然后看着他勉为其难地咀嚼下咽完毕，兴奋问他："怎么样？好吃吗？"

伊斯睁开眼，淡蓝的眼眸平静如水。

"不好吃啊……"宛籽失望地缩回到自己的位子上，又夹起一块鱼片，放到嘴里咀嚼。唔……鱼肉很嫩，绿色的调料虽然视觉效果惊悚其实味道有点类似于辣椒与胡椒的结合体，撒上去的香料带着一股淡淡的甜香，其实味道……还蛮好吃的。

"喂！废渣！你为什么只请他吃！"灰叶蹲在锅子旁，眼里要冒出火来。

"我又没拦着你！"宛籽白了一眼，顺便望了望之光，很不真诚地道，"谢谢你提供的工具和调料，你也一起吃吧，不过看起来不合你们穆查理星人胃口，你不用勉强哈。"

不吃最好，正好食材不多。灰叶暴躁："我又没有工具！你的给我。"

宛籽抱紧手上的自制筷子："你不会自己找工具吗？"

灰叶：……

灰叶虎视眈眈地看着宛籽手里的筷子。

之光用科学家的目光扫视了一圈，自言自语："看起来并不是复杂结构，只是木本植物的枝干。"他站起身，朝灰叶笑道，"走吧，我们自己去找些相似的器具。"

灰叶阴恻恻看着之光，最终好奇心战胜了防范心，跟着之光离开了。吃人魔与科学怪人一走，机会难得，宛籽赶忙回到桌边开始进餐。

穆查理星的鱼肉与地球的鱼肉其实肉质上还是有差别的，地球的鱼肉松软鲜嫩，这里的鱼肉则介于羊肉与鱼肉之间，肉质纹理清晰，大概是因为这里凶猛的天敌太多，连鱼也格外健壮吧……

不过好食材，不管到了哪里都是有它的优势的。宛籽眯着眼睛咀嚼着鲜美的肉类，满足得想要哭出来。忽然，她有一种如芒在背的感觉，顿时警觉地回头，才发现是伊斯的森森目光。

“你……还想吃？”宛籽试探。

伊斯轻轻点了点头。

宛籽：……

筷子只有一双，鱼肉也剩下不多。宛籽心虚地看了一眼霸道总裁伊斯，很狗腿地把筷子递了上去：“你吃吧……我……吃饱了……”

伊斯盯着筷子一动不动。宛籽呆滞了几秒，一拍脑袋：“噢，这个叫筷子，很容易学的，我教你用。”

伊斯垂眼，身周的“伐开心”气场又渐渐弥漫开来。

宛籽：……少爷这是什么意思呢？宛籽冥思苦想，尝试着挑了一片通体白嫩的鱼肉，又用刚才的方法撒上香料，夹到伊斯的嘴边。果然，霸道总裁伊斯又微微张了嘴，接过了鱼肉咀嚼。

宛籽：“你觉得……还行吗？”

伊斯淡淡地道：“嗯。”

宛籽：你大爷！一块鱼肉下肚，伊斯少爷的眉宇间露出一丝愉悦的神情。

宛籽忍无可忍，朝天翻了一个白眼。疗养院的小房间里，一时间只剩下火锅沸腾的水声。

没节操的地球人宛籽忍辱偷生，为霸道总裁伊斯一片一片喂着鱼片——他好像不知道每个人吃自己的饭是一种道德和常识？早知如此，在考场的时候就该让他自己吃……一失足成千古恨，自己挖的坑，含着泪也要填完啊！

伊斯并没有宛籽那么繁忙，等下一片鱼肉的时候，他会有意无意地盯着宛籽的手腕看。那儿挂着一个精美的金属环，原本已经摔坏了，现在似乎被她用黏合剂粘了起来。

那是什么东西呢？伊斯细细咀嚼着口腔中的肉类，不经意扫过宛籽的脸。他还记得，当初刚刚结束考核后，她的情绪出现过一次崩溃，虽然持续时间很短，但是……

默契的静默间，投喂一直很顺利。氛围竟是少有的安宁。

“啊，没了啊！”宛籽用筷子搅动着锅子。

“你说什么？！”十几步开外，灰叶与之光姗姗来迟，呆呆地看着宛籽的动作。

宛籽：……

灰叶冲到锅子边，用新鲜出炉的“自制筷子”搅了好几圈，抬起头时眼睛已经阴气森森。

他说：“你竟然一个人吃完了全部？”

你简直是个禽兽。之光的眼神这样说。

灰叶举起筷子，冷冷地道：“我饿，既然你吃完了全部，我想你也不会介意我拿你加个餐。”

宛籽：……

“不是我一个人……”

宛籽控诉的目光投向伊斯，却发现伊斯少爷依旧一副冰冷的表情，好似所有的纷争都与他没有半点干系。是啊，小仙女怎么可能吃这种荤食呢？

宛籽：……

“受死吧——”灰叶以迅雷不及掩耳之势扑向宛籽。一场乱战，结果是趁着夜色，一干人等抹黑去海边抓鱼。

宛籽对上一次在黑夜中被滞留海边的记忆还心有余悸，站在校门口踟蹰：“那些风车机甲……”她还记得上一次要不是青禾，她估计会在黑暗中被风车机甲大卸八块。

之光推着她向前：“别怕，那些机甲要巡视完毕整座岛屿是有一定的规律的，我们可以趁着他们巡视的间隙溜过去。”

灰叶甩胳膊：“什么机甲都能拆，你放心，不会有危险。”

宛籽把希望的目光投向伊斯：“伊斯，你难道也跟他们一个想法吗？”你明明吃过了啊！！！

伊斯淡淡地道：“别打坏机甲，要赔偿的。”

宛籽：……这都是一群什么吃货！！！

第七章：看见你的存在

夜晚的海水要比白天冰凉很多，宛籽在岸边打了两个哆嗦，含着热泪一步一步走向海底。她的腰上别了一盏灯，能够照亮身周大约三米的海域，她在海岸线边上慢慢地游着，一边游一边哀号：不作死就不会死啊！

夜晚的鱼类与白天有明显的不同，鱼群更多，游动速度也更快。宛籽在水底摸索了好一阵子，忽然感觉前方灯照亮的区域闪过一道影子。

啪。什么东西敲打岩石的声音。宛籽只觉得全身的鸡皮疙瘩都要冒起来了，她不断地回头，开始怀疑自己是不是游错了方向，为什么鱼群密集到了让人恶心的地步，好像随手一捞就能捞到几条乱窜的鱼。这也、太多了吧？

鱼群显然都是往一个方向游走，宛籽跟在它们身后，发现它们都在一处珊瑚边上兜着圈。鱼群的中央，似乎有个身影在挣扎挥手。

……人？

宛籽吓得呛了一口海水。恐惧让她脊背都在发凉。灯光照亮了珊瑚群，鱼群瞬间散开。宛籽看见珊瑚的边上躺着一个长相奇特的“人”，显然是个女性，裸露的雪白身体上第二性征明显，可是她却长着人鱼的尾巴，以及虫族的翅膀。她似乎没有手臂，原本该是手臂的地方只有两截短短的肉芽畸形地蜷缩成一团……

不明生物显然看见了灯光，死气沉沉的眼里绽放出光芒。

“救……救救我……”她张了张嘴，是穆查理星语。宛籽没有犹豫，驱赶开又聚拢的鱼群，小心地抱起了她的身体。她没有手臂，宛籽也不知道可以抓哪儿，只能从身后抱住她的腰，倒退着一点一点把她拖向学校的方向。

这到底是什么生物呢？宛籽边拖边想，不管是什么反正至少她是穆查理星上的文明生物。哗啦——宛籽抱起她浮出水面，把她拖离海岸，抵达岸边。

“鱼——呢？”灰叶在天上飞，看见宛籽怀里拖着的巨大身影一愣，“那么大的鱼？”

宛籽沉默地看着灰叶，生怕他下一句说出来，可是没有那么大的锅子。

之光好奇地俯下身：“这是什么？”

宛籽摇头：“不知道，我在海底发现了她，她好像不太健康。”

不论这个雌性是什么生物，她肯定不太健康，刚才她拖着这个不明生物的时候可以感觉到她的心跳若有似无，身体瘦削得像是从来没有吃过饱饭，而且她明明不需要在海底呼吸，却始终一副缺氧难以喘息的模样，看起来就像是一个重病的人。

伊斯站在不明生物身边，眼里闪过疑惑的光芒。之光已经迅速用便携的探照灯查看了不明生物的眼睛口鼻，俯身听了她的心跳，把她的身体翻转过来，仔细观察她的鱼尾与翅膀。渐渐地，他的神色凝重了起来，甚至往后退了几步，远远看着人鱼。灯光微弱，映衬着之光看不见表情的脸。

“这是什么？”灰叶伸出脚，提了提人鱼的腿。

“喂！”宛籽拦住这个吃人魔王的动作，“她已经那么惨了！”

灰叶冷笑：“你见过这个东西吗？我怎么不知道你的同情心涵盖范围那么广阔啊废渣？”

的确，这个生物与学院里所有的生物种类都不一样，茫茫宇宙各类物种都有，长得稀奇古怪的生物数不胜数，但是她特殊在她身体的每一个部件都是与大家熟悉的种族一模一样，与其说她是新生物，不如说她是杂交品种。

“咔……”不明生物艰难地张开了嘴，涣散的目光在人群中慢悠悠游走了一圈，最后锁在了伊斯的身上，“咔……”

她似乎不能出声，急躁得连呼吸都急促了起来，胸口剧烈起伏，整个身体不停地颤抖。

“伊斯……”宛籽拽了拽伊斯的衣角。伊斯靠近她，眼里的疑惑不减。

倏然，远处响起了步伐声。宛籽与之光相互看了一眼，默契地一个抬头一个抬身体，把人鱼往校门口拖。没过多久，风车机甲路过，他们的机械腿在沙滩上戳出了一排整齐的痕迹，均匀地路过刚才宛籽上岸的地方。忽然，机甲停下了脚步，集体转了九十度，笔直地朝着宛籽所在的方向走了过来——

之光奇怪地“咦”了一声，捡起一块石头，用力丢在了机甲的身后。石头砸中了最后一个机甲，发出清脆的敲击声，然而整一队机甲没有丝毫停歇，依旧匀速向一行人靠近。

脚步声越来越大。宛籽紧张地往后缩了缩，撞到了伊斯的胸口。伊斯与灰叶已经做出了攻击的姿态。

“别打了，快走！”宛籽拖住灰叶与伊斯的胳膊，拉着他们两个往后走。

一行人又重新抱起奄奄一息的人鱼，加快速度往回走。很快，一行人拖着人鱼进入校门，然后眼睁睁地看着机甲旁若无人地越过校门加速朝他们冲了过来。那些机甲竟然也越走越快，步伐声轰隆隆，令人毛骨悚然！

“怎、怎么会这样？”宛籽惊叫。她记得青禾曾经说过，那些风车机甲是用来在夜间清扫海边的垃圾的，他们只攻击出声的东西，而且不会越过校门啊……

之光凝神看着人鱼，忽然道：“放下她，我们走。”

“……啊？”宛籽惊叫。

之光道：“她已经死了。”

宛籽看着身边的人鱼。此时人鱼已经瘫倒在了地上，灰蒙蒙的眼睛毫无生气地睁着，胸口再也没有了心跳声。风车机甲已然就在面前，机甲挥舞着风车刀片砸向宛籽。

“快走！”之光一把推开了宛籽。

随后，大家看到机甲的中央控制区开了一个小孔，从里面钻出一根尖锐的刺，稳稳地扎进人鱼的胸膛，过了一会儿，机甲伸出了两个机械钳子，把地上的人鱼尸体铲了起来，一步一步朝海边走去。它身后的机甲喷射出高速液体，把地上的血迹冲刷得干干净净。

它们甚至看都没有看小队一眼，就迈着齐整的步伐朝海岸撤去。一时间，所有人都静默无声。

“先回去。”良久，之光的声音响了起来。

一路上，大家都有些沉默。宛籽的思绪还乱成一团，无论如何梳理不出头绪来。那些不是扫地机器人一个作用的机甲吗？

宛籽一遍遍回想青禾的话，却忽然发现其实他也并没有说谎。那些机器人的确在履行“清扫”的职责，青禾说他们是处理“垃圾”的，可从来没有说过垃圾是什么。这里不是度假沙滩，根本不会有人在上面丢下瓶瓶罐罐与食物包装袋。

所谓的“垃圾”，说不定就是今天晚上的不明种族人鱼。可是它们从哪里来呢？

之光郑重道："先好好休息，明天我会向学院报告我们今晚看见的东西。"

随后，一行人各自分散，之光回疗养院，宛籽与灰叶回宿舍，伊斯跟着宛籽与灰叶，一直走到了宿舍楼下。

"伊斯……你觉得，那是什么？"沉默间，宛籽轻声问。

伊斯一直低着头，过了好久，才低声道："不知道。"

宛籽垂头丧气。伊斯看着她精神萎靡的模样，轻声道："好好休息，再过两个恒星日，军部通知你去考试。"

宛籽："啊？"

伊斯淡然地道："你不是想入军部吗？"

宛籽呆若木鸡："可我不是没通过考试吗？"

伊斯看着她的模样，冷硬的嘴角稍稍融化了一些弧度。他说："学院考试没通过，与进军部其实关系并不大。"

宛籽一脸茫然："为什么？"

伊斯忽然移开视线，一副不想多留的模样："没有为什么。"

宛籽心跳加速，紧张地拦住他的去路："可是军部为什么会让我加入？我明明……"

她越说声音越小，整个人耷拉下来。在这弱肉强食的世界里，她一直是一个孱弱的被保护者。就在不久之前，她连入学考试都没有通过……真的可以这么顺利地找到去伊克斯佩特星的途径吗？

伊斯回过头看着他的战斗伙伴。"你可以。"沉默良久，他艰涩地道。

"可是……"

伊斯皱起了眉头。不期然地，他的脑海中闪过不久之前那一次亲密接触。

那时候，她的气息紊乱，柔软的身体毫无防备地贴上他的胸口。他的指尖触摸到她细腻的肌肤，仿佛能感触到肌肤之下潺潺流动的血液。

当时他并没有失去意识，却失去了对自己身体的主控权，任由唇齿交融，气息相触，虽然只是很短的时间，可是如果这发生在战场上，那他已经死了。

——所以，该庆幸她只是"表达友好"吗？

——她明明……不具备任何战斗力。

"……伊斯？"宛籽小心地叫他的名字。他居然在发呆？

伊斯的眼神闪了闪，眼里流过恼怒的光："你是我的战斗伙伴。"伊斯生硬道，“没有人能质疑你的资格。”

“可是……”

“没有可是。”伊斯头也不回地离开。

宛籽目送伊斯的背影走出视线，过了好久才终于回过神来——这是要参加清华的自主招生面试了吗？本来以为要在伊克斯学院经过漫长的培训，再通过毕业考然后进入军部招考，指不定再见到莱格修斯的时候已经是中年版宛籽了——这天降的洪福也太……太开挂了吧？！

所有的低沉顿时一扫而空。宛籽冲进宿舍，揪住灰叶的肩膀一阵摇晃：“喂吃人怪！你知道吗！我要进军部了啊哈哈哈——”

灰叶嫌弃地想要推开宛籽，结果发现眼前的废渣经过这些日子的特训，力气有所长进，顿时黑着脸任由她抱着。

“我好开心！终于不用训练啦！”

灰叶忍无可忍，把宛籽从自己的身上撕了下来。他实在想不通，这个家伙到底是什么时候胆子大到这地步的？明明之前一副胆小鬼的样子啊……是在训练中他太仁慈了吗？

宛籽被揪着远离灰叶，兴奋的心情丝毫不减，独自一个人冲回了自己的房间。灰叶看着眼前的生物高兴的模样，忽然发现其实这么久以来，她的生活状态都不算真正的开心，原来这种生物精神愉悦的时候是这副样子的，又尖叫又蹦跳，眼睛里好像要迸射出光来——显然是比平时更蠢了。

天生S级的优渥战斗种族出身的灰叶，躺在床上休息了一会儿，思维有些混乱。于是，他决定去逗逗低级的生物，跳下床，漫步到宛籽的房间门口。

“喂。”高级生物对话低级生物，“有些无聊，不如来聊聊你为什么要去军部。”

已经快睡着的宛籽睁开睡眼惺忪的眼睛，揉了揉，确定自己不是看见了幻觉：“……啊？”

灰叶张开翅膀，悬空降落在宛籽的床边：“说说看，你为什么要去军部？”

为什么要去军部呢？宛籽渐渐清醒了过来，看着眼前僵硬地打算“聊天”的灰叶，轻轻舒了口气。

“因为我想要回家啊！”宛籽轻轻叹息。

“虽然那个地方也不算是我真正的家乡，可是……”

可是有人曾经，给过我一个家园。

最后一堂星际历史课结束之后，宛籽跟伊斯去往军部面试。军部在伊克斯学院内并没有专门的建筑机构驻扎，他们的临时办公场地在学校的背面。

沙滩上，一艘巨大的宇宙飞船静静停靠着，漆黑的船身外壁坑坑洼洼，不知道经历了多少战争与炮火。它仿佛自带着血腥与杀戮之气，这是祥和的学院里根本不可能存在的气息，让靠近的人肃然起敬。

宛籽跟着伊斯的步伐进入飞船，走过昏暗却宽敞的舱体过道，越往深处走，身体越本能地紧绷起来。终于，伊斯的脚步停在了一扇舱门前。舱门上方的小孔投射出光芒，扫描过伊斯的脸，机械声响起："欢迎您，伊斯·艾伦特少将。"

宛籽：……

就这么一会儿，这个连入学考试都因为开挂作弊而没有成绩的浑球儿，已经变成少将了吗？这飞升速度也太快了吧……

扫描完毕，舱门并没有打开。伊斯退开一步，示意宛籽上前。宛籽狐疑地看着伊斯，试探性地走上前去——下一秒，那道光扫到了她的脸上。

人工智能："欢迎您，T级队伍士兵，编号233333。"

舱门缓缓开启。

宛籽：……

连名字都没有，同样是留级生，莫非这就是平民跟官二代的差距吗……

宛籽的内心充满吐槽，脸上学着伊斯的淡定，一步踏进了舱门。舱内是一个宽敞明亮的空间，军部的元帅老头儿站在中央，他身前笔直地站立着一排年轻人。从左到右，分别是：

鼻孔朝天的吃人怪灰叶。

低头装优雅的面罩男之光。

长相普通满脸不屑的成年男性路人甲。

斯文英俊的陌生成年男性路人乙。

还有在他身旁笑靥如花的漂亮小花——白露同学。

"啊，宛籽！你来了！！又遇见啦！！！"白露兴奋得直扇翅膀。

宛籽：……这情景，还真有点眼熟。

这大概算是一次入职面试。在抵达飞船之前，宛籽做了很多心理准备，复习了穆查理星的历史，大致了解了军部的构造，甚至还背诵了一段激情澎湃的入军宣言……早上去上课之前，她是在灰叶如同看疯子一样的目光中离开宿舍的。

“欢迎加入军部，亲爱的孩子们。”

元帅收回目光，正色道：“今天只是简单会面，你们明日来报到，随军出发。”

“是！”所有人齐声应道。元帅离开了舱内，大家终于放松下来。

宛籽还没迈开步伐，只见一团白花花的身影闪了闪，一股柔软的触感撞上了她的身体。

“宛籽——”软绵绵的小奶音。宛籽面无表情伸手撕扯怀里的生物。

……没撕开。那个生物抬起头，露出雾蒙蒙的大眼睛，眨了眨浓密的长睫毛：“好久不见，能再遇到，真是好高兴呀！”

宛籽于是虚伪干笑：“是、是啊……好高兴……”

她现在已经能够心平气和地追着吃人魔灰叶满宿舍跑，不过对于白露，因为实在是接触不多，她对白露的印象还是停留在最初遇见的时候那个残暴种族的萝莉——要想放松，并没有那么容易。

白露不以为然，一只手拉着灰叶的手，另一只手拉着宛籽，回头望向一直跟在她身后的男人：“阿因，这两个是朋友，能不能带去，一起玩？”

白露的穆查理星语似乎掌握得没有灰叶熟练，每说一句话都要考虑几秒钟。被叫阿因的男人很高，斯文而俊秀，望向白露的神情没有一点焦躁，反而是满满的温柔。

他摸了摸白露的头，柔声道：“好啊，不过朋友间需要相互尊重，白露要先问问他们的意见。大家都有自己的事情，有时候并不是所有人都随时能陪白露一起玩。”

“……哦，这样啊！”白露丧气地耷拉下脑袋，松开了手。

宛籽简直想喜极而泣。到这个世界这么久了，终于遇见了一个带情商的高等智慧生物！他是看出了她根、本、不、愿、意、吗！

“宛籽，跟我一起，玩吗？”白露认真地问。

宛籽：……

“灰叶，一起，玩吗？”白露扭头问灰叶。

灰叶懒散路过，看也不看白露：“没空，你太蠢了，不适合我。”

宛籽：……这货穆查理星语如此流利沟通毫无障碍，一定是因为平常毒舌次数太多了吧！

“宛籽……”白露把希望的目光投向宛籽。

一直很安静的阿因走到白露身边，对宛籽轻声道：“你好，我是塞因·里瓦尔，白露是我的战斗伙伴。我能邀请宛籽小姐一起去我家吗？”

塞因的眼神一直很温柔。宛籽觉得自己是不是被残暴对待惯了变成了抖M，实在不太适应这样温和的邀请：“我……”

“没空。”在宛籽身后，一个疏离的声音响了起来。

……伊斯？宛籽惊讶地回过了头，他居然没走吗？此刻的伊斯好像换了一个人，身上的冷淡退却不少，反而换上了疏离的优雅气场。他朝着塞因微微颔首，声音依旧无波无澜：“感谢你的邀约。”

塞因的神情微微诧异，很快笑起来：“没关系，未来还有机会。很高兴认识你，艾伦特家的伊斯少爷。”

“嗯。”伊斯淡淡应了声，盯了一眼宛籽，自己朝外走。宛籽已经确定自己成了抖M，她发现自己特别能Get到伊斯款闷骚狂的肢体语言，熟练地跟在他的背后往外走。

“等等我啊——”她在伊斯身后喊。伊斯的脚步毫无停顿，等到快要走出宇宙飞船，才不露痕迹地，稍稍、稍稍放缓了一点脚步，等着身后的宛籽追上来。

宛籽走出飞船一身轻松，自然而然就走到了他的身旁。她仰头看着伊斯的侧脸，忽然发现今天的伊斯大魔王好像心情异常不错啊，虽然并没有露出多少笑容，不过的眼睛鼻子嘴巴都散发着温顺，就像是一只刺猬被撸顺了刺，变成了一只……龙猫？这种感觉让人有点……不适应啊！

宛籽忍不住甩甩头，想把自己脑袋里那只长着伊斯的脸的龙猫甩出去，伊斯却忽然停下了脚步，沉静地看着宛籽。

伊斯眼睫微垂，身周披了一层安静的日光。不知道从什么时候开始，他好像与以前不一样了。从前的伊斯被迫带着她这个“战斗伙伴”，嫌弃得就差给自己套一个透明罩子，插上标签“此处氧气伊斯专用”。不知道从什么时候起，他已经会有意无意地等着她跟上他的脚步，冰冻的目光变成了安静与温顺。

到底是从什么时候开始的呢？

宛籽悄悄打量伊斯，后知后觉地想，哎呀，头发好像有点长了啊……原本他利落的短发，现在已经到了耳边，金色的发丝贴在白皙的脸颊旁，看起来少了利刃锋芒，平添了几分漂亮。

是因为这小子的发育方向太软妹了，才会觉得他最近温柔了很多吗？长得太软妹了，会被欺负的啊……宛籽感觉自己心跳有点加快，思维开始打结。

伊斯从随身的口袋里掏出了什么东西，伸手到宛籽面前，敞开握紧的指尖。他的手心躺了一个类似玻璃质地的小瓶子，瓶子里有一些透明的液体。

这是……

伊斯低声道："这是军用黏合剂。"

"啊？"宛籽不明所以。伊斯的目光落到宛籽的手腕上，盯着她的手环，轻声道："它不仅能够黏合金属，还具有修补纳米电路的功用，能够恢复很多细微颗粒的传导。"

她的手环并不是普通的装饰品，因为她一直视若珍宝，所以他也是直到不久之前才看清楚这个手环的真正构造——与其说是一种装饰，不如说它是一种很精巧的仪器，只是不论什么仪器，恐怕现在都已经坏得很彻底了。然而就算是已经一无是处，她仍然把它当作至宝。

"真、真的能修复吗？"宛籽愣愣地看着伊斯手心的小瓶子，不敢相信自己的耳朵。

"有一定概率，并不保证。"伊斯想了想道。宛籽激动得连呼吸都凌乱了。

手环在跌落这颗星球的时候内芯就已经坏了，任何操作都无效，之前八号考场考试的时候更是摔成了两半——如果这个液体真的能够修复她的手环，那手环就会在第一时间向莱格修斯发送她的身体机能报告和所处位置！

宛籽兴奋地抓过了瓶子。伊斯看见他的战斗伙伴整个人焕发出不一样的光亮，她的眼睛深处闪动着耀眼的光芒，让他想起了在夜半球集训时曾无数次仰望的星空。

每个以军部战士为目标的穆查理星人都有过灰暗无光的童年，在童年里，他们研习帝国建国以来的每一场战役，熟知那些光鲜荣耀背后的每一次杀戮。而作为S级的战士，他在成年之后就在夜半球独自一人经历过三个恒星年的漫长试炼。

没有恒星的光亮，没有舒适的休憩场所，他在每一场精疲力竭的战斗之后席地而卧，仰头看见的就是这样的微光。这些微光，曾带给他唯一的宁静。

"谢、谢谢你啊伊斯！"现实中，他的战斗伙伴还沉浸在自己的喜悦中。

伊斯凝望着她的眼睛，清晰地看见她的眼睫因为兴奋而颤动。这就是……

拥有一个人的感觉吗？

伊斯垂下眼睑，清晰地感觉到指尖流转的，触碰她的冲动。理智与本能斗争了一小会儿，很快本能获胜。他伸出指尖轻轻触了触她黑色的发丝，抓在手里，感觉到柔滑的发丝飞快地从指缝溜走。他想起了上次转瞬即逝的画面，一时间内心的湖泊如同被风刮起阵阵涟漪。

他想要靠近她。

只要靠得足够近，心脏附近就会牵扯起一阵阵的颤动，明明并没有消耗体力，明明放任那些情绪会影响到身体的敏锐度与反应能力，是一个战士绝对不能有的行为。

可是……这种感觉虽然陌生，却……愉悦。

伊斯眯起了眼睛，回忆着脑海中重复了无数遍的画面，闭眼俯下身，轻轻地、把自己的唇覆盖到了宛籽的唇上。

——虽然并不是很厉害的种族，却有着如星辰微光的灵魂。

——我已经，看见你的存在。

宛籽觉得自己在做梦，一场荒唐的梦。她睁大了眼睛，看见伊斯金色的眼睫微颤，闭合的双眼有着优美的弧度。

“伊……”她挣扎出声，一时间唇齿与气息交融，属于伊斯的气息转瞬间侵入了她的唇舌，让她的心跳彻底地乱了节奏。宛籽的脑海中混乱一片，许多过往的记忆与眼前的混乱画面交织：破军号上第一次生死挣扎的亲密接触，伊克斯佩特星上忐忑不安的相互试探，赫利俄斯宫曙光照耀的地方被碾碎凋零一地的怀桑花……

宛籽感觉到自己的心跳速度已经近乎病态，熟悉与陌生的分界线那么窄小，让她的思维陷入几乎崩溃的狰狞。凌乱到最后，她有些分不清眼前的少年与记忆中的那些过往究竟是不是有什么联系，在混乱中，仅剩的一丝清醒意识让她铆足了力气，狠狠推开了他！

伊斯退后了一步，用略带疑惑的目光看着宛籽。宛籽在原地喘息，不敢正视伊斯的目光。这并不对。她在心底暗自咒骂自己，分别并不是让你情绪失控的原因，就算莱格修斯生死未卜，就算他已经不在这个宇宙里，也不可以。

“宛籽。”伊斯狠狠皱起眉头，不悦道，“你，拒绝我的友谊吗？”

宛籽：脑海中的画面闪回到不久之前疗养院的小房间，精神接触下，她意乱情迷，跪在床上抬头亲吻伊斯的唇。她清楚地记得伊斯凌乱的眼神与呼吸，微微的挣扎，然后她用自己的唇齿引导他去完成一个亲吻，在晕眩间，与他的呼吸交织，心跳同步……

“这这……这是……我种族的友谊的表达方式！”当时清醒过来的她胡乱解释。而现在，伊斯的目光专注而纯净，他正认真地向她表达着“友谊”。

……去他妹的友谊啊！宛籽紧张地后退：“对对对……对不起……我之前骗了你……这个并不是我们友谊的表达方式。”

伊斯的脸色上浮现疑惑的神情。宛籽觉得自己心慌极了，懊恼与挫败感压抑得她喘不过气来。她边退边干笑：“我们表达友谊的方式是握手，下次、下次有机会我教你……”

“现在就表达！”伊斯黑着脸道。

宛籽：毫不怀疑自己已经惹火了伊斯，他脸色阴沉，盯着她的眼神锐气毕现，仿佛下一秒就要把她这个忘恩负义背信弃义的小人撕成一万块。宛籽咽了一口口水，僵硬地抓起了伊斯的手腕，握住他的手。伊斯脸色稍好了一些。宛籽一鼓作气，双手捧住伊斯冰凉的指尖，用力地晃了晃，给了他一个温暖的同志握手！

“你好你好！”宛籽同志晃动伊斯同志的手，“很高兴认识你，合作愉快，恭喜发财。”

伊斯的表情呆呆的。过了片刻，刚刚好转的脸色又暗沉了几分。他一把把僵硬在装笑脸的外星废柴拉到了自己身前，低下头去一口咬住她的唇。

“唔唔……”怀里的外星人显然试图挣扎。伊斯趁机从身后环抱住她的腰，让自己的胸口与她紧紧相依，一瞬间，熟悉的激荡冲刷他所有的血管。

“这种方式更好……”伊斯闭上了眼睛，任由那些怪异却愉悦的感觉充斥满全身。渐渐地他意志松懈。忽然他的胸口被用力推了一把，等他回过神来，宛籽已经跑出去好几步。

“这种方法不……不科学！”宛籽感觉自己的脑袋快要炸了，不敢在原地待下去，转身飞快地朝宿舍的方向冲去！

在原地，伊斯仍然不太理解宛籽的行为。她好像很激动，却也有些……恼怒？想到她并不高兴接受自己的“友谊”，伊斯恶狠狠地捏紧了拳头。

静默间，一个身影从空中落地：“她的移动速度是不是进步很快？”伊斯回头看见灰叶歪着头，饶有兴致地目送宛籽离开。的确经过这一阶段的集训，宛籽的速度与力量都大有长进，再加上她的灵活性比较高，现在的她已经能与普通的穆查理文职人员打成平手吧。灰叶的眼神也很满意，他扫视了一圈，发现落在地上的透明瓶子，奇怪地“咦”了一声：“这个是军用黏合剂，很贵。”

军用黏合剂，穆查理军部自主研发，专门用来修复高精密机甲，在星际黑市上这样一瓶能够买下半个普通商用宇宙飞船。之前海盗船的自动巡航系统曾经被陨石震伤，蜥蜴船长从保险柜里拿出了一瓶液体，只舍得掐着读表小心翼翼地滴了两滴。伊斯面无表情。灰叶若有所思地盯着宛籽离开的方向：“是用来修复她的手环吗？”

伊斯盯着灰叶。灰叶歪头：“不是吗？她那个生死不明的伴侣送的，她一直戴在手上的那个手环。”

“伴侣？”

“你不知道吗？”

“阿嚏——”回到宿舍的宛籽狠狠地打了个喷嚏。

作为一只专业级别的缩头乌龟，她已经在奔跑的一路上完成了诸多的心理建设。穆查理星人的文化里应该也是没有Kiss的概念的，所以得出结论，伊斯应该只是想要表达他磅礴的“友谊”，这从头到尾只是一个有点小混乱的误会。既然是误会，她单方面消化完毕……应该没什么吧？

大家本来就是同一个考场出生入死的战士啊！还有什么比这更崇高的情感吗？没有！

宛籽坦荡荡回了宿舍，却在宿舍的门前发现了一个身披灰色斗篷的身影。不速之客听见她的脚步声，转过身来，露出灰色眼眸，嘴角扬起一抹温和的笑：“宛籽。”

……青禾？宛籽不太情愿地邀请青禾进了宿舍。严格说来，她跟青禾虽然有“救命之缘”，可是他身为L实战区的教习，其实跟她关系并不是十分密切。大部分时候，她都被灰叶拎着在海边特训，偶尔见面也并不会多聊……更何况，她一直记着风车机甲的秘密。

伊克斯学院并不鼓励学员在人工天黑之后外出，她那一次是误打误撞，那青禾呢？那么巧，刚好在海边游荡？

“你似乎对我有很多疑惑？”青禾微笑着看宛籽。

呃，这么明显？宛籽心虚地收敛起表情，干笑道：“青禾教官，您找我是……”

青禾轻声道：“我来恭喜你成功通过军部面试，作为你的教习官，非常荣幸。”

宛籽越发心虚：“谢、谢谢啊！”

据说军部特殊人才招募计划的招募比例是万分之一，这个军部面试是怎么过的她清楚得很，元帅老头儿那是摆明着放了水，放得还是长江黄河……

青禾轻笑出声：“你很优秀，宛籽。”温煦的目光落在宛籽的发顶，声音稳稳地传来，“也许你并不是一个合格的战士，不过你拥有独立的完整的灵魂，是非常优秀的令军部认可的存在。”

青禾把她的表情尽收眼底，嘴角的笑容带了一丝温度。入学以来，他其实并没有仔细了解过这个孱弱的学员，他奉前任上司、现任阿伦特伯爵的命令，力图凑成伊斯与灰叶这一对高战斗力的战斗伙伴，完全没有设想过这个孱弱的孩子，居然能够一路走入军部。更加没有想到，她的灵魂要比她的身体强韧许多。

这让他隐隐有些错觉，也许这样的人，足以匹配伊斯吧？然而……也不过是，所谓的战斗伙伴。青禾的目光微微低垂，他从口袋中翻出一个小盒子，递到宛籽的手上。

“这是……”宛籽打开盒子，发现盒子底下躺着三枚金属勋章。勋章是金色的，上面细细刻画着精美的图腾与遗传穆查理星文：授予伊克斯学院最出色的战士。

青禾微笑：“学校的传统，无论你们在为军部服务的路上会收获多少荣誉，这一枚永远是你们的战士旅程的开始。”

……可我甚至没通过分班考试呀……

逆天的关系户宛籽想要跪下来忏悔，这军功章真是……受之有愧啊……

话虽如此，看着上面古老的图腾与苍劲的刻字，一股荣誉感仍旧油然而生。她拿过了一枚，想了想，别在了自己的衣领上，对着青禾立正，站姿如同一个真正的战士。青禾回以军人的礼仪，郑重道：“以学院的名义，愿你以星辰微光，照亮帝国未来。”

他的眼里包涵着深情与庄重，更多的是复杂得无法用语言囊括的情怀。

“是！”宛籽一瞬间激情豪迈。那是一个理论上的黄昏。

没有夕阳，没有霞光，只有天空中传来的清脆的铃声，提醒着所有人黑夜即将到来。很久很久以后，宛籽才看懂青禾的眼神背后究竟代表着什么。

那是不甘寂灭的光，穿越宇宙蛮荒，通往无垠的时间的彼岸，是希望。

一夜辗转。黑夜终于过去，白日来临时，宛籽睁开了惺忪的眼睛。她发现自己居然在灰叶的床上睡了过去，就这样一觉到了天亮……居然没有被灰叶丢下床？

宛籽坐在床上受宠若惊，看见灰叶从小房间走出来，一脸不高兴。

“走了！”勉为其难地将就了一晚上的高等战斗种族巨头伐开心。

“……哦好！”宛籽见好就收，欢快地抱起了小包裹，跟着灰叶一起出了门。学院后面的操场上，军部的飞船已经准备妥当，所有特别招募计划的人员在飞船前集结。宛籽与灰叶到得最晚，灰溜溜地溜进队伍里。

“你们好早啊！”宛籽小声对伊斯说。伊斯没有任何反应，他的眉头紧锁，目光正视前方，身体周围的气场凉飕飕的，一派生人勿近的模样。

宛籽：……

生气了吗？因为昨天他表达激烈的“友情”，然后她跑路了？

“伊斯？”宛籽试探性叫他的名字，“是这样的，之前我……”

伊斯依旧没有任何神情，甚至连余光都没有分给她一丝一毫。

宛籽的内心顿时奔腾过一万匹羊驼，她想揪住这个浑蛋小子的衣襟摇晃，所以我们友谊的小船就这样翻了吗？就这样翻了吗？

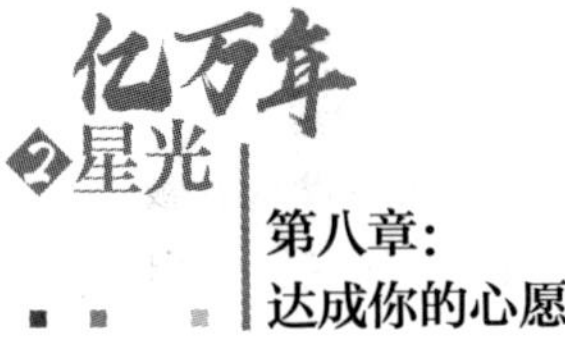

第八章：达成你的心愿

也许宇宙中的所有军队体系都有着相似的行为准则，特殊人才招募小队在飞船前进行了简单的列队与宣誓，最终获取了上船的资格。

飞船叫作朱羽号，起初宛籽并不明白这名字的由来，后来飞船动力系统点燃，驰骋划破大气层，身上的斑驳破漆凋落，露出赤红色的真正表面，她终于明白了它为什么要叫朱羽。

在飞船上，每个学员都被安排了一个个人的小房间，从外向内，依次是：伊斯、吊眼男、塞因、白露、灰叶、宛籽。宛籽最后一个进入自己的房间，鬼鬼祟祟回头望了一眼，发现伊斯已经进入房间，闭合舱门，连一个余光都没有留给众人。

宛籽：……友谊的小船，看起来真的翻了。

宛籽站在舱门口叹息，作为一个亡星灭种式的柯南款地球人，要想收获美好的永久的关系，似乎永远比她想象中艰难好多啊……

“他是不是饿了？”灰叶盯着伊斯闭合的舱门，不解地问。宛籽瞥了一眼伊斯。这种单细胞的属性也挺好，至少他所有的脑回路都是横冲直撞粗暴异常的。

“也许吧。”宛籽蔫蔫进入自己的舱门。舱门没关，她还是留了个台阶，万一伊斯少爷突然想通了呢？结果没有等来伊斯，倒等来了不速之客。

“我能进来吗？”一个圆圆的脑袋从舱门口露出了半边，不速之客眨眨眼，声音柔软。呃？宛籽一时间短路。

白露雾蒙蒙的眼睛委屈得狠：“阿因说，要得到主人的允许才能进去，这个叫礼仪。”

白露的两只小爪子扒在舱门上，翅膀在身后焦躁地扇动着，显然是强压着自己的性子在等待。

宛籽：……

宛籽可耻地被萌到了，坚定的立场支离破碎，点头道："进、进来吧……"

"好呀！"白露欢呼一声，扇动翅膀一跃而起。宛籽只觉得一团不明物体忽然向她飞了过来，她还来不及躲闪，就被它击中了身体，整个身体顿时向后踉跄——扑通——她的脊背重重地撞上了地板，顿时头晕目眩。

身上那团软绵绵的生物还在兴奋扇翅膀："宛籽宛籽！"

宛籽摸了摸白露的脑袋，指尖传来的舒服的触感简直像丝绒，于是她恶狠狠地朝伊斯在的方向看了一眼：看着吧，爷这边软玉温香萌动可爱，才不差你这条破船！

旅程远比想象中的要不寂寞许多，白露严格说来性格和灰叶很不一样，灰叶有点猫性，白露这样的更像是萨摩耶属性的战斗种族，眼睛大皮肤白，软萌萌声音嗲，乖巧听话，宛籽觉得自己忽然有点明白为什么有些高等种族喜欢养智慧生物当宠物了——废话！软萌嗲乖的能对话的小天使谁不喜欢！

白露在宛籽的房间游荡已久，过了一些时候，就吸引过来了她的饲主塞因。塞因是个温柔的成年男性，大概对女性心理学研究甚为深入，来的时候带来了一些穆查理星人的食物，都是些全民种族通吃的水果与酸甜味的营养胶囊。

白露欢呼一声，抢过塞因怀里的食物，献宝似的全部放到了宛籽的怀里。

塞因对宛籽投了一个彬彬有礼的微笑，随后温柔的目光一直跟随着白露。过了一会儿，灰叶磨磨蹭蹭到了门口，一副"爷并不好奇你们在做什么，也就是随便看看"的嘴脸也进入了房间里，指着宛籽手上正吃的果子道："这个，我要。"

宛籽指着身旁的一堆："你自己找。"

灰叶冷眼盯着宛籽："你是说找我觉得最好吃的吗？"

宛籽呆了一秒颤颤巍巍送上手里吃了一半的果子：差点忘了她也是灰叶的食物选择范围内的。灰叶满意接过，啃了一口眯起了眼，显然是更满意了。

宛籽：= =

塞因低笑出来，随后白露傻乎乎也跟着笑起来。宛籽回想起刚才自己的本能反应，再看看灰叶一副脑残吃货的样子，顿时忍不住跟着笑了。

一时间，笑声充满了整个房间。与此同时，朱羽号彻底冲破穆查理星的大气层，冲入无垠的宇宙中。夜晚瞬间降临，每一个房间外的遮罩被打开，浩瀚的宇宙星空映入每一个人的眼帘。

“好美啊！”白露赞叹，“之前在海盗船上都没有看见过耶。”就连灰叶都忍不住好奇地偷看外面的模样。

塞因的目光终于从白露身上移开了，微笑看着宛籽道：“你好像并不是很吃惊。”

呃，这需要吃惊吗？宛籽用目光回复。塞因笑开了：“并不是每一艘民用的飞船都能有这样观察星空的机会，白露与灰叶应该也是第一次看见。你从前有过类似的体验吗？”

“……嗯。”宛籽轻轻点头，回头看见星空。

很久以前，她还是在培育皿的时候就已经被带上破军号，之后岁月倥偬，她曾经在破军的指挥舱里见过 360° 环绕式的星空体验，也经历过最惊险的两方交战，不知不觉，宇宙已经是让她感到亲切的存在。

朱羽号的行进速度慢了下来，闭合在机身两侧的巨大扇形太阳能板敞开，整个船身匀速地自转起来，整体形态如同一只绚烂的多层风车，在苍茫的宇宙中缓缓前行，进入自动巡航轨道。

壮阔的宇宙终于完完整整地展现在所有人的面前。休憩舱入口第一间，伊斯也站在星空下仰望着外面的壮观景色，眉宇间的阴郁稍稍淡了些许。他犹豫了片刻，转身想去打开舱门。

他的梦想在战场，那里有最强的力量与帝国的未来，每一个战士都愿付出生命赢得信仰。如果她希冀的是星空，这本来是很美好的契合。倏然，他的眼前却忽然出现那个弱小的生物一直小心呵护着的手环，顿时脸色又黑了几分，缩回了手。

休憩舱另一侧，宛籽的房间里和乐融融。“亲爱的船员，我是朱羽号的管家莉莉丝，你的登陆是我的荣幸。我们的旅程目标将在七十个恒星日后抵达，期间我们将进行四次空间跳跃，每一个进程将对您的身体造成一定负荷，建议您前往指挥舱，领取抗压药品。”

人工智能的声音忽然响起来。宛籽再一次感受到了科技的差距，破军号完成空间跳跃只需要有足够的燃料，整个操作对伊克斯佩特星甚至包括她这个地球人都没有特别大的压力，并不需要什么抗压药品——这大概是科技发展水平的限制吧？

一行人都听到了通知，默契地整理行装出发去指挥舱。在飞船上，人工智能的话就是命令，绝对不能忽视，否则作为肉包骨头的生物一瞬间被撕烂的先例也并不是没有发生过。

宛籽走在最后，路过伊斯的房间，忍了忍，还是戳了戳门口的视频通信——这个自大狂妄的浑蛋小子，指不定觉得自己是S级不用吃药呢。

视频被接通，果然，伊斯仍然留在房间里，冷眼盯着门口。

宛籽：……你妹啊谁欠了你八百万吗！！！

宛籽在心里怒吼，出于人道主义精神，忍气吞声道："伊斯，空间跳跃会穿过人工的虫洞，中间对身体的负荷是非常大的，你不要太高估自己。"你这是想死吗小畜生！

伊斯默不作声。宛籽咬牙切齿装孙子："不要生气了，之前……是我错了，我保证以后一定好好回应你的友情。"

伊斯终于抬起了眼。宛籽对着视频通信扯出一抹笑容："我很珍惜你的'友谊'的，所以希望你安全活着，你要不要……跟我一起去指挥舱？"

视频通话中的伊斯僵持了一会儿，终于打开了舱门，面无表情地站到了宛籽身边。

宛籽：……喂，要不要这么扭捏啊！

一路上，伊斯依旧没有多余的表情与交流姿态。宛籽自动从"战斗伙伴"变成了"贴身女奴"，还是不能对话只能做跟班的那种。从休憩舱到指挥舱，漫长的距离只有两个人，伐开心的霸道总裁走得还特别慢。

……这哪里是友谊的小船，这分明是友谊的小鞋。

指挥舱里，随船队的医务人员往每个人的手臂都注射了一针针剂，宛籽排在最后，看着白露在针头下哆嗦成了筛子。

"别怕。"她身边的塞因温声劝，"眼睛一闭就过去了。"

白露仍然恐惧不减，没有瞳眸的眼睛里俨然有了雾气："我怕……我一受伤，就会控制不住自己……杀、杀人了怎么办……"

宛籽：……

众人：……

塞因憋笑道："不会的，船上都是军人，他们拥有良好的反应能力。"

文职医务人员拿针的手哆嗦了一下。好在，白露并没有发狂，因为塞因的手一直慢慢地摸着她的后脑勺，帮她平复慌张的情绪。她身后的灰叶要淡定很多，他大方伸出手臂让医务人员注射，只是在注射完毕之后，阴沉着脸对医务人员亮了亮尖锐的牙齿：嘶——

医务人员：……总算轮到了伊斯，医务人员显然是大松一口气，微笑道：“伊斯子爵，请您配合一下。”

伊斯缓缓地抬起了手。宛籽在他身旁看着他所有的动作，起了一些贱贱的小心思，学着塞因的口吻补了一句：“别怕哦，眼睛一闭就过去了。”

伊斯微侧过脑袋，那么久以来，终于给了宛籽一个完整的眼色。

“嗯。”他应了极轻的一声。宛籽感觉后脑勺流了一滴汗，原本是个恶意的小嘲讽，没想到他不仅完全没有 Get 到恶意，反而……乖乖受用了？

怎么办忽然有点罪恶感。= = !

“第一次空间跳跃快要开始，建议各位先回到自己的房间耐心等待。”医务人员道，“莉莉丝将会在开始跳跃之前与之后通知到全船，在跳跃完毕后，各位可以根据自己的需求去各处的体能训练室与机械操作训练室进行日常的身体维护与娱乐。相信各位都能找到自己的放松方式。”

医务人员的脸上充满了骄傲。宛籽伸了个懒腰跟在小队后面，心里默默补了一句：不一定啊，起码没有棋牌室我是放松不下来的。

朱羽号上当然没有棋牌室，所以宛籽回到自己的房间，找了个舒适的姿势，躺在床上准备接受接下来的空间跳跃。人工智能已经开始警告所有人员远离危险区，三次警告之后，空间跳跃正式开始。先是太阳能主板全部收回原处，每个房间的星空落地窗再一次被笼罩起来，紧接着整个照明系统关闭，船身剧烈地震荡起来！

宛籽忽然感觉到身体有股异样的感觉，好像五脏六腑的器官都在打架，这种感觉说不上疼，却让人有种恶心得想要吐出来的感觉……

“呕——”宛籽干呕。

漫长的折磨才开始。宛籽在黑暗中扶着墙壁，痛苦地在心底哀号：科技发展真的很重要啊……落后就要挨折磨啊！

时间过得尤其缓慢，也不知道流逝了多久，终于，整个船舱安静了下来。可惜安静只持续了一秒，忽然船身迎来一击巨大的撞击！

刹那间，万籁俱寂。宇宙中，声音无法传播，但是飞船内部收到撞击却是能够被听见的。巨大的声响过后，应急照明系统亮起，人工智能没有感情的声音传播到飞船的每一个角落。

“亲爱的船员，朱羽号已经顺利穿过虫洞，抵达原设定区域。

“亲爱的船员，朱羽号受到不明物体撞击，中枢系统损毁3%，主要影响区域为休憩舱。”

“亲爱的船员，休憩舱含氧指数下降，目前为88%。

“亲爱的船员……”

亲爱你妹啊！！

科技的鸿沟真是太可怕了！震荡刚刚平稳，宛籽飞快地打开了舱门。她想去看伊斯，那个自以为是的小屁孩不知道能不能适应这种空间变化……

舱门刚刚开启，她一头撞上了一堵柔软的墙。她头晕目眩，抬头却望见了伊斯欲言又止的脸。

“伊斯……”

伊斯似是做了不少的心理建树，才抬起她的手腕，仔细地查看宛籽的手环。片刻之后，他掏出随身的一个小瓶，滴了几滴液体在手环上。

两滴修复液——没有反应。

三滴修复液——手环有一点发烫。

小半瓶修复液——手环闪了闪光，最后发出了一阵焦烟味。

宛籽：……

伊斯皱眉，轻轻地道：“无法修复了。”

“……没关系的。”宛籽叹息，本来就已经坏了，只是更彻底了而已。

伊斯犹豫了一会儿，伸手摸了摸宛籽的发顶。姿势有些笨拙，显然是不太熟练。宛籽被雷到了，一身的鸡皮疙瘩都要被抖落下来——他、他、他这是看塞因每天撸白露的毛看出心得了吗？

“我想好了。”伊斯的声音低沉，“你是我的战斗伙伴。”

“对啊！”宛籽不明白伊斯这时候提起这件事情的意义。是因为友谊的小船要翻了，正式来宣告一下？

她脸上的疑惑神色像是惹恼了伊斯。

他眯起了眼睛：“我们将会缔结盟约，这一生我们都将会守卫对方的生命与荣耀，除非我们中有人死亡。”

“……我、我知道啊……”

在这颗星球上，战斗伙伴几乎等同于一生挚友，很多异性的战斗伙伴甚至会结为终身伴侣。这个并不是什么秘密。可是伊斯他……

宛籽越发疑惑。她抬起头望向伊斯，却发现他的眼神中闪烁着陌生的光芒。伊斯锐利的目光瞄准了她的眉心，一字一顿道："所以，你的目的是什么？"

"……啊？"

宛籽不明所以。伊斯道："是什么目的让你拼尽全力也要进军部？"

宛籽顿时警觉起来，伊斯这是怀疑她动机不纯吗？宛籽看着伊斯，他的眼眸很澄净，如同最清澈的水池，她看不见任何的恶意。就这样呆愣地对视了几秒钟，她反而觉得自己对他的防备反而更加见不得光。

"伊斯，你到底……"宛籽想要问他到底怎么了。忽然冷淡，又忽然凶巴巴质问她的目的，短短的时间里，他的情绪已经异常了很多次——这到底是怎么回事？

伊斯却一把扣住了宛籽的手腕，道："如果你的目的和这个手镯的主人有关系，那么请告诉我原因，我来替你完成它！"

"伊斯……"

"作为你的战斗伙伴，这本来就是我的责任。"

原来，他只是关心她吗？宛籽为自己的猜测感到小小的内疚。

"我想找到一颗星球。"宛籽想了想，低声讲实话，"我的母星已经毁灭了，我一个人在宇宙中漂泊了很久，后来终于找到一颗能够建立家园的星球。"

伊斯静静看着宛籽，并没有要追究的模样。宛籽彻底卸下防备，小声道："后来发生了战争，我随军出战，战舰受到攻击破损，我就被塞进了休眠舱……我醒过来的时候，已经在FQ1218了，后来，我就遇到了蜥蜴人海盗船。"

后来的事，伊斯已经知道。他把手轻轻放在她的胸口，那一刻他的身体里也涌现了一点消沉与茫然。

他早该想到的，她并不会来自蛮荒的星球。她身体纤弱，也无法战斗，然而思维显然比灰叶要开阔，理论上来自采矿小星球的她看见学院里的科技成果从来没有震惊过，她似乎早已习惯高度发展的文明，连空间跳跃都习以为常，甚至……也许她来自更高度发达的文明时代。

"手环……"

伊斯想问，手环对你有着什么样的意义，却没有问出口。就在他提起手环字眼的一瞬间，抑或是更早，在他的视线落到她的手环上的时候，他就感受到了一种从未有过的绝望与挣扎。他忍不住摸了摸自己的胸口，那儿的触感如此陌生，也如此忐忑，却有一种让人沉溺的痛觉。

她明明在思念着一个陌生人，而他却在感受她的痛苦。这样的错位，竟像是对他的刑罚，让他几乎按压不住胸口的怒火。

“手环是我的……伴侣送的，类似于我们考试时那个监测身体数据的东西，但不止那样……”宛籽甩开情绪，想要试图解释伊克斯佩特星上的皇族特制手环，却发现自己无法解释。在这个时代，主脑还紧紧只是早期的人工智能，它也就比 Siri 高不了多少级别……

“那颗星球，叫什么名字？”伊斯打断了她的话。

“伊克斯佩特……伊克斯佩特星。”

伊斯听见名字的时候，脸上闪过一丝迷惘的神情。宛籽丧气道：“有人说可能是军部机密。”

伊斯脸上难得有了情绪，很复杂，明明不太愉悦却仿佛拼命压抑。他没有再问什么，拉起了宛籽带着她离开房间。

“去、哪里……”

“去达成你的心愿。”伊斯头也不回地朝前走。既然她的生命中存在其他人的痕迹，这个事实已经无法更改。

那么，他迎战。宛籽被拽出了房间，穿越层层门禁，一路向中枢指挥中心前行。她忽然发现这堆外星人有个共同点，不论是伊斯还是莱格修斯，都喜欢把她当一个包袱拎，他们自己大长腿高个子，可是从来不会考虑到被拎着的人都快成了无影脚啊！

门禁一层一层被打开，越是往前，审核层次越高。伊斯一路验证，从士兵编号，到少将编号，在数不清第几层之后，门禁总算“哔——”一声，没开。这个万恶的官二代学霸的安全权限总算是不够用了。

“对不起，权限级别过低，请重新登录。”人工智能冰冷的声音响起。

伊斯冷冷站在门口，神情不悦。宛籽总算有喘息的机会，小心地抽出手：“没关系的，我们可以慢慢……”

她的话没说完，就见到伊斯沉默片刻，走到门禁之前输入了一串秘钥。顿时，屏幕上出现了白胡子元帅的身影。

“伊斯？”元帅诧异道，你在战略资讯室做什么？

伊斯道：“我的战斗伙伴种族需要认证，但是帝国的资料库中并没有。”

元帅松一口气，越过伊斯的肩膀看宛籽：“可以，你这个战斗伙伴，研究所也相当有兴趣。也许更好的了解有助于你们共同的进步。我让研究所派人来协助你查找。”

伊斯道：“不用。”

电源瞬间切断，最后一道门禁开启。随着门禁的开启，宛籽的心跳也加快起来。门禁里面是一片机械与电路的海洋，在所有机械的正前方中央位置是一个巨大的屏幕，屏幕上正播放着实时的星空与位置图。

屏幕前立着一个金属桩，伊斯一靠近，金属桩上就投射出万千微光，那些光交织成一副星云轨道图。伊斯把手放在上面，顿时那些恒星向四周流散开，一个由光线勾勒成的女性形象出现在虚空中。

“你好，我是朱羽号，请问我有什么可以帮助到你？”

“我需要查阅一些军事储备星球。”

“好的，请出示您的安全级别。”

“艾伦特 932。”

“好的，艾伦特伯爵，欢迎您登录军事资讯系统，下面将为您搜寻你需求的资讯。”

从宛籽的角度可以看见他长而密的眼睫，挺立的鼻尖，还有被光线勾勒出的好看的身形。她正发呆，伊斯已经转过身，示意她向前。

宛籽缓缓走到她的身旁，试着轻戳了一下那个虚拟的朱羽女性形象，道：“请替我查询伊克斯佩特星。”

“好的。”朱羽微笑起来，闭上眼睛做思索状。宛籽盯着她玲珑的身材，脑海间划过一些风马牛不相及的事儿：为什么不论多么强大的帝国，这些人工智能都喜欢设置成女性呢？

她走了神，抬头看伊斯。幽蓝的光映衬在伊斯的脸上，他金色的发丝被染成了微微的绿。

——变成妹妹头了啊，娘兮兮的。宛籽稀里糊涂地想着，又偷看一眼，穆查理的成年人好像长发居多，伊斯有一天也会变成长发及腰的汉子吗？

焦灼的等待终于结束，朱羽睁开了眼睛，用温和的声音道：“对不起，军事储备库中并没有该星。”

伊斯道：“扩大搜索范围，搜索民用、军用，包括最新勘探到尚未定性的星球，时间追溯为历史时间。”

朱羽又“思索”了一段时间，开口道：“对不起，三千年内，穆查理星记录的宇宙可考范围并不包含该星。”

伊斯皱起了眉头。找不到？怎么可能？宛籽怀疑自己的耳朵，急切追问："那查询所有以穆查理语言为官方语言的星球，我要所有列表！"

朱羽道："好的，请稍等。"

片刻之后，所有的星球名单被列举了出来。宛籽眯着眼睛一行一行仔细阅读，漫长的名单一直到末尾都没有出现伊克斯佩特这个名字。如果说穆查理星发展有限，还没有完全开发完毕整个宇宙的星系的话……可是明明两个地方语言是一模一样的啊！

"怎么会这样……"

伊斯低声道："你确定你所拥有的记忆是完全无误的吗？会不会记错了名字？"

"不可能！"宛籽大声吼了出来。

怎么可能呢？记忆中那些过往，它们明明曾经真实地存在过。驰骋宇宙的破军号，赫利俄斯宫的日界线，葵明宫破旧的石柱上的藤蔓，植物研究所中央盛开的透明花朵……

所有的往昔都还历历在目，仿佛昨天才看过伊克斯佩特星的荒原与戈壁，怎么会忽然就变成了……不确定存在的记忆呢？

宛籽一遍遍对照那些名单，心渐渐地冷了下来，脑海里一片空白。

不知道过了多少时间，她终于冷静了下来，回想起刚才自己的语气，狼狈地低下了头。

"对不起，我……"我不该迁怒于你。伊斯并没有生气，他脸上的神情虽然有些落寂，然而最终只是轻轻地触了触宛籽的头。

"我听灰叶说起过送你手环的人。"

寂静中，伊斯的声音轻轻地响起。他说："在你彻底放弃之前，我可以陪你寻找他。"

伊斯的眼神暗了暗。并且战胜他。

"可是……"

"辽阔宇宙，希望是很奢侈的东西。"伊斯轻声道，"如果它还在，就不要轻易放弃。"

亿万年之星光

第九章：朱羽号与目的地

所有的头绪，一夕之间全部灰飞烟灭。

“你们查询到了吗？”忽然，一个温煦的声音响了起来。之光从门禁处走来，深蓝色的眼眸中噙着一丝让人难以捉摸的光亮。

伊斯从人工智能上收回了手，抓住宛籽的肩膀往前走。他并不信任这个所谓的研究所预备役学者，他在有意识地接近宛籽，这个目的昭然若揭。

“你不好奇她是什么种族吗？”之光在伊斯背后道，“似乎你们查得并不顺利，我可以帮你们。”

“不用。”伊斯冷冷地道。

“哦，是吗？”之光嘴角勾起愉悦的笑容，“这么说你们也不好奇那天晚上我们遇见的是什么东西？完全不想知道究竟是谁创造的它，并且又想做什么吗？”

伊斯停下了脚步。宛籽愣了片刻才想起之光说的是什么，那个长着人鱼尾与虫族翅膀的怪物！

之光的语气轻飘飘的，像是在说一件无关紧要的事情。他说：“原本军部对我的培训计划是让我作为随军医生实习两年，后面再转入研究组。我们分别那天，我把那个怪物的事情上报给了研究所，然后我就被禁足了，直到临出发前接到通知，登上朱羽号。”

伊斯回过了头，微微皱起眉头。宛籽诧异的神情凝固在脸上：“为什么他们要禁足你？”

在她的印象中，之光一直是属于校领导那一挂的啊！他有疗养院的各种权限，在医生队伍没有回来的时候，他一直是猴子称大王的状态。虽然他并不是什么重要角色，却也不会随随便便让人给禁足了吧？

之光似乎在欣赏他们的诧异表情，过了好一会儿，才幽幽地道："所以，我很好奇，军部为什么提前招募了我们，包括你，伊斯·艾伦特，你没有经过学院培训，也是提前招募。甚至连宛籽这种显然只能浪费粮食的，都能进特殊招募团队，你就没有好奇过吗？"

宛籽：……

伊斯的眉头锁得越发紧了，沉默良久，他道："你想要做什么？"

之光微笑："艾伦特伯爵的权限登录码，我想借用一下。"

伊斯沉默。之光道："放心，我的一切操作将在你的监视之下。只是借用一下您父亲的身份。"

伊斯冷冷盯着之光，僵持片刻，似乎做了决定，转身回到人工智能平台旁。

"请输入您的登录码。"

"艾伯特337。"

宛籽：……所以刚才他查种族资料查战备星系，用的是他爸的权限吗？！

为什么这种坑爹的事情他能做得那么淡定！宛籽的腹诽只持续了几秒钟，很快她就被之光的操作吸引去了注意力。

比起伊斯的正规渠道，之光甚至没有经过人工智能问询这一关，他像是用了什么别的邪门歪道，直接翻墙进入了后台。信息平台上再也没有了星云与虚拟形象，取而代之的是一串串不知名的密码。那些密码不是穆查理官方文字，更像是一些无序的代码。

"这是什么？"宛籽好奇地问伊斯。

"军事资料本身。"伊斯道，他的眼睛里映衬着一行又一行飞快闪过的资讯，脸色越来越沉重。

之光的神情也是前所未有的紧张，他的脸上没有了笑意。蓝色的光照耀在他脸上，愈发凸显出他别扭的口罩。他的指尖飞快地在虚空中划过，似乎是在与什么东西争分夺秒。不知过了多久，他忽然收回手，整个身体离开了信息平台！

宛籽被吓得后退了一步，过了几秒，才后知后觉地望向屏幕——屏幕飞快闪过的数字不见了，取而代之的是一张信息表。信息表上放着一张照片，照片里的生物是一个雌性，有着金色及腰的鬈发，健壮的鱼尾，还有三对透明的翅膀，正是那天她从海里捞上来的不明生物。只不过照片里的她能看见灿如星辰的眼睛与嘴角温柔的笑意，与那天形如丧尸的模样相差很远。

"伊斯……"宛籽觉得有些毛骨悚然，扭头看伊斯。

伊斯缓缓地念出信息表上的名字："特级实验组……"

之光没有说话，他死死盯着照片上的女人，似乎是不敢相信自己的眼睛。良久，他忽地想起了什么，又回到操作平台，输入新信息。

很快，屏幕上更多的资料被调取了出来。

长着复眼的人鱼；

身披兽族毛发却又有着矮人族壮实肢体的人类；

长着虫族翅膀的异常高大的人形生物；

还有一些，几乎辨别不出是生物还是残肢综合体的奇形怪状的东西……

他们每一个都没有名字，表格中只有冰冷的序号和分类，初级组、中级组、高级组、特级实验组……

"这些是……"宛籽感觉自己的胃里翻江倒海。

伊斯攥紧了拳头。之光看见伊斯的动作，勾了勾嘴角："看起来，你也听说过传闻？"

之光深吸了一口气，低声道："实验品吧。"他看见宛籽一脸疑惑的模样，道，"贵族中传闻已久，穆查理军方正在寻找提高战斗力的方式，有人说是在秘密研究强大的武器，还有人传闻，所谓的新武器是生物武器。"

武器……

宛籽抬头看见屏幕里的那一堆肢体，不知道为什么想起了深埋在记忆里的噩梦。她见过的，那些高等星球文明对生物基因的肆意改造，甚至她自己，都是地球基因与伊克斯佩特基因的混合……

之光闭上了眼睛。他的指尖微微颤抖，刻意压制着的情绪终于有些崩溃。他深吸一口气，语气带了微微的战栗："我早就猜到所谓的高级武器是生物本身，只是没有想过，他们的实验包含穆查理星人。"

一时间，没有人再说话。只有屏幕中的画面慢慢地轮转着。

宛籽看着之光与伊斯的反应，大概可以理解他们的震撼。她曾经在坦尼桑看见过一排自己泡在营养液里，也看见过医生抽取失败品的组织液来"治疗"她，甚至跟25号有过交集……她早已见过这类实验，所以并不吃惊。

而伊斯与之光不同。他们还年少，刚刚发现自己信赖的国家，正用同族人的身体做着实验。宛籽理解这种感觉，那是恐惧与恶心交错，让人无法呼吸的感觉。

"伊斯……"宛籽轻轻拽了拽伊斯的手臂。

“嘀——嘀——嘀——”忽然间，警铃大作！

之光几乎是跳了起来道：“快跑！”

然而，一切挣扎都是徒劳。这里是朱羽号，外面是茫茫的宇宙，就算想逃还能逃到哪里去呢？门禁缓缓打开，外面齐整整站着两排士兵。他们每一个都戴着头盔，身披铠甲，如同一列整齐的机器人一样，冰冷的枪口对准了仓皇的三人组。

里外僵持片刻，机甲士兵忽然变化了队形。白胡子元帅缓缓地从士兵后面走了出来，饶有兴致的目光扫过伊斯与之光。

他淡然地道：“我很欣慰，你们发现得要比我想象中早。”

伊斯冷眼，缓缓抽匕首。之光原本与他站成一排，看见前方阵仗，默默地后退几步，站到了宛籽身后。

宛籽：……

元帅道：“伊斯·艾伦特，你不必紧张，我并不想杀害你们，正相反，你们都是非常优秀的孩子，我代表军部，正式邀请你们加入基因改良部队。”

伊斯一动不动，眼神中充满防备。

“如果军部对你们怀有恶意，现在只需要开枪就可以了。”元帅卸下一脸冰冷，皱纹满面的脸上露出一丝类似和蔼的表情。他道：“亲爱的孩子，虽然我与你父亲的政见并不一致，但是你要相信，我对帝国的忠诚是毋庸置疑的。这一点我相信你也一样。”

伊斯似乎是有所动摇，稍稍放下了手中的匕首。元帅的眼里闪过满意的光芒，他说：“为表诚意，不会对你们有任何的拘禁，你们仍然是朱羽号上自由的新兵。而今天的一切……”他轻声道，“只不过是我们把理论课程提前了而已，是不是？”

伊斯低下了头，他虽然没有说话，却露出了顺从的姿态。元帅对着士兵摆了摆手，所有人都收回武器。

“我们即将降落，我建议你们好好回休憩舱休息。”元帅的目光越过伊斯与宛籽，落到一直装透明的之光身上，“至于你，你应该去向你的导师解释，为什么对军部如此不信任。”

“……是。”之光懒洋洋地应答，跟在元帅的身后走了。直到所有人都已经离开，宛籽才小心地握住了伊斯的手腕，瞬间被手下的触感吓了一跳。伊斯的脸上没有什么神情，可是所有的肌肉紧绷着。

她几乎可以确定，刚才如果元帅上前一步，伊斯的匕首就会划向他的脖颈。

“我们先回去。”宛籽轻轻触碰他。伊斯依旧一动不动。宛籽想了想，踮起脚，伸手贴上他的脖颈，用体温让他尽量能够舒缓情绪。

“伊斯，”宛籽踮起脚凑到他的耳边轻声道，“不论是逃跑还是反抗，现在都不合适。我们先回去找到灰叶与白露，哪怕要强行反抗，有他们帮助机会也更大，对不对？”

“……嗯。”不知道过了多久，伊斯终于发出了第一个声音，随后他放松了身体。宛籽拉着他，头也不回地离开了资料室。

宛籽与伊斯回到了房间里，一路上谁也没有开口。偌大的宇宙飞船不知道有多少个监控正在360°监控着他们的一言一行，这原本是固若金汤的军事器械，用以保障船上所有人的生命安全，而如今，朱羽号成了一艘移动的巨大囚牢，行驶在茫茫宇宙中。

房间舱门阖上，宛籽累极了，躺在自己的床上闭眼凝神。伊斯就坐在她的床边，一动不动地看着外面的星河。宛籽不知不觉睡了过去，迷迷糊糊中，她睁开眼睛，看见医疗组的人站在她的床前。他们抬起她的手臂，往她的血液中注入了一支针剂。

“你是个懂事的孩子。”医疗人员俯身在她耳边轻声道，“元帅很欣慰你跟伊斯冷静的态度。不要害怕，过不了多久，你们都将是穆查理的精英。”

“伊斯。”医务人员站起身，走到伊斯的身旁道，“我曾经是您父亲旧部，十分希望你能成为我们的战友。元帅对你寄予厚望，你最好……做出一点承诺。”

医疗人员走出房间，宛籽看见伊斯走到了床边，他似乎是犹豫了一会儿，随即挨着她躺了下来。也不知道他操作了什么东西，床下渐渐地升起一个透明遮罩，整张床顿时像一个胶囊一样被笼罩了起来。

“我们只有一点时间。”伊斯在她耳畔轻声道，“休眠模式启动之后短时间内我们都将失去意识。但是在这短时间内，监控设备将无法监测到我们的对话。”

宛籽叹了一口气，点了点头。

伊斯道：“理论上我们的目的地是帝国的一个军事基地，在那儿经过短期集训之后，我们会被派上战场……但是这只是理论，裴肯元帅向来与我父亲政见不一，以他为首的激进派向来主张星际战争与生物武器研制。所以我猜想，我们也许不是去集训基地的路上。”

宛籽感觉到伊斯的鼻息，就在她的耳边，她有些痒，轻声问：“那我们会去哪里？”

伊斯轻声道：“不知道。不论是哪里，抵达之后如果我无法与父亲所在的军队取得联系，我们立刻着手离开。”

“……好。”柔软的床俨然已经变成了一个休眠舱，休眠舱内的气体正慢慢地填充着不算宽敞的空间。宛籽感觉到了一丝昏沉。渐渐地，意识越来越模糊。她忽然意识到，也许刚才那个针剂并不是预防空间跳跃的，而是休眠用的。

这就是“承诺”吗？迷迷糊糊中，宛籽心想，也许这真的是唯一的办法了。先把软肋送到敌人的口中，这是自保的最后的方法——事情真的已经严重到了这个地步吗？

“灰叶他……怎么办？”意识快要完全涣散的时候，宛籽问。

“他是安全的。”伊斯的声音渐渐轻了下来。他逐渐失去了意识，呼吸渐渐均匀，身体的体温也渐渐地下降。

宛籽：……果然穆查理星人的体质都不太好吗？

失去意识之前，宛籽努力地把伊斯的身体放平，替他收拾了一个舒服的姿势。她的意识也涣散得很，到最后弥留之际，她把自己的手放在了伊斯的胸口，如同一个拥抱的姿势一样，贴着他静静入睡。

在遥远的指挥舱，他们的所有行动都被反映在监控屏幕上。

医务人员又进入房间，仔细检查了沉睡的宛籽与伊斯，最终露出了满意的笑脸。他打开通信器，对着通信那头的元帅道：“元帅，您预料得没错，他们已经进入休眠。”

屏幕前的白胡子元帅挑眉，看着身旁的儒雅青年道：“越是出色的战士，越难以驾驭，你猜得没错，这个小家伙虽然几乎不具备战斗力，却能掌握伊斯的情绪。”

儒雅青年微笑地看着屏幕中的两个人，回头望向身边戴口罩的少年。他道：“亚瑟，你一直是一个优秀的孩子，这次的不专业让我很失望。”

戴口罩的少年本来一派吊儿郎当，在儒雅青年的目光下渐渐耷拉下了脑袋。他道：“拿人体做实验，这有悖我的理想。”

儒雅青年道：“你曾经告诉过我，你正在用你自己的身体进行实验，这会让你的脸在药效起效期间长出斑点，所以才戴口罩，这难道不叫人体实验？”

“这不一样！”亚瑟扯下口罩，丢到一旁，露出了一张阴郁的脸。

“没有什么不一样，这恰巧是我选择你作为我的学生的原因。”儒雅青年淡然地道，“每一个研究者的理想，都应该是对未知无穷尽的探索，以及对科学进步的不懈追求。而进步总是伴随牺牲，不论是谁，包括你我。”

亚瑟目光中闪过一丝迷茫。儒雅青年温柔地笑了：“亚瑟，你们看见的那个是早期试验品，现在的我们已经研究出完美融合的方法。用不了多久，你将看到最完美的穆查理星人。告诉我，你难道一点都不好奇那会是怎样的时代吗？”

亚瑟微抬起头，盯着监控上相拥而眠的宛籽与伊斯的身影，目光中似有恍惚。儒雅青年温柔看着自己身后的少年。

“我并不想用军部的方法来约束你的思想，亚瑟，你是自由的。

“当然，你我都并不是绝对的自由。在我们的面前横亘着一道天堑，叫作科学。它束缚着所有穆查理星人的生命，人类从出生到死亡，经历疾病与痛苦，经历战争，经历分别，爱情与自由在短暂的一生中如同光芒乍现，然后消失不见。

“作为科研人员，我们穷极一生想要追求的，是让美好的东西能够成为常态，把那些让人痛苦的事情驱赶出生命，你能理解吗，亲爱的亚瑟？”

亚瑟恍然喃喃：“把痛苦的事情……驱赶出生命？”

“是啊！”儒雅青年撩起亚瑟的发丝，轻轻抚摸他的脸颊，“亲爱的孩子，这是我们不惜付出生命的梦想。”

亚瑟闭上了眼睛，僵硬的肩膀渐渐耸了下来。穆查理星人天生体质偏弱，科技的发展带来便捷的同时也暴露了穆查理星的位置，后来不断有侵略者践踏帝国的领土……疾病，灾难，分别，那些附加在每一个帝国人类身上的痛苦，真的能够一劳永逸地根除吗？

休眠舱里，白露与塞因眼睁睁看着医务人员在宛籽的房间门口加上权限，禁止无关人员进入。

“这是怎么了？”白露不解地问。

塞因站在她的身后，轻声解释：“人工智能的信息记录上说，是因为他们的身体不适应空间跳跃，所以在抵达目标之前选择进入休眠状态，减少身体的损耗。”

“……哦，太弱了。”白露似懂非懂。

吊眼男朝天翻了个白眼："呵呵，废物就不该来军部！"

白露狠狠瞪了一眼，吊眼男转身回了自己房间。塞因看着她迷糊的小脸，目光中露出温柔的光。他伸手抚摸白露的脸颊，声音憋笑："是啊，穆查理星人其实是非常弱小的，很容易生病，体力也容易透支，伊斯那样的，已经是我们中的佼佼者了。"

"打架我可以替你打，但你可别、自己生病啊！"白露紧张起来。

塞因俯下身，鼻尖贴上白露的："有白露在，我一定健康地活着。"

"嗯！"白露紧张兮兮地摸了摸塞因的额头，确定他没有忽然生病，才轻轻舒了一口气。

还好、还好……

没有了宛籽，休眠舱里日子变得枯燥起来，白露的生活变得尤其乏味。塞因爱看书，可是那些穆查理文字白露一个字都看不懂，无聊的时候，她只能去找灰叶。

"我们去竞技场啊！"白露摇晃灰叶胳膊。

"不去。"灰叶双手抱胸，在床上跷着二郎腿，"去了你也打不过我，我不想浪费时间。"

白露熊抱灰叶："可是在这一艘飞船上，我是你唯一的对手了呀。别人、都弱。"

灰叶歪着脑袋想了想，发现事实好像真的就这么惨烈。虫族本来就是出色的战斗种族，白露虽然并不是虫族中出类拔萃的，还是个已经觉醒的雌性，但是这艘船上能打得过她的其他种族却也一个都不存在。

"不打，会退步。"白露认真道。

"……"

"以后，战场上，会被笑话。"白露道。

"好吧。"灰叶勉为其难，走出房门瞥了宛籽的房间一眼，默默地盯了一会儿。

"哼，叛徒。"

竞技场上，白露与灰叶的战斗引来了几乎全飞船的战士的围观。除了苦逼的巡逻人员，其余的人几乎是欢呼雀跃地冲到了竞技场上，激动得两眼发光！

"切，用得着这么激动吗？"吊眼男站在远处。有个少将装扮的人匆匆路过，停下脚步看了他一眼："希克家的那个蠢货？"

吊眼男跳脚："注意你的言行！我可是艾罗·希克！帝国的子爵！"

少将用看智障的目光扫视他，随即转身跑开了。像艾罗·希克这样的连伊克斯学院大门都摸不到的贵族子弟，恐怕永远不会知道对于战士来讲，虫族战斗意味着什么。在宇宙中有许多S级战斗力的种族，兽族、巨人族，还有很多别的族类，他们或许体型巨大，或许能分泌有毒的气体，或许尖锐的牙齿能够撕裂钢铁铠甲，还有唾液能够溶解所有金属……然而只有高等虫族，他们除了拥有翅膀，其余身体构造与穆查理星人十分相似。

虫族拥有敏锐的反应能力与出色的战斗技巧，他们是所有种族里面唯一一个单纯靠格斗技巧位列S级高等战斗种族的族群。

只要是B级的虫族，哪怕对上一个重型机甲小队都未必会输。而现在在朱羽号上的两个是S级的虫族！

——为了这种关系户漏看了两个S级的虫族对战，这简直是天大的损失好不好！竞技场内，白露与灰叶飞快地变化着位置，三对翅膀让他们的活动范围能从地面直达竞技场的上空，他们旗鼓相当，动作与灵敏度都异常相似，以肉眼几乎难以辨别的速度迅速过招。整个竞技场内很快只剩下一片兵刃相抵的声音。

"好、好快……"人群中有人赞叹。

"难怪传闻说，如果在战场上一对一遇上了虫族，哪怕你有枪械也几乎没有生还可能……"

"还好虫族跟我们是盟友……"

高等虫族，在极端战斗中的飞行速度光靠肉眼几乎是没有办法辨别的。而白露与灰叶不仅是高等虫族，还是高等虫族中的S级战斗力。

在场的围观人员看着竞技场上的两道影子，无语凝噎。过了好久，终于有人反应过来："对哦，我们可以看监控的啊！放慢三倍？不，五倍？"

"对哦！怎么把监控给忘了……"

围观群众泪流满面。与此同时，在竞技场上决斗的两人速度稍稍放缓了一些，当然，也仅限于他们自己觉察得到的放缓。白露在兵刃交接的一瞬间若有所思看着灰叶的眼睛，小小地"呀"了一声。

很快，灰叶凌厉的攻势向她袭来，她疲于应战，最后脖颈上一凉，灰叶的刀架在了她的脖子上。

白露气喘吁吁，雾蒙蒙的眼睛盯着灰叶，似乎欲言又止。人群中聪明的已经反应过来，匆匆地向指挥舱跑去，请求元帅把刚才竞技场的监控视频调出来以供学习。很快，竞技场里面就只剩下白露、灰叶，与塞因三个人。

“居然花了挺久，你进步了。”灰叶撇嘴。

白露的眼睛一眨不眨地盯着灰叶：“灰叶……”

“我知道了，我会加紧练习的。”灰叶不耐烦地道，伸了个懒腰走出竞技场。

白露仍然呆呆站在原地，停留了好一会儿，似乎有些迷茫。

“怎么不回去？”塞因走到她身边，摸了摸她的头发。

白露抬起迷蒙的眼睛，轻声道：“你身体、不好，我没进伊克斯学院。”

“怎么了？”塞因疑惑道。

白露道：“我……没有练习过，我没有进步。”

塞因的目光更加迷惘。白露若有所思道：“虫族、出生后不分性别，长大后，身体会自主选择、然后我们成年。”

“灰叶他……”

“敏锐度下降，是特殊时期的早期特征。”

可是他自己知道吗？

白露忧心忡忡地看着灰叶离开的方向。

朱羽号在宇宙中经历了漫长的航行，终于渐渐接近目的地。宛籽醒来，感觉身体有些酸软，脑袋里像是塞了一团棉花。在她身边躺着的伊斯还没有醒来，双眼紧闭。休眠舱里的灯光并不强烈，柔和地洒在伊斯的身上，把他瘦削的脸勾勒得有几分温柔。

宛籽揉了揉眼睛，恍惚间觉得，伊斯其实长得真的跟莱格修斯很相像。不过他的身后并没有翅膀，眼眸也不是莱格修斯那样的金色。会不会是穆查理星人与伊克斯佩特星源于同一个祖先或者民族呢？宛籽支着下巴打量伊斯：毕竟他们拥有同样的语言体系。

而且……骨子里一样变态，科学家们一样不拿别的种族甚至自己的种族当平等的人类看，不惜在自己同胞的身上做实验。

想起沉睡前看见的那些残肢与变异的怪物，宛籽不禁哆嗦了一下。她已经从休眠状态下苏醒，说明目的地也快到了吧……如果被捉去做实验，该怎么办呢？宛籽彷徨间，伊斯的眼睫微微颤动了几下，随后身体僵硬，骤然睁开了眼！

光明正大偷窥的宛籽：……

有一瞬间，宛籽以为自己会被伊斯活生生掐死在休眠舱里，还好紧张的对峙气氛只持续了片刻。伊斯只是狠厉地盯了她几秒钟，认出了她之后，他眼里的冰霜一点一点化了，眼睫眨了眨，吃力地支起了身体。

他大概身上还是软绵绵的吧，整个身体都呈现出分外柔顺的姿态。宛籽感觉听到了自己灵魂深处猥琐的笑声。

肤白貌美腰肢软啊！

“到了？”伊斯沙哑开口。宛籽顿时从旖旎猥琐的心态中醒悟过来，紧张重新回到了身体里。

“到了”对他们来说，可是生死两重天的事情。如果有机会就能逃出生天，如果没有机会……任何可怕残忍的事情都可能发生在他们的身上。

忽然间，人工智能的声音响了起来：“亲爱的船员，朱羽号即将登陆目的地，请所有船员前往指挥舱集合。重复，朱羽号即将登陆目的地，请所有船员前往指挥舱集合。”

真的到了？

宛籽与伊斯面面相觑，谁也没有露出高兴的表情。

宛籽磨磨蹭蹭在房间收拾了简单的行李，跟在两手空空的伊斯身后，慢吞吞地走到了指挥舱。指挥舱里面所有的船员都已经列队整合完毕，看见两个迟到的，队尾的吊眼男吹了声口哨：“哟，美丽的女士们到了。”

伊斯的目光跳过吊眼男，似乎根本没有看见他。

吊眼男顿时气歪了嘴。宛籽的注意力更多地放在白胡子裴肯元帅和他身边的儒雅青年上，这两个一个军部一个研究所，典型的就是“逼死你渣都不剩下”组合。他们现在看起来一副和蔼的模样，就好像完全没有逼迫过他们休眠一样……

儒雅青年的目光与宛籽的相撞，微微笑起来。

宛籽：……这人渣属性，某些时候还真的是某些人群的共同特征啊！

裴肯元帅一路扫过每一个人的脸，一副和蔼可亲的样子：“朱羽号已经降落在我们的特训基地，在基地，你们将与最出色的同伴一起，共同经历成长。相信不用多久，你们都将成为帝国的新生代力量。

“从这一刻开始，我不论你们之前在穆查理帝国拥有什么样的身份与地位，你们都是我军部的普通战士！我的命令是你们唯一的准则！我的愿望是你们唯一的信仰！

“我不希望看到你们有任何违背我初衷的行为，请你们永远记住，军部不需要向你们的家庭交代任何事情！”

他的目光在伊斯的身上多停留了几秒钟，道：“不服从命令，军部有权提前对你们进行处分。”

“是！”所有人齐声应和。

指挥舱前方的遮罩缓缓升起，一个通道出现在了所有人的面前。通道是透明的，透过四壁可以看见这一颗陌生的星球真实的模样——外面寸草不生，地上沟壑不平，飓风卷起黄沙漫天飞扬，整个基地就像一只巨大的螃蟹一样匍匐在这片毫无生机的土地上，没有任何一扇门，一个窗户。

“出发吧，去迎接你们的人生。”

队伍开始向通道前进，轮到吊眼男的时候，他停下了脚步朝通道口张望了一下，不满地嘀咕出了声：“说好的跟穆查理星差不多风光宜人的星球呢？这跟给我的资料不一样！”

宛籽：……

吊眼男脱队往回走：“送我回去！我要进伊克斯学院入学！我现在就要回去！”

裴肯老头儿眼里闪过一丝凌厉，嘴角仍然挂着微笑道：“你已经入职军部，就是一名战士。服从命令是战士的职责。如果你还有作为一个战士的愿望，就请回到你的队伍中。”

吊眼男摘下自己衣领上的徽章往地上一扔：“不去了！”

众人：……

场面进入了奇怪的僵持。所有人都以为裴肯元帅会板起脸来狠狠教训吊眼男，可事实上，裴肯元帅的脸上甚至没有改变表情。他依旧一脸慈祥地走到了他的身旁，微笑地看着鼻孔朝天的吊眼子爵阁下，以迅雷不及掩耳之势拔出了腰间的激光枪，对准吊眼男的眉心射击！

没有人反应过来。也许吊眼男自己都没有。

他脸上的神情依旧一脸嚣张，只是眉心多了一个非常小的窟窿。他瞪大了眼睛，张了张口，没有发出任何声音就轰然倒地。

“重新列队。”裴肯老头儿和蔼道。

所有人在一瞬间紧张地站直了身体，僵硬着脚步往外走。大家都曾设想过自己会在战场上杀死敌人，会看见同族人死在自己身边，可是谁也没有想过第一次直面死亡竟然是以这样的形式。

宛籽是所有人中最为冷静的那一个，相较于这些刚刚成年的孩子，她在伊克斯佩特星经历过无数次杀戮与战争，对战场与死亡其实并不陌生。她的注意力落在透明的通道外面可以看见的建筑上——那显然是一个军事基地，全封闭的，当然不是为了防止逃跑，应该是因为这颗星球上的内外气压并不一致。甚至外面恐怕连氧气都没有。

建筑的造型……看起来有些熟悉。她一下子记不起来在哪里见过，但是身体上传来一阵阵战栗的感觉，让她彷徨而又排斥。

那到底是什么？

所有人在进入建筑之后，通道自行关闭，整个区域就被封闭了起来。大家在大厅作了简短的休息，随后被带向集训室。

集训室里，不同种族的外星人正在进行着激烈的对战演习，穆查理星人对穆查理星人，虫族对虫族，相似等级的人彼此打得难舍难分，甚至没有人抬头看新来的人一眼。这样的氛围让在场的好战分子眼里都闪过了光芒。

包括灰叶与伊斯。

宛籽：……

“去吧，胜出的人将赢得格外丰盛的晚餐。”裴肯元帅笑眯眯地道。

“是！”灰叶得令，箭一样飞了出去，迅速拆了在对战的一对虫族，三下五除二把那两个人打倒在地，踩着那人的肩膀冷笑，“还有谁？”

众人：……

大家纷纷加入战局。

裴肯元帅若有所思地走到伊斯身边，道：“我希望休眠的时间已经让你考虑清楚了。”

宛籽紧张地挺直了脊背。伊斯垂下眼睑，淡然地道：“是。”

裴肯元帅问：“告诉我，你是否愿意配合军部对你的考察，并且最终成为优秀的战士？”

伊斯道：“当然愿意。”

裴肯元帅满意地笑了起来：“期待你的表现，亲爱的孩子。”

裴肯元帅转身离开了，现场就只有若干医务人员仍然留在原地，时刻监控着是否有意外发生。宛籽趁所有人不注意，悄悄拉着伊斯问：“喂，你真的愿意留下吗？”

伊斯："嗯？"

宛籽道："你刚才说你愿意配合军部的考察？"

伊斯疑惑地皱起了眉头，沉吟片刻，淡然地道："我本来就是优秀的战士。"

宛籽：敢情这家伙不是表忠诚，是根本没有听出元帅的话外意思啊！真是高估他了！

训练场上，灰叶以一已之力，几乎揍遍了所有的战斗种族，本来一对一公平有序的对战场面已经变成了群殴混战现场。灰叶一人在里头穿梭飞翔，两眼放光，简直是兴奋。

宛籽：……

伊斯皱着眉头看了一会儿，朝着战斗种族区走过去，结果被医务人员狠狠瞪了一眼。伊斯于是停下脚步，怅然地走向穆查理星战区，飞身跃进战斗区域！

宛籽：……

白露把塞因丢在了一边，小心地绕着混战区飞了一圈，又一圈，看起来有些为难的样子。

白露："灰叶，给我留几个，别都打残了啊，明天还要用的呀！"

宛籽：……

塞因在边上微笑。

宛籽问他："你不去吗？"

塞因笑眯眯地道："我的身体不太好，无法接受大强度的体力支出。"

宛籽："哦哦。"

塞因问："你呢？"

宛籽心安理得地回答："我是废物。"

塞因：……

不论如何，围观群众跟围观群众还是不一样的。塞因那叫军事管理人才，宛籽这种大概叫"不知道为什么忽然就带着上路了的废渣"。作为边缘化人物，唯一的好处是就连医务人员都没有发现，于是她悄悄地撤离了训练场地。

这个地方有点眼熟。但又好像一点都不熟悉。那些通道宽敞明亮，也死气沉沉，就像一个地底的蚂蚁迷宫，她不知道尽头在哪里，每一道舱门背后是另一道舱门，七弯八绕，循环反复，无穷无尽。

宛籽无法按捺住自己心中的慌乱，她的脚步越来越快，令人毛骨悚然的熟悉感觉如同冰冷尖锐的刺，从脚底心一直往上蔓延，直冲头顶——这种感觉，在她看见一个入口后戛然而止。

她看见了一道门，很普通，却带着一丝说不出的蛊惑。她鬼使神差地靠近了它，还来不及触碰到，门就自动开启了。舱门后面漆黑一片，随着它的开启，空气中传来一丝微妙的熟悉的气味。

——不要作死不要作死不要作死……

宛籽在心底默默念，可是身体并不受意识管辖，她轻手轻脚地踏入了舱门。一瞬间，她眼前的所有灯光亮了起来，舱门缓缓地在她身后关闭。

一瞬间，宛籽感觉到了自己心跳戛然而止。她看见眼前是一个宽敞明亮的空间，陈列着一排又一排整齐的巨大试管。每一个试管里面都存放着一个奇形怪状的生物，它们被泡在淡蓝色的液体里面，静静地悬浮在试管中央。

这里是……创造那个变异人鱼的地方！

“嘀——嘀——嘀——非法入侵——”忽然，警报声响起。宛籽转身想走，却发现舱门早已紧闭。

倏地，在她的身后响起一阵轻稳的脚步声，一个温和的声音响了起来：“欢迎来到坦尼桑，亲爱的小家伙。”

基因研究所的主人——洛迪·阿卡因微笑着站在她的面前，眼里露出温文尔雅的光。宛籽一步一步后退，脑海里一遍遍回荡起尖锐的字眼。

那是她就算死过几百遍，都无法忘记的名字——坦尼桑！

这里竟然是坦尼桑！那个伊克斯佩特星的基因工厂！

宛籽感觉到冷汗从自己的脊背上不断地冒出，更让她觉得毛骨悚然的是那个儒雅青年的背后站着的少年。那个少年有着深蓝色的眼睛，眼里闪着微光，气质一如他身边的儒雅青年。

那是……之光？可是他的脸……

宛籽的脊背撞上了关闭的舱门，她觉得自己是在一场噩梦里，她揉了揉眼睛，用尽所有的精力盯着之光——他的身后是一排又一排的实验试管，白衣，瘦削，温和的眼睛仿佛天然带着笑意……

那明明是——亚瑟的脸。

怎么会……怎么会这样？

“我们没有恶意。”有着亚瑟脸的之光轻声道。那是宛籽最后听见的声音。她只感觉自己的后颈一凉，意识在一瞬间涣散。

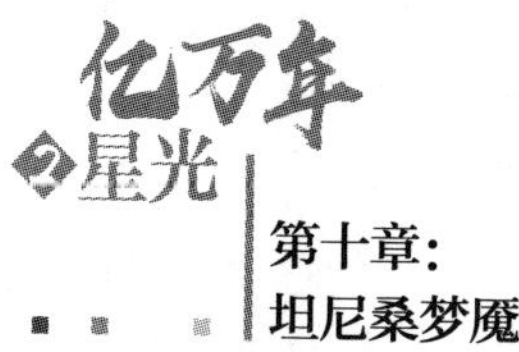

第十章：坦尼桑梦魇

昏沉间，宛籽做了一个梦，梦见自己回到了很久很久以前，最初拥有意识的时光里。那时候，她还是一个发育刚刚完全的婴儿，也像是那些实验体一样，安静地躺在培育皿里。她的饲主是一个拥有深蓝色眼眸的外星人，他白净，温暖，总是静静伫立在她的跟前一动不动，同一个姿势保持好久。

后来，知道了他的名字。亚瑟。

亚瑟·柯博特。

是基因研究所的主人，也是伊克斯佩特星医疗团队的最高指挥官。

他常常与她对话，用奇怪的外星语，奇怪的是她居然也听得懂。于是在漫长枯燥而无聊的岁月里，她常常泡在液体里游泳，一边游，一边听着他絮絮叨叨。

“我亲爱的花朵。”他最常见的是用肉麻腔，近距离盯到她浑身起鸡皮疙瘩，“爸爸希望你的生命能够以最完美的形态发生。”

哪里有完美的生命呢？那时候的宛籽似懂非懂，隔着透明的容器壁看亚瑟的脸。他是她在这个星球，乃至这个宇宙中第一个信赖的外星人。她相信他，毫无保留，然后在漫长的岁月里被他的所作所为，凌迟。

久远的记忆如同海藻一样缠绕住宛籽的思绪，她不知道自己昏睡过去多久，醒来时候，她正躺在一张实验桌上，身上盖着薄薄的一层布料。

一双深蓝色的眼睛就在她的面前，看见她醒来，眼睫弯翘成了月牙。他说：“你的体温要高于穆查理星人，我猜这里的温度并不适合你，所以做了些保温措施。”

宛籽感觉到自己的心跳狂乱地跳跃了几下，身体渐渐僵硬。“不认识了？”那个拥有亚瑟脸的少年从背后掏出个口罩，把自己的口鼻遮了起来，眼睛弯弯，“是我呀，之光。”

“亚……亚瑟……”

深蓝的眼睛里闪过一丝诧异，很快就被笑意掩盖：“是谁多嘴泄了密。我本来想要一个更加隆重的出场方式的。”他低笑，凑近宛籽的脸，“你好，我叫亚瑟，基因研究所医疗成员。”

亚瑟和基因研究所……宛籽握紧了拳头，逼自己不要发抖。

亚瑟的眼里闪过一点疑虑：“宛籽？你感觉身体有什么不舒服吗？”身体监视仪器标明她的心率与血压正在不断上升，俨然濒临危险值——而之前替她注射的明明只是一些最普通的麻醉剂啊，而且刚刚她昏睡期间明明一切正常，怎么会？

亚瑟看了一眼自己身后，确定身后并没有出现什么能引发她情绪震荡的东西。这么说，让她血压与心跳快要到达峰值的是——他自己？

“你不用害怕。”亚瑟轻声道，“基因研究所是帝国官方的正规机构，并不会对你构成伤害。”

宛籽听不清他说什么，她还梳理不清究竟发生了什么事情。为什么亚瑟会在这里？为什么穆查理星会有一个叫坦尼桑的地方？为什么这个实验室与她见过的一模一样……这一切到底哪里错乱了？怎么会……怎么会这样？

“你冷静一点！”亚瑟的声音里带了一丝慌张。他左顾右盼，冲到实验器室去想要找一些镇静剂。宛籽就趁着他离开的一瞬间，翻身落地，向前冲了出去。

“宛籽！”亚瑟惊叫。宛籽的意识还混沌不清，可是就是在这种似梦似醒的时候，记忆尤其活跃，她甚至可以根据记忆里对坦尼桑的了解，准确地绕过监控设备，直冲向实验室外！

记忆与现实交织。25号的身影好像就在她的前方奔跑。她跟随着26号的脚步，不管不顾地超前奔跑，忽然一个转弯，她的身体重重地砸上了一堵人墙，宛籽慌张中抬头，看见的是最不想看见的人——裴肯元帅。

“啊——”宛籽整个人被他拎了起来。

她奋力挣扎，在空中看见身后的亚瑟匆匆跑来，站在裴肯元帅的面前。

裴肯元帅冷冷地道：“虽然我认同基因研究所提出的提前计划，但是你们最好不要出任何问题！”

“……是！”亚瑟行军礼，小心地从裴肯的手里接过了宛籽。

“放开我——你放开！”宛籽尖叫，挣扎，啃咬。

亚瑟死死抓着她的手腕，凑到她的耳边低声严厉道：“还想要活着就别动！”

宛籽已经陷入癫狂，根本听不进去任何话语，直到亚瑟一用力把她的手臂拧得脱了口，她才软趴趴地躺倒了亚瑟的怀抱里。

“对不起啊！”亚瑟在她耳边轻声说。宛籽恍惚看着裴肯元帅。

她终于记起来自己在哪里见过他了——在伊克斯佩特的军部。她“出生”后不久，被莱格修斯带着去过军部的指挥中心，那时候，那个坐在高位上俯瞰的军部头目就是他，甚至时常陪伴在他身边的那个少将，都与后来参加星际战役的某个面孔有诸多相似。

这个世界……好像疯了。宛籽是被亚瑟抱回实验室的，她的两个手臂都已经脱臼，软软地耷拉在身侧。抬起头，就能看见亚瑟含着复杂目光的眼睛。

他把她放在试验台上，仔细地整理她的衣装，轻轻拨了拨她的脸颊边的发丝：“别害怕，你的手臂并没有受伤，只是暂时无法动弹。”

宛籽死死盯着亚瑟。亚瑟轻声道：“如果我不这样做，你可能会被他当场杀死。以后不要乱跑，知道吗？”

宛籽不出声，如果目光也有杀伤力，大概亚瑟的脸已经被射穿了一个窟窿。她拼命地搜寻记忆中的亚瑟，与眼前的这张脸反复对比，重合，最终还是发现了一点点异样。

伊克斯佩特星，所有的贵族都是“量产”的，他们的复制人并不是从婴儿培育起的，不论是在坦尼桑还是基因研究所，亚瑟都是一个看起来二十七八岁的年轻人。而眼前这个……虽然他的长相与亚瑟极其相似，可是仍旧改变不了他的年纪——他看起来还是个不满二十岁的少年。

可是如果不是同一个人，为什么长得那么像？而且……他也叫“亚瑟”。

“宛籽？”亚瑟疑惑出声，他有些担心，这个F级战力的小家伙该不会精神崩溃了？

宛籽定定地看着他，声音有些发抖：“亚瑟……柯博特？”

“亚瑟”闻言，眯起了眼睛微笑：“你怎么知道我全名？看来我低估你的调查能力了。”

宛籽吃力道：“你认识……罗斯特吗？”

亚瑟思索了片刻，道：“我不认识他，不过，我黑进……咯，探访军部资料库的时候，在集训中心现有参训人员中见过这个名字。”

宛籽觉得自己的脑袋快要炸了，太多头绪无法整合起来。相同的语言，相似的文化与环境，还有坦尼桑……罗斯特、亚瑟、裴肯元帅……可这里明明并不是伊克斯佩特，甚至，就连军部的信息都没有这一颗星球的名字啊，是根本不存在伊克斯佩特星，还是说，这里就是伊克斯佩特？

“你怎么会认识军部的人？”亚瑟的眼神渐渐凝滞沉重起来。他调查过她的履历，这个不明种族的小家伙是在FQ1218上被星际海盗捕获的，随即带到了公爵府，之后就被送入伊克斯学院，她根本没有机会接触过穆查理外面的世界。

“我不知道……”宛籽用力甩了甩脑袋，呼吸越来越急促。她攥紧拳头，抬起头，死死盯着亚瑟的眼睛，把心底盘旋了无数次的问题，小心地问了出来：“那你……认识莱格修斯吗？”

“嗯？

“……莱格修斯……伊克斯，你……认识他吗？”

“莱格修斯·伊克斯？”亚瑟翻来覆去地念了几遍这个名字，最终摇了摇头。

他看着宛籽迷茫的眼睛，轻声道：“我不认识这个人，贵族中也并没有这个姓，他是平民吗？”

宛籽的呼吸停滞了几秒钟，缓缓地放松了身体，任由失望吞噬了她整个身体。这到底……是怎么回事？这个世界难道真的疯了吗？还是说这一切都只是幻觉？昏沉中，宛籽有一种错觉，好像身体与灵魂在割裂开来。明明身体因为双臂脱臼而痛得死去活来，她的灵魂却好像处在试验台的上空，看着死气沉沉的自己，无助地飘荡着。

她看见亚瑟担忧的眼睛，担忧地调取着她的身体资料反复研究；

她看见那个儒雅青年走进实验室里，对着那一排一排的培育皿仔细排查；

她看见远处的监视器上，伊斯与灰叶正与军部的人对峙，两方僵持，最后急性子的灰叶率先动了手，一时间场面乱成一团，动乱之后，伊斯冷冷地道：“需要我们做什么？”

洛迪轻声道：“在明天的竞技中，分别战胜穆查理星人组与战斗伙伴组，成为S级中的第一名。”

伊斯与灰叶终于离开实验室。宛籽恢复了冷静，她深吸一口气，问洛迪

000000：“你们到底想做什么？”

洛迪坐在了实验室中央的椅子上，姿态优雅，他说：“穆查理星人拥有绝大多数种族难以企及的智慧，可是我们的身体太过脆弱了，脆弱到阻碍了帝国的殖民与发展，阻碍到了穆查理全人类的进步。

“人鱼族拥有接近五百年的寿命，虫族拥有如同闪电的行动能力，还能自有飞翔，塞纳德人的血液天生具有腐蚀一切金属的能力，巨人族拥有击碎战舰的力气……如果不是依赖于科技和和平外交，穆查理星恐怕早就成为他们的屠宰场了！”

洛迪的喉咙底发出低笑：“你知道，星际殖民是一件多么可怕的事吗？我的人民有可能成为奴隶、成为宠物，甚至有可能变成别人的食物或者建筑材料，灵魂与肉体都会被碾压，人格得不到丝毫尊重……穆查理星人自数千年前开始与外星人往来，数千年来我们一直活在这样的恐惧中，我们甚至不得不把厉害的奴隶称之为‘伙伴’，以求得他们的武力相助。”

“所以……你在做实验，想要……改良穆查理星人的身体？”

“是，帝国研制基因改良要药品已经将近百年，我们把最优秀的穆查理星人与战斗力最强的种族以战斗伙伴名义招募的形式聚集到伊克斯学院，再从中挑选出佼佼者，获取他们的基因……”

洛迪忽然靠近宛籽，脸上隐隐透出一丝兴奋：“这是一个伟大的时代，不是吗？”

宛籽不知道自己是如何睡过去的，只知道醒来时，整个世界安静无比。亚瑟就坐在她的身旁，正专注地看着她。这样的场景似曾相识，宛籽躺在实验台上的时候有一点恍惚。

“亚瑟。”宛籽轻声叫他的名字。亚瑟抬起头来，目光如同记忆中的那样。

“你醒了。”亚瑟微笑。宛籽缓缓地支撑起身体，坐在实验台上，双脚凌空，两只手握住试验台的边缘，晃了晃腿，恐惧就像潮水一样，一点一点地退却着。也许是因为这太过熟悉的场景，也许是因为眼前这人太过熟悉的侧脸。谁知道呢？

宛籽盯着他的眼睛轻声道：“你还记得我跟你说起过……我一直在寻找的星球吗？”

“嗯？”

宛籽低声道：“就在你黑进资料库之前，伊斯帮我查了军用储备星球名单，我没有看到它。就算往前追溯了千年都没有。”

亚瑟想了想，道：“记忆有可能出现错误。”

宛籽垂下眼睑，看着自己的光裸的脚：“如果我说我遇见过你呢？”

亚瑟问：“嗯？在哪里？”

宛籽闭上了眼睛，轻声道：“伊克斯佩特星，在那里，一个姓伊克斯的家族统治着帝国，亚瑟·柯博特，你是基因研究所的主人，有个女性助手叫薇妮……军部还是那个叫裴肯的老头儿把持……你们每个人的背后都能长出巨大的金属翅膀。”

亚瑟安静地聆听着，良久，才笑了起来。“很有趣的故事。”他微笑道，“虽然我不知道你是从哪里知道我们的信息的，不过这确实是一个非常美好的构想，人类能用翅膀飞上天空，的确是很美的理想国。”

他并不相信。宛籽看着亚瑟目光复杂，谁又能相信呢？就连她自己都不信。可是它确实发生了。

宛籽彻彻底底地安静了下来，她换了一个姿势，匍匐在实验台上，很快就沉沉地睡了过去。亚瑟坐在她的身旁，微微诧异她的适应能力：她居然，还睡得着？

真是一种很有意思的生物啊！

明明战斗力几乎可以忽略，精神韧性却出人意料的顽强。亚瑟饶有兴致地打量她：她无疑是一种高等智慧生物，可就算是博学如洛迪，也依旧不能辨别这个生物是从什么地方来的，为什么会穆查理本星语言？

他正想仔细研究，忽然，手腕上的资讯传输器传来细微的脉冲——是洛迪有事召唤。亚瑟的脸色微微沉了沉，看了一眼熟睡的宛籽，犹豫片刻，离开了实验室。

宛籽在他离开后的一瞬间睁开了眼睛，望向不远处的培育皿丛林——如果这里真的是她曾经去过的坦尼桑，25 号当初能做的事情，她现在也可以。去死吧你们这群科学变态。她朝着亚瑟离开的方向比了个中指，目光森森。

亚瑟离开实验室，看了一眼资讯传输器上显示的信息，来到了指挥舱。指挥舱的大型监控设备上正在实时记录竞技场上的现况——S 级组内，虫族战士灰叶的身形已经快到肉眼无法捕捉。因为是内部竞技，所有人员一律不得携带高杀伤性武器进场，他把面前的对手尽数打趴下后，自己的指缝里也隐隐地渗出血液来。

洛迪看见亚瑟走进指挥舱，低声解释："灰叶嫌弃竞技速度过慢，主动提出 1VS10，目前是他第五场胜局。"

亚瑟：……

裴肯元帅聚精会神地盯着监视器，眼里闪动着兴奋的光芒。画面切换到了另一个对战区，伊斯显然要比灰叶逊色，他遵循着 1VS1 场次的规则，每一场比赛结束，就站在原地微微喘息，随即下一场，再下一场。

"老师，他的体力与爆发力……"亚瑟迟疑地看洛迪。

洛迪微笑："他是穆查理星人中少见的 S 级，只可惜，他也并不是没有缺陷。"

果然，没有过多久，伊斯的身体就出现了体力与精力衰竭的现象。他屈膝跪地，手掌扶着竞技场的地面，手腕已经不住地颤抖起来。然而，他只是草率地休息了片刻，又缓缓地站起了身，示意裁判他可以参加下一轮挑战。裴肯元帅的眼里闪动着炙热的目光，赞叹道："真是优秀的孩子啊！"

——与其说是优秀，不如说是，史无前例，匪夷所思。

亚瑟抬眼偷窥洛迪，果然在他的眼里找到了压抑得深沉的震惊与狂喜。他忽然明白了洛迪坚持要扣留宛籽的原因——如果灰叶与伊斯的基因序列能被破解，他们的特性如果能够结合出现在每一个穆查理星人的身上。

也许他说的那个了不起的时代，真的会有可能到来。只是，那会是怎样一个时代？

竞技比赛结束，裴肯与其他少将兴冲冲地去了竞技场，指挥舱内只留下了洛迪与亚瑟两个人。

洛迪眼里的兴奋未消："亚瑟，你看到即将到来的时代了吗？我们，也许将是一个盛世王朝的开端，我们的名字将被记录进宇宙生物的发展史中，就算恒星灭亡、时间走到尽头，我们都不会消失在这个时代！"

亚瑟沉默点头，看着导师癫狂的眼神与肢体语言。大概每一个科学家都有着这样的狂热吧？现在的他全然没有往日的儒雅，他就像是一个精神错乱的病人。

"实验就要有大进展了……我需要更多的人手！"洛迪喃喃自语，打开通信器道，"联络医疗组，我需要两名、不，十名助手！"

很快，守卫队带着一个娇小的身影来到指挥舱，为难道："对不起洛迪大人，医疗组回复说绝大多数人已经奔赴星际战场，要不……这个实习生您先用着？”

洛迪皱眉道：“我没有精力培训实习生，让她跟着亚瑟做助手吧。”

亚瑟好奇地看着躲在守卫队身后的那个人。那是一个女性，看起来还没有成年。她穿着文静的淑女裙子，脸蛋微圆，五官细腻而温婉，透亮的眼睛里藏着一丝羞怯。她犹豫了好一会儿，才小步走上前，细声细气道：“导师好，我目前在医疗组实习，我叫薇妮。”

亚瑟一愣，疑惑脱口而出：“你叫什么？”

少女顿时紧张地红了脸：“我、我叫薇妮……是科里西家的小女儿……”

薇妮……亚瑟的脑海里迅速闪回不久之前的记忆：宛籽坐在实验台上，低垂着目光，装作漫不经心地编造着一个故事：亚瑟·柯博特，你是基因研究所的主人，有个女性助手叫薇妮……

他确定那是她为了脱险而编造的故事，可是就在刚刚，他居然真的拥有了一个叫薇妮的助手？未卜先知的能力，这该用什么科学来解释？

这是巧合吗？

“嘀——嘀——嘀——”忽然，惊天的警报声响了起来。洛迪脸色一变，对着指挥舱内的人工智能命令：“打开发出警报区域的监控！”

监控设备从竞技场被切换到了实验室，洛迪与亚瑟的呼吸顿时一紧——实验室里的培育皿破碎了一大片，无数肢体与未完成的半成品掉落在了地面上，容器的残骸与生物的残肢混杂在一体，地面上一片狼藉。

亚瑟反应过来后第一时间就冲向实验室。洛迪在指挥舱内愣了片刻，厉声道：“搜寻实验室内活动生物！”

监控设备开始在可监控的范围内搜寻，所有的角落都被反复对比拍摄，片刻之后，指挥舱里响起人工智能机械的声音——“对不起，实验室范围内，无活动生物。”

怎么会？！她不可能有出入的权限！

“搜索全飞船的不明种族的可疑生物！”

“抱歉，您的权限被剥夺，系统将优先搜索伊斯与灰叶，请您谅解——”

伊斯与灰叶？洛迪迟疑了片刻，打开通信器：“裴肯元帅，发生了什么事？”

裴肯元帅冷冷地道：“伊斯与灰叶作乱逃出竞技场。”

亚瑟冲到实验室时，为时已晚，实验室里所有的培育皿都已经碎裂了一地，无数肢体鲜血淋漓，因为没有培育液体的浸泡早已失去了生命迹象。

宛籽……去哪里了？亚瑟绕开那些残渣，小心地在实验室里徘徊，忽然他听见了一丝声响，还没有反应过来，脖颈上就被一个尖锐冰冷的东西抵住了——

“别动。”宛籽的声音从他的身后响起，“否则我让你变成得跟他们一样。”

她竟然还留在实验室里！

“你刚才躲在哪里？”亚瑟问。

“当然是你们看不见的地方。”宛籽的声音软软的，“如果你装作没看见过我，我就松手。”

亚瑟勾了勾嘴角：“盲目自信并不是好习惯。”

宛籽并不恼怒，她犹豫了一会儿，干脆松开了手，把培育皿的碎片对准了自己的动脉。

“喂……你……”亚瑟的神情终于慌乱起来。

宛籽道：“我很容易死的。我死了，你就没有办法偷偷研究我。”

亚瑟的脸上没有了笑意，他低沉下脸色道：“你怎么知道？”

宛籽一步步地朝后退，压抑着声音：“你抽取过我的血液，如果坦尼桑真的是在寻找优秀的基因，你那个导师早就把我解剖了……他没有，说明你并没有把我的秘密告诉他。”

她的身体里，有一半的基因是属于伊克斯佩特星人的。他们体格健硕，寿命长达千年，身体密度高到能够适应坦尼桑外面的高压，并且不需要氧气，身后能够长出翅膀帮助他们翱翔于天空……这样的基因，对于穆查理星人来说简直就是神祇一样的存在。

假如这里真的是坦尼桑，如果所有的竞技比赛只是为了角逐出最优秀的基因加以组合，她绝对不可能仅仅被当作一个逼迫伊斯和灰叶就范的傀儡。

“你真的认可成为神，人工合成更强大的种族吗，亚瑟？”

亚瑟沉默，目光疏离而又防备。这恐怕才是他真正的样子吧。宛籽感觉到自己的脊背靠在了闭合的舱门上，退无可退，只能抬头直视亚瑟的眼睛：“你放过我，我告诉你我身体里基因的秘密。”

场面陷入僵持。过了片刻，亚瑟淡然地道：“就算你能逃出实验室，你也逃不出坦尼桑。”

宛籽冷笑：“不试试怎么知道呢？”

又是漫长的沉默，焦灼的感觉快要把宛籽逼得窒息。良久，他低沉着开了口：“好。”

下一秒，实验室的舱门开启。宛籽听见了外面此起彼伏的警报声，犹豫了几秒钟，转身向左边奔跑。谁知还没有跑出多远，就被警卫队拦住了去路。

“不许动！”警卫队道，“回到你该去的地方！”

宛籽朝后退了几步，逼自己停下脚步与他们对峙——现在回去，才真的是死路一条。

“你们才是该回去。”忽然，一声冷笑从警卫队的身后传来。在所有人还没反应过来之前，一道影子杀入警卫队内部，转瞬间十数个警卫队员的脖颈上多了一道伤口，相继倒地。

满身是血的灰叶与伊斯站在过道上，眼里满是杀气。

“伊斯！灰叶！”宛籽冲上去拥抱他们，简直要喜极而泣。灰叶不耐烦地推开了宛籽，眼神中赤裸裸写着嫌弃。伊斯一动不动任由宛籽抱着，难得地乖顺。

“你们怎么在这里？”激动之余，宛籽疑惑。

“愚蠢的人才会被他们威胁。”灰叶气喘吁吁。他已经很累了，这一路上的对手都是他在清理，伊斯的身体也快要到达极限了。再这样下去恐怕真的支撑不了多久了。

远处又传来了脚步声。宛籽左顾右盼，低声道：“跟我来！”

刚才破坏完毕培育皿之后，她就躲在 25 号曾经带她躲藏的地方，后来的事情证明了那儿依旧是监控的死角——这里真的是那个坦尼桑。

这就好办了，她记得 25 号的“秘密基地”就在不远处。坦尼桑跟宛籽的记忆还是有略微的差别，比如眼下这个坦尼桑看起来要崭新许多。好在大致上的路径并没有多少改变，宛籽顺着记忆里的方向一路尽可能地绕开监控，来到了 25 号的秘密基地下面。

“灰叶，那边那块遮盖，你飞上去，往上托举。”

“什么？”灰叶带着一脸疑惑的神情腾空而起，用力朝上一顶——他诧异地发现真的能开启。

宛籽急道：“别发呆呀！带伊斯先上去。”

“好！”灰叶反应过来，提着伊斯的肩膀，缓缓起飞，把他拖进了上面的洞口里。不远处的拐角，又传来了整齐的跑步声。

宛籽急得汗都要出来了："快点，快点呀！"

"知道啦！"灰叶不耐烦地飞下来，又把宛籽的身体拽上去，照着之前的样子拖进洞口。脚步声越来越近，宛籽刚刚落地，手忙脚乱地爬回了洞口，把放在边上的遮罩小心地盖了回去——几乎是同时，一队警卫队跑步巡逻经过下方，停在了下面。

"报告元帅！没有发现！"一个战士的声音。

"监控呢？！"裴肯元帅气急败坏的声音从下面响起来。

"报告元帅！已经查看过所有监控，并没有发现他们的踪影！他们……"战士的语速渐渐放缓，似乎是小心翼翼，"他们就好像……已经逃出了坦尼桑一样。"

所有人静默。过了好久，洛迪的声音幽幽地响起。他说："外面的气压足够把他们碾压成肉末，他们应该很清楚这一点，绝对还在基地内部。"

裴肯元帅咬牙切齿："那他们会在哪里？"

洛迪若有所思地看着漫长的舱道，道："所有人，立刻开始排查监控无法触及的地方。他们可能……"洛迪冷笑，"刚好躲在监控死角。"

"是！"

底下的声音终于渐渐远去，黑暗的空间里彻底安静下来。宛籽终于放下心来，在里面躺平，大口喘气——虽然说身体已经不需要氧气，但不得不说深呼吸真的是缓解紧张的唯一方法啊……

灰叶与伊斯的呼吸已经平复下来。伊斯从口袋里掏出了一个小型的装备，扣下按钮：一粒小火苗在黑暗的空间里静静地亮了起来。这里的空间并不算大，却足够三个人各自躺平休憩，伊斯躺在最里面，中间是灰叶，最外面的宛籽支起身体看着两个血淋淋的少年，问："你们受伤了吗？"

"没有。"伊斯低声道。

"只是他体力透支了。"灰叶幸灾乐祸，"喂，你觉不觉得他们穆查理星人像充电设备，万一关键时刻断电了怎么办？"

"我没有透支。"伊斯冷冷地道。

"是啊，他透支了会晕倒，然后完全不能动。"宛籽点头补充。伊斯冷眼看宛籽，目光森森，像是要把她戳出一个洞来。

宛籽："呃……"

"先睡一觉，睡一觉。"宛籽安抚奓毛的伊斯与满脸"老子还能再干死一个排”的灰叶。这一次两个人都听话地闭上了眼睛，没过多久，他们的呼吸均匀了起来。

昏暗的空间里，小火苗也没有支撑多久就灭了。宛籽独自抱着膝盖缩在黑暗中，轻轻地，轻轻地舒了一口气。还好，这里真的就是那个坦尼桑，至少这样她能知道它大致的构造，也确定她能在外面存活。

虽然有些不可思议，但是她真的拥有这些生物里面最优秀的基因。可是除了这些，军部裴肯老头儿，基因研究所的亚瑟，相同的语言，相同构造的依旧崭新的坦尼桑，还有所谓的基因融合计划，这一切如此怪诞……到底为什么？

短暂的休息过后，理智回到了所有人的身体里。三个人围坐成一圈，在黑暗中面对面。长久的沉默后，灰叶开了口：“喂废渣，你怎么会知道这里？”

伊斯在黑暗里望向宛籽所在的方向，没有作声。他也有疑惑，这个地方显然是监控死角，更是坦尼桑所有的警卫人员都搜索不到的地方，如果整个坦尼桑都没有人知道这里，为什么，第一次来的宛籽会知道？

宛籽早就做好了准备会有这样一问，却没想过先问出口的会是灰叶。她沉默了片刻，斟酌用词道：“我也不知道该怎么说，我来过这里，在很久以前……后来，有个……很好的朋友带我从这里逃了出去。我有很长时间，就躲在这里。”

她闭上了眼睛，可是等了很久，也没有等到伊斯那一声冰冷的“说谎”。

他没有出声，连呼吸都压得几乎听不见，就好像他根本不在这里一样。

“那你们怎么逃出去的？”灰叶满不在乎的声音。

宛籽低声道：“那个朋友炸了这里，然后我趁机劫持出口处的一艘空飞船。”

灰叶：“卧槽！”

宛籽把头埋进膝盖里。今时今日，又处在同一个地方，她的脑海里记忆与现实早就已经混杂得一塌糊涂。她在黑暗中有一些恍惚，坐在对面的究竟是伊斯，还是25号？

不……25号已经……不在了……

她用力甩脑袋，想把记忆里的血肉模糊的记忆抹除出去。25号颤抖的声音，她的眼泪，她最后离开时候的微笑，她眼睛深处被岁月磨出的创伤……最后的战役里，亚瑟2号望着她胸口的瓶子的眼神，这一切都交织在一起，压抑得她身体发冷。

如果现在在坦尼桑的亚瑟就是创造了25号的那一个，宛籽觉得自己的脑海里升起了一个荒谬的想法。

这不可能……

“宛籽？”伊斯的声音在黑暗中响起来，随后，又一颗小火苗亮起。

“你居然还藏着一个！”灰叶龇牙咧嘴，他本想扑上去撕咬，却忽然一愣，“废渣？”

宛籽没有出声，她的脸色苍白，身体蜷缩成一团，额头上全是汗水，凌乱的发丝贴在脸上，整个人像是刚刚从海里面捞出来的一样。

伊斯沉默了片刻，挪动脚步到了她身边，低声问：“你怎么了？”

宛籽沉浸在自己的疯狂想法中，听见声响抬起了头，满眼迷茫：“伊斯……”她轻声道，“你真的不认识莱格修斯？莱格修斯……伊克斯……”

如果亚瑟、裴肯、罗斯特这些人都是真真实实存在的，为什么没有莱格修斯？为什么偏偏只有他不存在？伊斯的眸色微微暗沉，身周的气场也逐渐低迷。

“没有。”他沉道，“穆查理帝国不可能存在这个名字。”

“为、为什么……”

“因为伊克斯是学院名，并没有这个姓氏。”

伊斯盯着宛籽赤红的眼睛，放下了想要去触碰她情绪的手。他知道，这一切都是因为那个叫莱格修斯的陌生人，因为他，她费尽心思进学院，甚至进军部，因为他，她的情绪正濒临崩溃。甚至……遥远的疗养院里那一次“友好表达”，也是因为她当时的情绪被他的精神接触放大了而已。

伊斯缓缓地垂下了手，他并不想了解她现在的情绪。一点……也不想。

“我们该离开了。”伊斯低声道，“除了朱羽号，坦尼桑还有一艘巡逻舰，我知道在哪里。”

宛籽与灰叶同时抬头。伊斯道：“只是巡逻舰在坦尼桑的最深处，而且通往那儿的路上是警卫队的把守要塞，只靠我们几个人，未必能成功。”

灰叶的眼神一瞬间暗沉下去，却没有发火。的确，坦尼桑集训中心，能在这里供职的跟在外面根本不是同一个级别的战士。就算是他一人单挑了同一期所有学员，也没有把握能赢得过所有的警卫。

宛籽低声开口：“我去引开他们，把他们引向出口方向。”

伊斯厉声打断："不行！外面的气压……"

"我可以。"寂静中，宛籽的声音竟是少有的坚定。

三人又休息了一小会儿，仔细分辨了周围并没有声音，才小心地打开了遮盖。宛籽深吸了一口气，打算跳下去，临走之前被伊斯拦下。伊斯的眼神闪了闪，他说："如果我和灰叶……你尽快跑。"

宛籽点点头，轻声道："如果你和灰叶成功抢到了巡逻舰而我没有出去，也不要等我。"

伊斯没有回答。静默中，灰叶不耐烦地给了他们一人一拳："少废话，一个都不许死！"

气鼓鼓的灰叶，头发都要竖起来了。宛籽没忍住，笑出了声："好，一个都不死。"

她深吸一口气，纵身跳了下去，故意朝监控所在的方向晃了晃，转身就跑！

嘀——嘀——嘀——

顷刻间，监控设备尖锐的声音响了起来："警告，不明生物进入监控范围。"

你才是不明生物！宛籽朝着监控比了个中指，朝着出口方向飞奔！

第十一章：漂泊·旅途

坦尼桑与记忆中的并没有什么不一样，如果朱羽号是从实验室这边的出口登陆的，她恐怕早就认出来了。也许实验室区域本身监控就严密，因此警卫反而薄弱，宛籽的逃跑路径空无一人，她甚至放慢了一点点速度，争取让那些警卫能够尽快集中到实验区域来。

随后一路畅通，没有遇到任何狙击。最大的考验反而是体力。宛籽在漫长的舱道上跑得气喘吁吁，脑海中浮现的是久远的记忆里紧紧跟在她身后的爆炸热浪。

可惜了……宛籽咬牙切齿地想，为什么这一次没有炸弹？如果有，她就可以像 25 号一样，把这个该死的造人工厂给炸个稀巴烂了！

出口就在眼前，宛籽气喘吁吁扶着舱门，静静地等候着追兵的到来。果然，只过了一小会儿，所有人就聚集到了最后一道舱门边——杀气凌人的裴肯元帅，神色凝重的洛迪医生，还有气喘吁吁的亚瑟。

不错啊，所有的厉害角色都在这里了。宛籽冷眼看着对面的人，悄悄按下了怀里与伊斯的通信器，通知他们出发。早在入学最初，她就被分发到了一个穆查理星人与战斗伙伴的特殊通信器材，一直以来，伊斯这个高冷霸道总裁从来没有用过，没想到第一次就派上了这样的用场。

洛迪盯着宛籽，沉声道：“宛籽，你不能打开这道门，否则这里的人都会死，包括你自己。”

裴肯元帅冷冷地道：“抓捕她，她并没有安全权限。”

“谁说需要安全权限？”宛籽咧嘴，“我知道，这道门是特殊逃生窗口，任何基地有身份的人都能够开启。”

她勾起嘴角笑起来，幸灾乐祸地看着所有人。紧急逃生窗口，时间就是生命，怎么可能设置高级安全权限？很久以前，她就曾经穿过这道门，抵达坦尼桑的室外。

裴肯老头儿道："你不敢。"

宛籽一只手握住安全门阀，厉声道："谁敢上前一步！我立刻打开它！"

警卫队们面面相觑，所有人的脸色都沉重起来。打开那道门，意味着内外气压会变成一致，所有人的内脏都会在身体里爆炸，身体也会被撕裂，几乎没有任何生还的可能。气氛逐渐僵持。

人工智能的警报声一直持续不断，忽然，警报声换了一种声音："警告——巡逻舰自动防御系统遭到侵袭——警告——"

裴肯老头儿的脸色终于变了。巡逻舰！伊斯和灰叶那两个浑小子！

"把她抓起来！"裴肯老头儿厉声命令，"警卫队，马上跟我去巡逻舰阻截！"

"别靠近！"宛籽握着阀门冷冷地道，"我并不想杀害你们，所以给你们最后一次机会，退到第二道门后面去，这道门我今天一定会打开。"

"宛籽！"亚瑟慌乱起来。

"亚瑟，你应该知道我说的是真的。"

亚瑟面如死灰。良久，他望向洛迪，低声道："导师……她真的有可能打开舱门，她的身体……有些特殊。她……"

洛迪死死盯着宛籽。"退后。"终于，他下了命令。

警卫队与洛迪都退到了第二道舱门后面，隔着舱门上的透明遮罩看里面的不明生物。然后，所有人眼睁睁地看着那个孱弱的外星人毫不犹豫地转动了阀门！

舱门缓缓开启。巨大的气压差让她头发与衣服都飞扬了起来。

她回头看了一眼，一步一步走到了外面，在室外恒星光芒的照耀下露出了一个胜利者的笑容，转身朝外跑了开去。她毫发无伤，存活。

"怎么可能？她明明只是拥有智力的智慧生物而已……"洛迪不可置信地瞪大了眼睛，一把拽住亚瑟的衣裳，"你是不是早就知道？！"

"我……不知道。"亚瑟吃力地望向宛籽远去的背影。他的确不知道，他只知道她的基因很特殊并且不需要氧气，却不知道她居然能在这样恶劣的环境中存活——真是一种远超乎时代与想象的生物。

"能够适应这么大的气压范围……并且不需要氧气就能存活……"洛迪喃喃自语，忽然回过神来，"警卫队！快！抓捕她！我要活的！"

"是！"坦尼桑外，沐浴在恒星光芒下的宛籽大大地伸了一个懒腰，仰头看着蔚蓝的天空。

她并不准备逃跑，穆查理星人不可能直接冲出来，只可能开飞行器出来，而在飞行器面前，她这个八百米跑步从来没及过格的地球人能跑出多远并没有多少意义。天空中忽然响起了轰鸣声，紧接着一艘军舰从远处腾空而起，直直地朝她所在的方向飞来，停在上空，在地上投射出一片阴影。

巨大的气流吹起尘土与黄沙，一时间昏天暗地，热浪扑面。

宛籽站在阴影下面，眯着眼仰望上空遮天蔽日的军舰，心脏快要跳出喉咙口。

——自由或者死亡，先来的会是哪一个？

一道光从军舰上射出，她脚下的空间似乎一瞬间失去了重力，她的身体缓缓地上升。军舰喷射出的气流撞击到地面后折回，自下而上，把她的长发吹得像是巫婆一样——如果还能活着……宛籽撩开碍事的头发，脑海中只剩下一个念头：如果还能活着，一定剪个短发！她被吸入军舰的入口，通道在她进入之后缓缓关闭，然后她跌落地板上，痛得七荤八素的。

"喂，废渣！看不出你生存能力不错嘛。"灰叶惹人嫌的声音响起来，贱贱地戳了戳宛籽的脸。

"伊斯呢？"宛籽紧张地问。

"前面驾驶舱，他走不开。"灰叶恶劣地咧嘴，"打了一架，输的人驾驶。"

宛籽：……

宛籽一拳揍上灰叶的鼻尖！

"你干什么！"

"没什么。"

宛籽揉了揉手腕，朝天翻了个白眼。她在这里担惊受怕，没想到他们还有空打一架角逐谁当驾驶员，你大爷！与此同时，军舰冲破大气层，驶向遥远的宇宙深处。同一时间，坦尼桑的指挥舱内，所有的人都沉默地看着军舰离开，没有人敢出声。

过了好久，洛迪的低笑声回荡在指挥舱里。

"元帅，你看到了吗？"洛迪凝望远方消失的光点，"那是一个全新的时代。"

遥远的宇宙，挣脱了坦尼桑引力束缚，进入自动巡航轨道。伊斯松了口气，离开驾驶椅，看见宛籽与灰叶两个人已经缩在角落里各自闭上了眼睛。这是一艘小型军舰，驾驶舱的位置更是狭窄拥挤。两个人个头都不大，一个瘦削，一个矮小，依偎在一起的样子却出奇地和谐。

伊斯沉默了一会儿，俯下身把宛籽抱了起来，把他们稍稍分开了些距离，自己钻了进去，坐到两个人中间。

“唔……”宛籽迷迷糊糊支起了脑袋看伊斯，“怎么了？”

伊斯面无表情。宛籽睡眼惺忪，困得七荤八素，坚持了一会儿，又疲乏地把头埋进了自己的膝盖里。几秒之后，她抬起了头，清醒了。她问：“你不是应该在驾驶座上吗？”

伊斯若无其事地移开了视线。

宛籽：这人不是恨不得他呼吸的氧气都要“伊斯专用，生人勿近”吗？

尴尬的僵持。宛籽眺望外面的星空，问：“我们现在去哪里？”

伊斯摇了摇头，脸色渐渐暗沉了下来。逃出坦尼桑是为了保命，可是逃离坦尼桑之后，茫茫宇宙，光靠一艘小小的军舰又能走多远呢？

伊斯道：“这艘军舰没有能源循环系统。”

宛籽：“嗯？”

伊斯道：“刚才为了躲避他们追捕，跳跃过一次空间，现在能源剩下不多。”

宛籽：……

伊斯道：“军舰上并没有食物。”

宛籽的困意消散无踪。她想了想，追问：“那我们……怎么办？”

伊斯仰头喘息：“没有办法。”

是啊，没有办法。小型军舰静静地在太空中飘浮，尽可能地节省着自己的燃料。宛籽醒来的时候，发现自己正枕在伊斯的肩膀上，伊斯长而浓密的睫毛近在眼前，柔软的发丝覆盖住了她的耳朵，痒痒的。

不远处，灰叶独自倚坐在角落里，整个人几乎缩成了一团，看起来很冷的模样。宛籽支起脑袋，轻手轻脚地爬到了灰叶身边，摸了摸他的额头，验证了自己的判断——灰叶平常的温度很低，但此刻他的额头已经接近于宛籽的手心温度。他好像发烧了。

没错，一只虫子，在发烧。船上会有药品吗？退烧药？

宛籽在船舱尾部的杂物中翻找，声音不大，却惊醒了伊斯。等她回头的时候，就撞上了伊斯疑惑的目光。

“他发烧了。”宛籽轻声道，“我想找一些降温的东西。”

伊斯回头看了一眼灰叶，也站起身来陪着宛籽一同寻找。可惜两个人找了半天，没有找到任何有意义的东西。

宛籽左顾右盼，忽然盯着伊斯道：“要不，你把手放到他的额头上？”

伊斯：……

他的脸上写着不愿意，然而在宛籽的目光下，还是乖乖地坐到了灰叶身边，用自己的手覆盖住了灰叶的额头。理论上来说，穆查理星人的核心温度的确要比她低，肢体外部的温度更是要比此刻的灰叶的额头冰凉很多。

他的手一触碰到灰叶，灰叶就发出一点轻哼声，显然是很舒服。

宛籽松了一口气，坐到伊斯身边，轻声问："怎么办？"

伊斯眼里的光芒暗沉了下去。这艘战舰是大军舰比如朱羽号的附属飞行器，上面没有食物给养系统，没有能源可持续系统，甚至连氧气都是有限的，一般只是用来完成坦尼桑星地表任务，和在宇宙中的短途勘探任务。现在他们虽然飘在宇宙里花费能源不多，可是……又能支撑多久呢？

可笑的是也不知道是哪个有闲情逸致的家伙，居然在军舰里养了一个盆栽。宛籽问："有胶带吗？或者是能粘黏的东西？"

伊斯递给宛籽一个小瓶子。

宛籽爬到植物边，摘下了一片叶子，在上面涂抹一点黏合剂，然后把树叶贴到了自己的鼻子上。

伊斯的目光顿时有些古怪。宛籽顿时觉得自己像个小丑，不好意思地挠头："氧气有限，我其实不需要氧气，但是万一我一紧张还是会喘气……"

她的身体已经不需要氧气，刻意停下呼吸虽然刻意，一放松就会恢复本能。把鼻子堵住的话，应该能为他们节省下一点生存物资吧……

伊斯静静地看着难得有些羞赧的宛籽，嘴角勾起一点点弧度。那是一抹非常淡的笑容，恬淡得就像窗外的宇宙和星空。他的身后是战舰错综复杂的电路与管道，那些画面有些陈旧与破烂，映衬得伊斯整个人格外的柔软与安静。

宛籽直到这一刻，才发现自己终于有些了解伊斯。这个人大概一直拥有着简单而透彻的灵魂，这样的简单藏在他的身体深处，必须经年累月，共同经历许多危险与未知的事情，他才会在灵魂的禁锢上敞开一个小小的口子，露出他的单纯与美好。

可惜，不是在这等死的环境里就好了。她心想，如果不是这样的情况，如果一切能够如计划那样她最终可以找到伊克斯佩特星，她也许会把伊斯介绍给莱格修斯认识。

这两个家伙……其实别扭起来还蛮相似的啊！

灰叶在漫长的睡眠之后终于苏醒了过来。他的体温越来越高，已经接近人类发烧的温度，意识也有些昏沉，睁开眼第一眼看见宛籽的时候，盯了她好一会儿，才渐渐松懈下全身的防备。

“你怎么样？难受吗？要不要紧？”宛籽问灰叶。灰叶缓缓地摇了摇头，靠在身后的舱门上，呼吸一声比一声沉重。

“你知道自己怎么了吗？”宛籽问。灰叶艰涩地睁开眼睛，目光有些躲闪。漫长的睡梦中，他回忆起了许多过往没有注意过的事情，与白露交手时的画面，白露欲言又止的神情，还有更加久远的岁月里在母星上听过的那些事情……离开母星前，白露原本并不在战士候选之列，她抢了她哥哥的名额，激动地争辩：“我想要去找他……他在巨象星救过我，我很喜欢他，很喜欢很喜欢，我因为他才成为雌性，我要去他的身边，不论是什么星球……”

“灰叶？灰叶——”

宛籽惊恐的声音仿佛隔着无数遮罩，并不是很真切。灰叶感觉有些烦躁，她就像是一只低等虫子！吵闹，聒噪，就像小时候在家乡生长的那些低智商的草木虫。

每一只草木虫哼唱的歌曲都是出生听见的声音编制而成的旋律，因此没有任何一只草木虫会重复，它们会一直跟随着主人歌唱，直至死亡。那是一种……很聒噪、很弱小的虫子。随处可见，却都有各自与众不同的歌声。

“别吵……笨虫子……”灰叶眯着眼睛昏昏沉沉道，朝宛籽龇牙咧嘴。

宛籽：……

“你才是虫子吧！”宛籽简直不敢相信自己被一只虫子叫虫子！

看来灰叶真是烧糊涂了。宛籽担忧地抓狂，是不是要喂点什么吃的比较好？后来，宛籽在军舰的角落里找到了难能可贵的食物——三支营养剂。

一人一支，正好。

宛籽指挥着伊斯钳制住灰叶的反抗，扳开灰叶的嘴，然后把营养剂强行灌进他的喉咙。灰叶的嘴里长满了尖锐如同鲨鱼的牙齿，她的手指被勾破了，流出殷红的血……结果灰叶居然伸舌头舔了舔，还回味地吧唧嘴。

宛籽：……

宛籽把灰叶搬到了最角落里。这些日子相处，她差点忘记了，对于伊斯和她来说军舰上的确没有食物储备，灰叶有啊！他拥有两个活的食物！

“给。”宛籽把营养剂分了一支给伊斯，伊斯面无表情地喝掉了。

宛籽想了想把第二支也递给伊斯。伊斯没有伸手，他的目光冷淡了下来。

——跟这货相处真的得去学习微表情啊！宛籽无奈翻了个白眼，坐到他身旁伸手揉了揉他的脑袋：“我其实日常吃饭只是嘴馋啦……”她叹气解释，“刚到伊克斯学院的时候，我找不到食物来源所以很久没有吃饭，但是只是肚子饿，身体机能并没有下降。”

伊斯疑惑地看着宛籽。宛籽用尽量低调的语气宣布：“咯，也许某种方面来说，我的基因要比你们的优秀。”

伊克斯佩特杂交品种，不需氧气、气压变化适应能力惊人、耐饿，除了没有翅膀不能上天以及战斗力差，其实她的生存能力简直是优越得几乎像神话。幸亏亚瑟对物种研究的很排斥，否则让那个变态科学家发现，恐怕早就被解剖八百遍了！

伊斯沉默良久，低声道：“伊克斯佩特星……是个什么样的地方？”

宛籽叹息：“那个地方的人比你们还要不尊重基因。他们早就经历过基因改良实验，所以每个战士几乎都是S级，不需要战斗伙伴……可是他们的身体基因也有缺陷……那是一个天堂与地狱接壤的地方。”

基因缺陷的后果是残忍而又毁灭性的。整个伊克斯佩特星，高度发达的科技与荒芜的居住环境、高战斗力的天生战士与苟延残喘的普通人民、掌管一切的人工智能与无能为力逐渐衰亡的高贵民族，所有的一切如同开放在地狱入口的鲜艳的花，残酷而又完美。

伊斯盯着宛籽的眼睛，轻声道：“那是你的家乡。”

宛籽摇头：“不是，我只是他们……基因计划的一部分，我的家乡已经不在了。”

伊斯的手放在了宛籽的胸口：“但是你的灵魂，在那里得到了安歇。”

宛籽沉默。的确，如果没有后来的星际战争，也许她会在那儿安逸地度过余生。时间静静流淌，又仿佛凝滞了，不知道过去了多久。

第三支营养剂，最终灌给了昏昏沉沉的灰叶。

宛籽把最后一滴营养剂倒进灰叶的嘴巴里，苦笑道：“你还真是会挑时间啊，该不会烧坏脑袋了吧？”

灰叶抬起混沌的眼睛，迷迷糊糊看着宛籽。宛籽苦笑着投喂完毕，忽然恶作剧心里发作，用力地拧了一把灰叶的脸：“你这只食人魔虫子，我早就看你不爽了！”

伊斯：……

灰叶难受地直哼哼。宛籽松开手，拍了拍他的脸，给了他一个拥抱。“虫子，”宛籽在他耳边道，“你的生存能力比我们都要强，如果……如果我死了，你就把我吃了吧。”

反正我本来就是虫族食物清单中的一个选项。宛籽在心里默默道，如果死亡是必然，至少我们中有一个人，能够用更长的时间去等待希望。

灰叶不知道听懂了没，他调整了一会儿姿势，又沉沉睡去。宛籽把它安顿妥当，抬起头却对上了伊斯冰凉的眼睛。她顿时感觉自己是不是做了什么天怒人怨的事儿，浑身拘谨地站了起来。

“怎、怎么了……”宛籽问。

伊斯合上了眼睛，再睁开眼的时候他的情绪已经平静如初。

他轻声道：“如果你死了，我会保护你的身体。”

“我会带你去寻找你的伊克斯佩特与莱格修斯，让他知道，你牵挂他的生存与死亡。”

“但是，我并不会把你交还给他。”他的声音很轻，却透着不容争辩的坚定，深邃的眼睛深处闪动着微光。

“你是我的战斗伙伴，终身伴侣，我将付诸一切，守护这一份荣耀。”

宛籽忽然发现自己有种哭泣的欲望，并非因为绝境，而是因为在绝境中仍有这样一个人，担忧她所担忧的未来，铭记她所铭记的过往，追逐她所追逐的希冀。这份心念，即使是在暗无天日的宇宙中，仍是最美的光华。

这个人，在许多年以后会与她相遇，成为她生命里不可或缺的星光。

沧海桑田，斗转星移，他就这样存在。

“谢谢你。”宛籽微笑着流下眼泪，“能够与你相识，我很高兴。”

伊斯低声道：“能够与你的灵魂相遇，我很荣幸。”

军舰静静地漂泊，生命在军舰里变成了可量化的数据，还有多少氧气，还剩多少体力，所有的数值都在慢慢地介绍着，一步一步走向死亡。

灰叶与伊斯的体力与精力相继透支，脸色苍白地坐在角落里。得益于基因强大的宛籽依旧保持着清醒，趴在地上发呆。就在她几乎要绝望的时候，飞船的巡航系统忽然发出了警报声——系统勘探到近距离内有飞船路过！

这种几千万分之一的事情真的发生了吗？！

宛籽激动地跳了起来，摸索着战舰的系统，迅速搜索着操控区——

“信号区信号区……”她没有系统学过太空飞行设备的操控，不过简单的操作还是会的，伊克斯佩特星的操作系统虽然更高阶，但是好在文字是相似的……她在一堆古早的按钮中迅速搜索，艰难地拼出伊克斯佩特星文，按下发射按钮——不一会儿，信息区收到回馈，远处的飞船接收到了信号，正在往他们所在的方向赶来！

"伊斯！灰叶！我们有救了！"宛籽激动地跳了起来，所有的沮丧与疲惫一扫而空。伊斯艰涩地睁开眼睛，露出一个微笑。

宛籽：……

活蹦乱跳的宛籽深深地为他的基因感到悲哀，放弃了沟通，聚精会神盯着操控系统。渐渐地，对面的飞船进入了肉眼可以判断的范围，它是一个庞大的大家伙，在一片漆黑中缓缓地靠近，随后伸出巨大的爪牙，把小小的军舰钳住，吞进了自己的肚子里——

充气，衡压，军舰平稳地降落在飞船的内部。

宛籽确定外头已经检测到氧气与合适气压，才放心地打开舱门。

舱门外，站着整齐的两列士兵，他们每个人的脸上都长满了鳞甲，身后各自拖着一根尾巴，眼睛猩红如同两栖爬行动物。

"嘶……"带头的发出警告声。宛籽退后了一步。

他们的首领拨开人群来到人前，看见宛籽的时候一愣。

宛籽：……

首领的口吻带了颤抖："你这个小肉虫子怎么还活着？"

宛籽："怎么是你！！！"

竟然是那帮海盗蜥蜴人！！！真是人生何处不相逢啊！

宛籽真是没有想过，兜兜转转物是人非，在漫长的岁月之后，竟然还能在宇宙的某个角落与这群星际海盗重逢。

"两百万星际币，一分都不能少。"海盗船实在不算舒适的休憩舱内，蜥蜴船长赤红的眼睛在眼眶里转了转，咧嘴露出黄牙。

宛籽努力忽略船舱里那股微妙的说不出来的味道，把灰叶搬到床上安置妥当，又把伊斯扶到休憩舱的椅子上，给他喂了一点点水，最后面无表情回头看蜥蜴人。这家伙摆明着就是要趁火打劫，可问题是偏偏现在他这海盗船还真就是救命稻草。

蜥蜴人摇晃着尾巴，眼里精光闪烁："两百万星际币对于艾伦特伯爵府来说不过是小意思，现在我救了艾伦特家的长子，我想这么点不过分吧？"

"当然不过分。"宛籽艰难地挤出一丝笑来。

"就是嘛！毕竟咱是老交情了嘿嘿。"蜥蜴人甩着尾巴，尖锐的爪子拍了拍宛籽的肩膀，眼珠转了转，贴近宛籽道，"你看要不这样……你夸大下说辞，事成之后我分你……五百个星际币？"

宛籽：……

蜥蜴人一愣，干咳道："一千？"

宛籽："你想我怎么说？"

蜥蜴人兴奋得直搓手："就说你们遇上了陨石雨，危急关头伊斯子爵差点丢了命，你只能无助地抱着他哭泣，在这要紧的关头，海盗船如同神一样地降临在了你们的身边，海盗船长也就是我拼了性命损失了半条船的手下，终于把你们救了出来。那一刻，他抱着你仿佛拥有了全世界……"

宛籽：……

这哪里是驰骋星际的海盗船，这分明是艺术的殿堂。他渲染能力这么强为什么不去写小说啊！

"就这样说定了哦！你们好好休息，食物与水等下就会送到！"海盗船长的尾巴摇晃得像壁虎，一蹦一跳地走出了船舱。

正所谓大难不死必有后福，很快蜥蜴人送来了食物。居然是切割得很精美的肉类。生肉。

吃饱喝足，宛籽沉沉睡去。冥冥之中，噩梦依旧没有散去。

"宛籽……宛籽！"

宛籽仿佛听见了有人在焦急呼唤，骤然间噩梦远去，一切恢复正常。

宛籽大汗淋漓醒来，看见灰叶与伊斯近在咫尺的脸和关切的眼睛。

"你怎么了？"伊斯问。

"我……我没事。"宛籽摇头，大概是之前发生的一切太过匪夷所思了，两个毫不相干的世界莫名其妙地重合了起来，导致她整个思维意识都乱成了一锅粥。

话音未落，整个船舱忽然震动了起来！巨大的爆炸声一瞬间轰然响起——

船舱剧烈地摇晃，有那么一瞬间宛籽简直怀疑是地震了。警报声嘈杂成一片，无数脚步声在外头疯狂乱窜，不消片刻，惨叫声从远方传了过来。

"砰——"

舱门被人粗暴地打开，蜥蜴船长顶着鲜血淋漓的脑袋，咬牙切齿道："快跟我跑！"

宛籽与伊斯相互看了一眼，连忙跟上了蜥蜴船长的脚步。一路上，应急灯光闪烁，火花四溅，各式种族的奴隶们尖叫着四散，蜥蜴人横七竖八在地上躺了一片，路过的好多已经缺胳膊断腿……

“发生了什么事——”宛籽在一片嘈杂中问蜥蜴船长。

蜥蜴船长嘶声道：“飞船遭到攻击……奴隶区趁机暴乱！”

“那我们怎么办——”

蜥蜴船长一脚踹开挡路的船舱残肢，举起枪冷笑回头：“当然是看看到底谁的运气好！”

宛籽：……

纷乱中，浓烟开始四散，蜥蜴船长穿过一道又一道的舱门，最后进入一处安静的通道——舱门打开，一架小型的逃生舱出现在小队面前。

“愣着做什么！进去！”蜥蜴船长赤红着眼睛吼。

宛籽与伊斯、灰叶相继爬进了船舱里，随后蜥蜴人一个接着一个爬进去，最后进入的是蜥蜴船长。下一秒，逃生舱舱门闭合，进入发射倒数读秒，大约十秒之后，巨大的推力把逃生舱推向了太空的深处。

所有的嘈杂与纷扰在一瞬间消失无踪，甚至连呼吸声都消失不见。

四周安静得如同死亡之境。所有人都还沉浸在忽然到来的鲜血与死亡之中，久久没有回神。沉默与寂静不知道持续了多久，最先响起来的是蜥蜴船长的嘶嘶声。

他凝神看着海盗船的方向，嗤笑道：“去它的，好久没有这么刺激过了。”

宛籽感觉到自己的身体还在颤抖，稳定了一会儿情绪，她才问：“刚才……到底发生了什么？”

“有人在追你们吧？”蜥蜴船长咬牙切齿，“我们的船已经被锁定了，刚才他们忽然发起攻击，炸毁了一部分奴隶舱，海盗船被内外夹击了……那伙人究竟是什么人？”

宛籽咽了一口口水：“应该是……穆查理军部的人。”

“哦……啊？”蜥蜴船长的嘴巴还没合上，保持着呆滞表情。好久，他回过了神，幽幽道：“两百万星际币，收少了……”

宛籽：……

灰叶很不给面子地扑哧一声笑了出来，就连面无表情的伊斯的嘴角都带了一点幸灾乐祸的弧度。

宛籽问："那我们之后怎么办？就这样漂泊到哪里算哪里吗？"她才刚吃了一顿半饱的，又要过上太空漂泊生死未卜的生活了吗？

蜥蜴船长冷笑："怎么可能，我是谁啊，我可是驰骋在宇宙传播爱与正义的勇士！"

宛籽：……

下一秒，飞行器剧烈地颤动起来。迫降开始。作为星际海盗船长的蜥蜴人，堪称茫茫宇宙中的活地图。逃生舱稳稳地降落在了一颗绿色的星球上。舱门开启，温和的风与清新的空气席卷而来，进入所有人眼帘的是一片宽广的绿色，郁郁葱葱的草原与森林。

蜥蜴人情绪都比较稳定，一落地就各自散开去探索，不一会儿，最快的一队人马带回来一些这颗陌生星球上的小型动物，扒了皮，取出肉来，分给每个人一块。伊斯、灰叶、宛籽，三个人作为摇钱树和活动赔偿金，自然被分到了最大的一块肉。

"跟着我有肉吃吧？"蜥蜴船长跷着二郎腿问。

宛籽抱着肉，狗腿式点头："对对对！"

蜥蜴船长得意地摇尾巴："看在你这么甜的分儿上，送你一罐酱料。"

宛籽简直想要抱大腿："好好好！"

伊斯与灰叶：……

不论如何，跟着这一队海盗，食物来源是没有问题了。以宛籽为代表的高等生物文明小分队不着急吃肉，反而是在林子里找了一些检查无毒的嫩叶蔬菜，捡回来洗干净，随后在远离他们的树荫下支起了一个烤火架，用树枝把腌制入味的肉穿起来，放到篝火架上翻来覆去炙烤。等到外层的肉熟了一点点，宛籽就用刀片把肉切下来，用干净的嫩叶把肉裹成一个卷，再放入嘴里咀嚼。

灰叶与伊斯相继分到了一块肉，迷惑地看着宛籽。宛籽解释："单单吃肉太肥腻了，配点生菜，可以吃更饱。"

S级的食肉动物灰叶满脸嫌弃，为难地把生菜烤肉卷放进嘴里，咀嚼了一会儿，眉头松开了。吃浆果喝营养液的小仙女伊斯对蔬菜很是喜爱，吃完一块肉，第二块肉加了两层蔬菜卷。宛籽看着他们一个个乖乖吃饭，不知道为什么生出了一种养了两个儿子的错觉……

其实好像……还真有个儿子啊！宛籽慢条斯理地翻转着肉块，她跟莱格修斯出征的时候，把小人鱼尾巴交给了薇妮。时间已经过去了那么久，尾巴不知道学会说话没有……

天色好像忽然间变暗了。宛籽从回忆里抽回了思绪，抬起头时才赫然发现自己的周围围满了一圈眼睛赤红的蜥蜴人。

宛籽：……

蜥蜴船长的眼睛眯成了一条缝，龇牙咧嘴靠近宛籽："小家伙，"他亲切地问，"你这个食物……看起来不错的样子啊嘿嘿……"

宛籽：……

蜥蜴船长干咳："你看我们为了你们三个，连船都没了，一船的奴隶啊，恐怕都已经落入了穆查理帝国军部的手里。吃你几块肉，不过分吧？！"

肉的确还有很多富足的。宛籽低头扫了一圈，又抬头看看口水横流的蜥蜴人，淡定地道："一卷一万个星际币。"

"你这也太贵了吧！"蜥蜴船长跳了起来，"我们吃你的是给你面子，我们自己也可以学着你这样做的啊！"

宛籽咧嘴笑："调料比例和火候不一样的呀，要不这样，五十万星际币，只要我们还在这颗星球上我就负责亲自给你们烹饪，怎么样？"

伊斯：……

灰叶：……

蜥蜴船长陷入沉思。宛籽识时务地递上了新鲜出炉的试吃品。蜥蜴船长一口吞进嘴里，郑重点头："五十万就五十万！你得保证持续供应。"

宛籽："好！"

伊斯：……

愉快的合作就这样开始，蜥蜴人兴冲冲地四散去找寻更多的肉和更多的蔬菜。宛籽留在原地，用逃生舱里现成的零件支起了一个锅，用割剩下的肥肉熬出油来，又把嫩叶放进去炒一炒，加水，加调料，变成了一锅鲜美的叶子汤。她用营养剂的空瓶子装了两瓶，递给伊斯与灰叶："尝一尝，这个比水有营养哦。"

伊斯看见"锅子"里飘荡的绿色，眼睛亮了亮，接过瓶子一口灌下。

"好喝吗？"宛籽急切地问。

伊斯眯起了眼睛，露出了一个笑容。甜得宛籽的心都颤了颤。

"那个……"蜥蜴队长搓手。

"二十万。"宛籽和蔼地回答。所谓做买卖，地球人走遍天下。

第十二章：猝不及防的别离

等待救援的过程异常漫长。海盗船长向附近的海盗联盟发出了求救信号，对方回信息说即刻出发。

从某种程度上来说，星际海盗蜥蜴人其实是一群相当好相处的生物，虽然他们长得龇牙咧嘴，有着锋利的牙齿与鲜红的眼睛，看起来凶神恶煞的，但是真的朝夕相处起来，它们的习性倒是与地球人很是相似。

去森林深处采集食物的时候成群结队，打牌、喝酒、吹牛、贪财、乐天，一群雄性蜥蜴人逗弄刚上船的小萌新，自从发现了宛籽的特殊技能之后，更是把宛籽揽入了“蜥蜴人的朋友”行列。

海盗船长叫铁锤，声音是蜥蜴人里最洪亮的，每天操着嘶嘶哑哑的嗓音，在清晨来临时喊：“宛籽——找吃的去喽——”

这时宛籽便会跟在他摇晃不定的尾巴后面，与他一起进入森林。森林里有许多动植物，经验丰富的锤子老船长负责辨别动植物的攻击性与毒性，宛籽则负责找出肉眼能够辨别出来的可以发挥创意食用的部分，采集了放在铁锤船长的包里，带回去作为全员的当日伙食。

这样的合作很是愉快，一路上铁锤船长心情都嗨翻天，找宛籽搭话：“小甜果，你说我当初怎么就没能发现你的特殊技能把你当赠品了呢？一定是因为穆查理星的空气不太好，我的头晕了。”

宛籽干笑：“难道不是因为我的拍卖价没到一百星际币？”

铁锤船长尴尬地咧嘴笑了，摘下自己的帽子，盖在宛籽头上：“要不然你偷跑出来，跟我的船走啊，艾伦特家的子爵虽然衣食无忧身份高贵，不过跟着我们可以看遍整个宇宙的星星！”

帽子上带着一股子蜥蜴人的腥味。宛籽嫌弃地摘了下来，把帽子系在了腰上问："锤子船长，你去过很多地方？"

铁锤船长大笑："那当然，我们是穿梭在宇宙的海盗队，是属于宇宙星辰的雄性！"

宛籽问："去过虫族的星球吗？"

铁锤船长抬下巴："当然！"

宛籽问："去过穆查理的战场吗？"

铁锤船长眯眼笑："不只去过，还捞了一票……"

宛籽若有所思地问："那你……见过两个几乎一样的星球和人吗？同样的语言，甚至有同样的人，却不知道彼此的存在？"

铁锤船长神情一凛，道："据我所知，一般情况下不可能发生。"

果然，还是一样的结果。宛籽低下了头，情绪低落下来，连搜寻食物兴致都减少了许多。她慢吞吞走了半天，忽然脑海里闪过一道光亮，这一次她捕捉住了这一闪而过的念头。她一把抓住了铁锤船长的手臂，焦急地问："所以你的意思是，特殊情况下会遇见过？"

铁锤船长吞吞吐吐道："算是见过一次吧……不久之前，路过一颗小破星球附近的时候，舰队有个傻缺操作失误，差点进入黑洞的吸力范围。那时候全船所有的动力装置与燃料都用在了逃离黑洞的吸力上，就在最靠近黑洞的时候，船上不少人出现了幻觉。"

"幻……觉？"

铁锤船长摇头："也不能说是幻觉，我们中有许多人似乎看见了另一艘海盗船，船上有着我们的编号，后来绝大多数看见的人就晕了过去。"

"也许就是另一艘海盗船？"

铁锤船长摇头："每一艘海盗船都有自己的特殊符号与编号，这是唯一的。"

"那……后来呢？"

"后来我们摆脱了黑洞的吸引力，最后迫降在附近的小星球上。"

"后来呢？"

铁锤船长忽然用不可理喻的眼神看宛籽："没有后来，我们又不是科学家，为什么要去探讨黑洞与幻觉？对我们来说活下来就够了，后来我们降落在小星球上，顺便捞了一些奴隶。"

宛籽：……

这家伙还真是粗暴的海盗啊！宛籽明白他显然已经没有欲望继续聊这种

宇宙未解之谜的话题了，很识相地闭了嘴，专心采摘食材。

不一会儿，食材已经装了满满一袋，铁锤船长满意地掂了掂，一拍脑袋：“说起来，宛籽小甜果，你似乎就是在我们迫降的小行星上被逮的吧？”

“……嗯？”

“FQ1218，我们迫降的小行星。我们再起航时重新设置了轨道，远离了那个黑洞。”

宛籽的脚步僵住了：“FQ……1218附近的……黑洞？”

铁锤船长看见宛籽脸色苍白，显然起了恶趣味，忽然凑近，压低声音幽幽道：“传说中世间与光的终点，没有任何人能从里面活着出来……”

宛籽的脑海里乱作一团。又好像所有的线团在这一瞬间被快刀斩乱麻式地切断。就算是在科技发达如现在，时间依旧是不可逆的。地球人曾经推断出超光速或许会带来时空逆转，伊克斯佩特星人也曾经迷信速度，然而等到人们真的可以以超光速的速度驰骋在宇宙，才赫然发现，时间仍然是无法克服的天堑，他们不可能通过逆转时空去改变基因缺陷带来的绝望。时间本身就仿佛是无法逆转的终极。

而现在……如果FQ1218附近存在黑洞，如果她的飞行舱穿越过了黑洞，并且改变了时间呢？宛籽想到了朱羽号资讯档案室里面那些惨烈的档案图片，还有坦尼桑实验室里那一堆浸泡在培育皿里的人形怪物……如果她到达的真的是基因变革到来之前的伊克斯佩特星，那么，那些东西……很可能是培育中的……伊克斯佩特星人。

宛籽觉得整个身体被这恐怖的想法碾压而过，她茫然抬起头，想要好好看一眼头顶上无尽的太空：天空上飘浮着水汽凝结而成的云朵，云朵间隐隐约约有一个黑点越来越大。

“宛籽？宛籽？”铁锤船长停下了脚步，焦急地呼唤宛籽。

宛籽回过了神，喃喃问铁锤船长：“请问……那是你们联盟的救援吗？”

“什么？”铁锤船长莫名其妙抬头，定睛看了一会儿，忽然脸色大变！“快！快去通知其他人，穆查理军部的人追来了！”

穆查理……军部？！宛籽慌张地向树林外奔跑。头顶上那一架巨大的飞船遮天蔽日，往地上喷射出滔天的气浪——热浪吹得宛籽的身体凌空飞了起来，险些撞到树上。树林中狂风大作，树枝与泥土漫天飞舞，这一切都如同龙卷风过境一般。

终于，树林的边缘近在眼前。宛籽掀开灌木想要冲出去，却被铁锤船长一把拽了回去，被迫蹲下。树林边巨大的飞船悬停浮在半空，地上的蜥蜴人已经损伤过半，地面上横七竖八躺了一片尸体，伊斯与灰叶站在蜥蜴人的包围圈中，背靠着背，冷眼看着飞船。飞船下方投射出一片光影，洛迪与一干基因研究所的学者的身影飘浮在虚空中，温文尔雅地看着地面上惨烈的画面。

洛迪的声音彬彬有礼："我亲爱的孩子们，你们已经用实力证明了自己的优秀。"他微笑，"如果你们愿意回到坦尼桑，我保证这些海盗不会再有损伤。"

洛迪的目光落在伊斯与灰叶身上，微微皱起了眉："宛籽呢？"

宛籽正被铁锤队长死死地捂着嘴，强压在不远处的灌木丛里，只能眼睁睁地看着飞船上的长枪短炮对准了原本就遍体鳞伤的海盗船队。

"唔……"

"别去送死！"铁锤船长的声音很轻，几乎贴在宛籽的耳边，"穆查理星人虽然战斗力不强，可是他们拥有的武器却是毁灭性的。"

宛籽急得全身出汗，如果这真是早就淹没在时空里的伊克斯佩特前身，她在未来并没有见过伊斯与灰叶，以他们的能力不可能在军部默默无闻，这只能说明一个问题，他们已经不在了。

被带回去，只有死路一条！场面一触即发，而洛迪似乎并不着急，他的目光在四周巡视，随后飞船上射出一道道红色的光线，以飞船为中心朝四周扫视——

"不好！"铁锤船长惊呼一声，然而为时已晚，红线已经划过宛籽的额头，随即所有散射的红线汇聚成一束，把宛籽全身都笼盖了起来。

宛籽只觉得身上发烫，怪异的感觉蔓延开来，她感觉整个身体在慢慢地上浮。

"伊、伊斯……"

伊斯的眸色暗沉，他握紧了拳头，死死盯着宛籽，微微张了张口。宛籽听不清他说什么，通过口型大致可以判断他在叫灰叶。

随后灰叶从地上一跃而起，张开身后的三对翅膀，风驰电掣地扑向宛籽所在的方向——冲击力把宛籽整个人都撞飞了出去，灰叶在下落之前一把抓住了她的肩膀，带着她飞快滑进森林深处！

"啊——"

宛籽看不清身周飞快掠过的树影，只能听见耳边呼啸而过的风，还有远处响起的炮火的声音。这一切都让人心惊胆战。

"灰叶——灰叶！快停下，伊斯还在那里！"她在空中尖叫。

灰叶的速度非但没有减少，反而更加快了。宛籽看不见的角度，飞船上射出一道黑影，如影随形地跟在他们的身后。

这是一场持久的追逐。灰叶并没有在高空飞行，他选择的是在树林间穿梭，用灵敏的身姿飞快地穿行。在这个宇宙中，很少有生物可以拥有虫族的速度，但是虫族仍然是生物。但凡生物都存在致命的弱点，它们的体能并不是无穷无尽的。

忽然，灰叶的身形一顿，险些撞上前方的树。千钧一发之际，他才惊险躲过，速度却明显降低了很多。

“灰叶……灰叶！你怎么样？”宛籽惊惶地问。

灰叶的呼吸声在她耳边一声比一声剧烈，他似乎是咬牙切齿，在宛籽的耳边断断续续道：“废渣……你有没有……什么信仰？”

“……什么信仰？”

“我们虫族人……都出生在翼都的巢穴里……虽然不知道给予生命的父母是谁……但是我们都把巢穴里照射着所有人的光芒源头……叫作母亲……”

灰叶又一次俯冲，掠过一片低矮的树丛。“所有的高等虫族……都相信战士在死后回到母亲的怀里能够重生……只有最优秀的战士，死后才能被族人送回母亲的身边，在她的怀里等待重生……”

灰叶的声音越拉越弱，喘气声却越来越剧烈。宛籽想要看一看他的脸，却发现自己做不到，只能战栗着朝前面喊：“灰叶，你休息下，不论危不危险……我求你……你休息一下——”

灰叶好似没有听见。

“如果不是我的身体出了问题……根本就不用休息……”

灰叶的声音狰狞起来，仿佛耗尽了全身的力气。

“认识你……真够倒霉的……所有事情都没有顺利过……

“废渣……如果你没有信仰……要不就跟我一起吧……我们的母亲叫虫后……在虫族母星的夜晚，只要抬头就可以看见她的光辉……我很想……很想让你看一眼……

“宛籽……如果有可能……”灰叶的声音越来越弱，“尽量活久一点吧……”

“灰叶！”

宛籽忽然被一股力量狠狠地丢向远处。她仰着身体下坠，眼睁睁地看着灰叶瘦削的身影停顿在半空。刹那间，如影随形的黑影与他的身体碰撞，黑影忽然张开一张红光交织的网，把灰叶整个人束缚成了一个扭曲的姿势。

“灰叶——”宛籽丝毫没有能力反抗，下一秒，她坠落在一片冰凉之中。原来下方是一个湖，她的身体下坠，沉入湖底，终于再也看不见灰叶的影子。

那是宛籽最后一次见到灰叶。

匆匆忙忙、猝不及防，甚至没有告别。

追袭却并没有结束。

宛籽知道自己剩下的时间并不多，她飞快地从湖底出来，朝森林的深处奔跑。灰叶已经落在他们手里，只要洛迪发现他追到的只有灰叶一个人，下一次追袭马上就会到来。不会很久，她只有一点点时间。

她不知道自己在树林里穿梭了多久，只知道天色渐渐变黑，树林里的冷风迎面吹来，让她整个人冰凉得如同待在冰窖里——已经数不清绝望了多少次，她忽然听见了引擎的声音，顿时慌张得掉头就跑！

“宛籽！”对面传来呼喊声。有些耳熟的声音。宛籽哆嗦着转过身，强烈的灯光照得她整个人都有些恍惚。光晕中，有一个颀长的身影匆匆向她跑来，很快就到了她的面前。

“别害怕，你安全了。”那个人对她说。安全吗？宛籽哭不出来，只能警觉地僵直着身体，直到她看清站在面前的人。那人戴着巨大的兜帽，身体缩进了斗篷里，他摘下斗篷，露出了灰色的温柔的眼睛。

是青禾。宛籽一步一步朝后退，她并没有忘记青禾是伊克斯学院的人，更是军部的退役军官。至于他为什么会忽然来到这颗星球上，她暂时还弄不清楚，但不敢放松警惕。

“你放心，我不是敌人。”青禾好像知道她心中所想，低声解释，“我之所以会知道你的位置，是因为它。”

青禾的手指指向宛籽的衣领。衣领上是伊克斯学院的徽章。

青禾解释：“我在这里面装了最新的定位系统，军械研究所还没有大批量投入生产，所以侥幸，逃过了军部的检查。”

“你为什么……”

青禾轻声道：“我想和你，做一笔交易。”

“什么交易？”

青禾道："你作诱饵，交换我进入坦尼桑的机会，我不计生死，替你救出灰叶与伊斯。"

"我凭什么相信你？"湖畔边，宛籽找了一根树枝，对准青禾的脸。如果说徽章是监控的话，那这个青禾从一开始就是别有用心，谁知道他有什么不可告人的秘密？青禾的微笑里露出些许疲倦，他轻声道："就凭我必须得进入坦尼桑，不计任何代价。"

在遥远的地方，灰叶被放进特制的笼子里，送到了朱羽号的驾驶舱内。洛迪温和的目光落在灰叶的身上，看着他遍体鳞伤的样子，轻轻摇了摇头："我听说虫族最优秀的战士，如果死在逃跑的路上，应该是一件耻辱的事情吧？"

灰叶瘫软着倚靠在笼子里，双眼紧闭，身后的翅膀已经耷拉下来，连眼皮都没有抬一下。亚瑟与薇妮站在洛迪的身后，看着灰叶半死不活的模样，脸色有些复杂。薇妮的脸色尤其苍白，犹豫了好久才走到洛迪身边，小声汇报："导、导师……他身体的温度要比虫族的正常体温高出许多，严重缺水，神经反应也比平均值慢百分之二十……再这样下去，他的身体……"

"……哦？"洛迪饶有兴趣地在笼子前蹲下了身，盯着灰叶狼狈的形容，忽地笑了，"你的身上，似乎发生了非常有意思的变化，虫族的S级战士。"

灰叶的眼睫颤了颤，终于睁开了眼，没有瞳孔的灰色眼眸森森地盯着洛迪。洛迪低笑出声："反应迟钝，战斗力下降，体温升高，难怪抓捕你的难度要比我想象中小。"

灰叶冷冷看着他。洛迪回头问薇妮："生理性别检测结果是什么？"

薇妮吓了一跳，兔子一样缩了起来，小声答："是……是雄性，虽然性激素水平还并不是很明显，但是可以确定，他将会在很短时间内……成为一个雄性虫族。"

灰叶握紧了拳头，呼吸剧烈而又急促起来。洛迪重新回到灰叶身边，低声笑出声来。

"是宛籽吗？"洛迪轻声问，"那个让你不惜违背战士的骄傲，从战场上带她逃跑的，让你的身体觉醒的人，嗯？"

灰叶忽然龇牙扑向洛迪，却被笼子边缘挡住了攻势。洛迪微笑道："这很好，性别觉醒之后的虫族不论是速度还是敏锐度，都会比幼年期更加完美。你的基因，一定会为穆查理人类的进化做出贡献。"

当然，还有那个叫宛籽的不明生物的基因。洛迪的眼色暗了暗，离开了指挥舱。指挥舱里就只剩下了灰叶、薇妮与亚瑟，气氛有些僵持。

薇妮松了一口气，跪伏在灰叶的面前，小声问他："你饿不饿，渴不渴啊？伤口……伤口疼不疼啊？"

亚瑟站在几步开外的地方，脸上写满了矛盾与复杂。

"对不起。"良久，亚瑟低声道，"我会尽量让你们都活着，一个都不死。"

灰叶抬起了眼睛，冷冷地道："我是一个战士。"

战士没有苟且偷生。

黑夜降临。

寂静的森林里，宛籽躺在湖边的草丛中，听着身边不知名的虫子哼唱起悦耳的歌。她想起灰叶所说的家乡，那些能唱出独一无二的曲子的虫子，还有飘浮在黑暗的天空上的巢穴……那该是一个很美的地方吧。

宛籽捂着自己的眼睛，努力地把眼泪憋了回去。她知道，灰叶恐怕是凶多吉少，伊斯恐怕也……在遥远的未来，伊克斯佩特星，灰叶、伊斯，甚至包括伊克斯学院里面的所有人，她都没有见过。那些都是佼佼者，不可能默默无闻……唯一的可能性是，他们早就淹没在历史的洪流里。

青禾依靠在她身旁的树下，轻声问："你担心计划会失败吗？"

宛籽坐起身来，摇了摇头。青禾望着宛籽仍显稚嫩的脸庞，伸出了指尖，磨蹭着她软绵绵的头发："我的战斗伙伴是一个穆查理女性，她也像你一样，很容易信赖别人，遍体鳞伤被包扎成了球，还是笑得很开心。"

宛籽静静听着青禾呓语，轻声问："她……是你的伴侣吗？"

如果只是简单的战斗伙伴，他这样一个铁血的教习官怎么会一副快要哭出来的绝望模样？青禾俨然陷入了自己的回忆，仰头看着天空，轻声呢喃："她长得很美，金色长发，天然就是带卷的，就像恒星的光芒照在湖面上一样。因为漂亮，在战场上常常被对手低估，就这样一路成了很了不起的战士……"

青禾从怀里掏出一个坠子，坠子四周闪动着斑斓的荧光，隐隐约约投射出一个女人的身影来。青禾的声音凉凉地飘散在风里："她在战场上重伤垂死，被送往坦尼桑治疗，之后……我已经好久，好久没有见过她了……"

光影中的女人有着金色的波浪鬈发，身体玲珑，笑容温暖。青禾收起了吊坠，冷笑出声："军部说她已经死于伤重，我并不相信。"

宛籽看了一眼，就匆匆捂住了眼睛，不让眼泪从眼眶里落下来。她想，她终于明白为什么那天夜里青禾会捡到被风车人攻击的她了。

青禾的战斗伙伴……是那个死在伊克斯学院门口的改造过的人鱼。

他夜夜挑灯在海岸线巡回，她不知道经历了多少折磨坠落于海底，就算被鱼群撕咬也坚强地活了下来……只差了一点点。

他们最终再也没有遇见彼此。

这颗星球的夜晚大约为地球时间的三个小时，正好够宛籽简单地睡一觉，等到天亮时分，她就得跟着青禾去自投罗网。她清楚，青禾根本不一定值得信任，可是现在的局面她已经没有任何选择的余地。

恒星光芒下，朱羽号通红的舰身闪闪发光。宛籽与青禾走到朱羽号的下方，便有一个阶梯自上而下，缓缓落在了地上。

宛籽咽了一口口水，跟在青禾的身后走上阶梯。很快，笼子缓缓上升，竟然直接到了朱羽号的指挥舱内。指挥舱内，裴肯元帅站在正中央，洛迪与亚瑟一左一右分站在他的身侧。见到青禾，裴肯元帅微笑道："你果然很讲信用，带回了完好无损的试验品，任务完成得非常完满，帝国会记得你的功勋。"

宛籽的心里一紧，冷眼看青禾——他该不会是骗人的吧？青禾扬声道："我虽已经不在服役期，但是为军部效力仍然是每一个战士的职责！"

裴肯元帅的眼里露出满意的神色，他的目光落在青禾的腿上，若有所思地笑了。

青禾顿时浑身僵直。一旁沉默的洛迪笑了，声音轻软却透着蛊惑："你放心，基因改良计划会治好你的腿，你将会如愿地重新回到战场，重新做一名出色的战士。"

青禾恭敬地行了一个军礼。

宛籽终于知道为什么青禾能够轻而易举地取得他们的信任了……一个曾经战功赫赫的虫族战士，因为伤患而成了一个战后混吃消遣的教习官，没有人会怀疑这个战士想要治好伤病、回到荣耀战场的决心。如果基因改良计划成功……他将是最早的也是最大的受益者。

宛籽的心底冰凉一片。她甚至开始怀疑，青禾所谓的交易计划是不是只是诱拐她自愿回朱羽号的一番说辞？

可是……沉默间，青禾微微变了神情。

他问："我能……看看改良的成果吗？"

洛迪与裴肯元帅相互看了一眼，道："现在还不行……我最完美的作品才刚刚开始，你需要……再等待一段时间。"他眼里渐渐露出炙热的光芒，"我向你保证，再过不久，你就会看到全宇宙最美丽的奇迹……”

就这样，朱羽号返程。

宛籽被关在休眠舱里面，仰望着外面的宇宙星空，有一种做梦的感觉。就在不久之前，在这样一个房间里，所有人的欢声笑语还近在眼前，当时每一个人都以为是去往军部的集训基地，为即将到来的战争做好充分的准备……

在指挥舱，洛迪与亚瑟盯着监控画面中的宛籽，两个人都是若有所思。

洛迪问：“你想过她的来历吗？”虽然说宇宙之广袤，任何生物都有可能存在，穆查理星人的发展得益于高等智慧生物对科学的探索，而这个智商不属于穆查理星人的种族，甚至拥有那样优秀的基因，怎么可能至今不为人知呢？

亚瑟轻声道：“之前她在资讯库中查找一颗叫‘伊克斯佩特’的星球，然而似乎并没有记载。帝国对于宇宙的可靠范围内，目前还没有与她匹配的种族。”

洛迪微皱着眉头，看着监控中熟睡的宛籽：“到底是从哪里来的呢？”

亚瑟低下了头，目光闪烁，脑海中闪过许多记忆。

——你相不相信，你们所有人都存在于另一颗星球上。

——在那里你是基因研究所的主人，你有一个助手叫薇妮。

——亚瑟，亚瑟·柯博特，我很早以前就认识你。

“亚瑟？”洛迪发现了助手的心不在焉。

“没什么。”亚瑟低声道，“我想去再问询一遍她的来历，也许会有什么线索。”

在休眠舱，宛籽虽然头痛得快要炸裂却睡不着，她知道自己的一举一动都在监控下，并不想露出太多的马脚，于是干脆闭上了眼。她跟青禾的约定很简单，她只需要做一个乖巧的实验品，尽可能多地拖延时间，让他能够抵达坦尼桑，找到实验基地的中枢管理系统，并且毁坏它。

一片静谧中，舱门缓缓开启。宛籽感觉到有人走进了她的小房间里，停在了她的床头。“我想听一听，你上次没有说完的故事。”亚瑟轻声说。

宛籽沉默片刻，缓缓问：“我的故事能改变你的决定吗？”

亚瑟勾起嘴角：“不能。”

宛籽又闭上了眼睛。亚瑟在她的床边静静地站立了一会儿，轻叹一口气，朝外走去。就在他快要开启舱门之前，他听见身后响起了宛籽细小的恍惚的声音。

“我的母星叫地球，在一次流星雨中被毁灭。在所有的生物都变成焦炭之前，一艘来自强大星球的战舰取到了我的生物样本，用基因培育技术把我的身体基因与当地人的基因混合，重新培育出了现在的我……”

亚瑟回过头，看见宛籽失神的眼睛。他有一种错觉，虽然她的目光盯着他的脸，却仿佛并不是在注视着他的灵魂。

宛籽轻声道：“我在基因研究所成长，最开始的时候只能听见声音……有个科学怪人，是个变态，对基因优化有着狂热的执着……他精心培育我……研究我的食谱，学习我的文化，叫我‘兰多罗纳花朵’……”

亚瑟眯起了眼睛，脸上原本轻松的表情渐渐变得凝重。

他忽觉一阵凉意，从脚底往上蔓延。

宛籽盯着他的眼睛，缓缓道：“他是基因研究所的主人，亚瑟·柯博特，与我相遇时他刚刚年满七百岁。”宛籽的目光从他的眼睛上散了开去，声音低沉，“我认识他时，他的头发是深蓝色的，已经过腰了……很漂亮。”

当年的伊克斯佩特基因研究所一枝花，亚瑟的漂亮优雅，是多少帝都少女心中的梦。而现在，他还是一个满眼震惊稍显稚嫩的少年。

亚瑟忽地攥紧了拳头：“不可能……穆查理星人最长寿寿命不过两百恒星年……”

宛籽闭上了眼睛。她也觉得荒谬，然而事实就是如此。

“FQ1218，我的逃生舱坠落在那里，被星际海盗船捕获到穆查理。听说在FQ1218的附近有一个黑洞，在我坠落的那段时间里忽然扩大了吸力范围。我不知道你们的文化是否有传说，在我们的星球上，传说黑洞能连接不同的时空。”

亚瑟的呼吸忽地凌乱：“这……这不可能！我不相信虚无的揣测！”

“你可以取我的身体样本，去测定基因序列。”宛籽深吸一口气，缓缓道，“如果我说的是真的，那么，我的身体里应该有一半的基因是穆查理星人。”

亚瑟愣愣看着宛籽。

宛籽苦笑：“怎么，你并不敢相信你最崇尚的科学吗？”

“绝对不可能……时间……时间根本不可逆！”

“那你敢试一试吗？”宛籽在床上跪坐起身，缓缓朝亚瑟伸出了手。

朱羽号抵达坦尼桑的那一天，宛籽就被关进了实验室，彻彻底底地锁了起来。实验室里的残骸早就被人收拾干净，所有的巨形试管都被搬走了，只留下空荡荡的，冰冷的，黑暗的空屋子，还有空气中弥漫的淡淡的药水味。

宛籽凭着记忆，找到了大概的监控死角，在那个角落里缩成一团。

于是她的“失踪”又引来一阵混乱，很快，实验室里被补上了一个新的监控，这下整个实验室就都清清楚楚明明白白地掌握在洛迪的手里了。

洛迪满脸疯狂，声音温柔：“这是你的荣耀，你，伊斯，灰叶，你们将成为穆查理星人的光辉。”

宛籽把头埋进膝盖里，眼眶生涩却哭不出来。怎么从前没有发现呢？

这些人明明口径都是一脉相承，好一个星辉，她不就是“星辉计划”的成果人吗？所有人都散开，宛籽又茫然地想，如果历史是循环往复的，那现在的监控死角没有了，是不是意味着多年以后的25号，根本就救不下26号呢？

如果青禾按照计划毁了坦尼桑呢？未来，会不会改变？

宛籽在实验室里的日子不分昼夜，只有严格的进食时间与睡眠时间。如果不配合，营养剂与麻醉剂会帮助她“规律作息”。

她变得乖巧配合，洛迪每一次来，目光都更加柔和。

“我最伟大的成品马上就要成功了……”洛迪的笑容炙热无比，盯着宛籽目光灼灼，“亲爱的，你是一个美丽的意外，别着急，我保证，成品出世那一天，我就会用你的基因研究出新一代的完美品……”

宛籽越过他的肩膀看亚瑟，看见他的目光迷茫而闪烁。

她知道亚瑟动摇了。她了解他对科学的狂热，他一定会去分析她的身体样本的，他应该发现了吧？她的身体基因，根本就是穆查理星人的升级版。

洛迪离开实验室，亚瑟的脚步略显迟疑。宛籽在他身后轻声说：“你难道不好奇，伊克斯佩特星人为什么要废百年工夫，培育出一个我呢？”

亚瑟的脚步停滞。

宛籽道：“如果你想听之后的故事，就带我去见伊斯。”

“伊斯已经……”亚瑟低头，欲语还休。

“他怎么了？！”

“不在了。”亚瑟轻声道。

宛籽一愣，忽然感觉眼前一片漆黑。

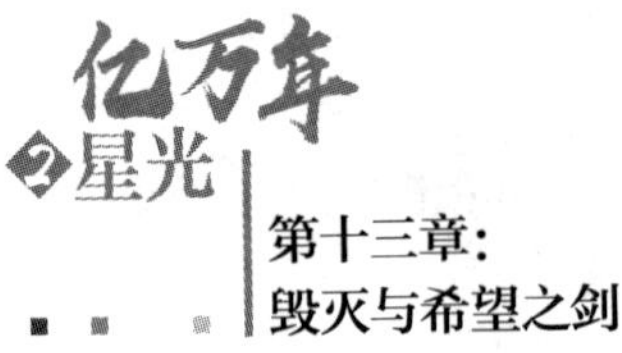

第十三章：毁灭与希望之剑

自那以后宛籽更加不确定时间的流逝。她清醒时就坐在墙角发呆，直到不知不觉睡过去，所有送到的食物不论口味全部塞进嘴里，甚至连监控的机械探头飞到她的眼前，她都目不斜视，就好像整个身体只是一个躯壳而已。

“她的精神状态似乎不是很好。”亚瑟在指挥舱内查阅宛籽的身体数值，对洛迪道。

洛迪瞥了一眼，低笑：“只要她的身体机能仍然能运行，就不影响提取身体样本。”

亚瑟的目光闪了闪，道：“但是身体健康数值下滑，会影响细胞质量，导师您不是想要最优秀的基因吗？”

洛迪淡然地道：“但我们对她的种族一无所知治疗方案需要精力研究。”

亚瑟低声道：“所有的种族都会因为情绪而影响身体，治疗情绪的办法大同小异。”

洛迪道：“你想做什么？”

亚瑟凝神看着监控中的宛籽，试探道：“也许……可以试着带她去看一看想见的人。”洛迪诧异地瞪大了眼。

很快，他又笑起来：“的确，通知青禾，的确是时候见证我们的生命奇迹了。”

“是，我去带她到 2 号实验室。”亚瑟缓缓道。

那一天是如何到来的，宛籽其实并不是很明了。她一直被关在实验室里，每天都会有医务人员进出，检测试验数据，检查她的身体状况。他们一个个面无表情，不论她要求什么他们都不作回应，面无表情得就像是冰冷的机器。而那一天，他们的脸上神情却很诡异，就算他们压抑着，依旧遮掩不了眼眸中的兴奋光芒。

宛籽在很多基因研究所的工作人员脸上看到过相似的神情，洛迪有，亚瑟也有。这种神情让她毛骨悚然，整个灵魂都在战栗——

究竟是……发生了什么事？

医务人员走后，亚瑟进到实验室里，在她面前蹲下身，轻抚她僵直的脊背，在她的耳边轻声耳语：“我履行了我的承诺，你是否告诉我，为什么你认识的亚瑟·柯博特要用百年时间培育你？”

宛籽的肩膀颤了颤：“什、什么承诺……”

亚瑟低眉轻语：“带你去见……伊斯呀。”

宛籽半天发不出声音，过了好久，才结巴道：“你、你不是说……”伊斯已经不在了吗？

亚瑟温柔地看着宛籽，没有回答。他牵起宛籽的手，在她的手腕上绑上了一根腕带，而后握住她的手腕，带着她走出了实验室。

宛籽光着脚走过，一路冰凉从脚底心往上钻。她看见亚瑟已经换上了研究所的白衣制服，有一瞬间，她分不清身前的是那个疯狂地要毁灭伊克斯佩特星的叛军首领亚瑟，还是不久之前在疗养院里一起吃火锅的口罩男之光。

就这样相对沉默着走了许久，亚瑟转过身，仰头望向监控，缓缓开口：“我们到了。”

到……哪儿了？

宛籽茫然四顾。忽然间，四周响起窸窸窣窣的机械声，平坦的地面缓缓裂开，露出一个黑漆漆的洞口。下一秒，洞口亮起了灯，光洁平整的台阶出现在宛籽的视野中。

那是一条隧道，漫长的台阶旁亮着星星点点的灯，如同银河一样伸向地底。亚瑟拽住宛籽的手腕，带她一步踏入地底。

身后的门徐徐阖上。

“你要带我去哪儿……”

“我记得你一直在找一个人。”亚瑟答非所问，声音有些嘶哑。

“……是。”

“你要找的人，叫莱格修斯？”亚瑟的语调微微上扬，似是压抑着什么。

“……是，他叫莱格修斯，莱格修斯·伊克斯。”

亚瑟停下脚步。宛籽的额头重重地撞上了他的背脊。她慌乱抬起头，对上了亚瑟湛蓝的眼睛。

“那是一把剑的名字。”亚瑟轻声道，“穆查理人族曾经因为战争而失去家园，灭亡来临之际，人族搭乘飞船离开母星，漂泊到穆查理星……传说中是顺利降落，人族开始新生活。”

“实……实际上呢？”

亚瑟低垂目光：“实际上降落并不顺利，飞船中枢崩溃，系统无法分析外部环境是否适宜生存。战神利比西斯孤注一掷，以佩剑强行斩开舱门……那柄剑，名叫莱格修斯。”

亚瑟合上了眼睛，遮盖住眼里的颤动：“莱格修斯……破灭与希望之剑。”

宛籽呆呆看着亚瑟。她不太明白，为什么他忽然要说这些？

“去吧。”亚瑟轻声道。宛籽这才发现自己身下的地面正在缓缓升起，紧接着头顶上的舱体忽然裂开缝隙，剧烈的光芒一刹那刺入了她的眼睛。

“啊……”宛籽飞快捂住了眼睛。四周移动渐渐静止。她感觉到身体上有些温暖，试探性地松开了手。眼前的景象，让她惊讶得忘记了恐惧。

这是一片旷野之上的透明舱房，舱房外是黄沙与裸石，舱房里却是绿草如茵、流水潺潺，甚至还有一些温顺的动物在草丛间奔跑，明媚的阳光洒在地面上，一切看起来如同海市蜃楼一样遥远而又虚幻。

就在透明舱房的中央树立着一个巨型培育皿。

一个白皙瘦削的身影静静地漂浮在培育皿的中央，如同一个沉睡的天使。他抱着膝盖蜷缩成一团，金色的发丝在淡蓝色的培育液中缓缓飘散。

他的背部皮肤几乎是透明的，可以清晰地看见青紫色的血管纵横交错，在这些血管的尽头，从血肉之躯内部伸展出突兀的身体构造——那是银色的金属质地的片甲，一片一片，顺着身体弧度安静地贴合在背上。

……那是……翅膀。

从身体里长出的，巨大的，银色双翼。那是伊克斯佩特星人，第一个……伊克斯佩特星人。

“伊、伊斯……”培育皿内悬浮着的身影似乎已经觉察到了周遭的异样，不安地扇动着翅膀。宛籽从来没有像这一刻这样惶然与彷徨过，她几乎用尽了所有的力气，才控制着双腿一步一步朝培育皿靠近，仿佛走过了几个世纪那样漫长的时光，才终于来到那个生物的身旁。她轻轻地、把手贴到了试管壁上。

“伊……伊斯？”她不确定地出声。那个生物仿佛有所感应指尖若有似无地触碰过试管壁，最终与宛籽的手触碰到了一起。随即躁动消失，他缓缓落在培育皿下方，紧闭的双眼徐徐睁开，露出……极其淡的金色瞳眸。

宛籽如逢雷击，一动也不敢动。她听见血液在自己的身体血管内流淌，而后呼吸停止，心脏停滞，灵魂被惊惧撕扯，脑海中所有的思绪支离破碎，荡然无存。

那根本不是伊斯。

那是……

“莱格……修斯……”忽然，伊斯的眼神一变，一拳砸上培育皿壁！在远处，亚瑟已经回到了监控室内，正紧张地盯着监控画面。

他沉默许久，轻声问洛迪：“他还算是伊斯·艾伦特吗？”

身体已经变成这副模样，从生物学上讲，他已经属于一个全新的物种了。

洛迪嘴角抽动：“他当然是。我不过是改良了他的基因，让他同时兼有虫族与其他种族的优势，除了外观有一些改变，他依旧是伊斯·艾伦特。”

亚瑟问：“那思维与记忆呢？”

洛迪笑起来：“这正是我好奇的地方。”

亚瑟一愣，猛然回头望向监控！监控中，伊斯正一拳接着一拳捶打着培育皿壁。培育皿发出清脆的声响，竟然被活生生捶裂了一道口子，蓝色的培育液不断地从里头倾泻出来。

“你怎么了？你……”培育皿中的伊斯目光森然，一拳一拳不断击打培育皿壁。宛籽缩回了手。此刻的伊斯陌生得让人心慌。

忽然，培育皿发出清脆的声响，竟然被捶裂了一道口子，蓝色的培育液不断地从里头倾泻出来。

宛籽踉跄后退，被飞溅的残骸吓得跌倒在地上。全新的伊斯跪坐在培育皿中央，过了好久，他身后的翅膀舒展开来。他拖着湿漉漉的身体，一步一步朝她走来。

“莱格……修斯……”宛籽无力地吐出一些气息。伊斯似乎并没有看清宛籽的脸，他焦躁地在周围走动，最后涣散的目光锁定了宛籽。

杀气毕现。监控室内，亚瑟紧张得绷直了身体。洛迪疯狂的笑声在他的耳边回荡，仿佛是精神病人的呓语，絮絮叨叨诉说着……

“帝国第一个基因改良成品，破灭与希望之剑……代号莱格修斯。

“他马上就要出生了。

“测试阶段，他杀了所有靠近他的工作人员。

"你猜，他是会救他的战斗伙伴，还是……杀了她？

"你……"

亚瑟终于知道为什么洛迪会答应让宛籽探视伊斯。他是拿她当作诱饵，去测试伊斯是否残存理性意识！而现在的伊斯……他根本就是一只杀人的野兽，他真的会杀了她的！

亚瑟的身体抖了抖，转身朝 2 号实验室冲去。

——宛籽！

就在 2 号实验室里，宛籽眼睁睁地看着伊斯越走越近。他的目光冰凉，如同在看一个敌人，甚至是猎物，就如同初相遇的森林里他看蜥蜴时那样。

他在她身边俯下身，阴沉的目光从她的头顶一直打量到了脚趾。

"伊……"宛籽惊惧地缩了缩。

伊斯忽然向她扑了上来。冰凉的，潮湿的感觉瞬间把她整个人淹没了。只是一个拥抱。伊斯的额头抵在宛籽的肩膀上，少年的声音已经消失，取而代之的是沙哑低沉的成年人的声音。

"宛籽……"他坚定地、毫不犹豫地呼喊她的名字。

"我……还活着吗……"

"嗯，还活着……"宛籽颤抖着拥抱住他的肩膀。

她终于知道为什么历史上找寻不到莱格修斯的踪迹了，因为他在成为莱格修斯之前，根本就不是莱格修斯。

"我……救不了灰叶……"伊斯的身体战栗起来，仿佛想起了痛苦的回忆，"我……"

宛籽回以用力的拥抱，眼泪终于夺眶而出。早就构想过重逢，却没想到会是这样的场景。

……莱格修斯。终于，见到你。

监控室里一片寂静，所有人都震惊地看着悬空的显示屏中的画面：已经可以称为健壮的年轻人紧紧拥抱着身下的异族少女，他的身上只覆盖了一层薄薄的布料，金色的头发贴在脸颊旁，正不断地往下流淌着培育液，而他身后的银色翅膀正激动地张开着，仿佛随时就要腾空而起。

监控里的每一个人的心跳都激越不已——没有人想到今天的实验会是这样的结果。莱格修斯，他无疑是一个完美品。他已经不是伊斯•艾伦特，他是莱格修斯，最完美的杀人机器。

而现在，这个杀人机器却像是一只彷徨的幼兽，笨拙地拥抱着怀里孱弱的少女。没有挣扎，没有犹豫。仿佛他根本就没有拥有过强大的基因与毁灭性的力量。仿佛他依旧是那个少年，天真而又赤诚。

洛迪皱起了眉头："他……拥有智慧，甚至记忆。"

医务人员彼此沉默。如果他没有智慧，那么他可以是帝国强大的杀人机器；如果他没有记忆，他们可以随意编织理由，让他成为帝国出色而又忠诚的战士。可是现在他拥有记忆与智慧，这就证明，他完全记得研究所对他做了什么。

这并不是什么好事。

2号实验室里，宛籽刚刚平复下震撼的心情。她吃力地从伊斯的怀抱里抽出身来，颤抖着手，抚摸过伊斯的眉眼。

"你的眼睛……本来是蓝色的……"

伊斯蹲伏在她的面前，在她的指尖就要触碰到他的眼睫的时候，他合上了眼睛，长长的眼睫覆盖住了淡淡的金色光芒。

"头发长了。"宛籽轻声嘀咕。不久之前，她还曾经腹诽过伊斯把自己养成了一个漂亮的妹妹头娘娘腔，而现在他的金发已经蔓延到了腰后。

"脸变丑了。"宛籽眨了眨眼，眼泪落了下来。

伊斯的五官也发生了微妙的变化，不似少年模样。现在的他已经完完全全地变成了……莱格修斯的模样。

伊斯仰头看着宛籽的眼睛，他脸上的神情仍然留有一丝稚嫩，以及无法遮掩的迷茫。他像是刚刚清醒过来，缓缓站起身来，一步一步朝后退。

"伊斯！"

"我记起来了……洛迪他们对我的身体……"

"伊斯……"

伊斯四下张望，倏然向远处的河流奔去！

"伊斯！你等一等——"

宛籽慌张地去追，如果说之前她在森林里第一次遇见他的时候还能死缠烂打追着他走的话，现在的她已经根本跟不上伊斯的速度。她气喘吁吁跑到河流边，看见伊斯瘫坐在岸边，淡金色的眼眸中一片茫然。

河水中倒映着他的倒影。金眸，长发，银色翅膀。

他的体型已经比穆查理星人大了一号，原本瘦削的四肢长出了健硕的肌肉，身后光裸的背上突兀地挺立着的翅膀正随着他的情绪紧张地张开。很快地，又绝望地耷拉下来。

“……别害怕。”宛籽缓步到他的身边，捏紧了拳头，又松开，最后摸了摸他的长发。

伊斯低头不语。宛籽无法想象他此刻的心情，大概就跟一觉醒来变成了怪物一个心情吧？

她想了想，在他的身边坐了下来，轻声安抚：“你还活着，没有什么比这更重要。”

伊斯终于抬起了头，声音嘶哑：“我，不知道我是什么。”

宛籽拨开他湿漉漉的长发，低声道：“你没有伤害我，说明你的灵魂依旧是伊斯·艾伦特，只要灵魂是一样的，身体不重要，不是吗？”

“……不重要？”伊斯喃喃。

“是，不重要。”宛籽斩钉截铁。

她把自己战栗的手藏到身后，努力地装出坚定的模样出来。伊斯站直了身体，居高临下盯着宛籽的眼睛，忽地张开了翅膀：“就算这样也……不重要吗？”

宛籽静静看着伊斯。她忽然记起了很久以前，她在伊克斯佩特星的荒原上再次遇见莱格修斯的情形。那时候的莱格修斯身体已经破损得不堪一击，狼狈得如同缩在下水道里的老鼠。那是她第一次见到怯懦而又彷徨的莱格修斯，那时候的他也是带着这样的神情问她：就算身体已经破损，也依旧无法替代吗？

“你，不害怕？”伊斯声音低沉了下来。宛籽揉了揉眼睛，奋力地摇头。

也许战争与痛苦最终把他变成了日后的莱格修斯，但是剥开层层伪装之后，莱格修斯，抑或是……伊斯·艾伦特本人，其实一直就是一个温顺的胆小鬼吧。

宛籽踮起脚拥抱伊斯：“只要你还是你，我就不害怕。”

伊斯终于垂下了翅膀，用力地拥抱住了宛籽。

“……宛籽。”

他已经不记得身体已经被撕裂过多少次，黑暗是如此漫长。直到此刻，光明才终于又一次拥抱他的灵魂。他埋头在她的肩膀，一次又一次地确定。

“……宛籽。”

“我在。”

而宛籽也如他所愿地回应。

重逢的喜悦并没有持续多久，伊斯的情绪很快就重新低落了下来。他知道自己变成了一个怪物，一个不同于所有种族的，被人工合成的产物。

“翅膀是可以收回去的。”宛籽小声说，“具体的方法我不知道，不过我确定它们可以消失不见。”

伊斯的表情更加疑惑。

“唔，你要不深呼吸一下？不、不对你不需要呼吸了……”

宛籽抓耳挠腮，费尽全力回忆伊克斯佩特星人是怎么做到的，忽然眼前一亮。“你试着像鸟儿一样，蜷缩起来？会不会翅膀本身就是伸缩性非常好的特殊材料呢？”

“蜷缩？”伊斯艰难地动了动，翅膀笨拙依旧。

“对、翅膀是可以收起来的，你还不灵活，我帮你。”宛籽绕到他的身后，小心地握住他的翅膀，慢慢地推动它们朝身体内侧收拢。

伊斯忽然浑身一颤，脸上出现一丝难堪的神情。

“你感觉到了吗？翅膀的伸缩范围非常大，你试着朝这个方向继续延伸……”

伊斯握紧了拳头，耳朵尖红了。

“……伊斯？”

“唔……”伊斯忽然躲闪了几步，翅膀刹那间凌空而起，以超过身体两倍的姿势彻底地舒展了开来。

宛籽：……

“我……”伊斯欲言又止。

宛籽忽然记起了伊克斯佩特星人的翅膀某些……神奇的功用，顿时尴尬地一起红了脸。

“对、对不起啊……”分别太久，她都差点忘了伊克斯佩特星人最大的要害缺陷了！

伊斯面红耳赤，扬起脖子，咬住嘴唇控制翅膀，一点一点地往回缩。这一次他似乎是找到了翅膀运行的轨迹，巨大的双翼渐渐合拢，最终全部缩进了身体里。

成、成功了？宛籽呆呆看着伊斯。伊斯握着拳头在原地喘息。

“太好了！”

宛籽兴奋地想要跳起来，却忽然发现不知道什么时候起有个身影站在不远处，不知道已经围观了多久。

是亚瑟。

亚瑟缓步靠近。伊斯迅速站到了宛籽身前，挡住亚瑟的目光，翅膀又重新张了开来。亚瑟并不靠近，只是隔空望向宛籽的方向，道："我想现在实验室里所有人都在震惊，翅膀竟然可以缩回身体里，这真是了不起的发现。"

宛籽冷眼看亚瑟，咬牙问："灰叶呢？"

亚瑟轻声答："他在进实验室之前，就用匕首割断了自己的喉咙。"

"你说谎！"

亚瑟目光暗淡了几分："我也希望我是说谎，可是宛籽，灰叶……他是一个战士。"而一个战士，最不畏惧的就是死亡。

宛籽的呼吸一顿，绝望的感觉又一次从脚底钻了上来。

灰叶……

亚瑟道："在他的身体彻底死亡之前，实验室提取了他的脊髓组织，成就了完美的伊斯。"

他隔空看着伊斯，如同看待一件精美的艺术品。宛籽只觉得莫名的寒冷席卷了自己的身体。她一直以为是伊克斯佩特帝国数千年的绝望，才让亚瑟走上了孤注一掷的道路，她以为少年期的亚瑟就如同所有她认识的人一样，怀着对帝国的热情，只是希望能够在星际战场上崭露头角……

她错了，简直是错得离谱。亚瑟·柯博特，他从来都是洛迪意志的继承者，一个冷血的科学家。她其实从来就没有了解过他，不是吗？

宛籽退后了几步："你来，是想要知道我的故事的后半段吧？"

亚瑟静静看着宛籽："是。"

宛籽盯着亚瑟道："那颗星球在经历过基因改良的洗礼之后变得异常强大，开始了对外殖民的漫长岁月。可是光辉的日子没有持续多久，基因改良的缺陷就暴露了出来。"

亚瑟的目光颤了颤："缺陷？"

宛籽道："是。完美基因只是短暂的假象，基因并不稳固，第二代就开始崩塌，每一代自然繁衍的后代都比父母更加孱弱，他们的身体溃烂变异，寿命减少，在多年之后绝大多数平民都生活在痛苦中。"

亚瑟道："那……贵族呢？"

宛籽道："旧贵族被叛军消灭，新贵族以克隆技术延续后代，减缓基因崩坏的时间，然而就算是这样，数千年以后，帝国也已经无力支撑了。基因研究所的主人，也就是未来的你，在军部的授命之下，前往宇宙远方，找寻能够改良帝国基因的希望——它叫星辉计划。”

亚瑟的目光复杂：“后来呢？”

宛籽轻声道：“后来，我们就相遇了，亚瑟。”

亚瑟激动起来：“后来呢？！”

宛籽仰起头，冷冷地道：“你帮我们离开。”

亚瑟震惊地看着宛籽，仿佛第一次认识她。

“宛籽……”亚瑟靠近她。伊斯张开着翅膀，目光中杀气毕现。

“我对你们并没有……”亚瑟想解释，却发现自己无从开口。从第一次相见开始，她就似乎很容易相信他。到后来，她知道了他叫亚瑟，她的目光中更是有着无法压抑的信赖与熟稔……

可是这些，都在刚刚消失无踪了。他在她的目光中看到了陌生，甚至是敌意。

——那是就算他当初把她扣在实验室里都没有过的陌生与敌意。

“做个交易吧，亚瑟。”宛籽轻声道，“我用未来，跟你交换现在。”

你愿意用未来，交换现在吗？

宛籽从伊斯的身后走了出来，站到亚瑟的对面。很久很久以前，她还在培育皿中成长的时候，亚瑟温和的目光曾经是她面对这个未知世界的勇气。也许她终归有些雏鸟情结吧，她在亚瑟面前，一直就是一个依恋安全感的外星孩童，直到此时此刻，她终于真正地站到他的对面，平等地、冷静地看着眼前的造物主。

她看着他的眼睛，轻声道：“洛迪说，伊斯是他最完美的作品。”

宛籽仰起头：“数千年以后，你在坦尼桑花费了一百个恒星年创造出了我。你说我才是你科研中最完美的作品。”

“宛籽……”伊斯拽住了宛籽的手腕。

宛籽并不看他，她向前一步，盯着亚瑟一字一句顿地：“你不会想要我死的，是吗？”

亚瑟竟惶然朝后退了一步。他的神情复杂得近乎狰狞，还是少年的脸上赤裸裸写着不可置信。他不敢相信眼前的少女竟是来自遥远的未来，可是除此之外，还有什么理由能够解释她身上的一切呢？

她的身上携带着穆查理星人的基因，她知道坦尼桑的监控缺陷，她还知道伊斯的翅膀能够伸缩回身体里，她甚至……在伊克斯学院的疗养院时期，就在找寻一个叫莱格修斯的人。

那个查阅军事资讯库都不存在的名字。

那个……三个恒星日之前，刚刚被洛迪正式命名的，莱格修斯号实验体。

如果这是真相，那是不是意味着……亚瑟一步一步朝后退，整个意识陷入了恍惚。

宛籽的声音在很遥远的地方响起，落入他的耳中却犹如炸弹炸裂——

“不……这不可能……”亚瑟落荒而逃。

宛籽看着他的身影消失在远方，终于轻舒了一口气，双脚一软，身体无力地向后倾斜。倏然，她跌入了一个微凉的怀抱里。宛籽醒来时，坦尼桑的夜早已降临。

她睁开眼睛，发现自己躺在伊斯的膝盖上，身上盖着的是伊斯的翅膀——唔，翅膀正以一个奇怪的角度翻转着，看起来很吃力。翅膀的主人靠在身后的岩石上睡着了，长长的刘海儿遮去了他大半张脸，露出好看的下巴。

……这个笨蛋，金属的翅膀根本就不暖和啊！

宛籽怕吵醒伊斯，不敢动弹，只敢转动视线仰望星空。在这个模拟的自然环境里，肉眼可以看到无数星光闪耀的夜空，画面美丽而又安静。

——就算是荒凉如坦尼桑，也并不是只有绝望啊！

“宛籽。”

伊斯的声音在宛籽的头顶响起。

宛籽心虚地坐了起来：“你、你醒了啊……”

伊斯目光低垂，欲言又止。宛籽安静等待他的反应。她知道，他心底一定已经记载了数不清的疑惑得不到解答，事到如今，如果他真的想要知道真相……他的确是有权利知道的。

然而她等了好久，伊斯却迟迟没有开口。宛籽觉得困意又快上来了，可是伊斯却只是像一座雕像一样静止在原地，什么都没有说。

“不告诉我……也没有关系。”终于，伊斯微哑的声音响起来。

四周有风，也不知道是从哪里来的，吹得草木沙沙作响。不知名的虫子在草丛里哼着歌儿。

宛籽忽然觉得自己的心柔软了一片，像是喝酒到微醺，又像是吹风到困倦，也许人类在美好的事物面前永远会望而却步，不忍打搅吧，伊斯他，实在是比她预想中还要美好得多。

“我已经知道我从哪里来了。”她想了想，轻声说。

“未来。”伊斯低声道。

“……是。”宛籽蹲坐在他身旁，小声道，“那是……很久很久以后的故事。”

恒星的光芒再次照耀大地，宛籽从迷蒙中苏醒过来。她感觉身下的草地湿漉漉的竟然是露水，顿时由衷地佩服这个2号实验室里的模拟生态环境简直到了以假乱真的地步——这样发达的科技如果用在正道上该有多好？

阳光明媚，她眯着眼仰望天空，看见伊斯正在天上飞翔。他还不太熟练，身形有时候会踉跄，如同一只小鸟一样，笨拙地学着扇动翅膀。

……这个笨蛋。

宛籽憋着笑不敢太张扬，现在的伊斯听觉应该已经很厉害了，她只敢偷偷腹诽：霸道总裁狂酷跩的种族伊克斯佩特星人，他们的翅膀绝大多数时候是用来配合跳跃的滑翔，哪像他现在……简直就是小鸟学飞啊……

“你在笑。”伊斯忽然降落，眼神不太友善。

“咯……”宛籽心虚地遮掩，本来想要强行憋回去，看见伊斯在原地上下扑腾翅膀，还是没忍住，扑哧一声笑了出来。

伊斯耳尖泛红，眼神更加不友善。倏地，他腾空而起，显然是恼羞成怒了。

“你要抓紧时间练习啊！”宛籽在原地小声吐槽，“我们剩下的时间并不多了。”

伊斯在空中终于滑翔了一段，险些撞上树顶。宛籽沐浴在恒星光芒之下，仰望着他的身影，透过他看见另一个人的影子。

“宛籽。”终于能够保持平衡飞行的伊斯降落在宛籽的面前，目光中闪动着兴奋的光泽。

——他很高兴啊！

“啊——”宛籽忽然感到肋骨上方一阵轻微的刺痛。她捂住肋骨，摸到了尚存一丝余热的勋章。

“怎么了？”伊斯问。

“……青禾的通知。”

青禾他，终于找到合适的时机了吗？

伊斯的眼里闪过一丝疑惑：“通知？”几乎是同时，警报声响彻整个坦尼桑基地！

这次的警报声响起并不是因为青禾，而是因为白露。她原本是安静地躺在传输器上，没有人想到她会在如此短的时间内醒来，并且迅速劫持了身边的研究所成员，抢夺到武器，射伤了大部分巡逻队成员。

她就像是一道白光，迅速地穿行在一片混乱的舱道内，所过之处尖叫声与哀号声连成一片。

“阿因——”白露带着哭腔的声音传到很远的地方。

“快、抓住她！她已经被注射了麻醉剂，跑不远的！”医务人员厉声叫嚷。

然而没有人能追上白露的步伐。她是一个优秀的虫族，成年体，就算身体里面的麻醉剂已经超过普通人负荷，也依旧没有人能够追上她。所有人只能眼睁睁地看着她消失在舱道的尽头，茫然无措地相互对望。

“怎、怎么办？”

“追啊！！你想让实验失败吗？！”

巡逻队终于反应过来，可惜白露已经完全不见了身影。

“阿因——”白露光着脚，身影飞快地滑翔。

她的脑海中依旧混沌一片，依稀只记得灰叶与宛籽消失了，后来又被抓回来，再后来整个坦尼桑基地里面，她已经感受不到任何灰叶的气息……

她惊恐、慌张，一度试图逃跑，却被洛迪关押在了实验室。

最初塞因还会每天到实验室来探望，再到后来，塞因也失去了踪影。她感受到他的身体很痛苦，却怎么都砸不破实验室的门，直到不久之前，她的身体被注射了麻醉剂，带出实验室……

“阿因——阿因——”白露慌张地探望过每一个舱口。

他怎么了？他死了吗？不对……他还活着，可是身体好像很虚弱……

“阿因！”忽然，她的身体被一股巨大的力道钳制，拖拽进了一个黑暗的空间里——

“你是谁——”白露拼命挣扎，恐惧极了。

在这颗星球上还有生物可以追上虫族的速度吗？她慌乱地张开手，摸到了那个人背后的翅膀，神志一瞬间冷静了下来。

——那是一个虫族？

白露深吸一口气：“你是……什么人？”

那人松开了手，点燃了一点光亮。

“我叫青禾。”

“青禾……是什么？”

青禾低声道：“我是虫族。”

微光照亮了他的灰色长发，露出了显而易见的虫族五官特征。

白露呆呆看着他：“我知道你是虫族，但是青禾是什么？”

“青禾是我的名字，我是你的族人，很久以前作为战斗伙伴在穆查理生活。”

“你是什么？”

青禾嘴角抽搐了下，艰涩道：“我该庆幸当初进伊克斯学院学习的是灰叶而不是你吗？”这个小家伙，战斗力虽然的确很强，但是性格上是不是太过单纯了些？

“你认识，灰叶？”终于，白露换了话题。

青禾的目光暗淡了几分：“你听着，我教你去 2 号实验室的方法，你带上武器，能制造多少混乱就制造多少混乱，明白吗？”

白露雾蒙蒙地看着青禾：“我要找阿因。”

青禾道：“你的阿因快要被送去解剖了，如果你不想他变成怪物，就照我说的做！”

白露歪头，一脸纠结：“我想找阿因，他的身体，不太好。”

白露担忧地扇动翅膀：阿因何止不太好，简直像是生命垂危。青禾无力地喘气。这个小空间是宛籽告诉他的坦尼桑的监控死角，它居于舱道之上，是一个非常狭窄的空间。他在这个小空间里面快要缺氧了。

他握住白露的肩膀，深深地吸了一口气道：“白露，你听我说，宛籽与伊斯在 2 号实验室里，你去找他们，我去救你的阿因……只有这样，你的阿因还有机会活着，我们虫族还有机会活着，你懂吗？”

白露安静了下来。青禾从怀里掏出一个盒子，放到白露的手心。

“等下我会趁乱切断能源，你趁机进 2 号实验室，你把这个交给伊斯。明白吗？”

白露久久看着青禾，终于，勉为其难地点了点头。青禾看着白露懵懂的样子，渐渐地红了眼眶。“好好活着。”他低声对白露说。

白露在灰暗的空间里发了一小会儿呆，忽然抱紧了怀里的小盒子，奋力跳了下去！下一瞬间，警报声四起。

在遥远的 2 号实验室，宛籽与伊斯已经做好了准备。他们站在实验室的入口处，紧紧盯着入口。其实以伊斯现在的体能与破坏力，完全可以强拆了这个实验室……但是唯一不确定的是那些科学怪人有没有在入口处安放什么陷阱。比如像伊克斯学院入学考试的时候那种让人产生幻觉的东西，或者谁知道他们会不会干脆放一个核弹在门口呢?

宛籽紧张地看着入口。在那上面覆盖着淡淡的荧绿光，一些不知名的符号像是图腾，缓缓地环绕在入口的周围。紧张的等待中，宛籽试图缓解气氛："伊斯，如果我们活着，你打算……做什么？"

伊斯沉默了一会儿，道："火锅。"

宛籽：……

伊斯看着宛籽："现在……我也可以下海抓鱼了。"

宛籽过了好一会儿才明白他话中的意思，顿时有种物是人非的感觉。她想了想，挤出一点笑来："好，我们约好了。"

骤然间，那些荧绿色的符号忽然消失了。紧接着是蓝天白云消失无踪，整个2号实验室刹那间漆黑一片，连风声水声都消失无踪。

实验室里只剩下剧烈的警报声，一声比一声急切。

"伊斯！"

"有人。"伊斯冷静的声音传来。下一瞬间，入口处忽然传来重击——"砰"爆炸声响起，巨大的热浪袭来。

宛籽被伊斯拖着飞出去好远，随后看见了出口被打开，一个小小的身影慢悠悠飞了出来。下一刻照明恢复。

那个小身影遍体鳞伤，狼狈地扇动着三对翅膀，雾蒙蒙的眼睛像是随时会哭出来。

……白露?

"给你。"白露扇动着翅膀，小心翼翼地把盒子递给伊斯，然后转身就走，"我去找阿因了！"

"这是什么？"

宛籽茫然地看着白露消失在视野里。

伊斯踟蹰："好像是军用的东西。"

"啊？"伊斯打开小匣子，取出了里面的东西。那是一些小口径子弹，一共三枚，貌不惊人的样子。伊斯取出一枚，填充进薇妮的配枪里，小型子弹立刻随着弹匣的口径改变了形状。

伊斯双手握枪，对着出口处扣下扳机——

“啊——”宛籽本能地捂住了耳朵，可是预想中的炮火声并没有传来。

那一小颗子弹潜入了通道入口，金属质地的舱门竟然像巧克力一样融化了。不一会儿，2 号实验室的顶部就被侵蚀溶解了一个大洞。

宛籽：……

宛籽在心底把青禾的祖上骂了十八遍——既然有这种东西存在，为什么要大费周章地潜进坦尼桑？在最初那颗不明星球上，直接把朱羽号给融了不好吗？！

“快走。”伊斯催促。

“等等！”临行之前，宛籽忽然停下了脚步。

伊斯疑惑地看着她。宛籽站在通道口愁眉不展，迟迟没有踏出第一步。白露逃脱，洛迪要去新实验室，坦尼桑的戒备现在一定森严无比，从实验室到主舱体不知道要经过多少防守与追捕。除非……

宛籽仰头看了一眼漆黑的“天空”。

伊斯顺着她的目光仰望。宛籽眯起眼，若有所思地问伊斯：“要不要……试一试走新路？”

2 号实验室与坦尼桑主舱体交界处，瘦小的虫族身影在枪林弹雨中穿梭，终于支撑不住，重重地撞上地面。

“呀——”

白露的手肘被割破了一道口子，绿色的组织液不断从身体里渗透出来。她蜷缩成一团，瑟瑟发抖，本来就惨白的小脸变得更加没有颜色。

“别过来！”她龇牙咧嘴，“否则，全部杀死！”

守卫队们在几十步外踟蹰，没有一个人敢靠近。没有人胆敢小看虫族的战斗力——就算她是个可爱的女孩子，就算她的腰肢与腿脚是那么的纤细，就算她已经形容狼狈，她也是一个 S 级的战斗种族。

只要她想，她还是可以轻而易举地把他们这种十几人小队撕成碎片。于是，双方就这样陷入僵持。白露身体里的麻醉剂渐渐发挥作用，她的意识越来越模糊，身体开始摇摇晃晃。

守卫队开始躁动，有人问：“老大，我们上吗？”

队长摇了摇头，做了一个等待的姿势。白露像是已经分不清周遭的环境，凶狠的表情逐渐收敛，又变回了那个乖巧漂亮的虫族少女。她摇摇坠坠地站了起来，朝前走了两步，又扑通一声栽倒。

守卫队开始缓缓靠近她。

“阿因……”白露模模糊糊喊出声，既委屈又彷徨，“很疼啊……”

虫族的痛觉神经并不发达，这是非常有利于战场的属性。可是不久之前，洛迪往她的身体里注射了大量的麻醉剂，锋利的刀口曾经打开过她的胸腔，又缝合起来，她终于感觉到了疼痛。

那么不舒服，又那么慌张。她学着塞因的样子捂住身上的伤口，却一点用也没有。于是白露更加慌张与委屈。第一个守卫队员靠近她的时候，她一把抓住了他的喉咙，锋利的牙齿刺进他的皮肤里，只要再用一丁点力气，他的脖子就要被扭断了……

——不可以哦。

虚空中的塞因温柔地微笑。

——白露是个听话的孩子，不可以随便猎杀智慧生物。

“……可是很疼啊！”白露小声嘀咕，却听话地放开了手上的守卫队员。好吧，她想，等到找到阿因，一定要问问他，是不是一定、一定、一定不能猎杀会说话的动物呢？

白露丧气地松开了手。就在这一瞬间，守卫队员迅速逃脱，在极短的距离出举起麻醉枪，射中白露的心脏！

守卫队长长舒一口气，举起通信器：“洛迪大人，我们已经抓住白露。”

洛迪问：“2 号实验室里的实验体怎么样？”

守卫队长凝望通道远处，犹豫片刻道：“白露逃跑造成了坦尼桑多处故障，不过我们一直守在舱体的唯一出口，2 号实验室舱门虽然被损坏，但是实验体并没有跑出来。”

洛迪道：“封闭舱门。”

“是！”

舱门徐徐阖上。所有人都松了一口气。而在远方的 2 号实验室，宛籽紧紧抱着伊斯的脖颈，穿过破损的实验室屏障，划过天际！

军部发现 2 号实验室破了个大洞时，为时已晚。宛籽紧紧抱着伊斯，飞过坦尼桑荒凉的大地。

没过多久，黑夜就来临了。宛籽在日落之前找到了一处避风的断崖，于是指挥着伊斯停靠在了断崖下。两个人背靠着背，在星空下休息了一小会儿。

“你适应飞行了吗？”宛籽轻声问伊斯。

伊斯点点头，盯着自己在岩石上的影子目光复杂。

宛籽把他的神情尽收眼底，轻轻拍他的肩膀：“那个……虽然现在看起来怪怪的，但是以后……”

她想要告诉他，莱格修斯·伊克斯，这个名字会让整个宇宙都震惊，他的头像会被做成徽章，别在每一个军校生的衣领上，他的名字会载入帝国的史册，照耀伊克斯佩特星几千年的光辉历史。

可是她说不出口。她甚至不可能确定，未来照耀帝国历史的是他，还是他的复制体。

“未来，是什么样子？”寂静中，伊斯的声音响了起来。

“未来啊……”宛籽倚靠在他的背上，轻声道，“未来的帝国，是一个强大而又残酷的星球。”

“未来是不是，已经没有我？”他已经踟蹰了一路，终于还是问出了口。

宛籽低垂下了脑袋，沉默。她在 2 号实验室里只告诉了他帝国的历史，很多重要的事情，她实在不知道如何开口。

该怎样解释，她一直寻找的伴侣其实就是他，却又并不是他？

她考虑好久，才低声道：“未来没有伊斯·艾伦特。”

“……我知道了。”伊斯靠在岩石上，放松身体，翅膀也耷拉下来。

他并不感到意外，只是……只是仍旧失落。

“对不起。”伊斯伸手抚过宛籽额前的乱发，“还是不能陪你去遇见莱格修斯。”

伊斯低着头，柔软的金发散下来，温柔而又伤感。宛籽忽然觉得胸口的酸痛连接成了无边无际的风沙，再也遏制不住它滋长泛滥的势头。

不论是灵魂还是身体，他已经彻底变成了另外一个人。他再也不是很久以前她在森林里遇见的那个桀骜不驯的少年了。

他把最柔软的灵魂交到她的手里，赤诚得如同献祭，而她并不够坦白。有那么一瞬间，宛籽本来就不够坚强的意志力分崩离析。

“对不起……其实莱格修斯他……”

陡然间，刺眼的灯光忽然袭来！伊斯跳了起来，抱起宛籽从地上一跃而起！下一瞬间，他们原本休息的地方被红色光芒的巨网包裹！

朱羽号，终于来了。

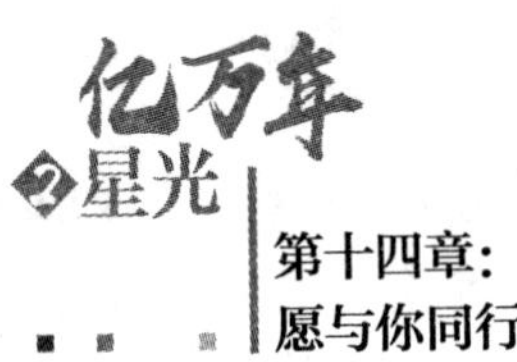

第十四章：愿与你同行

伊斯的移动速度已经今非昔比，就算抱着宛籽，躲避追击网依旧轻而易举。宛籽头晕目眩，只看见底下的沟壑与沙丘飞快地掠过，身体周围不断有光网炸裂的声音，黑暗的夜空变得斑斓无比。

“伊斯，去前面的沟壑——你先把我放下——”宛籽在伊斯的耳边喊。

“先把他们甩开一点距离——

“听见了吗——”

伊斯飞快地滑翔，抵达宛籽指引的沟壑，把宛籽轻轻地放在地面上，随后张开翅膀，飞快离开。

宛籽站在地面上，仰头望向天空。只片刻，朱羽号的追击网就朝沟壑袭来。宛籽闭上了眼睛，只感觉身周忽然一片温热，紧接着一股压迫感铺天盖地而来，她的身体被一瞬间勒成了粽子，缓缓地悬空起来。

嘀——

网上传来细微的声音，大概是成功捕获的信号。宛籽的身体被扭成了一个奇异的姿势，根本看不到周遭的景象。但是可以确定的是，朝着伊斯撤离的方向并没有新的追击网形成。

猜对了。

这个追击网无法同时存在两张，就像之前抓捕灰叶的时候那样。宛籽想要咧嘴笑一笑，却发现自己做不到。与此同时，朱羽号缓缓降临地面。

舱门开启，裴肯元帅站在升降梯上，居高临下地看着宛籽：“我亲爱的孩子，你是否高估了自己的智商？”

宛籽在追击网中晃晃悠悠，如同一个包邮上门的粽子，她发不出声音，只能朝裴肯丢了一个幸灾乐祸的眼神——你才高估了自己的智商。

裴肯皱起了眉头。

他道："锁定伊斯位置，发动追击网。"

可惜，为时已晚。

一道身影从朱羽号的后方掠过，举枪朝朱羽号的引擎射出一枚子弹！警报声迟迟响起："警告——警告——巡航系统遭遇袭击，损毁程度3%……"

下一秒身影飞快地掠过朱羽号前方，举枪对准追击网的接缝射出最后一发子弹。追击网的红光闪烁了几下，迅速暗淡，原本的金属显露了出来，很快就消融在了夜色里。

宛籽自天空中往下坠。伊斯接住宛籽，迅速朝远方飞翔——

被甩在身后的裴肯彻底撕破了和蔼的面容，吼叫出声："朱羽号可以自动修复，你们这是无意义的逃亡！"

宛籽抱住伊斯的脖颈，吃力地望着越来越远的朱羽号，终于笑了出来。

——谁指望一颗小子弹能够毁掉朱羽号啊？很快他们就会发现，不仅动力系统坏了，就连逃生舱也已经被青禾切断了能源供应，他们将要在这个远离坦尼桑的荒郊野外待上好几个恒星日。

事到如今，她已经不想逃出坦尼桑了。

"伊斯，我们去迎接你的第一场战役吧。"宛籽轻声道。现在的坦尼桑，恐怕空荡荡的吧？

坦尼桑剩下的战斗力量几乎可以忽略。宛籽与伊斯没有耗费多少时间，就在防守最森严的地方找到了新实验室入口。

宛籽与伊斯一步踏入，很快就迷失在了烦琐的舱道组合中。

"你认得路吗？"宛籽发现伊斯越走越快，她要小跑着才能跟上他的步伐。

"有记号。"伊斯指着地上的角落。宛籽这才发现，每隔一段时间，舱道的角落里就有一个荧绿色的小点，就是这些小痕迹一路指引着伊斯朝前走，竟然完全没有走过回头路。

"这是……"

"虫族的血液。"

宛籽的心颤了颤。如此有规律的记号，肯定不是医务人员无意的疏漏。这些是青禾为了让他们能够找到实验室正确路径滴下的血。忽然间，昏暗的舱道竟然到了尽头。宛籽看清了前方的空旷区域，倒吸一口凉气——

如果说2号实验室是一片世外桃源的话，那么这里就是修罗场的入口。2号实验室的培育皿被尽数转移到了这里，陈列成两列，每一个试管中都漂浮着一个完整的变形生物，一直蔓延向远方。

宛籽拽住了伊斯的手臂，拉着他一点点朝前挪动。每一个培育皿上都悬挂着独特的标签，是他们特有的名字。

“……利比纽特号……”伊斯低沉地念出试管中的怪物名字。

“……葵明西亚号。”

“……简库洛号。”

宛籽听见自己的心跳声，简直快要跃出喉咙口。不，别念了……

她心中有一个声音在尖叫。不安一点点在胸口放大，快要让她发起抖来。每走一步，就是一步折磨。

“伊、伊斯……”伊斯在一个培育皿前停下了脚步。

“……莱格……修斯号……”伊斯的声音微微颤抖。

宛籽的身体一瞬间僵直。伊斯的目光直勾勾地盯着眼前的培育皿，脚步停滞不前。在这众多的培育皿里，只有这一个里面空荡荡的。

什么都没有。

宛籽感觉身体里的血液濒临冰点。伊斯伫立在空荡荡的培育皿前，仰着头，柔软的发丝从脸颊边滑落到了肩膀后。他的脸上没有任何表情，就好像是一尊刚刚被捏制出来的完美的人偶，空洞的眼神凝滞在培育皿上的穆查理星文字上。

莱格修斯。

伊斯缓慢地伸出手，指尖触碰到那些字。无数次鲜血淋漓，无数次泯灭人性与伦理，把自然赋予的身体进行惨无人道的改造，一次又一次毁灭最优秀的战士的身躯，经历无数次惨不忍睹的失败，最终在绝望之中，被造就的第一个完成体——莱格修斯，破灭与希望之子。

“为什么……是空的？”伊斯喃喃。

宛籽低下头，不知道该如何回答。其实也不需要回答。

这两排漫长的培育皿里面浸泡着的几乎是一个基因改良的历史。从最初的一些器官，到之后逐渐能够形成丑陋外星生物的混合怪物，越往后，培育皿中的怪物越趋于人形，在队列的尾端是那个伊克斯学院门口的海洋中捞着的半穆查理半人鱼族女性，再然后就是一个长着虫族翅膀与穆查理星人躯壳的混合体……最后，是一个空荡荡的培育皿。

唯一一个没有被泡在培育液中的实验体，只有一个人。

这个人叫伊斯·艾伦特。此时此刻，他正站在曾经属于他的培育皿前，仿佛所有的意识与情感都被它吸得精光。宛籽站在他的身后，挣扎半天，挤出艰涩的话语："……对不起。"

伊斯听见宛籽的声音，脊背更加僵直。许久，他转过身，指尖轻轻地触到宛籽的刘海儿，声音透着沙哑："莱格修斯……是我？"

"对不起，我……"宛籽想说点什么，却不知道如何开口。是告诉他，她因为不知道如何面对他的新身份所以选择了隐瞒，还是告诉他真相，让他知道他们之间存在这数千年的差距，而他根本就不是她所认识的莱格修斯？

不论哪一种，都太过残忍。她说不出口。伊斯在她的面前俯下了身，目光中带着晦涩的颤意。他的指尖握住她的后颈，托起她一直埋着的头。这一切的动作都很轻柔，却也很坚决，直到她与他的目光相接。"宛籽。"他低声道，"你早就知道。"

他没有疑问，用的是肯定句。宛籽红着眼睛硬生生移开视线，生怕露出太多破绽。就这样僵持，过了好久，终究是伊斯先妥协，他俯身向前，轻轻地拥抱住宛籽的肩膀，在她的耳边低声道："我想过，找到莱格修斯之后，如果你不愿意跟我离开，应该怎么办……"

"灰叶建议说直接揍到他答应滚为止就好了……我……的确考虑过。"

宛籽：……这确实是灰叶干得出来的事。

"可是……我更希望看见你能去到希望之所。

"就算……很难受，也想要去达成它。

"我……很高兴。"

伊斯停顿了一会儿，轻声道："我很高兴，宛籽……"

伊斯的声音介于少年与成人之间，带着浓重的彷徨。他好像只是想诉说，抑或是他根本就没有想要得到回应。宛籽保持着拥抱的姿势，安静地听着伊斯断断续续的声音，有一种时空错乱的幻觉。她遇见的莱格修斯如果有少年时，大概就是这样子吧……

可惜他没有少年时，他自睁开眼睛起，就是肩负着一切的帝国元帅。

"伊斯，我们的时间不多。"她轻声提醒。话音未落，忽然整个地底开始震荡。伊斯第一时间反应过来，张开身后的双翼，抓住宛籽一跃飞到空间的上空。

整个空间都在微微震动，引擎声似乎换了一个档位，有一瞬间又忽然安静下来。好像刚才的一场动荡都是幻觉。

……是地震吗？宛籽不敢确定，她看见空间的远处出现了一个全新的空间。明亮的光芒把那个空间里的事物照耀得一览无余。

那个空间像是一个小型的实验室，明亮的空间中央放置着一张试验台，试验台的上方躺着一个娇小的身影。身穿白色制服的洛迪与一干医务人员围在试验台四周，手中的刀眼看就要落到实验者的身上——

那是——白露！

宛籽吓出了一身冷汗，对着伊斯道："快、快放我下去，先去救白露！"

伊斯如离弦之箭一样从地上一跃而起，振翅袭向远处的试验台！远处的洛迪已经把针剂注射进了白露的动脉里，他解开了她的衣裳，手执手术刀缓缓划向她的胸口——千钧一发之际，伊斯的匕首直直对准洛迪的要害，动作如同闪电，一招就要割下洛迪的头颅！

一时间万籁俱寂。意料之中的画面却没有到来。洛迪的动作没有受到任何影响，甚至连他手上的动作都没有一丝一毫的停顿。他眯起眼，用手术刀细细地划开白露的胸膛，细长的指尖伸进她的胸口。

宛籽呆呆地看着伊斯。伊斯显然也很迷茫，不可置信地看着手里的匕首。他试探着伸出手，手指却穿过了洛迪的身体，什么都没有碰到。

……假的？是全息投影？

宛籽哆嗦着向前走了几步，眼睁睁地看着洛迪的手在白露的胸腔中摸索，不一会儿，他从白露的身体里取出了一颗鲜绿色的还在跳动的心脏，放入助手早已准备好的容器里。

"白、白露——"宛籽颤抖着出声。她第一时间检查四周，发现这个空间是一个密闭的平台，根本就没有任何出口，根本无从寻找这段影像的源头。甚至可能……根本就不是现在正在发生的事情。

"白露……"

宛籽僵直着身体站在原地。被取出了心脏的白露并没有马上死去，白露躺在试验台上，目光呆滞地望着远处关着塞因的培育皿。她张了张口，似乎想喊阿因，但最终没有喊出来。后来，她的目光就渐渐暗淡了下去，鲜活一点一点从她的脸上消失了。

“……宛籽。”伊斯似乎想要阻止宛籽继续看下去。宛籽睁大眼睛看着洛迪的动作。

洛迪从亚瑟的手里接过了一支暗红色的试管，把试管中的液体缓缓导入装有心脏的容器里。一瞬间，鲜绿色的心脏剧烈跳动起来，从割裂的血管口开始往外流淌出荧绿色的液体……洛迪用针管提取了那个液体，注射入边上的仪器中，按下机械运转按钮……

虚假的投影忽然模糊起来，不一会儿，画面轮转。塞因躺在实验台上。洛迪从机器中取出加工完毕的莹绿色液体，注射入塞因的动脉，随后又把他放进了培育皿，充满淡蓝色的培育液。

白露漂浮在另一个培育皿中，胸腔大开，身上的血液通过一根管道与塞因的相连。

培育皿中的塞因缓缓地睁开眼睛，他起初有些迷茫，在看清白露的模样的一瞬间露出了绝望的神情。他拼命捶打着培育皿壁，可是无论如何都已经唤不醒白露了……

宛籽瘫软着坐在地上。好久，她才仰起头问伊斯：“灰叶他……”

伊斯低头，发丝盖住了他的表情。

“是。”他低声道。灰叶他经历了一模一样的过程。宛籽捂住了眼睛。

自那以后，虚无的实验室投影一直重复着整个实验过程。白露一次次被洛迪杀死在实验台上，塞因一次次绝望地捶打培育皿壁。每一次的结局都如出一辙。鲜活的生命就这样走到尽头，没有告别，也没有任何希望。

信赖的那个人就这样再也见不到，除非时光逆转，否则再也没有重逢的机会。

“……宛籽。”伊斯的指腹划过她的眼睑。他的心里也在翻江倒海，不仅因为脑海中一遍遍出现的灰叶最后的模样，还因为触碰到宛籽带来的感情共鸣。她的情绪太过激烈了，让他前所未有的惊惶。

他并不善言辞，只能跪伏在她的面前，轻轻抚摸她已然濡湿的碎发。伊斯回忆起不久之前的一些画面，试探性地靠近她，用唇齿去靠近她的眼睫。

触碰到她的一瞬间，他感觉到自己的慌乱刹那间土崩瓦解，只留下难以言说的波澜，一层一层地在灵魂深处荡漾开来，如同海浪翻涌向天际。

“那是……什么？”忽然，宛籽的眼睫颤了颤。

她看见昏暗的远方发生了一些变化：灰暗的墙面剥落，墙面后复杂的仪器显露出来，灯光忽地明亮如白昼——这根本就不是一个破败的地下空间，而是一个崭新的舱体。舱体的前方是一片坦荡的透明，外面赫然是无穷无尽的星空。

宛籽想起了之前考试时的人鱼，这一幕的变化简直一模一样。

……所以刚才的一切都是幻觉？

“并不是幻觉，只是空间能源的电磁波记录下了不久之前的画面。”

洛迪的身影渐渐地在虚空中出现了一个影子，随后影子越来越明显，逐渐变成了清晰无比的人影，缓缓走到宛籽与伊斯的面前。

“它时刻记录着前一日发生的事情，与时空交叠，让人产生类似幻觉的反应。”

……洛迪。宛籽攥紧了拳头。与此同时，伊斯已经如同离弦之箭一样冲过透明墙，直袭洛迪！

“天真。”洛迪冷哼一声。他身后的守卫队迅速在他面前列开一队人墙，阻挡住伊斯的攻势。他们的手上都带着高规格的武器，长枪短炮，牢牢对准了伊斯身上的各处要害。伊斯冷眼盯着洛迪，身体弓起来，随后振翅一跃，如一道光冲破重重阻碍，把洛迪撞飞到了培育皿壁上！

“砰”闷重的声响。但伊斯并没有停止，他揪着洛迪腾空而起，飞向宛籽缩在的方向，把他像货物一样砸向地面！

“导师！”站在洛迪身后亚瑟惊叫。洛迪落在了宛籽面前。

宛籽咬咬牙站了起来，颤颤巍巍走到洛迪的身旁，居高临下地、狠狠地朝他踢了一脚：“去死吧！你这个变态！”

伊斯：……

洛迪痛苦地闷哼了一声，艰涩地睁开眼睛。她拎起他的衣襟，咬牙切齿：“取消基因改良计划，否则我把你也切成一百块放进培育皿里！”

“不可能……”

伊斯落地，举起匕首抵住了洛迪的脖颈，稍一用力，匕首划入了洛迪的皮肤。血液顺着他的脖颈潺潺往下流淌。

“导师——”亚瑟急躁不已，却不敢靠近。

洛迪恍惚看了一眼伊斯，笑了起来：“已经太晚了……你们没有发现吗……这里根本就不是实验室……”

“你说什么？！”洛迪的目光吃力地飘向远方，“每一个虫族的栖牲，都将为帝国换来一个完美的战士。军部已经正式下令，启动基因改良计划……”

“你……”宛籽呆呆地站在原地，心凉透顶。她终于明白了，明明在穆查理星时期，虫族还是“最出色的战斗伙伴”，为什么虫族与伊克斯佩特星人会有数千年的对战。因为穆查理星人攻占了虫族孕育后代的“母亲”翼都，因为每一个伊克斯佩特星的战士，就是一个虫族战士的性命供养而成，所以虫族要与伊克斯佩特星人为敌。

不死不休。

洛迪笑出声来：“星辰号……它将带我们去往虫族的故乡……虫族的翼都拥有数不尽的优秀战士基因……呵……听见造物主的心跳了吗，蝼蚁们……”

宛籽忽然有种不祥的感觉。她记起刚才那几次不规则的震动——与其说是地震，不如说是引擎启动发射过程。

还有窗外的星空……这根本不是什么新实验室。这是一艘飞船！

“进化是不可阻挡的……”洛迪躺在地上，痴迷的目光落在伊斯的身上。他已经遍体鳞伤，脸上的表情非但没有恼怒，反而是兴奋与喜悦，微小的肢体语言都透出压抑的疯狂。

宛籽站在他身边，感觉到毛骨悚然。洛迪是一个彻透彻脑的疯子，只要他还活着，基因改良计划就绝对不会停止。

……可是难道真的要杀了他吗？宛籽偷偷看伊斯：伊斯显然也在思考，长长的眼睫低垂下来，让他整个人好像与一切隔绝。就这样僵持许久，他终于睁开了眼，金色的眼眸深处一片冰凉。

宛籽心中的不安感觉越来越重。果然，伊斯没有再犹豫，他重新逼近洛迪，举起匕首朝他的脖颈逼近——

“停下！”亚瑟终于冲了过来。他的声音一直是温暾明媚的，此时此刻却拔尖得如同刺耳的噪音。他死死盯着伊斯，胸口急促地上下起伏，整个眼眸都在迸发颤抖的微光：“你不能杀他！绝对不可以——”

宛籽心中一惊，本能地握住了伊斯的手，阻止他一时冲动真的了结了洛迪。果然……这其中并不对劲。

亚瑟道：“如果杀了洛迪，基因改良计划失败，历史会被改写。”

伊斯道：“改写就改写了。”

亚瑟缓步来到透明墙边，一字一顿道："你知道宛籽来自未来，但是你有没有问过她，究竟来自多少个恒星年以后？"

伊斯微微变了神色。他没有松开匕首，目光却松动了，疑惑的目光投向宛籽。

"宛籽……"伊斯轻声道，第一次紧张地催促。宛籽全身紧绷绝望地闭上了眼睛。她不擅长撒谎，尤其是对伊斯，这个只能用美好来形容的少年。不久之前他才刚刚经历了人生中的巨变，她实在不忍心让他面对这一切，她本以为这件事情终究能够被淹没在岁月里。

她在他的目光下焦灼，沉默，艰难坦白："我……来自四千年后。"

伊斯震惊道："你说……什么？"

宛籽用尽所有的力气，轻声回答："我来自四千年之后，伊克斯佩特帝国。"

四千年，在宇宙时空中不过转瞬，对穆查理而言，它经历了基因改良，征战扩张，叛变，伊克斯佩特建国，以及之后漫长的殖民扩张。有过多少次变迁，就有多远的距离。她和莱格修斯……距离遇见还很远很远。

"四千年……以后？"

"对，四千年……很远，很远的地方。"伊斯的神情凝滞在脸上。他以为她来自不远的未来，可是她说她来自四千年后……

穆查理星人的平均寿命不过两百年，多少个两百年才能拼凑起四千年？四千年，星河斗转。如何……相遇？空间舱内，气氛凝滞到了冰点。最大的秘密就这样公之于世，在不合适的时间，不合适的地点，撕裂每一个人的伤口。

"伊斯……"宛籽想要道歉，却感觉此时此刻，道歉其实并没有多少作用。伊斯已经收回了握着匕首的手，雕像般矗立在寂静与黑暗中，仿佛是把自己与这整个世界都割裂了开来。她的一句道歉，对他来说也许已经没有意义了。

亚瑟松了一口气，低声道："对不起，我只是不想让历史崩塌。"

宛籽回过头，冷眼看着亚瑟："你知道，我最后一次见你是什么时候吗？"

"宛籽……"亚瑟的表情渐渐凝重起来。这个不明种族的外星人有一双漆黑的眼睛，性格胆小且易于安抚，灵魂如同外表一样柔软。

而就在刚刚，这一切发生了变化。他看着宛籽的眼睛，说不出究竟哪里发生了变化，只是那双明亮的眼睛里再也找寻不到信赖与温和的光了。她用平静的目光与他对视，眼神里甚至连恼怒都没有，只有陌生的疏远与憎恨。

“未来的亚瑟有两个。”宛籽走到透明墙前，轻声呢喃，“你不是好奇过是谁告诉我监控的秘密吗？留在坦尼桑的亚瑟 2 号，在日复一日的枯燥生活中对实验体产生了情感，爱上了自己亲手创造的实验体 25 号。而那个实验体用百年时间在坦尼桑铺设了炸药，炸毁了坦尼桑。”

亚瑟皱起了眉头。宛籽几乎是怀着恶意的心态冷笑：“后来虫族袭击帝国，亚瑟 2 号临死之前唯一的心愿是问我要回 25 号的遗物，痛哭后悔。”

亚瑟的眼神颤了颤，许久才道：“为帝国舍弃私人情感，这是我必然的选择。”

“那你听见亚瑟 1 号的结局，一定会更喜欢。”宛籽抬头看着亚瑟的眼睛，冷笑道，“亚瑟 1 号无法面对千疮百孔的帝国，最终与虫族勾结，处心积虑要彻底毁灭帝国一了百了。是他策划了之后的战役，杀死旧时战友，让伊克斯佩特星日半球毁于一旦。”

“不、不可能……”

“可他最终落败，假装撤退，暗地里与虫族一起布下天罗地网，伏击了当时的帝国皇帝驾驶的破军号。”

亚瑟激动起来：“这是你道听途说的传说，不是科学！”

“不是道听途说，我就在破军号上。”

“不可能……”

“破军号伤亡惨重，我被强制放入逃生舱，逃离破军号，途径黑洞。”宛籽低声道，“后来的事，你应该知道了。”

“我不相信……”

“我不需要你相信。”宛籽冷笑，“我只是想让你知道，你所做的每一个举动，都将在未来让你痛不欲生、悔不当初。”

一个人不可能两次踏入同一条河流，所有的历史都在朝着既定的方向发展变化。亚瑟站在透明墙边，每一次呼吸都仿佛是在往自己的灵魂上钉一根深入骨髓的钉。

“你说谎……”到最终，他只是艰涩地吐出吃力的字眼。他的精神显然已经濒临崩溃毕竟他还年轻，并不是那个雷厉风行的基因研究所主人亚瑟。

宛籽看着他彷徨的样子，残忍地扔下最后一根稻草：“25 号是个未完成品，无法承受外面的气压。”宛籽的目光落到亚瑟身后的培育皿群，低声道，“总有一天，你会遇见她，与她朝夕相伴长达百年时光，然后看着她与坦尼桑一起毁灭。”

宛籽冷笑出声：“那个时候的你，表情跟现在一模一样。”

亚瑟忽地退后了几步，茫茫然望向培育皿。培育皿中漂浮着许多未完成品。他们都曾经是穆查理星出色的战士，后来因为种种原因被基因改良计划选中，制作成现在的模样。

他曾经在很长一段时间里无法认同洛迪的思想，无法认同对智慧生物进行类似于神的肆意改造。可是后来目睹了洛迪培育出的莱格修斯号，他却由衷地感觉到了炙热的希望，虽然这个过程并不美好，然而以科学的目光来看却是神圣的。不是吗？

宛籽说的 25 号……它显然是连一个名字都没有的试验品。

百年陪伴的人湮灭为星尘，那是——怎样的绝望？

偌大一个舱体毫无声息。伊斯倚靠着舱壁坐在地上，双眼无神。

宛籽站在他对面等了一会儿，始终等不到他抬头，于是悄无声息地坐到了他身旁。透明墙另一边的亚瑟保持着站立的姿势。他身后原本伫立着一队护卫队，然而他们谁都没有要出手救洛迪的意思。事到如今，他们终于明白一直以来的基因研究所计划究竟在做些什么，没有人愿意被当作低等动物放在实验台上，更何况他们是战士。

没有人注意到洛迪。洛迪独自栖身于黑暗之中，不知道什么时候挪动到了舱体的角落。他颤颤巍巍站起身，指间飞快地在舱体壁上点触。随即一个荧绿色的操控界面被调取了出来。

“你想干什么！”宛籽发现了他的举动，惊叫出声。伊斯终于从迷蒙中抽回了神思，飞身扑向洛迪——然而，为时已晚。洛迪飞快地看了一眼伊斯，忽然伸出拳头狠狠砸中操控底座。洛迪的拳头深入操控台，操控台内部传来刺耳的机械声，随即荧绿色的界面闪了闪，消失在黑暗中。

“呵呵……”洛迪低笑出声来，如同鬼魅在寂静中嘶吼。

伊斯盯着洛迪，眼中杀气毕现。

“来不及了……”洛迪狞笑，“星辰号将飞向虫族翼都，航线再也无法更改……”

“你不会活着抵达。”伊斯冷冷地道。洛迪抽出血淋淋的拳头，笑声越来越大，整张脸都变了形状。他道：“你以为我会凭这些人去攻打虫族？你以为你的父亲并不知情？你错了！只要我抵达虫族翼都，穆查理的军队将会随即降临！”他尖笑，“你以为为什么你那个孱弱的弟弟莱恩甚至连入学资格都没有？基因改良计划，裴肯元帅早已经与你的父亲达成了共识，从他送你进伊克斯学院的那天起，你就是基因改良计划最优秀的实验体，是你的父亲——亲自选择了你！”

洛迪的脸上却已经没有了恐惧，只剩下疯狂。

宛籽站在伊斯的身后，紧张地握住伊斯的手：难怪艾伦特伯爵坚持要让伊斯去伊克斯学院；难怪就算伊斯在坦尼桑遭遇了那么多危险，公爵府都没有任何行动；原来，他从一开始就被当做试验品预备的……

相对洛迪的疯狂，伊斯的神情却并没有什么波澜。

他好像并不意外，淡金色的眼眸中深藏着的是无尽的晦涩。

“你……你早知道？”洛迪终于收敛了笑意，震惊道。伊斯并不回应，他低垂下眼睫，肩膀微微颤了颤，仿佛是有千万斤重担落在了他的身上。他迟迟回头，目光落在宛籽身上，阴沉而又哀伤。

“对不起。”伊斯低声道。宛籽不明白他的对不起是指代什么，只是用力抓着他的手腕。伊斯垂眼望向她的手，又轻轻地道了一句：“对不起，宛籽。”

宛籽心中的恐惧更加泛滥：“伊斯，你想做什……”

话音未落，伊斯的手腕从她的手心抽了出去。他的身形如同一道闪电般逼近洛迪，匕首在空中划过一道雪亮的光芒，直袭洛迪的脖颈！

刹那间，万籁俱寂。洛迪瞪圆了眼睛，张了张口，却什么都没有吐出来。

下一秒，他的头颅从脖颈上脱离，滚落在地上，脸上的神情还保留着震惊的样子。血流如注。

“导师——”亚瑟呆愣了片刻，才惊惶地叫出声来。

“洛迪大人！”守卫队们面面相觑，终于意识到了事情的严重性。伊斯的身影一动不动，他的手上是匕首，匕首上正一滴一滴往下滴落洛迪的血液。

然而，他甚至没有低头看洛迪一眼，只是目光淡淡掠过透明墙那边的守卫队，道：“基因改良计划……没有未来。”

“伊斯……”宛籽死死盯着洛迪的头颅，忍不住颤抖。

她终于明白伊斯的“对不起”是什么意思。没有基因改良计划，就没有莱格修斯，也不会有伊克斯佩特帝国，更不会有穆查理星人几千年的痛苦与挣扎。他的身体将在老去之后死亡，伊克斯佩特的军舰将不会降临在地球灭亡之后。

他和她，在这个宇宙中再也没有相遇的机会。一片混乱中，伊斯忽地抬起了头，眼里精光毕现："教官，你还在等什么？"

就在那一刻，透明墙那边的守卫队中，有一个身影一跃而起，举枪射向培育皿！

——青禾？！

宛籽终于发现了他的身影，难怪一直都找不到他，他竟然混在了守卫队里！伊斯他竟然早就看见了？

青禾的速度极快，如同黑夜里的风，所过之处，所有的培育皿都支离破碎。培育皿中的畸形怪物们一个一个掉落在碎片中，接触到新鲜的空气之后，挣扎滚动起来，摇摇晃晃地冲向守卫队。

"嘶——"他们一个个都发出愤怒的声音，张牙舞爪，如同丧尸扑向生物。

一时间枪声、尖叫声、厮杀声响起，混作一团。早期的试验品攻击性有限，并不是穆查理军队的对手，然而他们的数量实在太多，身体又尤其巨大，不一会儿，耗光了能源的守卫队就被包围，被倾轧，被咬破喉咙，在尖叫声中失去反抗能力。

对面是一片血肉模糊的战场，宛籽觉得身上起了鸡皮疙瘩，匆忙找寻青禾的身影。好在，青禾是虫族。

他飞翔在空中，凝望着唯一一个没有被击破的培育皿。

宛籽倒吸了一口气凉气——那是她曾经在海里面救过的变种人鱼，青禾的战斗伙伴。

青禾深深地看着培育皿里的昔日伴侣，没有一丝光泽的灰色眼眸中，却渐渐充盈了许多泪光。过了好久，他才缓缓举起了手中的武器，对准了最后一个培育皿。

"青禾——"宛籽试图阻止。她不知道培育皿里的人鱼是否被洛迪救活了，可是唯一可以确定的是她绝对不是完美品，她一旦被放出来，恐怕会和现在正在撕咬的那一群一样毫无人性！她已经不再是青禾认识的她，甚至也许已经不再是一个智慧生物，这太残忍……

"砰"

青禾扣下了发射装置。

培育皿破裂。

子弹穿过人鱼的头颅。

一切安静地结束了。

“……歌莉娅。”青禾轻声叫她的名字。他落在地上，轻轻地抱起在睡梦中死去的人鱼，久久徘徊在空中。而在附近的战场，所有的守卫队把亚瑟团团保护了起来，一层一层倒下。终于，所有的变种战士都消亡殆尽，守卫队的最后一个战士也由于失血过多，倒在了地上。

亚瑟如同被抽去了灵魂，空洞的目光扫视着周围的残骸。奇形怪状的怪物尸体，血肉模糊的守卫队，一片狼藉的培育皿……

这一切如同炼狱，却分明降落在人间。

“这就是你想要的未来吗，亚瑟·柯博特？”伊斯站在透明墙前，淡淡地问亚瑟。亚瑟望见满目疮痍，忽然抱住了头，瘫坐在血泊中。

“不……这不是……”

“你还有机会。”伊斯道。亚瑟低着头，嘴里呢喃着什么，到最后声音越来越大，像是快要哭出来：“没有机会了……没有机会了！星辰号……星辰号抵达的地方，军部大军就会抵达……航线已经、已经不能更改了……没有机会了……没有了……”

没有机会了……

时间仿佛停止。伊斯僵直地站在透明墙前，好久，他才回过身，轻轻拥住宛籽的身体。宛籽被这突如其来的拥抱吓了一跳，却没有忍心推开。

她在伊斯的身上，闻见了一丝脆弱的气味。

“……别害怕。”宛籽拥抱住伊斯，低声安抚，“一切不会变成最坏的样子，不要害怕。”

他虽然没有说出口，可是她懂。

“宇宙如此辽阔，希望……就算奢侈，也始终存在。”

“别害怕……伊斯。”

“并不是毫无希望。”

就在所有人以为快要放弃希望的时候，青禾的声音响了起来。

“星辰号有一个逃生飞行器，就在飞船的下方，你不会不知道吧？”

亚瑟迷惘道：“就算我们都逃离了，星辰号依旧会依照航线去虫族母星……”

“谁说我们要逃离？”青禾冷笑，“星辰号的航程还很漫长，逃生舰如果能在恰当的时刻把它撞击推离既定的轨道。”

亚瑟瞪大了眼睛，激动道：“可是星辰号的航线是可以重新规划的！而开逃生舰撞击的人一定会死在逃生舰上！”

“所以需要找一个星辰号无法再次规划航线的特殊位置。”

“怎么可能存在这种……”亚瑟不可置信地喃喃，忽然神色一怔，迟迟道，“你疯了……”

“这是唯一的机会。”青禾低声道，“而我们只需要商量完毕，究竟是谁上到逃生舰，谁留在星辰号。不是吗？”

“你疯了……”

青禾轻缓地把怀里的人鱼放在了干净的角落，温柔地看着她。

“我已不惧怕死亡。”他低声道。

星辰号早已经远离坦尼桑，驶向宇宙的深处。船上还活着的人沉默地看着彼此，漫长的旅程中，没有一个人开口。没有任何科技可以考证宇宙的边缘是在哪里，它实在太过辽阔，辽阔到科学家们很难去定义宇宙的边境究竟是空间概念还是时间概念。到最后，宗教学家们如此概述：宇宙是起源与灭亡。

而此时此刻唯一可以肯定的是，星辰号正承载着死亡，飞向虫族的故乡。

越来越近。

“你留在星辰号上，我去逃生舰。”伊斯温柔地看着宛籽的眼睛。

“不，我不同意！你会死的！”

青禾给出的最后方案也是唯一的方法，是在星辰号途径FQ1218的时候，用逃生舰撞击星辰号，把它撞离原定的轨道，利用FQ1218附近星域的黑洞，让星辰号彻底消失在黑洞中。这样，它才不至于飞往虫族母星。

星辰号的体积大概是逃生舰的四十倍，逃生舰在全部动力启动的情况下撞上星辰号，上面搭乘的不论是谁都必死无疑。而星辰号上的人——只能说，生死难料。毕竟谁也不知道黑洞的那一端究竟是什么。

宛籽紧紧抓着伊斯，吃力地道：“你不许上逃生舰！我不能看着你去送死！”

“如果未来真的是你所说的那样漫长而无法结束的折磨，我……绝对不能留在穆查理。”

宛籽一愣，呼吸乱了。没错，就算阻止了星辰号去到虫族，可是只要伊斯在，总有一天基因研究所会再次破解出基因改良的方法，这只是时间问题。可是就因为这样，伊斯就要付出生命吗？

“不行，我不同意！”

伊斯用指尖轻抚宛籽的脸颊，温柔道：“我现在……大概可以感受到莱格修斯送你上逃生舱的心情。其实，也并不完全是你想象中那样。”

伊斯低声道：“不论是把你塞进逃生舱，还是留在星辰号，都只是一个胆小鬼的逃避行径。宁可让你去经历生死未知的危险，也不想看你死在眼前，破灭所有希望。”

“伊斯……”

“你愿不愿意，留着最后一点希望给我？”伊斯的目光柔和而又坚定。

宛籽仰头看着他，不知道该如何辩驳，只能小声呢喃：“可是、可是我不能眼睁睁看着你……”

伊斯拥抱住宛籽。“伊斯·艾伦特，即便只剩灵魂，也愿与你同行。”

星辰号平稳地向前行驶，越来越接近FQ1218。青禾振翅飞向舱体上空，把陨石握在手里，亚瑟抱起人鱼的身体，快速穿过透明墙。随后，亚瑟缓步到了操控区，扒开那一堆残骸，强行输入人工指令。

亚瑟的额头上出了密密麻麻的汗珠，等到最后一串指令输入完毕，空荡荡的舱体下方打开了台阶通道，他终于长长地舒了一口气。

“中枢已经损毁，不知道通道可以坚持多久，要尽快。”亚瑟低声道。

他匆忙地看了洛迪一眼，目光复杂。

“伊斯！”

宛籽紧张地抓住伊斯，然后在他温和的目光下，一点一点地松开了手。

她知道，自己输了。如果他还是当初遇见的那个坏脾气的少年，她有很多种方法可以骗他留下，可以逼他留下，可是现在的伊斯……在她不知道的时候，已经真正地长大了。他已经有了自己坚定的梦想，有了拼死都要守护的东西，他已经真正地成了她遇见的那个莱格修斯。

伊斯缓步走向地下通道，在进入通道前最后往回望了一眼。宛籽站立在原地红肿着眼睛，死死咬着嘴唇逼自己不要落下眼泪来，至少，她还能给他留有希望。不是吗？

“海鲜火锅……真的很好吃。”伊斯笑起来，脸上的神情灿烂得完全不像他，“如果有机会再相见，不论是我还是莱格修斯……还能做一次吗？”

“……好。”

“……再见。”

伊斯收敛了笑容，轻轻地留下一句告别，钻进了地下通道。宛籽呆呆看着他的身影消失在视野里。眼泪终于还是落了下来。

不一会儿，青禾抱着人鱼也进入了通道。临行前，他露出一个微笑："我收回之前对你的评价，你完全可以胜任S级战士的战斗伙伴，宛籽学员。"

说罢，他与人鱼也消失在通道口。又过片刻，亚瑟迟疑地，一步一步走向通道。他像是很彷徨，在去与留之间，他望向身首分离的洛迪，又扫视了一圈地上横陈的尸体，最终还是下定决心走到了通道口。

"我……一直以来只相信科学。"亚瑟盯着宛籽的眼，叹息，"这次抉择并没有科学依据。只是如果我活着，我不敢保证能克制自己不去继续研究进化与发展。"

"你……"

"所以，还是干脆一点好了。"

亚瑟挤了挤眼睛，轻松地笑了："虽然不是朋友了，不过看在我们也一起吃过火锅的分儿上，能回答我最后一个问题吗？"

"……"

"你说我创造了你，你是几号？"

宛籽微怔，想了想，还是选择了回答："26。"

"25号是你的……"

"克隆人。"宛籽轻声道。

亚瑟的表情停滞了一会儿，低声道："再见，宛籽。"

亚瑟的身影也消失在通道口。下一秒，通道口就关闭，整个星辰号上，就只剩下宛籽与尸体。宛籽忽然觉得恐惧，因为那些失去生命的怪物，也因为未知的命运。她在星辰号上找了一个角落，把自己的身体尽可能地缩成一团。当初在逃生舱的时候她一直是沉睡的，而现在她将要清醒地面对命运的审判。

是死亡，还是不可知？时间在绝境之中被拉得漫长无比。

宛籽一个人蜷缩在星辰号的角落里，每一秒都是煎熬。

她在血腥味浓重的空间度日如年，她估算不出伊斯与青禾离开了多久，也许只有几分钟，也许已经过了几个恒星日，直到后来，地面传来细微的震动，她猜想那大概是逃生舰脱离主舰了。那代表……星辰号已经到了FQ1218附近了吧？

接下来，应该是调整合适的角度，撞击星辰号。

也许恐惧积攒到极致反而会麻木，她感觉在这一瞬间身上的恐惧消失无踪，就像是在下一局必死的棋，当生死审判真正要来临的时候，恐惧早已经被结局带来的释然所覆盖。更何况外面的宇宙如此辽阔，所有的生命在宇宙中都不过是小小的蝼蚁。

“再见，伊斯。”她低语。

“……再见，莱格修斯。”

虽然从来没有过什么正式的告别，也许这一次真的是分别了。宛籽深深吸了几口气，扶着舱体壁站起身来，抬眼眺望外头无穷无尽的星空。

就在这一瞬间，剧烈的震荡降临，舱体中早已静默很久的人工智能最后发出尖锐的警报声。整个舱体都被撞击得倾斜，宛籽连同所有的尸体一起向舱体的一端坠落，眼看就要撞上冰冷的舱壁——下一秒，所有物体都腾空飘浮了起来。

宛籽知道，那是产生模拟引力的离心机引擎被损毁了。

她在空中艰难地稳住身体，透过四周的窗户看见逃生舰撞上了星辰号的后翼。它的整个驾驶舱都插入了星辰号的内部，片刻之后，逃生舰整个炸开滔天的火焰，推动星辰号的航行轨道又往偏离的轨道推进了几分。

那一瞬间，宛籽的眼泪夺眶而出。

“警报，警报，偏离原定航线，系统将修……”冰冷的人工智能声音戛然而止，因为整个星辰号忽然被巨大的吸力拖拽，以惊人的加速度向相反方向前行！

宛籽飘浮到了窗边，试图看清逃生舰，然而却什么都没有看见。明明逃生舰就在那个方向，但是星辰号的后翼却好像没有被撞击过一样。

……幻觉吗？

宛籽不敢相信自己的眼睛，她用力甩了甩头，再定睛一看，尾翼明明是一片残骸。

……怎么会？

宛籽无法确定是自己的意识出现了错乱，还是真的发生了不可预期的事情。窗户外，星辰号的后翼在完好无损与一片狼藉之间跳跃，就像是黑白电视机错乱了频道飞快地变化着。她慌乱回头，看见星辰号内部也发生了诡异的变化：明明前一秒还是断臂残肢一片惨淡，下一秒就看见洛迪又活了过来，正手执刀刃，聚精会神地剖开白露的胸膛……

——怎、怎么回事？

宛籽不可置信地看了一眼自己的手，她的指尖正在变得透明，就像是沙雕被风吹拂，雪人遇见了阳光——她正在，一点一点地消失。

窗外星辰号的尾翼最终固定在完好无损的画面，舱体内部，所有的尸体都已经消失不见，完好无损的洛迪已经完成了对白露的改造，正微笑地与亚瑟说着什么。舱体的另一端舱门打开，一个金发银翼的身影缓缓走到了培育皿前，一个个细数他们的名字，最终走到了最后一个之前，自己踏进了培育皿中……

“伊斯——”宛籽飘浮在空中大声疾呼。可是好像根本没有人能够听见她的声音，他们井然有序地管理着所有的培育皿，伊斯的眼里虽然有困惑却并没有反抗，亚瑟站在培育皿前向伊斯展示了一片星域图，星光映衬在两个稍显稚嫩的战士眼里，充满了激越与向往……

“伊斯——”宛籽飘浮着，尝试用蛙泳的姿势靠近他，却忽然发现自己的整个手臂都已经变得透明。

窗外，所有的星辰已经消失，取而代之的是无穷无尽的黑。

怎么回事到底是怎么回事？！是因为……黑洞吗？宛籽安静下来。就在她走神的这一瞬间，星辰号整个舱体都变成了透明，只剩下一块地面还在，装载着那些她熟悉的身影。

下一秒，时空仿佛被扭曲。宛籽仿佛回到了星际历史课上，她孤身站立在黑暗的平台上，所有的一切变成了投影画面。

星辰号穿过无垠的宇宙降落于虫族的母星，虫族人认为星辰号是友非敌，载歌载舞欢迎来自联盟国的贵客到来，岂料星辰号竟忽然向悬浮在空中的翼都发动了攻击。随后穆查理帝国的战舰大队齐齐来到，刹那间黑夜来到。

战争猝不及防地降临。

那一战，几乎所有壮年的虫族战士在穆查理的炮弹之下被炸得粉身碎骨，少数幼崽与雌性被抓上星辰号，再也没有回到故乡。翼都被彻底占领，所有的高等虫族卵体搜罗一空，带上星辰号，运回穆查理。

最后的战舰离开之时，虫族母星已经满目疮痍，所有的繁华毁于一旦。

亚瑟站在风中，原本坚定的眸光已经被迷茫取代。他迟疑地看着洛迪，声音低哑：“导师，我们是不是……做错了？”

洛迪冷眼看着战争后的世界，微笑道："没有对错，只有胜负。穆查理历史从此刻已经改写。"

穆查理帝国的战舰终于离开这一颗已然死寂的星球。星球上空的翼都也是破败无比，唯有一颗漆黑的巨石，静静飘浮在翼都上空。

瘦弱的雌性从断壁残垣中爬出，低声啜泣："贤者，失去母亲照耀，幼崽会无法长寿……"

老弱的长者颤抖着把手伸向空中巨石——

"母亲，"长者满脸泪痕，"虫族的健康成长离不开您的照耀……我恳求您的光芒再远一些，能够照耀那些幼崽健康地活着……"

满身伤痕的战士踉跄着站立在废墟中，用憎恨的光芒目送穆查理的战舰消失在天际。

"虫族……绝不会灭亡！"这就是……真实的历史吗？

宛籽眼睁睁看着周围的画面越来越灰暗，最终全部融进了黑暗之中。她已经看不见自己的身体，也无法确定自己是否存在，她好像是一滴清水滴进了一片墨水之中，明明存在，却什么都无法触及。

可是洛迪不是已经死了吗？星辰号也已经被损毁了啊……怎么会、怎么还能看见这些历史？她在虚空中大声呼喊，却连自己的声音都听不见。

脑海中却有一个声音幽幽在歌唱，唱着无法判断的文字与腔调，抑或是根本就是她的身体被碾压吸入黑洞时的噪音？宛籽想要仔细听一听那是什么声音，却被突如其来的剧痛席卷了身体——

顷刻间意识堕入黑暗，再也感知不到一切。

第十五章：星辰尽头的故土

这一场长眠，并没有梦境。

宛籽的意识先于身体醒来，顿时感觉到全身酸痛，她的身体像是被掰碎了又重新拼凑起来一样。她艰难地睁开眼睛，只觉得一阵刺眼的光芒正笼盖在她的身上。

那是恒星的光芒，温度适宜，温暖而又宁静。

……没……没死吗？

宛籽记起了昏睡前的事情，铆足所有体力支撑起了身体，终于，完全看清了周遭的环境。

这是一片沙漠，没有树木，没有房屋。偶尔有一些小虫子从沙子间冒出头来，看见她，吓得又钻回了沙子里面，留下小爪子在外面疯狂地拨着沙子。

宛籽：……

这个地方看起来有点像 FQ1218。

主要是她认识这个虫子，在很长时间里，她曾经靠着它走出了 FQ1218 那片鸟不拉屎的沙漠。

黑洞就在附近，难道星辰号又坠落在了 FQ1218 ？

不对，她应该在星辰号内部啊……

宛籽茫然四顾，低下头的时候全身的寒毛都竖了起来：她的身体还躺在一个狭小柔软的舱体内，周遭散落着一些破败的零件。它看起来有些旧了，可是舱体上镌刻的印记与序列号却足够证明，这根本就不是星辰号，这是……当初她从破军号上搭乘离开的逃生舱！

——到底发生了什么事？穿越了？还是做了一场梦？

宛籽低头看自己的手心，要不是她的手心仍然留着被星辰号的能源陨石灼烧的痕迹，她都要以为陷入了一场漫长的幻境。可是脑海中的记忆是那么的鲜活与深刻，绝对不可能是一场梦。

而且……她手握拳头，看见自己的手臂上露出小小的肌肉，再次确信了记忆的真实性。

离开破军号之前，她是个随时死翘翘的超级废柴，在经历了灰叶的魔鬼训练之后，她其实、也可以算是一个普通废柴了。虽然依旧无法跟那些天生战士暴力狂打架，但是她的格斗能力和身体已经实实在在强壮了不少。

所以这算是什么？重来一次？

宛籽没有多犹豫，直接收拾简单的行囊，离开了逃生舱。上一次她在原地傻乎乎哀怨地等了好久，差点就挂在沙漠里。这一次她一刻也没有耽搁，不到两个恒星日就走出了沙漠，来到了熙熙攘攘的集市中。不知道铁锤队长什么时候到呢？

当然，宛籽不知道的是，就在她离开后没有多久，一个侦察机器人围绕着逃生舱盘旋了好几圈，细细扫描完毕所有数据。

嘀——微弱的声音。“发现破军号逃生舱，搜寻时间，385 个恒星日……”

“未发现宛籽殿下行踪。”

“将继续追踪。”

宛籽背着简单行囊进入 FQ1218 热闹的集市，渐渐地觉察出了不对劲。

FQ1218 是一颗边陲的矿星，整个星球几乎可以看作是一个硕大的贫民窟。在更多时候，这里的市场还维持着最原始的以物换物的落后交易状态，只有奴隶船来到的时候才会以星际币结算，绝大多数原始生物连穿衣习惯都没有养成。而眼下的 FQ1218 却与她记忆中大不一样了，街市上已经建起粗糙的简单的建筑，生物们穿着粗糙纤维材质织就的衣服，往来的货商们随手从口袋里掏出星际币……

莫非不是同一颗星球？宛籽疑惑地在街市上闲逛，越来越疑惑，街市上的各种标记与文字表明这里就是 FQ1218，可是却又完全不一样。

忽然，街市上的人群熙熙攘攘起来，许多人开始推搡着朝前走。宛籽个子小，被人群挤着不得不朝前踉跄，慢慢地就走到了一个新开市的摊贩前。摊贩是个瘦弱的矮星人，光秃秃的脑袋上长出一对细长的尖耳朵，硕大的眼珠滴溜溜转，嘶哑着叫嚷：“来看一看啊，这可是伊克斯佩特星的高档货！新鲜到货的，买晚了可就没了！”

伊克斯佩特星？！

宛籽震惊得倒吸了一口气。她已经不知道多久没有在别的地方听见这个词汇了，它久远得就像是记忆里的泡沫。忽然听到，她有一种恍如隔世的错觉。

“骗人的吧？”人群中有个巨人族武士嘲讽，“伊克斯佩特星现在不太平，武器自己人用都还不够，怎么可能有对外销售的？”

矮星人摊主嗤笑一声：“所以说你是个愚蠢的傻大个！我当然是有我自己的特殊渠道！”

巨人族一拳揍在矮星人的摊位上：“我不信！”

矮人族跳脚，从怀里掏出一把手枪来：“看见没有？这是伊克斯佩特军部的光能枪，上面有特殊的徽章，代表是战神莱格修斯的麾下战士的！”

“神马？莱格修斯的下属？！”

“真的假的啊？”

“我不信我不信，快拿出来看看……”人群顿时骚动起来，尤其是队伍里几个巨人族，推挤开所有人，齐刷刷冲到了矮人族小摊贩的摊位前。几个巨人把摊位围堵得水泄不通，遮天蔽日。

宛籽呆呆站在原地，不敢相信自己的耳朵。

……刚才那个摊贩讲的是……莱格修斯吗？

她身材矮小，在巨人的腿间穿梭自如，不一会儿就到了摊贩的面前。只见矮星人摊主得意地向所有人展示着他的心爱武器——一把印着破军号徽章的光能枪。在聚集起足够的人群之后，矮星人的脸上露出了更加灿烂的笑容：“各位，这枪还是小意思，我这里还有更加好的伊克斯佩特星货物。”矮星人的嘴巴裂到了耳根，转身走到身后的硕大包裹前，伸手拉住包裹上面覆盖的布料，用力一掀——

宛籽的下巴险些掉下来。呃，那是——她的逃生舱？人群顿时炸裂出惊天动地的声音。矮星人扯着嗓子吼：“大家都知道，破军号一恒星年前就已经坠毁，但是我发现的这个逃生舱却是在破军号坠毁之前就发射的！它完好无损！里面的仪器都是当年伊克斯佩特帝国最精密的，如果谁能拿回去好好研究研究……啧啧……”

破军号……一恒星年前……坠毁？！

宛籽如逢雷击，人群中所有的声音都仿佛一下子消失不见了。就在她的眼前，许多人正激动地围着小摊贩出价，小摊贩激动地两眼发光直搓手。所有人都沉浸在激动中，没有人注意到集市的上空飞过一只侦察机器人。没过多久，巨大的战舰飞抵 FQ1218 的上空，巨大的轰鸣声盖过了喧哗。

人群纷纷抬头。有人露出了震惊的神色，迟迟道：“伊、伊克斯佩特军部的飞船？”

小摊贩的腿哆嗦起来：“不……不会吧？我才刚刚捡到它……”

也不知道是谁，尖锐地叫出声来：“跑啊！等死吗！！！”

人群一哄而散。宛籽站在最内侧，眼看着小摊贩把小货物一包，转身含恨看了一眼搬不走的逃生舱，就朝着远处的荒漠石林狂奔——

“你等一等！”宛籽慌忙追了上去。

“下次啦！保命要紧！”小摊贩边跑边喊，途中语言翻译器掉落下来，所有的声音就变成了叽里咕噜。

“等一下！我想知道破军号它到底发生了什么事——”

小摊贩明显已经完全听不懂宛籽的话语，只是拼了命地想要甩掉这个尾巴。他拐入石林，七弯八绕，身形敏捷无比。宛籽早已经不是当年的吊车尾废柴，追一个矮星人还是绰绰有余的。她咬牙跳上身旁的石头，超了近道追上矮星人的脚步，从石林上一跃而下，把他堵截在了死角处。

宛籽气喘吁吁。矮星人也累得够呛，他把随身的包裹放在了身前，一步一步朝后退。他的手脚都在剧烈哆嗦，脸上洋溢着恐慌的表情如同见了鬼一样。

“不用害怕，我只是想知道……”宛籽试图解释，她并不是强盗。

矮星人快要哭出来了，两腿一软，趴在了地上：“叽里咕噜，叽里咕噜咕噜……”

没有翻译器的宛籽一头雾水，她忽然意识到，矮星人并不是在对她说话。他惧怕的是……她身后的人？

“真讨厌啊，你们这帮到处乱窜的臭虫。”忽然，一个嚣张的声音响起来。矮星人两条腿直哆嗦，摇摇晃晃朝前走了两步，抱着头缩了起来。

“还有你，长得一脸虫族样的，转过来。”那个嚣张声音冷冷地道。

……伊克斯佩特星语言？

宛籽愣住，长得一脸虫族样……是指她吗？她还来不及转身，就听见身后又响起一个女声：“你们不用害怕，只要把手上私自扣留的帝国军需品交出来，我们不会对你们做什么。”

这声音就更耳熟了。宛籽迟疑地、缓缓转过身。站在她身后的是一个高大的孔武有力的男性，他身穿铠甲，腰间配备着巨型的兵器，垂挂在身后。他的脸上横着一道蜈蚣似的疤，傲慢的眼神落在她的身上陡然一变，似是不敢相信自己的眼睛。

“罗斯特……怎么了？”站在他身后的薇妮疑惑地走上前，目光落在宛籽的身上。她用力揉了揉眼睛，终于看清楚了眼前虫族的服饰之下露出的那一张熟悉的脸，一瞬间僵直了身体。

“罗、罗斯特！她是……”薇妮愣愣看着她，似是想冲到她的面前。结果，罗斯特一把拦住了她，警惕的神情渐渐盖过了狂喜。

“说，你是谁？”罗斯特咬牙切齿。

宛籽站在原地，吃力开口：“薇妮，罗斯特，是我……”

她几乎是费尽了全部力气，才说出这句话。因为眼前的薇妮不是那个怯懦的小女孩，而是温柔知性的医疗队长；眼前的罗斯特也不是那个曾经在坦尼桑的二货纨绔子弟，而是真正的经历过战争、拥有刚毅眼神的少将罗斯特。

……这里是正确的时间。她终于，回来了。

“……宛籽？！”罗斯特像是终于验证了什么，听见她开口之后，他把枪一扔，冲到了她的面前，扳住她的肩膀反复看。

“真的是你吗？你还活着？！罗斯特的力气实在太大，宛籽觉得自己的身体快要被掰成两半。

“罗斯特……”宛籽想说你快放开我，可是对着他的眼睛，她却一句话也说不出来。这个粗糙结实的男人，在战场上血肉模糊都不会眨眼的家伙，此时此刻，眼睛已经赤红赤红的。而站在他身后的薇妮早已经泣不成声。

罗斯特屈膝跪地，用力拥抱住宛籽的身体，嘶哑的声音在她的耳畔回绕:“我们找了你三百多个恒星日……你去哪里了？”

三百多个恒星日？距离破军号被击中，已经……三百多个恒星日了？宛籽觉得这个世界有些恍惚，荒谬的感觉在脑海里徘徊不去。忽然，远处的天空中响起轰鸣声。罗斯特低头看了一眼领口的通信器，顿时脸色一变，一把抱起宛籽，振翅飞上天空：“没时间了！先离开这里！”

帝国的飞船就停在不远处。宛籽跟着薇妮走进飞船，坐在舱内的椅子上。最初的相逢激动过后，薇妮的眼神还是直勾勾地盯着宛籽，不敢确定眼前的地球人真的是消失已久的故人。

“你真的还活着……”薇妮的声音透着哽咽。距离破军号被虫族伏击已经过去很久很久，主脑显示的最后记录是宛籽被送入逃生舱，可是之后逃生舱却并没有被回收。帝国动用了所有的远程搜救通信设备，都没有捕捞到一丁点逃生舱的信号。整整 387 个恒星日，帝国几乎就要放弃希望，主脑却忽然接收到了信息：在一颗名叫 FQ1218 的边陲星球发现了逃生舱信号！

军部立刻派出飞船飞抵 FQ1218，原本以为只是发现了一丁点线索，甚至是残骸，没有想到……真的遇见了宛籽。

“……嗯，我还活着。”

薇妮低声道：“进入逃生舱之后，你去了哪儿？我们……差一点就放弃希望了……”

“我……”宛籽不知道该如何解释过去的经历。她在穆查理的时间应该要比387个恒星日要漫长，在那不可思议的时空里，她遇见过很多活生生的人，然后亲眼看着他们一个接着一个死在自己的眼前。可是对此时此刻的伊克斯佩特来说，这一段经历是根本不存在的。

好在，薇妮并没有执着于探究过往，她凝望着宛籽的眼睛，忽然站起身来：“我必须检查你的身体！”

她匆匆忙忙从指挥舱跑了出去，不一会儿就抱着林林总总的仪器冲到了指挥舱。

“你的体质很虚弱，在外面那么久，一定要仔细彻查……”薇妮喃喃自语，俯身从仪器堆里翻翻找找，手忙脚乱，“不对，飞船内部有医疗室，仪器分析更科学……对，一定要好好检查……”

“薇妮，我没受伤……”宛籽紧张地退缩了些许距离，因为那些仪器。

“你跟我来！”薇妮一把抓住宛籽的手腕。宛籽吓了一跳，奋力挣脱。

坦尼桑的记忆实在太过惨烈了，她现在对这些“医疗器械”有着本能的排斥。薇妮抬起泛红的眼睛：“对不起，我只是太高兴……又太担心……”

宛籽在她的目光下渐渐放松了身体。没关系，她是薇妮。那个美丽细心，温柔贴心的薇妮。宛籽已经不记得自己有多久没有见过她了，也不记得有多久没有真正地信赖过一个医务人员。她尝试着持续放松身体，任由薇妮牵着手，缓缓地走进疗室里。

“欢迎回来，亲爱的宛籽殿下。”宛籽刚刚踏进医疗室温柔的声音就响了起来。飞船上的体检区域是地上标画的一个圈，没有任何器械也没有恐怖的解剖，在伊克斯佩特时代的“检查身体”远比在穆查理先进得多。只要有人进入那个圈身体周围的虚空就会亮起无数道莹绿色的光。那些散射的光在身周不断交织，瞬间组成一个立体的球形，缓缓地围绕着被检查人旋转。

宛籽在光圈中抬起头，看见虚空中不断有数字一行一行飞快闪过，不一会儿，主脑已经自动把数值结果分析成可读的文字。宛籽看不懂那些专业数值，只能看见闪过的文字中，健康指数为 A 级。

薇妮的目光一动不动地黏着在空中的数列，脸上的神情越来越惊讶，到末了，她震惊地看着宛籽。

“……怎么了？”宛籽不安地问。

薇妮又重复校对了一遍数值，满脸疑惑：“你的身体……好像比之前要好很多。”

原来是这样！宛籽松了一口气。薇妮问：“这段时间，是有人在照顾你吗？”宛籽的身体不仅健康了许多，就连肌肉含量都增加了许多。这怎么可能呢？

——也不算“照顾”吧。

宛籽暗自捏了捏自己肚子上已经有轮廓的马甲线，还有手臂上的肱二头肌。如果灰叶那些“特训”算得上是“照顾”的话，那坦尼桑逃生之旅简直就是“要你命特殊照顾全家桶”了。唯一的收获是，她现在的身体的确要比之前壮实许多，基本上除非是战斗型的怪胎，普通的智慧生物已经能打上一架了。

可惜在这个时间线里，不是怪胎的概率很小啊！宛籽叹息。她静默了好久，感觉自己终于酝酿起足够的勇气，把心目中唯一的疑惑问出口：“莱格修斯，他在哪里？”

果不其然，薇妮听见这个名字的一瞬间脸色也变了。

“他……还活着吗？”宛籽小心翼翼地问。

薇妮却依旧沉默。宛籽呆站在原地，久久发不出声音。莱格修斯他，已经不在了吗？

宛籽怀疑自己会溺死在诊疗室里，不是因为缺氧，只是因为绝望。她感觉到生命正一点一滴地从自己的身体中被抽走，周遭的一切变得无比刺眼，薇妮的身影也仿佛要与她身后的舱壁融为一体。

好久，她才发现那是因为她看不清眼前的东西。时间在寂静中被拉长抽丝，如同桑蚕把自己慢慢包裹进一片黑暗的茧中。

宛籽以为自己会在黑暗中沉沦，却忽然被一阵剧烈的轰鸣声抽回了散乱的神思——

"亲爱的'流云'船员，前方3000星际单位发现可疑目标！"

"日标已确认为，虫族先驱舰。"

"本舰配备武器弹药并不充足，航行速度为对方的80%，主脑建议本舰船员进入FQ1218暂时隐蔽。"

"目标确认：2500星级单位。"

"目标确认：2000星级单位。"

"宛籽！薇妮！"诊疗室的舱门刚刚开启，就被粗暴地捶打，罗斯特焦虑的身影出现在门口，"快！我们必须马上撤离！"

"出什么事了？！"薇妮惊叫。罗斯特一手抓住薇妮，另一只手抓住宛籽的手腕，拉着她们俩飞快地向出口奔跑，一边跑一边吼："主脑！我们离开之后按照原规划路程，朝蝎形星系前行！"

飞船上的舱门一道又一道开启。主脑温柔的声音回荡在每一个角落：

"收到指令。亲爱的罗斯特少将，请问在行进途中'流云'号是否予以反击？"

"不要反击——能跑多远就跑多远你这个蠢货——"罗斯特吼出声。

"亲爱的罗斯特，您违反军部规章制度第34556条'语言不雅'，将上报军部，扣除您本月工资3%。"

"靠！"

宛籽：……

一片混乱间，罗斯特带着薇妮与宛籽已经跑下了流云号飞船。薇妮与他相继张开翅膀，宛籽被罗斯特抱在怀里，两个人都低空飞过FQ1218的上空。很快，罗斯特与薇妮相继着地，开始朝之前石林的方向奔跑。

"罗斯特——发生了什么事？"宛籽感觉自己快要被罗斯特拽得飞了起来。终于，罗斯特在石林中找到了一片满意的遮蔽。那是一片巨大的断崖，断崖下向一边倾倒，露出一个阴暗的三角区。他把薇妮与宛籽都塞进了三角区里，然后在自己的身上翻翻找找，掏出所有的通信设备，用手指捏碎了它们。

"你身上有吗？"他问薇妮。

薇妮慌忙掏出了自己的通信器。

罗斯特把它丢在地上，一脚将它踩得稀烂。

宛籽：……

“到底怎、怎么了啊……”宛籽被罗斯特的样子弄得毛骨悚然起来。

罗斯特咧嘴笑：“没什么，你的逃生舱出现在这里，不仅我们可以搜到信号，亚瑟那个叛徒也可以。现在那群愚蠢的虫子大概追着逃生舱信号去外太空了吧。”

宛籽一愣：“亚瑟……”

罗斯特的脸色顿时凶狠起来：“没错，那个叛徒，现在他跟虫子是一伙的。总有一天，帝国会把他连同那群虫子烧成炮灰！”

宛籽静静看着罗斯特，眼前的画面渐渐与记忆中的二货重合。坦尼桑的纨绔子弟成长为坚强的战士，而坚强的战士经历过政变、灾难、战争、背叛，现在的他脸上依旧是散漫的表情，但是眼睛里的光芒终究不复清澈了。他的脸上多了一道伤口，从额头穿过鼻梁，横亘在整张脸上，如同一条丑陋的蜈蚣。

“帅吧。”罗斯特发现宛籽的目光，臭屁地昂首挺胸。

“为什么不治？”宛籽小声问他。以伊克斯佩特的医疗科技，别说是一道疤，就算是整个头颅坏了恐怕都能换一个。

“因为这样看起来更英俊啊！”罗斯特撇嘴。

宛籽不再追问他，因为看见了罗斯特背后的薇妮暗淡的表情。

她的耳边其实也有一道伤口，一直被长发遮着。破军号的覆亡给所有人的心里都留下了永远无法磨灭的伤痕，也许罗斯特和她一样，根本没有想过要走出来。

流云号已经远去，很快，FQ1218的上空飞过一艘装备精良的巨型战舰，追逐着流云号飞向远方。

罗斯特得意地在地上吹了一声口哨。薇妮的情绪刚刚缓解，看见他吊儿郎当的模样，捂着嘴笑了出来。宛籽也想笑，却笑不出来，她鬼使神差地朝外探望，不安的感觉渐渐地在她的身上弥漫开来。

那时，FQ1218已经天黑，星空下，呼啸而过的狂风吹过荒漠，卷起一堆沙土。

“罗斯特，”宛籽欲言又止，“我觉得好像悬崖顶上有……”

“有什么？”罗斯特问。

“有……人？”宛籽的话没有说完，忽然间刺眼的光把这一片石林都照得如同白昼。几道黑影从天而降，把断崖割裂成的安全三角区围堵成了一个毫无逃生机会的死角。

薇妮呆呆看着忽然降临的黑影，小声道："这个地方，好像不安全啊！"

宛籽：……

罗斯特：……

"我也看出来了……"罗斯特干巴巴地道。

他俯下身抓住宛籽，把宛籽用力甩向远方，随即自己拔出枪，对准了几个黑影一阵狂轰滥炸！

夜晚的石林，飞沙走石，硝烟弥漫。

宛籽重重砸在了地上头晕目眩，抬起头来看见罗斯特早已经与敌人乱战成一团。那些黑影身后都长着三对翅膀，虽然武器并不能与罗斯特的相比，但是他们每一个都行动迅速，四五个人如同闪电一样在罗斯特的上空盘旋掠夺，几乎与罗斯特打成平局。

宛籽屏住呼吸看着战况，忽然看见了一个……不是很像虫族的身影。

"去死吧恶心的虫子！"罗斯特忽然飞向低空，从身后取出重型枪械，对准了虫族所在的上空扣下扳机——

刹那间，火焰照亮黑暗。虫族的翅膀沾到了流火，尖叫着向四周散开。

一直蛰伏在一旁的不太像虫族的身影冲出重围，在星空下张开巨大的金属翅膀，把流火都扣向地面——

宛籽呆呆看着他。黑暗已经重新降临，可是她在刚才的光华间看清了那个身影——那是一个瘦削的人形战士，银色双翅，金色长发。

……莱格修斯。

"陛、陛下……"薇妮也愣在原地喃喃。罗斯特面如死灰。

"跑……薇妮，宛籽……"罗斯特低声道，"快跑，有多远跑多远……"

"不，你一个人根本不是他的对手，你会死的！"薇妮大声道。

"跑——"罗斯特煞白着脸沙哑吼出声，"否则全部死在这里，快跑！"

薇妮全身颤抖，踉踉跄跄拉住宛籽的手，想要拽着她飞起来。宛籽却一动不动站在原地。

"……莱格修斯。"她低声呼唤。莱格修斯凌空而立，视线与她交会却满脸平静，就好像从来没有与他相识过。

"莱格修斯——"宛籽仰头对着天空大声呼喊了出来。

流火掉落在地上，很快就燃烧殆尽。石林里横七竖八掉落了不少虫族战士，他们的翅膀已经残缺，相互靠在一起防备地盯着罗斯特。而那个银翼的战士正悬空立于人群的上空，静静地蛰伏，黑色的身影仿佛要融进夜空里。

“宛籽……”薇妮紧紧拽着宛籽的手腕，企图把她拉出危险区域。

“薇妮，那是莱格修斯吗？”宛籽的胸口剧烈起伏，死死盯着夜空中的身影。

“那不是元帅！”薇妮低声道，“他只是、只是亚瑟手下的人形兵器！”

“不可能，他就是……”

“他不是！”薇妮的身体剧烈颤抖起来，“我们几乎尝试了所有的办法，可是……”可是他只是一个有着莱格修斯躯壳的杀人机器。

“他是莱格修斯。”宛籽抬着头，仰望着分别太久的人。

她有一种微妙的感觉。这种感觉很强烈，就算是她面对变异过后的伊斯都没有这样强烈过。他就是莱格修斯，她深信不疑。

“可是我们根本唤不醒他！”薇妮拖拽着宛籽，焦急地喊了出来。

是的。从战士们冒险带回的他的基因样本上显示，他的确是元帅本人。

没有人怀疑元帅对帝国的忠诚，也没有人怀疑那就是元帅的身体，但是那又如何？所有的办法都试了！呼喊他的名字，给他看破军的徽章，甚至有人调取出早就已经封存在历史档案中的艾伦特伯爵的模拟立体投影，想要唤起他的反应……可是没有用，什么都没有用。他根本就不具备意识。

宛籽与薇妮僵持的时候，罗斯特被逼到了死角，身体失去平衡，重重撞击在悬崖壁上。

“罗斯特——”薇妮慌张大喊。

罗斯特身体一软，跌落在悬崖下，吃力地支起身体：“带着宛籽……快跑……”

薇妮抓住宛籽的手：“对不起，你无论如何也要……”

莱格修斯降落在地上，缓步接近罗斯特。宛籽感觉自己的心脏快要跳出喉咙了，她甩开薇妮的手，急速跑到莱格修斯与罗斯特中间。

黑夜，风卷起沙尘。空气中的血腥味弥漫在寂静的石林里。宛籽仰头看着那个熟悉的身影，气喘吁吁。

“宛籽！”薇妮尖叫。

“……莱格修斯。”宛籽轻声叫他的名字。黑暗中，他的身影脚步没有丝毫停顿，依旧机械地一步一步向罗斯特靠近。

“莱格修斯！”宛籽张开双手，拦住了他的去路。

五步，三步，一步……

莱格修斯的脚步终于停了下来，伫立在了她的面前，近在咫尺。宛籽可以清晰地看见他冰冷僵硬的脸，甚至可以看清他微合的眼睑。她已经不记得自己走过了多少时间，有过多少次生死，所有的痛苦在看清他的一瞬间都消散殆尽，只剩下剧烈的心跳声，和心跳带来的身心的颤动。

宛籽感觉到自己的眼睛涩涩的，喉咙口仿佛堵了一团棉花，好几次张口，却什么都说不出来。到最后，多少激越的情绪都无法纾解，只能笨拙地挤出艰涩的字眼：“你还活着……”

莱格修斯缓缓举起了手。罗斯特的眼里闪过绝望，薇妮瘫软地坐在了地上。这样的情形他们见过很多次，很多战士对莱格修斯太过信赖，以至于在战场上遇见时根本就忘记了反抗……那些人，大多被莱格修斯拧断了喉咙，无一例外。

“宛籽！”然而，预料之中的血腥场面却并没有发生。莱格修斯停在了宛籽的面前，却并没有立刻拧断她的脖子。他好像对宛籽起了兴趣，视线下沉，略微靠近了一点点。在寂静与僵持中，宛籽也伸出了手，踮起脚，轻轻地触碰到莱格修斯的额头。

有风吹过，吹乱了莱格修斯的头发，发丝痒痒地拂过她的指尖。

——我们有过多少次相遇呢？

“宛、宛籽……”罗斯特的声音已经破碎成了气息，眼前的画面让他震撼得拼不出一句完整的话语来——

夜色下，宛籽娇小的身躯挡在他面前，丝毫都没有惧怕的模样。而那个残暴的杀人机器，如同一只野兽被暂时吸引去了注意力，竟然一动也不动，任由娇小的人类触碰自己的额头。这是一副很诡异的画面，明明下一瞬间就可能血肉横飞，惨不忍睹，而这一刻只有夜风与安静，让人毛骨悚然却莫名心安。

他好像在发呆，抑或是短时间失去了与虫族的联系？罗斯特胆战心惊，却又忍不住心怀希望，会不会、会不会他还尚存着一些意识呢？

“你们快走。”夜风中，宛籽的声音低低响起。

罗斯特陡然惊觉，自己居然在这种紧要的时候发了呆：“可是你……”

“你快带薇妮走……他不一定杀我，但他一定会杀了你。”

薇妮急促道：“不行！”

“只有你们能够找人来救我，这是我们唯一的生存机会！”宛籽的声音越发急促。罗斯特捏紧了拳头，他知道，宛籽说的是事实。那个杀人机器从来没有在战场上有过半分犹豫，可是现在他却像是残暴的机器被关了机一样。

罗斯特与薇妮的身影渐渐远去。莱格修斯仿佛忽然从梦中惊醒，就要追上去。

“莱格修斯！”宛籽一把抓住他的铠甲，用自己的身体挡住他的双翅舒展。

她知道自己在做一件非常危险的事情，说不定随时就会皮开肉绽粉身碎骨。可是这是保住薇妮与罗斯特性命的唯一方法，更何况她并不是没有过经验。就在不久之前，伊斯刚开始处于异变状态属性的时候也是这样，全然没有自我的意识，具有极强的攻击性……

可是伊斯认得出她，莱格修斯一定也可以。宛籽盯着他的眼睛，尽量用温和的语气一字一顿地道：“他们是你的朋友和亲卫，如果你杀了他们会很后悔。”

罗斯特和薇妮的身影渐行渐远。莱格修斯的眉头锁得更紧，他大概很着急，看了一眼罗斯特与薇妮离开的方向，又看了一眼宛籽，喉咙底发出一声急促的呜咽。

却……终究没有张开翅膀。

“别着急，坐下来。”宛籽轻轻地替他梳理凌乱的发丝，每一个字眼都吐露得很小心。现在的莱格修斯很有可能，跟当时的伊斯是差不多的状态。

“他们已经很远很远了，你追不上了的。”宛籽轻轻地抚过他的眉眼，“你受了伤，让我检查一下你的伤口。”

莱格修斯的肢体僵硬无比，晦涩的目光直勾勾盯着罗斯特远去的方向，渐渐地，他的眉头开始舒展，因为的确不可能追上了。他暴躁地扇动翅膀，很小的幅度，因为有些不一样的东西就在他的身旁，还絮絮叨叨地发出着声音。

宛籽小心观察着他的表情，放缓了声音轻轻地道：“我够不到你……你坐下来，好不好？”

莱格修斯僵直地站着，没有坐下来，却也不再看远方了。宛籽轻轻松了一口气。她知道自己赌赢了。

不远处被烧掉翅膀的虫族已经惊恐地发不出声音。他们聚集在一起面面相觑，不敢相信自己的眼睛——除了长老，从来没有人可以命令的最强战士，狂暴起来能一人干掉上百个伊克斯佩特星战士的人形兵器，竟然就这样轻而易举地，被一个不知名的东西安抚了？！

这太可怕了，得尽快去通知亚瑟大人……如果她不仅能安抚他，还能命令他的话，这绝对是最可怕的事情！虫族战士一步一步朝后退，趁着宛籽不注意悄悄离开。

宛籽其实并不是没有发觉，只是心情复杂。从前她一直很讨厌虫族，可是经历过穆查理时代，她实在没有办法理清对虫族的情感。灰叶、白露、青禾，这一个个活生生的人住在她的心里，再也不是“虫族”两个字可以囊括。更何况穆查理对虫族母星做了那么残忍的事情……

宛籽发呆的时候，莱格修斯忽然神情一变，倏地站直了身体，迈开脚步朝前走去。

“莱格修斯！”宛籽惊叫。

然而他根本就没有回头。他不像是去追逐罗斯特，也不像是要返回太空，他更像是接收到了什么指令，一步一步朝石林的尽头走去。

“你等一等……”宛籽毫不犹豫地跟上了他的脚步。

第十六章：木头人

石林地形复杂，莱格修斯走得很快，脚步丝毫没有停歇。宛籽紧紧跟在他的身后，有一种错觉，好像又回到了初相识的时候，他还是那个冷冰冰的帝国元帅，而她是孱弱的要仰仗他才能活下去的地球废柴。那时候，她也是常常这样跟在他的身后，踉踉跄跄，随时会被丢掉的样子……

“莱格修斯……”

宛籽呼唤无果，咬咬牙，撒开腿蹦跑着去追逐他的脚步。感谢灰叶大魔王，她的体能可是今非昔比！就这样保持着追逐的状态，过了好久，莱格修斯终于停下了脚步。

宛籽一头撞在了他的脊背上，忽然看见周遭亮起了光。她终于看清楚了眼前的情形，原来石林的上空悬浮着一艘巨大的飞船，飞船上射出千万道光芒，把她脚下的岩石照射得明亮刺眼无比。

——虫族战舰？宛籽眯着眼睛仰头探望。她知道这时候逃跑已经没有任何意义，倒不如安心等待。

果然，飞船下方渐渐打开通道，全息投影出现在半空中。

“欢迎回来，零号。”全息投影中的人影声音温和，“看起来你似乎带了个尾巴回来。”

宛籽躲在莱格修斯的身后，听见这熟悉的声音探出了头，冷眼看着全息投影中的老朋友。全息投影中的亚瑟已经剪短了蓝色的长发，穿上了虫族常见的斗篷服饰。当他看见宛籽的身影时一愣，眼里闪过一丝诧异。

“……宛籽？”他的声音竟然有些激动。

“好久不见，亚瑟。”宛籽低头遮去眼里的光芒。

对亚瑟她始终无法心平气和。曾经有多少美好，所以现在就有多少憎恨。

虚拟亚瑟的脸上渐渐露出欣喜的表情，这代表此刻正在飞船指挥舱的亚瑟主体也正欣喜不已。虚拟镜像闪了闪，最终消失在半空中，飞船重新降下阶梯。这一次，实体的阶梯一级一级延展到了地面上，不一会儿，真人版的亚瑟从飞船内部走了出来，他看着宛籽笑了起来。

“我就知道你没那么坏运气丢了小命。”亚瑟轻声道，眼睛眯成了月牙。

宛籽只觉得毛骨悚然，忍不住退后几步，躲到莱格修斯身后。亚瑟的眼里闪过一丝玩味的光芒，俯下身靠得更近，如同逗弄一只胆怯的宠物：“看来你已经见到了我手下的武器零号，他很优秀，对吗？”

“你对莱格修斯做了什么？”

亚瑟盯着宛籽的眼睛，脸上渐渐浮现他常有的戏谑表情：“在你们地球上的东方文化体系中，我们现在的情况叫作‘久别重逢’，你这样的状态，爸爸很失望啊！”

宛籽攥紧了拳头。僵持了一会儿，她放松了身体，从莱格修斯的身后走了出来，站到亚瑟的对面。

亚瑟满意地微笑起来，他伸出了手，指尖抚过宛籽的脸颊，轻轻扭了一把她的脸蛋：“你长高了，看起来也健壮了。”

亚瑟的指尖轻轻拨过她的头发，语气堪称温柔，湛蓝的眼眸中流淌过柔和的光芒。宛籽全身僵硬，任由他在自己的脸上摸索，她集中精力时刻防备亚瑟的下一步行动。

可是接下来什么事都没有发生。亚瑟只是仔细查看她的身体，撩开她的双手，轻轻地捏了捏她的手臂。一番触碰之后，他的表情渐渐变化：“脂肪层减少，肌肉含量却有所上升。”亚瑟的目光中逐渐透出微光来，声音也有些低落，“在外面的时候，很辛苦是不是？”

宛籽沉默。也许唯只用肉眼就断出她这不算长的一段时间里的身体变化的，只有亚瑟一个吧？

她几乎是他一手创造出来的生命。

“告诉我，你对莱格修斯做了什么？”宛籽面无表情地问他。

亚瑟的眼里闪过一抹失落，下一秒，他又笑了起来：“当然，只要你想知道。”

他对着宛籽做了一个邀请的手势。宛籽回头盯着莱格修斯不肯迈开脚步。

莱格修斯自从见到亚瑟之后就一直保持着屹立不动的姿势，他的脸上没有任何表情，双脚没有移动过一丝一毫，就像是一座冰冷的机器，因为没有了电源而只能保持待机的状态。没过多久，从飞船上下来几个虫族战士，把一个雕刻精细的金属环扣在了莱格修斯的手脚上，莱格修斯仿佛重新受到了什么指令一般，一步一步朝飞船的升降梯走去。

“莱格修斯！”宛籽顾不上那么多，急急忙忙追上了他的脚步。

飞船内部如同一个破旧的钢铁巨龙，宽敞的舱道，昏黄的照明，所有的一切看起来更像是当年的穆查理科技时代，陈旧而又非智能。走在里面，有一种走在地球上德国造的下水道工程内的感觉。

亚瑟走在最前面，之后是他的亲卫，再往后才是莱格修斯与宛籽。

少顷，亚瑟走到一个舱门前，按下开启的按钮。舱门徐徐打开，露出了放置于中央的培育皿底座。莱格修斯仿佛重新接到了指令一般，一步一步走进舱门，自觉地站进了培育皿里。下一秒，培育皿底座缓缓升上透明遮罩，把他罩了起来，淡蓝色的液体逐渐充盈整个培育皿。

“莱格修斯——”宛籽想要冲进去，却被亚瑟一把拽住了胳膊。她急躁得想要咬人，“你放开我！”

“他需要被修复。”

“……修复？”亚瑟松开了宛籽的胳膊，按下关闭舱门的按钮。

他低声道：“只要是生物，就有休息与进食营养的需要，不是吗？”

宛籽：“让我进去！”

“你需要陪的是我。”亚瑟低头笑了，“你愿意陪我用餐吗，亲爱的宛籽？”

“你做梦！”

“或许我会允许你与清醒的莱格修斯见面呢？”

“你……”

“我已经不喝营养剂了，宛籽。”

亚瑟的声音低沉了下来，像是自言自语，带着一点难以捉摸的意味。

宛籽别无选择，跟着亚瑟去了所谓的餐厅。亚瑟走在前面，宛籽就跟在他的身后，看着他穿着不太合身的斗篷，穿梭在锈迹斑斑的钢铁支架里面。

“餐厅”位于飞船的中央。叫它餐厅其实也有些言过其实，那只是一个传送带，有些像旋转寿司台，只不过传送带上放着的并不是美味的寿司，而是支离破碎的动物肉片。间或有些虫族从四周通道走进餐厅，随后都埋头到了传送带上，从传送带上撕扯下自己需要的生肉，塞进嘴巴里。

整个餐厅里充满了咀嚼声，还弥漫着难闻的腥臭味。宛籽感觉到胃里翻江倒海，慌忙用手捂住了自己的嘴巴，阻止自己吐出来。

她虽然知道虫族的饮食习惯就是吃生肉，不过在穆查理时代，所有的学员进食都是去疗养院领一个小小的便当，便当里面是清理干净的肉片，看起来跟刺身没有什么区别，就算是灰叶，也只是嘴上喊喊要吃了她而已……现在亲眼看到，她还是有些生理反应。

更让她震惊的是，亚瑟缓步走到传送带前，俯下身，用手挑选了一片看起来尚干净的肉片，塞进了口中，缓缓咀嚼。

宛籽僵在原地。亚瑟皱着眉头咀嚼，像是全世界只有这一件事情值得他专心对待一样。等他喉咙一动，终于咽下了口中的生肉，他才抬起头来，露出一丝微笑。

他轻声道："这一种，其实还可以咽下去。"

他的唇上还沾染着一点鲜红，如同刚刚吸食过血液的吸血鬼。宛籽呆呆看着亚瑟，她认识的亚瑟，是优雅的基因研究所的主人，可是现在，他生活在灰暗的空间里，甚至吃虫族的生肉食物，这样的反差让人全身都起鸡皮疙瘩。

"……为什么？"宛籽问他。亚瑟又找到了一块可以下咽的肉，正拎在手里，专心看着它的纹理。

好久，他才低声道："要以伊克斯佩特星人的身份获得虫族战士的信任，饮食一致只是最基础的。"

"可是……"伊克斯佩特星人已经食用营养剂几千年，追溯到穆查理时期，他们能进食的也不过是一些植物与浆果。这样的饮食习惯，对他们的身体造成的伤害恐怕远远不止恶心这一点点吧？

"你在为我的健康担忧吗，亲爱的宛籽？"

宛籽不太习惯他的变脸，干道："当然不是。"

亚瑟却已经默认了她的关怀，苍白的脸上浮现出小小的欣喜。

"试试？"亚瑟递上来一块生肉。宛籽后退了一步。

亚瑟的目光越过宛籽的肩膀，落到遥远的后方。他说："这是你表达友好的第一步，宛籽，否则恐怕连我也不能帮你。"

宛籽回过头，看见刚才围成一圈进食的虫族不知道什么时候已经停下了手边的动作，他们正齐刷刷地盯着她。

她知道，这一群都是如同灰叶一样的高级虫族，他们拥有高等智慧种族的智慧与情感，也正因为如此，才没有人冲上来把她撕成碎片。

他们在等，等她给出最基础的诚意。僵持间，一个瘦小的虫族从人群中走了出来，手里捧着一块肉，双手递到宛籽面前。

那是一个漂亮的少年，看起来十一二岁的样子，男女莫辨。宛籽看着他灰色的眼睛，眼前的画面与记忆中的灰叶重叠在一起，一瞬间有些恍惚。

“吃吗？”少年的声音细细软软的，眼眸中氤氲着一团雾气。

宛籽不敢掉以轻心。虫族战士中最可怕的向来不是壮年的男性，而是这种看起来瘦弱柔软的还没长大的少年。这代表他在还没有成年之前就已经拥有S级的战斗力才能进入作战部队，成为一个战士就像灰叶一样。她丝毫不怀疑，如果拒绝了他的试探，恐怕下一秒她就会被他锋利的爪子撕成碎片。

她迟疑了一会儿，接过肉片。这片肉可比亚瑟精心挑选出来的丑陋许多，也不知道原本是属于什么生物的，除了肉味还带着浓重的腥味。就连亚瑟见了，都皱起了眉头，似乎是想要阻拦。

宛籽咬了咬嘴唇，深吸一口气，把那一片肉塞进了嘴巴里，用力咀嚼。一瞬间，难以言说的肉味与奇怪的气味在她的口腔中弥漫开来，无孔不入地侵袭她的味蕾。

宛籽的脸上一派风平浪静，甚至有力气回望不怀好意送肉的少年。

“谢谢。”她咀嚼完毕，朝少年点了点头。

少年眨了眨眼睛，脸上的表情一瞬间呆滞：“……哎？”

小样儿，所有的情绪都写在脸上，虫族哪怕是高等智慧生物也是一帮四肢发达的笨蛋好吗！宛籽在心底冷笑，脸上依旧波澜不惊，用幼儿园老师的口吻问那一小只捣蛋鬼：“你叫什么名字？”

“小虫。”少年气鼓鼓地说。

宛籽俯下身，戳了戳叫小虫的少年的脸：“我不会打架，战斗力只有F。”

小虫仰起头表情有些失落。宛籽微笑“我一点也不好玩哦，一捏就死了。”

“哼。”小虫张开翅膀飞到了人群中。果然，他所经过的地方，年长的高等虫族都自觉地让开了一条道，脸上满是尊敬。

宛籽不着痕迹地舒了一口气。口腔里还弥漫着令人作呕的味道，她用力咽了几口口水，把味道冲淡了一点点。

回过头，她发现亚瑟正用看怪物的眼光看着她。

“你……”亚瑟神情复杂，“以前你连营养剂都无法忍受。”

“口味会变化。”宛籽回答。

亚瑟的眼神稍稍暗沉了些：“我记得你以前很害怕虫族。”

“是吗？我忘记了。”宛籽淡然地道。

“你长大了。”亚瑟的眼眸中流过一丝缱绻，声音低柔，“整整 387 个恒星日里，你一定遭遇了很多危险与磨难。”

“你错了。”宛籽一字一顿告诉他，“过去的这段时光，我遇见的是我生命中最美好的事物。”

亚瑟没有再说话，他看着眼前少女坚定的眼神，第一次觉得陌生。他参与过她生命里几乎所有的变化，看着她从一粒细胞渐渐成长为他期待的样子。而现在，她经历他无法知晓的时光，拥有他不曾参与的人生，越来越坚强，也越来越疏远。

可她明明是他创造的，不是吗？

宛籽跟着亚瑟到了指挥舱。她不知道在刚才短短的“进餐时间”里发生了什么事，亚瑟看起来气压不止低了八百度。

“你答应过让我看望莱格修斯！”宛籽拦住他。

“当然，如你所愿。”

亚瑟在指挥舱内打开了监控，全息的图像降落在指挥舱的地面上。宛籽看见了关押莱格修斯的那个房间亮起了淡蓝色的光，无数条光线齐刷刷穿透培育皿。莱格修斯依旧如同机器一样静静地站立在培育皿中，光线在他的脸上投射出一片斑驳光影，片刻后，他忽然痛苦地抖了抖，身体陡然间失去了平衡，靠着一只手支撑着培育皿壁才勉强站立。

“莱格修斯……”宛籽冲到了亚瑟面前，“你对他做了什么？！”

“什么都没有做。”亚瑟淡然地道，“这是他真正的情况而已。387 个恒星日之前，破军号坠落于附近星系上，我找到他的时候他几乎就是一具尸体。”

“那你做了什么……”

“我救了他，只是他的身体受创严重，而我已经没有基因研究所的仪器可以使用。我控制不了他的基因缺陷恶化，所以只能用简单的器械保住他的性命。”

“你根本不是想救他。”宛籽的呼吸急促，“你是想利用他，把他当作你的生物兵器。”

“至少最初我是看在往日的情谊上，没有办法看着他死在我面前。”亚瑟勾了勾嘴角，“不过后来我发现，他的基因缺陷症状很有趣。初期只是心脏周围组织发生异变，在之前的四千年里，一般这时候军部就会结束他的生命，唤醒另一个莱格修斯，所以，这是我第一次见到他的中期症状。”

“什、什么症状？”

亚瑟抬起眼，看着全息投影中的莱格修斯：“失去自我意识，成为一个没有知觉的活死人，不过有意思的是战斗力似乎保存了下来。所以我就做了个装置，给他一定的意识刺激，让他听从我的命令……恐怕到现在为止，他仍然觉得自己还为了自己的人民，在虫族战场上杀敌吧。”

“你卑鄙！”宛籽震惊得说不出话来。

亚瑟的语气阴森无比，表情却依旧温和儒雅。

她无比确信，如果这个唯物主义的高科技社会仍然有非物力的存在，那么魔鬼一定就长了一张亚瑟的脸。全息投影中的莱格修斯痛苦地蹲下了身，全身颤抖，看起来像是承受着巨大的痛苦。

“莱格修斯……”宛籽眼睁睁看着他痛苦，伸手去触碰，却只触碰到一片虚空。

亚瑟缓缓走到宛籽的身旁，轻声道：“每隔一段时间，他都会在刺激下恢复自己的意识。现在的莱格修斯记得与你的所有事情，可是他连站起身的力气都没有。”

“是你！”宛籽厉声道，“是你让他用破败的身体去战斗！才会让他变成现在这样！”

在很久以前，莱格修斯逃出植物研究所之后他也有过垂死的岁月，那时候他的确表现出了失去意识的症状，但是并不具备攻击性，而且他每隔一段时间清醒的时候并不会有痛苦。

“没错。”亚瑟没有辩解，痛快地承认了。

宛籽忍不住发抖。亚瑟看着宛籽红肿着眼眶的模样，眼里忽然流转过一丝异样的光。宛籽还没有反应过来，忽然看见亚瑟的脸在眼前放大，他的额头几乎要抵上她的，湛蓝眼眸如同最深的湖泊，暗藏着压抑的光，几乎要把她的身体吞进去。

宛籽气息凌乱，一步一步退后走进了全息投影里，与莱格修斯的影像交叠在一起。亚瑟轻声道："你对莱格修斯的好感，只是因为基因契合带来的亲近感。"

他温柔地盯着她，用极其缓慢的语速道："而我创造了你。"

"你永远不会知道，我对你有多大的期望。"亚瑟的眼神寂静而又专注。

宛籽却觉得毛骨悚然，她不能、也不愿意去理解。她握紧了拳头："我想见莱格修斯。"

亚瑟轻声道："宛籽。"

宛籽道："我想见莱格修斯。"

亚瑟久久沉默，终于道："当然可以。"

他的话音刚落，指挥舱舱门开启，紧接着舱道上的一道道门禁也陆续开启。宛籽激动得呼吸凌乱，急匆匆向舱道口跑去。

"宛籽！"亚瑟的声音在她的身后响起来。

宛籽警觉地停下脚步：他该不会，反悔了吧？

"我希望你知道，我……并没有那么坏。"

亚瑟的声音透出一丝晦涩的疲乏。

"刚才，只是气话。"他低声道，"让他上战场，只是尽可能地保留他的肢体记忆，让他的身体衰亡速度不至于太快。"

"387个恒星日之前，我见到莱格修斯奄奄一息的模样，我并没有想那么多……我可以为了我的理想在战场上和他对战，可是看见他浑身是血的样子，我还是……无法做到绝情。"

宛籽站在舱道口，没有回头。亚瑟仿佛也并不期望她回头，自顾自地诉说了下去。他说："你没有见过帝国最美好的时代，有蔚蓝的天空，干净的海洋，不同种族的生物彼此信赖……可是现在的伊克斯佩特星，真的已经无药可救了……

"夜晚的时候，你能听见伊克斯佩特星上每一块岩石，每一株草木的哀号吗？

"总要有一个人，来结束这令人作呕的一切。"

宛籽在原地停驻了一会儿，忍住了没有回头，毫不犹豫地朝前走去。

她知道背后的亚瑟正用炙热的目光看着她的背影，只是她不想去深究他的目光。她知道真正蕴含着情感的眼神是什么样子的，是塞因望向白露的温柔，是青禾为了找寻他的伴侣而潜入坦尼桑的孤注一掷，是莱格修斯在荒原山洞里的卑微而又胆怯的试探。

爱一个人向来是寂寞而壮烈的。把一个毫无干系的人收藏进身体里最脆弱的地方，任由那人在自己的心里构建城池，任由他积累希望，即便痛彻心扉也甘之如饴。

可是亚瑟的眼里并没有这些。他的眼里只有难以消散的执着光亮，如同当年的少年亚瑟第一次站在培育皿前的模样。

也许正如他所说，他真的没有那么坏。只是道不同，永不相谋。

宛籽出了指挥舱，步行速度越来越快，到最后她急速奔跑了起来。路上遇上不少虫族纷纷侧目，好奇地打量着这个奇怪的种族。她是跟伊克斯佩特星人一伙的，可是她的身后并没有锋利而又强悍的金属翅膀，个子也要比伊克斯佩特星人小上许多，看起来其实更加接近虫族。这到底是什么品种的生物呢？

“喂，你真的不会打架吗？”拐角处，一小团身影闪了出来。

宛籽一不留神撞上了那个小身影，她跌倒在地上，小身影飞上了天。

“好吧，我相信你。”小身影哀叹。

宛籽：……居然是那个“小虫”，他竟然还没有放弃要打一架吗？

以他比灰叶还要小许多的年龄来看，他显然是个天赋能力极强的虫族，也因此大概智商发育还不足吧……宛籽汗涔涔看着小虫，他大概不知道，地球人瘦小和低龄跟战斗力强大没有任何关系吧？

她很有兴趣好好教育一下这个脑袋比灰叶还要一根筋的臭屁小孩，可是眼下显然不合适。她急匆匆爬起了身，快速地穿梭过围观的人群，朝记忆中关押莱格修斯的舱室跑去。

叫小虫的虫族一愣，在空中飞翔着跟上她的脚步，边飞边唠叨：“喂，你是什么种族呀？”

“你跟亚瑟是一伙的吗？我看见你在飞船外面的时候一直拉着零号。”

“你用了什么方法，让零号不攻击你？”

“喂——你等等我啊——”小虫的祖上大概是虫族里面的蚊子分支。

宛籽终于明白他为什么叫作小虫了，他真的有够烦人的！

“喂——”小虫还在絮叨。宛籽已经停下了脚步，气喘吁吁地站在舱门前。莱格修斯就在里面，她无法预料舱门后会是什么样的场景，也许她会被他撕成碎片，抑或是是对面不相识？

她深吸一口气，按下了开启舱门的按钮。

舱门缓缓打开。里面一片漆黑。

宛籽屏住呼吸一步踏进室内，几乎是同时温柔的照明亮了起来。莱格修斯已经从培育皿中出来，被放置到了舱内的一张试验台上。他平躺在实验台上，脸色虽然苍白表情却安详如同沉睡，金色的发丝湿漉漉的，不断往下滴着水，光裸的身体还保有着当年的健壮修长的肌肉纹理。如果不是他的胸口还有一个巨大的窟窿，他看起来几乎是安然无恙的……

宛籽缓缓走到到试验台前，伸出颤抖的手，却不知道触碰他哪里。他胸口的窟窿俨然是在心脏附近，七八根透明的导管从窟窿处伸出，导管内充盈着淡蓝色的液体，与他身下的试验台相连。他看起来就像是整个人都生长在了试验台上，靠着那一根根的导管，还维持着身体的基本功能。

她不知道他是否还活着，可是这样的莱格修斯，让人觉得他现在应该是……生不如死。

"莱格修斯……"宛籽低声呼唤他的名字。

莱格修斯如同休眠，毫无反应。宛籽忽然疲乏起来，两腿一软，瘫坐在了地上。

"对不起，我不该离开破军号……"

宛籽捂着眼睛，脑海中的声音却清醒无比地告诉她，就算她当时留在破军号，结局也只能更坏。可是……

"他很厉害。"一个童音响了起来。小虫不知道什么时候走进了舱室里，正趴着试验台，圆溜溜的眼睛一动不动盯着莱格修斯。

他的眼睛亮晶晶的，声音稚嫩："我跟他一起出战过，就算是我，也不能赢他。"小虫皱起了眉头，似乎是回忆起了不悦的事情，"可是他每次作战完毕都会变成现在这样子，好久好久，才能恢复。我一直没有找到机会能跟他打一架。"

"恢复要多久？"宛籽追问。

小虫双手支起下巴："唔……先关进培育皿，出来后插上抑制剂，然后好像就这样躺一会儿，就会醒了。"

宛籽的心跳陡然加速。

"躺一会儿是多久？"

小虫满满的警觉："你想偷偷跟他打架吗？是我先约好的！"

“我不打架……”宛籽艰难解释，“我只是关心他。”

小虫气鼓鼓地说：“我不信！我不告诉你！你跟亚瑟明明是一伙的，你们都很擅长骗人！”

这个熊孩子！宛籽咬牙切齿，恨不得把他倒提过来当铃铛晃！小虫眼眸深沉：“除非你打赢我，我就把对手让给你。”

就在宛籽与小虫僵持之时，实验台上的莱格修斯的眼睫微微颤了颤。他的身上连接的是三种落后的基因缺陷延缓剂以及七八种营养剂，这些药物一起发挥作用，导致他整个思维都像浸润在一片混沌中。浑浑噩噩间，他听见一个熟悉的声音在耳边诉说着什么，他无法分辨那是什么话语，却能分辨出声音的主人是谁。

他拼尽全力睁开了一条眼缝，努力地寻访声音的主人。视野依旧模糊无比，只有一些模糊的影子。然而就在那些模糊的影子之中，他找到了一个熟悉的身影。

“宛籽……”他费力地张开口，常年没有发出过声音的喉咙已经无法准确地吐出字眼。他的身体太过虚弱了，只能挤出些许气息，在静谧的空间里面，如同灰尘落在恒星光芒下般渺小安静。

宛籽其实没有听见任何声响。她会回头，仅仅是因为背后忽然有些焦灼。却不承想回头能看见莱格修斯睁开了眼睛。

——他醒了吗？宛籽不确定，她只是觉得自己的心脏快要跳出胸腔了。

“莱、莱格修斯！”宛籽狼狈地回到试验台前，她的手放在胸前，探了探，实在不敢触碰他。

“你……你醒了吗？”

莱格修斯的身上插满各式各样的导管，他的视线落在她的身上，似乎是在看她，又好像仅仅只是落在虚空中的巧合。除了眼睫微张，他的身上几乎没有任何迹象表明他已经醒了过来——也许这只是一场空欢喜呢？莱格修斯的眼睫微微合了合，像是在回应她的问话。

宛籽感觉到自己的全身骨头都在颤抖。她用手捂住自己的心脏，站在原地小心地望进他的眼：“你，认得我是谁吗，莱格修斯？”

舱室中一片寂静。莱格修斯的眼睫颤动着，眼底的光芒流转。宛籽紧张得停止了呼吸，那本来就是可有可无的东西不是吗？她跪伏在实验台前，小心地确认：“你认出我了是不是，你已经清醒了是不是……莱格修斯？”

莱格修斯的身体几乎没有任何可以自由活动的地方了，只有他的目光，如亿万光年外的恒星，微小，却又真真实实地存在着。他张开了嘴，用微弱的气息艰涩地吐出了清晰而又虚弱的字眼：“宛……籽……”

……那真的，不能算作声音了。也许只是一点气息，配上了几乎不能算完整的口型。宛籽呆滞了许久，才反应过来他的气息与口型代表着的字眼。

她倏地捂住了眼睛，滚烫的眼泪从指缝间流淌出来，一滴一滴，落在莱格修斯的指尖。

——重逢真的好艰难。

——还好从来没有放弃过。

莱格修斯的身体实在太过虚弱，很快，他又昏昏沉沉地睡了过去。宛籽跪伏在试验台前，激动得呼吸困难，也只能眼睁睁看着他又合上了眼睛。

“我不知道你能不能听见我说话，莱格修斯。”

宛籽丝毫不在意他没有反应，趴在他的耳边轻声呢喃：“距离破军号被袭击，已经过去了 387 个恒星日……不，现在可能是 388 天了……”

“我找了你好久，好久了……差点、就放弃希望了……”她笨拙地用袖子用力擦了擦脸，红着眼睛笑起来，迫不及待地在她的耳边断断续续诉说“逃生舱穿越了黑洞，我被送到了四千年以前……你知道吗，我遇见了还没有翅膀的你，那时候的你，脾气比现在讨厌得多啊……”

“我认识了灰叶、白露、青禾……莱格修斯，我知道基因缺陷是为什么产生的了……”

宛籽趴在试验台边，第一次发现也许自己也是虫族蚊子科的。也许是因为心头积压的恐惧已经太久了，日积月累，就像垒起了一座山在灵魂上，现在那座山被惊雷劈了一道口子，正在一点一点分崩离析。

她想把一切都告诉莱格修斯，关于恐惧，关于思念，也关于希望。“你放心，我可能已经，找到了治疗你的方法了……”

宛籽终于鼓足勇气，小心地用手触了触他的眼睫。

“不是延缓，也不是复制，你再等一等，只要再等一等……”

宛籽一个人絮絮叨叨诉说了许久。莱格修斯依旧没有什么反应，仿佛方才的苏醒只是一场幻觉。到后来，她也累了，席地坐在地上，靠着试验台昏昏欲睡。史上最无聊围观群众小虫，一直站在她的身后，用看“走近科学未解之谜”的眼神看着她。然后，他歪了歪脑袋，道：“他下次醒过来会没有意识的。”

“嗯？”宛籽艰难地睁开眼。

小虫眨眨眼：“他的身体十分虚弱，苏醒过后再次入睡，后面就会变成零号。”

小虫叹息：“机械作战是低智商种族的特征，我一直想要和清醒的他打一架，可是……”

可是他清醒的时间实在是太短了。而且清醒的他，根本只剩下眨眨眼抬抬手指头的能力啊！小虫扼腕！

宛籽：……

忽然，小虫的脸色一变，张开翅膀朝外飞去。

“那个——”小虫趴在舱门口露出半个脑袋，“你跟伊克斯佩特星人看我们的眼神不太一样，我挺喜欢你的，你要活久一点呀！”

宛籽：……

小虫匆匆消失在舱门口。很快，宛籽就知道了他消失的原因，因为没过多久，亚瑟的身影出现在了刚才小虫飞过的位置。

“我们路过了一颗很美的星球。”亚瑟带着温柔的笑意，轻声道，“那里生长着茂密的草木，流淌着清澈的河流，和你的家乡十分相似。我可否邀请你下船去游览？”

宛籽沉默。亚瑟的目光更加柔和：“那颗星球上生长着制作四号延缓剂的原材料，我想也许你会有兴趣。”

“……好。”宛籽回头看了莱格修斯一眼，轻声应答。如果能有足够的延缓剂，如果能带着他逃出这里，她愿意冒所有险。

飞船停靠在了虫族势力范围内的一颗小行星上。宛籽跟在亚瑟的身后走到飞船的舱门口，放眼望去，只见飞船近处和风吹拂细草，发出窸窸窣窣的声响，一片静谧，远眺而去，更是山川连绵，江河环绕，漫山遍野的绿色与蓝天白云相接。

宛籽震惊得张大了嘴巴。迄今为止，除了四千年前的穆查理帝国，这真的是她见过的最接近地球生存环境的星球了！

“它很美，对吗？”亚瑟站在宛籽的身侧，随着她的目光远眺。

宛籽沉默。亚瑟并不恼怒，只是安静地笑了笑，牵起宛籽的手腕，拉着她走下飞船。宛籽在被牵起手的一瞬间，脊背上就冒出了冷汗。眼前这个人，她曾经很亲昵很熟悉，可是现在她对他只剩下满满的恐惧与排斥。只是简简单单的肢体接触，她全身的血液就都要冲破指尖了……

别冲动。宛籽一边机械地跟着亚瑟的步伐，一面在心底默念。

亚瑟的声音温柔地环绕在她的身侧："在对植物进行改造之前，我私自保留了所有植物的基因样本。"

宛籽跟在亚瑟身后，穿越过狭窄的小道。道路两旁的草本植物几乎及腰，被风吹得如同波浪般涌动。亚瑟的斗篷也被吹得翻飞，帽子被吹下来，露出蓝色短发。

"到了。"亚瑟微笑回头。出现在宛籽面前的是一道白色的城门。城门背后是一个花园，白色石子儿铺就的小道蜿蜿蜒蜒地伸向花园深处。道路两旁是整齐的篱笆，篱笆上攀爬着美丽的藤蔓，每一根藤蔓下面都悬挂着星星点点的花朵。细小的虫鸣声萦绕在小溪旁，一切生机盎然，美好得仿佛不属于这个战乱的年代。

"这是兰多罗纳花真正模样。"亚瑟伸出手，抚摸它金色的花瓣，"既不会跳舞，也没有那么妖娆，这是它最真实的样子。"

宛籽想起了葵明宫的长廊上扭动着舞姿的白色花朵。原来它在基因变化之前长成这样啊，眼前的画面太过祥和，宛籽的心也变得柔软。她站在远处看着亚瑟，轻声问他："如果基因缺陷还有药可救，你会放弃你的计划吗？"

亚瑟站在花枝蔓绕的城门下，回眸露出了个笑容。

"不会。"他轻声道，"已经腐朽的灵魂，没有拯救的价值。

"你相信吗，总有一天，我会带着这些真正被自然赋予生命的生物，让它们重新回归伊克斯佩特，到那时……"

亚瑟越过宛籽的肩膀，望向远处的风景。他已经沉浸于自己的世界里。

宛籽僵在原地，好久，她轻轻叹了口气，不再试图辩解了。现在的亚瑟剪短了一丝不苟的长发，穿上了污渍的斗篷，跟着虫族吃腥臭的生肉。即便挫骨扬灰，也要倾覆一切。

他早就是一个心怀偏执理想的亡命之徒。因为宛籽兴致不高，观光旅程很快就结束。宛籽跟着亚瑟回到虫族飞船上，拒绝进入指挥舱，坚持要待在莱格修斯所处的舱内。亚瑟面露不悦，却最终没有反对。

"他活不久了。"亚瑟盯着宛籽的眼睛，"我不希望你为无谓的情感而让自己的情绪受影响。"

“就算只剩下一天，我也想陪着他！”

“你们地球人就是花费了太多时间在这些事情上，科技才难以发展。”

“像你们科技发展成这样，到头来你不是也想要毁灭它？”

亚瑟沉默。过了好久，他才冷冷地说：“很快你就会知道，你在做没有意义的事情。”

没有比这更有意义的了。宛籽望着亚瑟离开的背影，在心底冷笑，他跟洛迪有一个致命的缺陷。他们都太过于完美主义，几乎是一个追求极致的偏执狂，他们几乎不能忍受不完美，就算是对待一个俘虏。总有一天，她会让他知道，千里之堤如何溃于蚁穴。

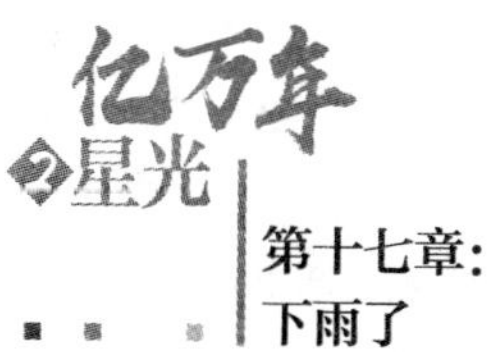

第十七章：下雨了

宛籽在莱格修斯身旁蜷缩着度过了第一个夜晚。舱内弥漫着修复液的气味，然而宛籽却睡得很安心。毕竟这是她那么久以来，第一次重新真正地回到莱格修斯身旁。

昏沉中，梦境降临。她回到了虫族母星。年长的长老带领着侥幸存活的战士把雌性们抱上了翼都。她飘在半空中，跟随着它们的视角走进那一座天空城里。她看见天空城上生长着巨大的树木，树木间来来回回飞翔着成年虫族。每一个虫族手里提着一个编制的竹篮，篮子里躺着刚出生的幼崽。

成年虫族们把幼崽放到天空城中央的广场上，盘旋数圈，恋恋不舍离去。

待所有的虫族离开，千疮百孔的翼都又重新笼盖上一层淡淡的薄雾。

雾气中，只有悬于翼都顶端的那一颗黝黑的巨石幽幽地旋转着，间或轻轻晃动，摇篮里的虫族幼崽们兴奋地张开双手，像是要拥抱无形的光芒……

“我们虫族人，都出生在翼都的巢穴里……虽然不知道给予生命的父母是谁……但是我们把巢穴里照射着所有人的光芒源头……叫作母亲……”

宛籽飘浮于半空中，耳畔翻来覆去的是灰叶的声音。

“啊——”宛籽全身冷汗坐起身来，才发现刚才所见只是一场梦。她坐在冰冷的地面上气喘吁吁，好久，才终于从梦魇中抽出意识来。其实刚才所见，才是她在穿越黑洞最后一刻见到的画面。那时候，她才明白灰叶所说的照耀虫族人的母亲是谁，谁能想到又是母亲又是光芒的只是一颗黑色大石头呢？如果虫族人的健康成长离不开那一块黑石的照耀，那人工合成的伊克斯佩特星人，其实生长过程并不算正规不是吗？

如果……宛籽忽然感觉背后有些焦灼，她回过头，发现莱格修斯不知道什么时候已经醒了过来，正静静地看着她。

“莱格修斯？”宛籽小声试探。莱格修斯面无表情。

——不会吧？又变成没有意识了？宛籽顿时警觉，那个夜晚她死缠烂打只是因为真的已经走到绝境，破罐子破摔而已。她其实并不完全确定他是不是真的不会把她撕成碎片。如果在这里他动起手来，她会连渣都不剩吧？

宛籽咽了一口口水，小心地靠近了一步，尽量用平缓的语气呼唤他的名字：“莱格修斯……你能听懂我的话吗？”

莱格修斯似乎拥有把视线锁定在活动物体上的本能，然而别的反应却是真的一点都不剩下了。清洗干净的莱格修斯长发依旧，面容消瘦，苍白的脸上表情有些无辜，像个被遗弃的漂亮人偶。

当然，这是一个分分钟就能送人去见阎王爷的人偶。

“退后。”宛籽尝试性下达命令。莱格修斯眨了眨眼，缓慢地朝后退了一步，只是一小步。

“……把翅膀收回去？”宛籽又小心翼翼地试探。这一次莱格修斯似乎经过了思索，缓慢地闭上了眼，随后身后的翅膀张到最大，又缓缓进到了身体里。

宛籽：= 口 =！！！真的那么配合？！

宛籽忽然明白过来，恐怕亚瑟对莱格修斯的控制是需要借助外力的，比如用什么仪器，刺激他本来就已经不太活跃的神经，让他陷入自己给自己编织的情景梦魇……

……那几个金属环？宛籽凑近莱格修斯，仔细检查他手腕上的手环。她本来以为这只是之前扣在手上用以让主脑监控身体数据的那个，可是现在操控这一切的是亚瑟的话，还有什么不可能的呢？

果然，金属环上并没有伊克斯家族的徽章。这并不是原版。那……去掉它？宛籽埋头仔细研究那个金属环，忽然额头上痒痒的，抬起头才发现，是莱格修斯的金发滑落了下来。她一抬头，就对上了莱格修斯毫无表情的脸，和无辜的眼睛。

“别看我啊！”宛籽小声吐槽，“你这样一脸呆萌真是……”

按照以往的记忆，他只有在面对某些事情的时候，因为清（无）纯（知）才会露出这种表情，现在这种情况怎么看都不合时宜吧？！

莱格修斯一动不动。

“抬头。”宛籽无奈下令。果然，他听话地抬起了头，长发回归原位。

宛籽聚精会神地盯着金属环，临下手，忽然改变了主意。

“你再忍一忍啊！”宛籽抬头，踮起脚，抚摸他的头顶，“也许我们以后还能用得到它。”假设亚瑟说的是真的，那么莱格修斯确实需要保持适当的运动才能减缓病情的恶化，暂时还是需要它的。而且假如这金属环只是一个精密仪器，那偷到遥控器，会比拆了一台空调合算多了。

没有意识的莱格修斯并非没有智商，而是呈现出一种机械的状态。

乖巧得有些……萌。在之后的很长时间里，宛籽一直在跟脑海里这个不道德的思想作斗争，可是看着他温顺地坐在实验台上，身上连着各种管子，却仍旧漂亮得发光的模样……

她可耻地替他仔细整理了凌乱的发丝，又把试验台旁边的衣裳给他披上，把暂时的帝国元帅重新收拾得一丝不苟。在这个过程中，他一直睁着眼睛，眼珠有时候会跟着她的动作游走，更多的时候是呆呆看着远方。

咕噜噜——

宛籽的肚子不合时宜地叫了起来。莱格修斯的眼睫颤了颤，呆滞的目光落在声音的源头上。

宛籽顿时红了脸，不好意思地干笑：“那个……我只是有些饿……”从上飞船到现在为止，她除了那一块恶心的生肉，别的还什么都没有吃过，早就饿得前胸贴后背了。

也不知道是不是巧合，就在她的话音刚刚落下之时，舱门徐徐打开，一个虫族人手里捧着一个小盒子走进舱室内，把盒子轻轻放在了地上。

“你最好不要出去。”忽然，那个虫族开了口。宛籽惊讶地抬起头，这才发现眼前的虫族居然是那天相遇默默潜逃N人组之一。

他长得孔武有力，却在她的目光下别扭地移开了视线，僵硬道：“你放过我一次，我也帮你一次。”

“为什么不能出去？”宛籽问他。

虫族道：“最近战场上我们伤亡很多，长老们觉得亚瑟大人是伊克斯佩特星的奸细，所以正在对他进行审判。”

“……可他不是为了虫族背叛了母星吗？”

虫族道：“就是因为这个，长老才不会完全相信他。总之你最近别出去就好了。”

“……谢谢你的提醒，还有食物。”宛籽眯眼笑起来。

那个虫族仿佛做了亏心事一般，又落荒而逃了。宛籽端着他留下的食物盒子，在开与不开之间徘徊了很久，最终理智战胜了情感，她打开了盒子。

盒子里的情况要比她想象中好很多，不是鲜血模糊的生肉，甚至不是过期营养剂，而是一些浆果与新鲜的叶子。这些都是她在基因研究所的时候喜欢下咽的食物，没有想到会在虫族的飞船上再次见到。

“莱格修斯。”宛籽望着盒子里的食物，对着空气轻声道，“你说，亚瑟有没有可能把遥控器放在指挥舱？”

莱格修斯安静坐在实验台上，没有任何回应。这本来就是意料之中的。宛籽叹息着，抓了一把浆果胡乱塞进嘴里，一阵咀嚼，酸甜的口感在她口中弥漫开来。许多过往时光里的记忆在她的脑海里一幕一幕闪过。一盒浆果与蔬菜很快就下肚。宛籽回到莱格修斯的身边，凝望着他面无表情的脸。

“你这样子，其实看起来挺笨的。”她伸出手，抓住莱格修斯的脸颊轻轻捏了一把，“不过，还是很好看。”

宛籽咽了一口口水，俯身上前，轻轻地在莱格修斯的唇上印了一个吻。他的唇齿微凉，还有一些干燥。她用舌尖轻轻描绘他的唇线，试探性地伸进一点点，触碰到了他的牙齿。

“浆果……挺好吃的。”宛籽把气息送到他嘴里，企图打动他松开牙齿。按照伊斯小仙女似的口味，莱格修斯本尊应该是很喜欢浆果的味道的，意识没了，味蕾不知道退化没？

她笨拙地舔舐着他的唇齿，感觉自己的身体也有些热了起来。可惜，莱格修斯还是一动不动。他睁着眼睛，平静的目光望向宛籽，好似一台没SIM卡的手机面对拨号的场景，如果他会说话，大概会问：你在做什么？

宛籽自己的气息已经乱了，看见莱格修斯毫无反应，顿时气得用力咬了一口他的嘴唇。

“蠢死了！”她咬牙骂。浆果的香甜味道从唇齿边溢出来，莱格修斯的眼睫忽然颤了颤。

……哎？宛籽退开一些距离，气喘吁吁地看着莱格修斯。

前任帝国元帅正乖巧地坐在试验台上，眼神空洞，皮肤苍白，金色的长发柔顺地披散在身周，精致得如同一尊玩偶。

虽然看起来毫无反应，可是……

“……莱格修斯？”宛籽试探性地叫他的名字。她试探性地伸出手，触碰到他的胸口。刹那间，指腹下传来激越而又凌乱的心跳，毫无遮掩地表达着它主人的情绪。

也不是完全没有反应啊！宛籽低头笑起来，与其说没有反应，不如说是被禁锢在了呆瓜模式的机器里无法回应，这样的莱格修斯，某种程度上看还真是意外地可怜又呆萌。

“你其实，偶尔能够听到我说的话吧？”宛籽抚摸他柔顺的金发，感觉自己心中的恶趣味小人正在跳舞。

莱格修斯的眼睫微微颤动，耳尖也泛起微微的红。宛籽拨乱他的头发，又亲了亲他的眼睛，低头嘀咕：“算了，糟蹋过了就算回本……”

如果亚瑟现在真的在被虫族长老们审问，那现在应该是偷到莱格修斯身上的“遥控器”的最好时机。虫族这破飞船，看起来都快被淘汰几千年了，她要去指挥舱应该……并不难？

宛籽深吸一口气，临走又回头看了一眼莱格修斯。

“我一定争取活着回来。”她低声道。莱格修斯小仙女露出一个机械式的疑惑表情。

“……蠢货！”宛籽犹豫了一会儿又跑回他身前，抱住他的脖颈，用力啃在他的嘴唇上！

“再回一次本好了……”

反正，也不知道能不能活着回来。托了不知名虫族仓皇离去的福，不仅掉落食盒一枚，还有一件斗篷。宛籽个子小，披上斗篷几乎跟虫族没有什么区别。就算是这样，宛籽还是紧张得脚步僵直——虫族人嗅觉灵敏，还喜欢吃肉，她要是被发现图谋不轨是会被撕成碎片加餐的吧？

不过很快，宛籽就发现自己的担心是多余的。昏暗宽敞的舱道上来来回回的虫族巡查队根本连余光都没有分给她，他们自然而然地尖笑打闹，自然而然地向她投来好奇的目光，然后自然而然地路过——

他们是根本就没有发现她是异族，还是根本就没拿她当回事？

宛籽瞠目结舌。也是，还处于武力决定社会地位的虫族，谁会对一个移动的食物感兴趣……

“嗨，宛籽！”角落里探出一颗毛茸茸的脑袋。

宛籽：……

小虫咧嘴露出尖锐的牙齿：“我偷看到亚瑟在偷看你的身体报告，原来你已经有二十多岁那么老了啊！”

宛籽：……

小虫龇牙咧嘴笑：“我十二岁。”

宛籽：……虫族的性格真是傻缺的共性中又带着千奇百怪的差异性啊！

宛籽摘下已经没有意义的斗篷，面无表情地道：“我可以活一千年。”

虫族平均寿命两百岁，身为一半血统的伊克斯佩特星人，论寿命她可以无压力碾压虫族。十二岁和二十岁根本没有可比性。

小虫不笑了，脸上甚至露出了同情：“F 级战斗力，很辛苦吧？”

翻译：作为一个废物还要像王八一样活一千年，一定很煎熬吧？

小虫圆溜溜的眼睛白嫩白嫩的皮肤，看起来就像一只无辜的包子。而这只包子的目光中写着赤裸裸的同情，他是认真在怜悯一个废柴千年的磨难。

宛籽看了只想掀桌。她攥紧拳头，头也不回地朝远处走。

“喂宛籽——你要去干什么呀？”

“那个方向是指挥舱，现在指挥舱没人——”

“喂喂喂——”宛籽抓狂地捂住了耳朵。迄今为止，她遇到的虫族中最像虫子的就是这个叫小虫的神经病虫族！

光捂住了耳朵还不能完全隔绝小虫的干扰，因为很快小虫就飞过她的头顶，悬空挂在了她面前。

“那个，零号在跟着你。”倒挂着的小虫伸出手指头，指向她的身后。宛籽的心里一惊，猛然回头，果然看见舱道的尽头远远站着一个身影。

“莱格修斯？！”她慌忙跑了回去，“你怎么跟着我？你是不是恢复意识了？你……”

她看见了他空洞的眼神，一腔热血瞬间熄灭。他并没有恢复意识。事实上恢复意识的莱格修斯根本连抬手指头的力气都没有。

“你……”宛籽本能地想让他回去，因为前路太过渺茫，可是现在她却改变了主意。她之所以没带他是因为他现在是傻瓜模式，她没有信心能够完全指挥他。而现在他自己要跟来的话，或许反而多了个战斗力。

不过，这一切会不会是巧合呢？他其实并没有跟着她？宛籽试探性地朝前走了几步，莱格修斯没有动。她又走了十几步，回过头，发现莱格修斯还是没有动。但……他站立的位置显然移动了。

宛籽装作若无其事地走了十几步，猛然回头——莱格修斯面无表情站在不远处，依旧没有动弹——然而位置确确实实地靠前了，不是幻觉。——这是什么情况？一二三……木头人吗？

宛籽放弃沟通，专注朝指挥舱前进。随着她的脚步，莱格修斯迅速地变换着自己的位置。路过的巡逻队的每一个士兵都对小虫报以崇敬的目光。

小虫宛若一个老大一样，趾高气扬地点点头，等巡逻队过去之后他又飞到宛籽的身旁，扇动着小翅膀嘀嘀咕咕：“宛籽宛籽，你对他做了什么？教教我啊，这样我就可以把他拐出去打架了！”

宛籽：= =

“教教我啊教教我啊……我可以教你打架，把你从F级培养成D级怎么样？”

宛籽想起了灰叶，心脏隐隐抽痛。指挥舱近在眼前，宛籽面对着操控区犹豫着下不了手。她这短暂的一生，其实仔细想来最害怕的既不是虫族也不是伊克斯佩特星人，甚至不是地球末日，因为那只是一瞬间就过去了的事情……她最害怕的其实一直是警报声。不论何时何地，警报声永远意味着危险、灾难、逃亡、死亡，她对它的恐惧已经到了生理反应的地步。

她不知道自己在这艘飞船上的权限，能够安全通过之前的舱门可并不代表着她能安全进入指挥舱。只要她的指头一旦触碰到按钮……

小虫看看宛籽，又看看操控台，皱起眉头：“慢死了！”他伸出手指，用力对着操控台一戳。“嘀——”微弱的电流声响起后，舱门缓缓开启。

“进去啊！”小虫催促，“刚才巡逻组在里面喝酒，不过应该已经结束了吧。”

“你们……人人能进去？”还能在里面喝酒？宛籽哆嗦问。

“当然啊，这是虫族的飞船！”小虫不耐烦地把宛籽拖进了指挥舱。虫族的阶级体系虽然有严格的区分，但是基本上是按照生理结构区分的不同工种，而在同一个工种——战士体系中，将军与士兵并没有任何阶级上的差异，甚至可以根据作战实力轮岗。

真正走进指挥舱后宛籽才觉得自己的阶级思想……真是庸俗到家了。宛籽进入指挥舱后，木头人莱格修斯也瞬移到了舱门口。宛籽黑着脸把他拽进了指挥舱。

“真神奇啊他居然不反抗！”小虫搓搓手，兴奋地围绕着莱格修斯上下飞，“零号？零号喂？零零零号号号？”

宛籽没有工夫跟着一大一小两个蠢货磨叽，她迅速在指挥舱内搜寻可能是“遥控器”的东西。虽然是大海捞针，但这总好过坐以待毙。

遥控器应该是长什么样呢？莱格修斯手上的金属环大概是电子脉冲或者是可人工操控的辐射款，参照之前伊克斯学院入学考试的那只制造幻象的人鱼装置的话……遥控器很可能只有非常简单的启动关闭装置？那会是什么样的呢？像空调遥控器？还是应该跳出地球思维……

虫族飞船的指挥舱一片凌乱，根本就是一个杂物间。宛籽面对里头的各式奇怪的器具，实在是千头万绪无从抓起，好不容易找到一个看起来是陈旧徽章的奇怪装置，她把它翻了过来，摸索着朝莱格修斯身上比画了一下。

毫无作用。又找到一个开关，还是毫无作用。

——为什么这么多杂物！

“你在找什么？”小虫终于勉为其难从他的“命定对手”身上抽回了注意力。

“想找一些能给他治疗的东西。”宛籽并不敢告诉小虫实情，毕竟他是一个纯种的虫族。

“不用治疗的，”小虫道，“他只要在修复液与延缓剂的作用下保持傻瓜模式下，伤口就会自己愈合了！”

……傻瓜模式。宛籽汗涔涔想，这真是一个合适的定位。

小虫绕着莱格修斯又飞了一圈，叹息：“不过长老们老是唤醒他去作战，真是很讨厌，他好像一直都伤痕累累的。”

“唤……醒？用什么唤醒？”宛籽抓住了重点。

小虫眨眼：“用尖端。”

宛籽迅速抓住了小虫：“尖端是什么？在哪里？在亚瑟的身上还是在指挥舱？”

小虫一脸莫名其妙：“那么重要的东西，当然不在指挥舱，更不可能给亚瑟那个伊克斯佩特星叛徒。”

“那它在……”

“在长老身上啊！”小虫答得理所当然。

废话如果不好好保管，谁知道零号会不会忽然发疯屠了整艘船的战士？

宛籽终于明白为什么莱格修斯可以跟着她走到指挥舱都没有任何人阻拦，因为他现在已经沦为一件完全可控的人形兵器。

怎么办……她感觉头痛得快要裂开来。如果不能偷到遥控器……忽然间，指挥舱的舱门又重新开启，一个高大的虫族身影跌跌撞撞冲了进来。

“老大！”那个壮年男性叫小虫，“亚瑟与长老起了冲突！”宛籽跟着虫族巡逻组抵达飞船的竞技场的时候，亚瑟与虫族的冲突已经激化已久。竞技场上虫族战士们每一个都严阵以待，三个长老们站在竞技场前端高高的看台上，漠然地看着场上的冲突。

“我们不能相信他！他参与过四千年前的大屠杀！”

“对！他骗我们说可以跟我们合作，事实呢？我们已经死伤了很多族人！”

“杀死亚瑟！杀死亚瑟！”带头呐喊的虫族战士们激情澎湃，他们掀了斗篷，露出自己健壮的四肢，身后的翅膀飞快地扇动着，仿佛随时都会冲上前去与亚瑟拼杀。可是亚瑟在哪里呢？竞技场里明明到处是黑压压的虫族。

小虫焦急地拨开人群朝前走：“让、让、让、让开——”

宛籽匆匆看了一眼竞技场入口，发现莱格修斯并没有踏进来，悄悄松了一口气。

也好，远一点，安全一点。她跟在小虫的身后，七拐八绕朝前进。虫族战士们一个个龇牙咧嘴，回头看见身后推搡的是小虫，又换上了一副嘴脸，乖乖地让出一条道来。就这样宛籽几乎没有花费什么力气就挤到了人群最中心，终于看见了亚瑟。

亚瑟被围在了竞技场的中央，身上的斗篷已经破了好几道口子，蓝色的短发被汗水濡湿，凌乱地粘连在脸颊边。他的形容看起来非常狼狈，湛蓝的眼眸中却没有一丝慌乱。他没有看身旁张牙舞爪的虫族战士，只是抬起头冷冷盯着看台上的虫族长老，眼眸中没有一丝生机。

“杀死亚瑟！”

“不能让他活着！”带头的虫族战士们仍然在叫喧。

宛籽身旁的虫族显然更为冷静，他们是以小虫为代表的中立党，没有跟着叫嚷，却也没有站在亚瑟的身旁，不少人环抱着手臂看得津津有味，眼里赤裸裸地写着“怎么还不打起来”？

“他们在做什么？”宛籽小声问小虫。

小虫兴冲冲道：“审判。”

“……什么是审判？”

小虫道："如果超过二分之一的战士认为某个人不可信，那么那个人就要通过虫族的公开审判。"

"如果没通过审判会怎么样？"

"会被吃掉呗。"小虫云淡风轻。

"……"宛籽忽然有些同情亚瑟。

他背叛故土与族人的时候，想过今天会是这样的场景吗？终于，在吵闹声把整个竞技场掀翻之前，站在看台上的虫族长老一号伸出了手。

刹那间，竞技场里十分安静。宛籽暗暗惊讶，心情有些沉重——虫族拥有昆虫最大的优势，服从性与执行力。同阶层百无禁忌，跨阶层唯命是从，只要长老一声令下，这空间里所有的战士都会如同蝗虫过境一样冲向敌人——她真的能够带着莱格修斯从这里逃出去吗？

站在中央的长老一号微微向前一步，苍老的声音在竞技场内回荡："我亲爱的战士，提出你们要审判亚瑟的理由。"

底下的战士们面面相觑，第一个战士站了出来，声嘶力竭地吼："四千年前，亚瑟跟着万恶的洛迪一起，毁灭了翼都！"

第二个战士上前："伊克斯佩特一战，虫族伤亡惨重，亚瑟他并不具备行军作战的能力！"

第三个虫族战士是一个健壮的青年，声音洪亮，掷地有声："我是一个战士，我无法相信亚瑟！因为他是一个背叛者！"

这个虫族战士的发言，让所有人的神态都凝重了起来。小虫的脸上掠过不屑。宛籽看着茕茕孑立的亚瑟，在心底叹息。

没错，比起心思复杂的伊克斯佩特星人，虫族人更像是天生的战士。他们团结，单纯，崇尚武力，不畏牺牲。对于这样的一个种族来说，一个背叛母星与族人的战士，远比一个杀人屠城的杀人魔要来得更加让人唾弃。

长老一号把目光投向亚瑟："亚瑟·柯博特，虫族的盟友，虫族愿意倾听你的辩解。"

亚瑟轻描淡写道："如果我没有记错，三千年前到两千年前，虫族占领区被伊克斯佩特帝国侵吞了十分之九。

"一千年前，鹿角星系，虫族仅剩的十分之一战斗力又因为基因武器的扩散化而折损百分之八十。

"我如果想要歼灭虫族，只需要——等待就好了。"

亚瑟眯起了眼睛，仰头看着三个虫族长老。他身上的斗篷凌乱破旧，目光散漫，一个人面对着虫族的几百人甚至上千人。

宛籽看着亚瑟，发现自己的同情真是多余的。他根本就不狼狈，他只是站在那儿，却连头发丝都能透出傲慢来。这是典型的伊克斯佩特星人特征，他们每一个人都或多或少带着高傲。只是亚瑟平常一直是笑眯眯的，她几乎忽略了他本质上也是一个战士。

场面就此陷入僵局。虫族战士的脑容量并不够思考“对哦他没必要专程陷害虫族”“可是他为什么要背叛自己母星”这种复杂的问题，他们暴躁地在原地等待。智慧特长型的虫族长老们面面相觑，最终长老一号道：“既然是关于忠诚，那就由荣耀来判别。”

一句话出，虫族战士们热情澎湃！小虫又搓了搓手，激动地要冲上去，结果被宛籽一把拽住。

“你干吗！！”小虫愤怒地回头。

“什么是荣耀判别？”宛籽问。

“打架啊！”小虫气急败坏。说话间，已经从人群中走出三个孔武有力的虫族战士，分别站在了亚瑟的三个方向，把他团团围住。

小虫失望地“啊”了一声，身后的翅膀耷拉下来。

3VS1，战斗瞬间启动。

虫族以敏捷著称，三个虫族战士在空中合力攻击，几乎包抄了亚瑟反击的所有死角。亚瑟张开背后的翅膀，扫视了一圈四周，用翅膀抵挡开射向他的一箭，利用这攻击的间隙一跃而起！

这一场战争注定不公平。三个虫族拥有三件冷兵器，而亚瑟能用的只有他自己的金属翅膀。他在虫族的包抄中闪躲，身子敏捷，丝毫不逊色于虫族。过了一会儿，虫族战士的动作明显焦躁了起来，配合也逐渐开始失去天衣无缝的完美……

也许破绽只有万分之一秒，而他抓住了这一瞬间。电光石火间，一直躲闪的亚瑟忽然纵身在地上翻滚了一圈，又骤然起跳，抓住了一个躲闪不及的虫族的翅膀，把他拽向自己的胸前！下一秒，那个虫族被族人的箭射中，失去反抗能力。亚瑟拔下他胸口的箭，飞向第二个虫族，举箭划破他的脖颈，直接穿向第三个虫族的胸口！

最后一个虫族惊惶后退，重重砸在地上。

亚瑟收回架在他脖颈上的箭，冷眼看着虫族长老。他道：“审判结束了吗？”

一瞬间，竞技场万籁俱寂。

“结束了吗？”亚瑟又问了一遍，这一次他问的是周围的战士。他的手上仍然握着那一支几乎要了三个优秀虫族战士的箭，箭上沾满了虫族的莹绿色的液体。那是虫族的鲜血，它正一滴一滴往下滴。

亚瑟高傲的目光掠过每一个前排的虫族战士，终于落到了宛籽的身上，他微微一怔。宛籽匆匆低下了头。她以前从来没有看见过亚瑟真正动手，她只知道他是一个科学家，可是现在看来……远远不止。

看台上的三个虫族长老互相交换了眼神，一号长老缓缓道：“作为战士，你的出色得到了虫族的认可。”他的目光淡淡掠过亚瑟的脸，“不过作为虫族的朋友，你还需要证明你的忠诚。”

亚瑟冷笑：“怎么证明？”

一号长老道：“与零号决斗，并毁了零号，虫族就相信你的忠诚。”

亚瑟皱眉：“零号是最出色的武器，你这样做是最愚蠢的行为！”

一号长老幽幽道：“虫族的荣光，绝不会建立在异族战士的箭下。”

骄傲如虫族，怎么会在意一个已经没有意识的敌军元帅？亚瑟终于微微变了脸色。

“选择降落目的地。”一号长老从脖颈上摘下一枚挂件，缓缓举到身前。其余两个虫族长老分别从脖子上取下了一枚挂件，各自举过头顶，眨眼间，三枚挂件一起悬浮了起来。

宛籽终于看清了那三枚“挂件”的模样，它们是一黑一白一青三颗石头，似是相互排斥又像是相互吸引，悬浮在空中如同萤火虫一般旋转徘徊，最终相合成为一个并不接触彼此的整体。

——那就是“尖端”！

宛籽激动得手脚颤抖。此时此刻飞船正在前往附近的小行星，为亚瑟与莱格修斯提供最好的决斗场地。

如果亚瑟赢了，并且杀了零号，他将再次登上虫族飞船，并且作为新任的将军，传达长老命令。而如果他输了……虫族飞船将会用最猛的炮火，把莱格修斯这一个不安定因素炸成碎片。

这是一个千载难逢的机会。也是一个九死一生的机会。过不了多久，飞船降落在附近的一颗小行星上。亚瑟在虫族巡逻队的押解之下第一个下了飞船，紧接着是被金属环操控着迈动着机械步伐的莱格修斯，最后是摩拳擦掌的虫族战士。宛籽压低了斗篷跟在人群的后面，原本想要浑水摸鱼降落，谁知刚刚到飞船出口，虫族战士们纷纷停下了脚步。

小虫又在悄悄搓手，他刚刚张开翅膀，就被一个高壮的身影拎了起来。

“谁！找死啊啊啊——”小虫挣扎。

“不准下去。”苍老的声音响起。

小虫的表情一僵，顿时蔫了。宛籽感觉自己的冷汗一下子濡湿了脊背，因为站在她身旁拎起小虫的是虫族的长老。

——该不会被、被发现了吧？

“我也不建议你下去。”那个苍老的声音在宛籽的头顶响起。随后力量把她的斗篷帽子摘了下来，顺势挑起了她的下巴：“孱弱的小家伙，”

“我……”宛籽呆呆看着眼前的长者，不确定自己是否在他的灰色眼眸中看到了友善。一号长老微笑道：“你可以待在飞船上等到经过宜居星球的时候再离开，不用冒险逃跑。”

他竟然早就知道她一直偷偷跟在队伍后面？宛籽呆呆看着一号长老。

——她摆明着就是伊克斯佩特星出品，这个虫族长老他真的知道自己在做什么吗？虫族长老仿佛把她的想法尽收眼底，眼底的笑纹更加深了。

他道：“天生战士从不滥杀弱者。”

他温柔地看着宛籽：“更何况不论多弱小的生命，都有存在的意义，生命并不是用来挥霍的。”

飞船之下，大战一触即发。所有的虫族战士都已经回到了竞技场，那里有全息的投影设备能够更清晰地展现他们作战的每一个细节，只有宛籽与三个长老还站在飞船的出口，聚精会神地盯着底下的生死对决。

为了配合虫族的作战习惯，亚瑟只用一把佩剑与莱格修斯殊死搏斗，身形之快，几乎用肉眼难以捕捉。宛籽从来不知道亚瑟也拥有如此迅猛的行动力与身手，他就像一道闪电，每一剑都直刺莱格修斯的心脏，每一次防守都精准地保护住自己要害。渐渐地，两个人的速度都慢了下来，莱格修斯的身上渗出了血液，把胸口的银色铠甲缝隙染成了红色，他的脸色几乎在以肉眼可见的速度变得苍白。

忽然，莱格修斯的动作在空中一顿，身体似乎失去控制一样摇摇坠坠起来。亚瑟的剑在那一瞬间斩断了他半截翅膀。

莱格修斯直直坠向地面，落地的刹那尘土飞扬。

亚瑟的剑如影随形，直接戳进了他的胸口！

“莱格修斯——”宛籽顾不得有没有阶梯，直接冲出了飞船，一步跳了下去！她并没有落下，因为一号长老在最后一秒抓住了她的衣领。

“放开我！”宛籽用力挣扎，滚烫的眼泪滑过脸颊。她从来没有像此时此刻这样憎恨自己，除了像一个废物一样眼睁睁看着伊克斯佩特帝国梦想破灭，破军号被毁，看着伊斯与灰叶赴死，看着所有美好的事物一样一样破灭在眼前，她还能做什么？还能帮到谁？

“你并不具备战斗力，亲爱的孩子。”一号长老轻缓道。

“放开——我必须去陪着他，我一定要下去！”

“即使你会面临死亡？”

“就算死一千次一万次！”宛籽吃力地扭过头去看地面上的战况——亚瑟仍旧保持着原有的姿势，屈膝跪在地上，手持佩剑插入莱格修斯的胸膛。他仿佛也成了机械，良久，终于缓缓站起了身，凝视着自己的双手。然后，他抬起头，望向飞船所在的方向，目光中带了罕见的茫然。

一号长老与身后的两位长老交换了目光，淡然地道：“通知全船，准备迎接虫族的新任将军。”

“莱格修斯……”宛籽仍然被提在空中，眼睁睁看着亚瑟登上传送装置，缓缓地升到空中，来到飞船的入口处。他踏上飞船，目光四顾，最终落在了宛籽的身上。

“宛籽。”他轻声叫了一声，带着一丝茫然。

“将军，你该去指挥舱了。”一号长老的声音肃穆而又庄严。亚瑟如梦初醒，缓缓地踏入飞船，前进了几步又回头，目光锁定宛籽却什么都没有说，只静静凝望了一会儿，就转身踏入了前方的舱门。

“至于你，孱弱的小家伙，虫族尊重你的选择。”一号长老轻缓地放下了宛籽，“你可以下船，去陪伴他走完生命的旅程。”

“你们真的……能兑现愿望吗？”宛籽轻声道。

“你想要什么？”宛籽揉了揉眼睛，轻声道，“我想要它。”

“尖端？”一号长老叹息，“这只是帮助他休憩与开启杀戮模式的道具，它对他的生命不产生任何作用。”

“我知道，所以我要它。”

“那你的理由？”

“他是一个骄傲的战士。”宛籽颤声道，“骄傲的战士，不应该在混沌中死去。”

虫族长老终于给了宛籽一个正眼。良久，他才缓缓道：“虫族尊重你的选择，如同虫族尊重莱格修斯·伊克斯元帅。”

虫族飞船重新起飞，很快就消失在苍穹尽头。宛籽跪坐在莱格修斯的身旁，紧紧握着脖子上系着的“尖端”，目送虫族飞船离开。

猛烈的风从远处吹来，吹动草木翻飞，大雨将至。宛籽哆嗦着在莱格修斯身边躺了下来，仰头望向变化莫测的天空。

“快下雨了，莱格修斯。

“你什么时候……醒过来？”

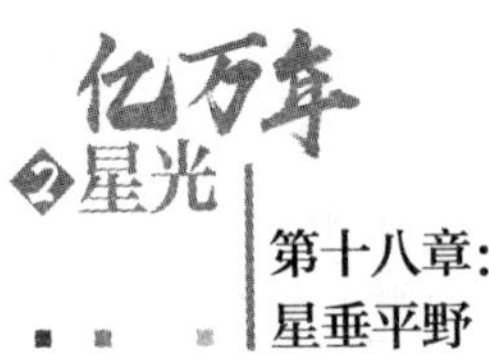

第十八章：星垂平野

在暴雨来临之前，宛籽把莱格修斯拖到了避风的石头旁，又从远处找到了一片硕大的叶子，盖在自己与莱格修斯的头上，就像一把伞。随后一场大雨瓢泼而下，狂风席卷飞沙走石，整个世界都成了半透明的颜色。

宛籽坐在莱格修斯的身边，紧紧依偎着他。她看不清这苍茫天地间的所有事物，只是依稀发现周遭的景色似乎在发生微妙的变化。过了一会儿，雨势渐小，她看见就在莱格修斯与亚瑟决战的黄沙地上长出了鲜绿的嫩草。

一场大雨终于停歇，整个世界焕然一新。那些草木几乎以肉眼可见的速度探出脑袋，伸长身体，在明媚的阳光下缓缓舒展自己嫩绿的腰肢，斑斓的花朵倏而绽放，随风摇曳起来。

……天哪。

宛籽不敢相信自己的眼睛。她不可置信地丢了头顶的叶子，试探性踏上新生的草地。每走一步，脚底都传来细草抚过的柔嫩触感，空气中传来泥土与草木混杂的芬芳。

这下的到底是雨，还是生长剂？是生命，还是自由？

宛籽在草地上来回行走了几步，背后忽然一阵焦灼。她回过头，对上了莱格修斯的目光。眨眼间，他身后的巨石上已经爬满苔藓，绿色的苔藓中夹杂着许多细白的小花，柔弱的花朵在风中轻轻颤抖。莱格修斯就倚坐在那些新生的生命上，眼神虽然依旧迷茫，却是真真实实地活着。

宛籽呆呆站在他面前静默好久，忽然蹲下了身，哭了出来。

宇宙如此广阔，而生命何其渺小。小小一只蝼蚁想要遇见你，竟需要经历那么多次生死考验。宛籽在心里也下了一场雨，绵延不绝的雨几乎要把她的灵魂都浸湿了。眼睛只是小小的一个出口，哭完后恐惧与彷徨也随之消退。

可悲的是擦干眼泪，她依旧是那个“伴侣变成傻子了怎么办，急，在线等”的倒霉蛋。

“你饿吗？”哭完一场，宛籽啜泣着问莱格修斯。莱格修斯的眼神依然空荡荡。

“我们必须先离开这里，去更安全的地方。”宛籽轻声对他说。她不管莱格修斯听懂了没，她一只手抓着莱格修斯的手腕拉着他往前走，另一只手握紧了脖子上系着的“尖端”。尖端总共三枚，她从一开始就拆了一枚下来，系在手腕上。从刚才她就已经暗暗下定决心，除非是生死关头，她绝不会唤醒莱格修斯的杀戮模式……

就这样，宛籽与莱格修斯进入森林。森林中草木旺盛，令人叹为观止。草木比莱格修斯还要高，树木更是参天，所有的植物比常规尺寸起码放大了几十倍。宛籽拉着莱格修斯穿梭在森林的细草间，如同置身于芦苇荡。

终于，无边无尽的草木到了尽头，一片裸石露了出来。裸石前方是一个宽广的湖泊。宛籽兴奋地跳了起来：“看！水源！”

水是生命之源，这在宇宙中几乎是通用的定律。宛籽把莱格修斯拉到了水边，指着水边的岩石道：“坐下。”

莱格修斯一动不动。怎么不太听话了呢？病情恶化了？宛籽又焦躁起来，紧张地查看莱格修斯的眼睛——很快她就发现，莱格修斯并不是没有反应，他只是、被她身上的什么东西吸引了？

嗯？脸上……有什么东西？宛籽摸了摸自己的脸，只摸到了一片冰冷。

她的头发早上刚才穿过那一片湿漉漉的草丛，早就已经湿得彻底。晶莹的水滴挂在刘海儿上，正一滴一滴往下滴着水。

——可是这有问题吗？她正疑惑，忽然看见莱格修斯缓缓地举起了手，颀长苍白的指尖落到了她的脸颊旁，轻轻触碰。

莱格修斯的目光没有焦距，身体却凑近了一些。指尖在触碰完毕她的脸颊后又收了回去，被他放到自己的唇边，伸出舌头舔了舔。

宛籽：……

她还没有反应过来，莱格修斯的指尖又接了一滴她眼睫上的水滴，送到了自己的嘴边轻轻舔舐。

宛籽她被雷到了！

不带智商的帝国元帅此时此刻如同小鹿斑比一样眨着纯良的眼睛，做着这种在地球人看起来相当……情色的行为，简直就是晴天惊雷！

“你你你……”宛籽踉踉跄跄往后退，耳边仿佛有八百只虫子在扑腾着翅膀，血液冲上头顶，整个脑袋快要炸裂开来。忽然，她脚下一滑，整个身体朝后倾倒——

“扑通”冰凉的水一瞬间涌入口鼻耳朵，她彻底冷静了。

“阿嚏——”宛籽狼狈地坐在河边，含恨看着罪魁祸首。前任帝国元帅乖巧地坐在刚才她指定的裸石上，用毫无感情的目光看着她，仿佛刚才的一切都和他毫无关系。——好吧，关系的确不大。

是淫者……咯，见淫。但是也脱不了干系！宛籽咬牙切齿地想，他到底是真没意识还是假没意识？可是看见他已经干裂的嘴唇，她又忍不住心疼了起来“刚才路过草丛的时候只要张开嘴巴就是水流如注啊，他难道一滴水都没喝？

算了，不跟木头人计较。宛籽折了湖泊旁的树叶，折叠成杯子的形状，舀了一捧水，在他面前一饮而尽。

“喝水。”她教他。然后把另一杯水递给他。莱格修斯握住了绿叶杯，却不动，任凭宛籽如何示范都不照做。宛籽试探性地把手里的绿叶杯丢了出去：“扔掉。”

莱格修斯马上学着他的动作，利落无比地扔了杯子。

宛籽的脑海中忽然灵光一闪，又用双手捧了一捧水，小心翼翼递到他的嘴边，慢慢倾倒——这家伙终于张开了口，顺从地把水咽了下去。

宛籽：……好吧，这厮是不进来路不明的食物。她默默朝天翻了个白眼，小样儿，警觉性还挺高……

宛籽来来回回接水数次，大致上了解了莱格修斯如何区分“来路清晰”和“来路不明”：凡不同器具里装着的，都是来路不明，只有与她相关的才能勉强入口，包括且不限于叶子、衣服及一切所有物品。

企图用自己的衣裳替他包扎伤口未遂的宛籽，默默叹息。现在有一个至关重要的问题是，她为了查看伤口，把莱格修斯身上的衣裳扒干净了，并且为了消毒她还清洗了他贴身的衣裳。

然后莱格修斯这木头笨蛋，他不认识自己的衣裳了！

他竟然不认识了！！

他拒绝穿回去！！！

穿衣未遂的宛籽：……

总不能，光秃秃地直接穿铠甲吧？他的身体苍白，胸口的窟窿血肉模糊的，看得她心惊肉跳。虫族科技落后，铠甲就是简单的金属片制成，直接穿也不知道会不会重新刺到伤口……

“你的身上有伤，衣服可以减少细菌。”宛籽细心教育智商下降为机器人的莱格修斯。莱格修斯面无表情地目视前方。

“不穿衣服，是耍流氓。”宛籽从喉咙底挤出干涩的字眼。莱格修斯毫无反应。

“……你乖。”宛籽抓着衣裳，准备偷袭。莱格修斯似乎有所警觉，身体做出了攻击的姿势。

宛籽：“……好吧，你赢了。”

宛籽叹息，她在湖边翻翻找找，从一些树洞里找出了干燥的树枝，学着从前在电视上看过的模样钻木取火。事实证明，地球的荒野求生电视剧省略了钻木取火的中间过程，她从开始搓动木棍到火星真正地把干草点燃花费了漫长的时间，到后来，她的手指红肿几乎破皮，才终于点燃了一堆篝火。

篝火旁，莱格修斯单纯地看着。宛籽揉了一把咕咕叫的肚子，不怀好意地望向了附近的湖面。刚才掉下去的时候，好像依稀看见了一些活物——并不大，看起来只是小型水生动物。只要不去湖心，应该不会遇到什么怪兽？

她小心地踏进湖面，睁开眼睛扫视一圈，果然，水底慢悠悠飘荡着一些柔软的肢体，看起来像海葵，抑或是珊瑚？

——会不会有毒？这个疑问只在宛籽的脑海中存在了一秒，马上烟消云散。基因强悍如伊克斯佩特星人，早就已经百毒不侵了。只要他们愿意，甚至可以学虫族那样做个粗暴的食肉动物。中毒？开什么玩笑！

宛籽抱住了一只活动最慢的倒霉鬼，用力滑动双腿——哗啦——把它抱出了水面！

“莱格修斯——”

岸边的篝火映衬着莱格修斯的侧脸，柔和得如同一幅画。宛籽的心顿时柔软了一片，视线下移，看见了某些……脖子以下不可描述的部位，顿时黑了脸。

“流氓！”宛籽在心底咬牙切齿发誓，一定要把衣服给他全部穿！回！去！

啊啊啊啊——

火堆旁，不明水生生物已经变成了烤串儿。宛籽举着枯树枝，小心地把肉片翻转烧烤，不一会儿，淡淡的肉香就传了开来，细白滑嫩的肉片渐渐分泌出油脂，晶莹透亮。她撕下一小片肉，放到口中尝了尝，眼睛亮一亮。

居然是咸的！而且似乎没有骨头。这颗星球上的水生生物真是生得超有诚意啊！宛籽兴冲冲塞了几口，挑选了一块颜色品相最好的，塞到莱格修斯的口边："吃。"她言简意赅。

机械版莱格修斯看都没有看一眼，直接张开了口把肉片吞了进去，没有咀嚼，直接咽下。

宛籽：……应该也不会消化不良吧？话说回来，他都已经这样了，呃，胃还在不在？宛籽被自己的荒谬想法给挠得心痒痒的，借着火光凑近了去看他的伤口。他的伤口依旧是那个陈年旧伤，在肩胛骨与心脏的中间，血肉模糊的一个洞。不过现在这个洞里面的状态倒比上一次看见的时候要好多了，起码并没有再持续流血。

"其实你现在没有意识也挺好，不然肯定很疼……"宛籽喃喃自语。宛籽凑得太近，脑袋一不小心撞到了莱格修斯的下巴。

"哎呦。"她摸了摸头。忽然，她感觉到自己的肩膀一紧。莱格修斯的头颅微微下沉，竟然在没有指令的情况下抬起了手，手臂环过她的肩膀，指尖触碰到她的脊背。好似……一个拥抱。

"……莱格修斯？"宛籽惊讶地推开了他，急急忙忙看他的眼睛，心跳随之加速。他的眼睛是闭合的，眉头痛苦得拧成一团，眼睫微微颤抖。

"莱格修斯！"又过了一会儿，莱格修斯的眉头又舒展开来，长而密的眼睫睁开，露出毫无焦距的淡金色眼眸。宛籽的手捏成拳，又渐渐松开，她几乎要凑到他的鼻尖，仔仔细细盯着他的眼睛。

她的心跳狂乱不止，整个脑海都被疯狂的念头盘踞。刚才，是不是，有那么一秒钟他恢复了意识？莱格修斯当然不能给出解释，他现在的模式就是傻瓜模式，而且还是一个吃货傻瓜。

宛籽一口一口，逐渐把已经烤完的肉片都塞到他嘴里，不知不觉竟然全部喂完了，而莱格修斯看起来……一副没吃饱的样子。

"你这是还饿着，还是只是单纯看着我啊？"宛籽重新准备了烤肉，却甩不掉莱格修斯的目光。这货，好像从她喂了他几片肉之后，就像雏鸟情结似的，目光随时随地跟着她了。她下水，他看着；她切肉片烤肉片，他看着；她把肉片再塞到他嘴边……他终于看着肉。

——会不会撑死啊？对傻瓜版伊克斯佩特星人的胃到底有多少容量毫无概念的宛籽，心里慌慌的。

“好了晚餐结束了！”宛籽在莱格修斯的目光下，无情地把剩下的肉全部塞进自己的嘴里。又在他的目光下，把一旁的干柴统统放进篝火堆里。

“该休息了！睡觉！”她把头埋进莱格修斯的胸口，让自己的身体侧着蜷缩进他的怀里，也不管他听不听得懂，轻声道，“薇妮给我检查身体的时候，在我身上放置了追踪器，过不了多久他们应该会找到我们……

“然后我带你去虫族母星，找寻彻底治好你的方法……

“我……一点都不害怕……”真的，一点也不。也许因为已经经历过最坏的事情，与毫无希望的时刻比，现在的情况其实算是安逸的。莱格修斯他还活着，她也知道应该去往哪里能够找到治好他的希望，最重要的是，此时此刻，他就在她伸手就能触及的地方。

温暖的火焰在湖畔燃烧。莱格修斯坐在火堆旁热浪吹得他的发丝轻轻舞动。宛籽叹了口气，扳过他的身体，抱着他躺倒在柔软的湖边柔软的沙地上。

“……你什么时候才能完全醒过来呢？”莱格修斯一动不动，懵懂的目光落在宛籽的脸上。宛籽心安理得地靠近莱格修斯，迎着他的目光，贴近他的鼻尖，看清了他金色的睫毛。

她本来只是想教他正确的睡觉姿势，现在忽然……不想松手了。反正篝火燃烧完毕还早呢，对吧？而且天色也已经开始暗下来了，而且她也的确需要休息啊……对，就是这样。

老脸通红的地球人宛籽，不承认自己拥有一颗猥琐的老变态灵魂。何况现在明明裸奔的是他这个优雅完美的大元帅，帝国主人莱格修斯·伊克斯，追溯起来，还是穆查理的子爵伊斯·艾伦特，明明是他掉节操耍流氓吧？

冷风吹过，四周温度下降了一些。她看着他。

——反正老夫老妻了，车子都开过了！坚持了一会儿，宛籽又舔了舔自己的嘴唇，眨眨眼，小心地凑上他的嘴唇轻轻咬了一口。

在温暖的火焰旁，心也格外柔软。“闭上眼睛。”宛籽低声道。

莱格修斯乖乖合上了眼。她拥抱住他，轻吻着他的眼睫，偷偷地扯过一旁的衣服盖在了他的身上。终于，成功穿上！

黑夜终于降临。每一颗星球的黑夜都是不同的，这颗星球的外层包裹着非常厚的大气层，夜晚没有月亮也看不见星星。

幸好有篝火静静照着湖畔。宛籽实在太累了，迷迷糊糊睡了过去。她应该是掉进了一个安心的美梦里，身体放松，心情舒畅。她在云端摇摇坠坠不知多久，忽然间如同堕入冰凉的湖底，她全身一抽，惊醒了过来。

篝火已经只剩下火苗。风吹动远处的草木，沙沙作响，其间还夹杂着一些不一样的动静，时有时无。

有动物？宛籽找了一根树枝，轻轻拨开湖边一人多高的野草。毕竟是存在生命的荒野星球，别说是动物了，就算出现高等智慧生物都并不稀奇。那窸窸窣窣的声音仿佛就在远处，从四面八方传来，却没有什么规律。

天实在太黑了，伸手不见五指。宛籽又折回湖边，从篝火里找了一根点燃的树枝，再次拨开草丛。

这一次，她看见了一根黑魆魆光溜溜的……柱子？宛籽举着火把，顺着那根黑色的柱子往上看，只一眼，她全身的鸡皮疙瘩就冒了出来。

那根本不是什么黑色柱子，那是一只腿，蜘蛛的腿。此刻在她身边八个方向有八根一模一样的黑色长腿，长腿在她的头顶上方被一个毛茸茸的大肚子连接，大肚子的前方是一个硕大的脑袋，明明是蜘蛛形状，脑袋上却长出哺乳动物的四根啮齿，看不清的眼睛仿佛已经锁定了她……

宛籽发不出任何声音，迈不开腿，脑海里有一千万个宛籽本尊的灵魂在齐声尖叫——

莱格修斯……她望向远方。远处的莱格修斯并没有感觉到危险，他醒了过来，正站在篝火旁发呆。

宛籽咽了一口口水，独自面对眼前可怖的怪物。她死死捏住了脖子上的尖端，求生欲正拼命催促着她：——只要你把这三枚尖端合成一体，就能马上唤醒莱格修斯的杀戮模式……

——这种小虫子，根本就不是他的对手……

——只要你，摘下手腕上的尖端，轻轻触碰脖子上的……

宛籽眼睁睁地看着蜘蛛弯曲了腿，长满绒毛的脑袋越来越近，她终于看清了，它的确没有眼睛。腐臭味扑鼻而来。

宛籽哭不出来，喊不出声，死死抓着自己的手腕，阻止着求生本能。

……别怕。她在心底拼命安慰自己，屏住呼吸，等着那颗脑袋足够靠近，她用力举起火把戳进了它的嘴里！

“吱——”蜘蛛发出了尖锐的吼声，迅速跳了开去。随着它一出声，一道更大的黑影一闪而过，一口咬下了它的肚子。下一秒，粗壮的腿落在宛籽的眼前。啊啊啊——

宛籽在心底尖叫，双手死死捂住自己的嘴巴，不让自己发出声音。她在地上瘫坐了一会儿，吃力地站起来，一步一步朝莱格修斯走去。

莱格修斯在湖边静静看着她。宛籽的眼泪已经把双手都濡湿了，才终于确定自己不会发出声音，放下了手。她做了个新火把，拉着莱格修斯轻轻沿着湖边走。

果然，漫长的湖岸线是所有动物的补水地点，这颗星球上的巨型昆虫都在夜间走了出来，到湖边觅食，补充水分。它们大多没有眼睛，只靠听觉辨别食物，偌大一个湖泊，既是水库也是餐桌，既是猎食场也可能是坟墓。

相较于那些虫子，宛籽与莱格修斯的体型显然是太小太小，他们无声无息地穿梭在柔软的沙滩上，并不会引起它们任何反应。

这里……果然是虫族星球的野外啊！宛籽战战兢兢路过，心目中积累起来的对虫族的美好印象……风雨飘摇。

啊啊啊啊——宛籽不知道自己究竟硬扛着走了多远，终于，在火把燃烧殆尽之前，她看见了一面低矮的岩石断崖。断崖上裂开了一道缝隙，刚好够两三个钻进去栖身。宛籽紧张地用火把最后的余晖照了照缝隙内部。

很好，干净清爽，重要的是没有虫子。老天可怜啊！

她丢了火把，拉着莱格修斯钻进了缝隙，让他躺在了缝隙里。然后，她自己也小心地缩进他的怀里，轻轻拥住他的臂膀。

莱格修斯。她不敢发出声音，只敢意思一下做了个口型。眼泪很没出息地又流了出来，全部擦到了莱格修斯的胸膛上。真是……差点吓死了啊……

光明再一次降临时，所有的昆虫都消失得无影无踪，湖边又恢复了宁静。宛籽昨夜吓得半条命都没了，早上脑袋还是一团糨糊，迷迷糊糊只觉得自己额头上的刘海儿在被人拨弄，顿时在梦境里被吓得魂飞魄散。

“啊——”她气喘吁吁地惊醒，对上了一双金色的眼眸。莱格修斯苍白的脸上露出了一点点表情，似乎是压抑着无数情绪，最终什么都没说，只是用力地碾压住了她的唇齿。

“宛籽……”他在混乱间含糊地吐出一些断断续续的词，仿佛既舍不得离开她的唇又迫不及待地想喊她的名字。混乱的鼻息相互交融，宛籽的思维还在虫子和腿那边打转儿，混乱间脑海里浮光掠影似的划过些风马牛不相及的事物，比如伊克斯佩特星人的鼻子不早就是装饰品了吗？其实还是能有气息的啊……

她的神经反应慢了好几秒，唇齿交融好久，她终于反应了过来刚才自己听见了什么。莱格修斯，他在叫“宛籽”？

“莱格……”宛籽激动地想要推开他问清楚，可是莱格修斯只是混乱地啃咬着她的唇瓣，他的舌尖趁着她开口的一瞬间溜进她的口中，惶乱、急促、潮湿而又温润……连带着他的气息一起尽数侵占她的一切。他的手在她身上游走，精准无比地挑开她的衣裳，微凉的手抚摸过她的身体，每到一处她反抗，他就稍稍用力咬她的唇。

宛籽手脚发软，身体渐渐发烫，脑海里只有一个念头：小仙女学坏了啊啊啊——

陡然间，一切静止。莱格修斯闭上了眼睛。

宛籽：……

莱格修斯缓缓睁开眼睛，眼神空洞而纯洁。

宛籽：……

傻瓜模式版莱格修斯仿佛感受到了宛籽异样的情绪，从她身上支起身，乖乖巧巧坐正了。

“好的。”宛籽干笑，“我尽量不打死你，毕竟你那么乖。”

僵持间，外头忽然传来一阵机械的轰鸣声。宛籽不敢直接出去，躲在裂缝出口小心看——外面是一艘破旧的飞船，飞船外面印着巨大的Logo，这Logo她很熟悉。

铁锤船长的船！宛籽简直不敢相信四千年后居然还能再相遇！她简直想跳广场舞！！！

带着星际海盗船图腾的飞船徐徐降落在湖畔的空地上。宛籽虽然兴奋，却并不敢轻举妄动，躲在石头缝隙里仔细观察着那个飞船。飞船上虽然的确印着铁锤船长的船队图腾，但是四千年过去了，冷静下来想想，铁锤船长活着的概率几乎为零。那这个印有同样图腾的飞船……

飞船舱门开启，一堆摇头晃脑的蜥蜴走了下来，摇头晃脑，哈欠连天。

带头的弯腰驼背，懒散道：“我说老大，那些八脚怪要晚上才会出来，我们这么……啊……这么早起来干吗？”

跟在他身后的是一只健壮的蜥蜴人，他一脚把前面唠叨的蜥蜴踹出去好远：“打起精神来！废物们！伊克斯佩特星人与虫族打仗正紧，我们下半辈子能不能发财可就看这一票了！”

“……是。”前前后后的蜥蜴人懒洋洋地应。带头大哥把一顶帅气的帽子戴道头上，左右调整：“这票成了让你们吃大餐，还放你们假去谈恋爱。”

“是！老大！！”顷刻间群情激昂。

“女朋友包分配吗老大？！”有人激动问。结果被蜥蜴队长一脚踹飞。

宛籽躲在缝隙里，与他们的距离非常近，近到能够清晰地听见他们在说什么话。她越听越激动，分分钟想要冲出去——没错了，这种猥琐的气场，绝对错不了，是跟地球文化最相近的蜥蜴船长的船队！

“谁在那里！”蜥蜴老大厉声道。宛籽吃力地从石缝里慢慢挤出来，迈着小步子朝他们靠近。本来蜥蜴人已经全员戒备，结果发现“危险”居然是一个看起来比虫族还要小的没有翅膀的肉包骨头生物，顿时面面相觑。

“你是什么东西？”蜥蜴老大叼着烟，吐了个烟圈。宛籽仔细审视蜥蜴船长的脸，老实说要从这堆蜥蜴脸中看出区别就很难了，更何况是看出相似来。她不确定问：“你们是，铁锤星际船队吗？”是的，铁锤船长的海盗船叫铁锤号，帮派名字叫铁锤海盗团，真是毫无悬念。

“是啊，小东西。”蜥蜴老大赤红的眼睛幽幽盯着宛籽，龇牙咧嘴弯腰靠近，吐出危险的芯子，“嘶——”

“太好了！”宛籽无视他猩红的舌头，趁着他弯腰一把揪住他的脖颈，给了个大大的拥抱！

“嘎？”蜥蜴老大的烟掉在了地上，红眼睛里的凶狠荡然无存，只留下一脸茫然。

“你们没团灭太好了！”宛籽不管不顾地拥抱住蜥蜴老大，开心得眼眶都湿润了。四千年前，灰叶与伊斯被捕捉，她被铁锤船长死死捂着嘴巴躲在灌木丛中才躲过一劫。那时候蜥蜴船队的船员几乎全员牺牲了……现在这局面是不是意味着，历史被重置，海盗船队都活了下来？

“等等等——”蜥蜴老大的人生观价值观毁于一旦，他呆滞地保持着原有姿势，张开双手弯曲膝盖，任由……眼前的肉包骨头小生物搂着自己的脖子又蹦又跳。蜥蜴船员们的下巴掉在了地上，眼里冒出惊恐。

这这这……到底是什么东西？她她……她竟然胆敢强、强“抱”老大？

天哪老大那么丑的蜥蜴居然有雌性愿意抱！终于，蜥蜴老大的理智战胜了恐惧，他一把推开了眼前的生物，板起凶恶的脸朝她嘶吼一声“嗷——”

宛籽：……

蜥蜴老大看着宛籽有些震惊的脸，感觉自己找回了尊严。他伸出舌头舔牙齿：“说，你是什么东西，否则我撕烂你吃下肚……”

宛籽笑了：“你们不是不吃活物的吗？”说来还真不可思议，这帮蜥蜴人讲究饮食口味，群体狩猎，喜欢聚在一起吹牛打屁，是她见过的所有生物里最接近地球人的物种。而且他们根本就只吃固定的低智商生物，比虫族有节操多了。这也是她倍感亲切的原因。

蜥蜴老大：“那我也要为面子咬你一口。”

宛籽：= =

蜥蜴老大：“说，你是什么东西？”

宛籽想了想，真诚道：“我跟你们的老船长铁锤是好朋友。”

蜥蜴老大想了想，更真诚道：“说来你不信，我看见你有种开发新菜单的欲望。”

宛籽：……为了证明伟大的友谊的确存在过，宛籽又一次下水，捞了一堆水生生物上来，然后把它们切成小肉块，一边炭烤一边抹上蜥蜴人特制的生肉酱料。

不一会儿，特殊的肉香飘散开来。宛籽把小肉块分给他们一人一块，巡回了一圈，然后期待地看着他们的眼睛：“怎么样？这是当初铁锤船长跟我做朋友的原因！”

蜥蜴海盗船员用看疯子的目光看着宛籽，僵持了一会儿，胆子大的开始往嘴巴里塞肉片。

“嗯？”那人发出了一声微妙的声音。

“是有毒吗你毒发了吗？”有人问。那人闭上了眼睛，再睁开眼时两眼放光，跳到宛籽面前：“还有吗？”

果然啊！拥有类似的饮食文化的蜥蜴人，天生就对地球人的烹饪作出来的食物疯狂着迷啊！宛籽笑得咧开了嘴，把一份新的肉串一整串都递给了他。得到了一整串肉的大胆蜥蜴吃得津津有味，顿时勾引了剩下的蜥蜴开始尝试手里的肉块。肉块如同有魔法，一经下口，怀疑的凶恶的莫名其妙的眼神统统变成心心眼。

扑通——反应快的已经下水捞食材去了。

蜥蜴老大终于扛不过吃货天性，一闭眼，一口咽下手里的肉。

咀嚼。

再咀嚼。

咕噜。

蜥蜴老大嘴巴咧到了后脑勺："我叫铁球。"

宛籽：……

铁球船长上前一步，一把握住宛籽的手："就算你智商有点小状况，这并不影响我们的感情，我亲爱的朋友。"

宛籽：……

铁球："我是不是在哪里见过你，亲爱的好朋友？"

友情来得太快，就像龙卷风。蜥蜴人吃饱喝足，开始在湖边布置一些工事。宛籽趁机把莱格修斯拉了出来，站在蜥蜴人的身后围观。

"你们是要抓八脚怪吗？抓来干吗？"宛籽好奇地问。铁球船长指挥着蜥蜴人建造大型的猎人工程，头也不回地答："八脚怪体内有一个丝浆囊，遇到危险时会喷射丝线绑住猎物和对手。丝浆遇到空气会变成强力的丝线，但是如果不让它们遇到空气直接取出来真空保存，就是强力的军用修复剂原材料。现在战局紧张，把它卖到黑市，能有个好价钱。"

"战局……"

"是啊！"铁球船长叹息，"伊克斯佩特星人和虫族打得不可开交，尤其是两个恒星年之前的葵明宫之战和之后的伏击战……啊——我知道为什么你看起来那么眼熟了！"

铁球船长一拍脑袋。所有蜥蜴人停下了手上的工作，回过头看着铁球船长身后的宛籽以及她身后的莱格修斯，集体呆滞。"你像虫族却没有翅膀，外貌特征很像已经殉国的破军主帅莱格修斯的那个王妃！可惜啊！"

蜥蜴船员：……

"可惜什么？"宛籽追问。

铁球船长仰天叹息："可惜我们铁锤海盗船，啊呸铁锤宇宙贸易商船已经很久不贩卖人口了，不然你这种王妃同款应该很适合给那些贵族……"

蜥蜴船员中靠铁球船长最近的，颤抖着抬起手，指着他身后："老老老……

老大……莱莱莱……”

“来你个球啊！”铁球翻白眼。船员快哭了。

铁球船长疑惑地扭过头去，看见宛籽的身后不知道什么时候多了一个身影。那是一个年轻的男性战士，有着金色的长发，完美的伊克斯佩特星人面容，以及一身让人不寒而栗的银色铠甲。

铁球船长张了张口，什么声音也没发出来。那张脸……几乎没有人不认识，在伊克斯佩特帝国漫长的殖民生涯中，这张脸曾经让每一个同盟国战士热血澎湃，让异军闻风丧胆，它曾经出现在覆盖整个星系乃至半壁宇宙的传媒信号上，数千年，如神话的存在。

莱格修斯·伊克斯。帝国战神。

海盗船队哆嗦着搭建完毕工事，战战兢兢聚集在一起，相互交换绝望的眼神。

生存，还是团灭？这是莱格修斯想的问题。他们能做的只有等待。

“王妃……”铁球船长哭丧着脸，“我们虽然贩卖了一点人鱼，但是我们现在的主业还是贩卖一些特产，我们保证，绝对不会把八脚怪丝浆贩卖给虫族！”

宛籽看着想笑，又怕莱格修斯露馅引来麻烦，于是装着正经脸道：“帝国相信你们的诚意，并且愿意收购你们的丝浆。”

铁球船长眼睛一亮：“真的？帝国军部愿意聘请我们为帝国购置军需物品？”他兴奋得直搓手。就算要敛财也不用这么明目张胆吧？

宛籽默默翻了个白眼：“我们……”

说话间，天色已经暗了。这颗星球显然白昼与黑夜轮转非常快，稍过片刻，整个天空都暗沉了下来，远方传来了令人毛骨悚然的窸窸窣窣声。

“嘘——”铁球船长轻声道，“从现在起，所有人不许出声。”

八脚怪快出来了。宛籽紧张地握住了莱格修斯的手，还是感觉不够安全，于是干脆抱住了他的腰。蜥蜴人的探照灯把整个湖畔照得光亮无比，没过多久，巨大的八脚怪一只接着一只来到湖边进食。它们的行动悄然无息，粗壮的腿横七竖八地路过海盗船队，有时甚至几乎要挨到宛籽的脸上……

宛籽把头埋进了莱格修斯的胸膛。

我看不见看不见看不见……她瑟缩着在心底默念。呆瓜版莱格修斯目视前方，长长的发丝飘散开来，有一半拂过了宛籽的身体。

"启动！"蜥蜴船长发出指令。顷刻间，所有的陷阱被触发，第一只八脚怪落入陷阱发出尖锐的嘶鸣声，紧接着无数只猎食者向它靠近，却踩中了更多的陷阱。一时间哀鸣声遍野。

宛籽抱着莱格修斯静静围观，感觉到自己的胃里面翻江倒海。因为蜘蛛，铁球船长口中的八脚怪实在太多了，密密麻麻一片，仿佛没有尽头。陷阱夹断了它们的腿脚，把它们的肚子切下来，装进巨大的网里面，如同一堆网球……

"呕——"

宛籽身上仅存的为数不多的地球女性心理简直发挥到了极致。她想吐，又怕出声，最后干脆死死抱住莱格修斯，不看陷阱那边的战况了。

她不知道时间过去多久，只是感觉周围的声音渐渐平息，莱格修斯的手似乎又放到了她的脊背后面？她倏地抬起头，望向莱格修斯的眼睛。

莱格修斯的目光落在八脚怪的身上，一动不动地看着战局，似乎是发现了宛籽的目光，他低下头，对上了宛籽的目光。

——你醒了吗？宛籽不敢出声，只敢用口型问他。

莱格修斯稍稍一动，眉头陡然间紧皱，汗水顺着他的脸颊滑落下来，溅到了宛籽的鼻尖。他没有回答，只是低下头，把额头靠在了宛籽的肩头，全身冰冷。宛籽赶忙抓住了他的身体，扶着他不让他倒下。

她不敢再盼望莱格修斯清醒了……

每一次清醒，都代表着他要承受身体上的创伤，他一定很疼，所以每次都坚持不了几秒钟……

"收网——"铁球船长沙哑的声音在黑夜中响起。机械声嗡嗡作响，硕大一张网从湖畔的沙地下升起，把一片八脚怪的残骸捞了起来。

"准备整队！带上家伙！出发去巢穴！"铁球船长命令。

什么？宛籽怀疑自己的耳朵，他们难道不是抓到足够的八脚怪就够了吗？还要主动追击去巢穴？八脚怪的巢穴……光脑补着，她就想要跳脚炸了这颗星球！

"王妃，您要与我们一同前去吗？"铁球团长问。宛籽的头摇得如同拨浪鼓。铁球船长道："传闻这颗星球上的八脚怪之所以体型如此硕大，是因为巢穴里的女王吞噬了一颗带有生命之力的陨石，所以孕育出了它们。"

宛籽："……生命之力？"

铁球船长看了一眼莱格修斯，轻声道："元帅似乎受了伤，我想也许……会有些帮助。"

虫族的生命之力，陨石……宛籽的脑海中电光火石般闪过翼都上空悬浮着的那一刻漆黑的星星。

"你为什么要帮我们？"宛籽盯着铁球船长问。她并没有那么天真，以为一顿烤肉就能让这几个亡命之徒倾囊相授。

铁球船长咧开嘴，笑道："传说女王很凶，我们需要元帅，在危难关头助我们一臂之力……当然，如果没有遇到危险，我们绝对不敢劳烦元帅动手。"

——原来如此。他们恐怕是发现了莱格修斯，才临时改变主意要直捣黄龙。宛籽握紧了拳头。可是他们一定不知道，现在的莱格修斯……早已经不是当年的战神了。

"怎么样，我亲爱的朋友？"黑夜中，铁球船长的眼睛猩红发光。

"好，我跟你们一起去。"宛籽考虑片刻，答应了。

铁球船长兴奋得跳了起来："先锋队的兄弟们！趁着天还没有亮！追上落跑的八脚怪！"

先锋队驾驭着小型的飞行器飞驰而去。宛籽低头看了看手腕上的"尖端"，轻声对莱格修斯说："你放心，我不会让你轻易冒险的。"

八脚怪的巢穴位于森林中最阴暗潮湿的山洞里，巢穴的外延布满了蛛丝，稍有不慎就会被黏在上面。铁球船长在外面托着下巴思索了片刻，一把火把洞口给烧了。

宛籽：……火势蔓延进山洞，里面传来无数声尖叫与骚乱。

过了一会儿，噪音消失，一切又归为宁静。铁球船长带着手下开始向山洞的内部进发。宛籽用力甩了甩脑袋，让自己尽量不去脑补里面的场景，可是空气中传来的阵阵馥郁的气味她无论如何都忽略不了……

"呕——"

莱格修斯一动不动地站在她的身旁，安静得就像一座雕像。宛籽握紧了拳头——铁球他们不知道他的身体状况，她却知道，他铠甲下的身上有一个拳头大小的洞，稍有牵扯就会流血不止。虽然看起来他还能活动自如，但是他的生命其实几乎走到尽头了……

宛籽踮起脚，把莱格修斯长长的发丝编织成辫，用一束青绿的嫩草扎了起来。这样，他走在洞穴里面的时候，就会少碰到一些污秽的东西。

“对不起，只能让你陪着我冒险。”宛籽在他的胸口轻声叹息。

如果她再强一点，再聪明一点，也许会有别的方法救他呢。

“你要快点好起来，我……真的很讨厌蜘蛛啊！”

宛籽不再看莱格修斯，她抓住他的手腕，牵着他一步踏进了巢穴。巢穴里面已经有了微弱的光亮，蜥蜴船员们把一个个照明安放在了道路的两旁，此时就像一条漂亮的灯带，延伸向深不见底的洞穴深处。山洞四周的景象在灯带下勉强露出了端倪：这是一个四通八达的空间，它足足有虫族飞船的舱道那么宽广，可以容纳巨型的八脚怪自由进出。山洞的四周漆黑一片，隐隐约约渗出焦味来，显然是之前被火烧焦了的蛛丝。

“莱格修斯……”忽然，远处响起了炮火声，整个山洞都剧烈抖动了起来！宛籽茫然了片刻，忽然反应过来，铁球船长他居然在山洞里用炮火！他不要命了吗？！

整个山洞摇摇晃晃，要想跑出去已经是不可能了。宛籽一咬牙，拉着莱格修斯朝山洞深处跑。这一路，她看见了无数横陈的八脚怪尸体。它们每一只死了都是肚子朝上，八只脚勾起来，形成一个圆圆的盘形，看起来就像是路上排满了后现代艺术雕像。

“呕——”

宛籽被自己的脑补又恶心出了鸡皮疙瘩。很快，她连干呕都呕不出来了。出现在她面前的是一个相对宽敞的空间，无数钟乳从山洞上方垂下，让整个山洞的格局变得诡异而又错乱。在山洞的正中央盘踞着一只硕大的八脚怪，它看起来比逃生舰还要大，八只脚如同深深地嵌入地底，似乎正在挣扎着想要跳起来。

当蜘蛛大到飞船那样，其实看起来……已经不恶心了。宛籽甚至觉得有些恐怖而阴森的壮观，如果这只是一场电影，也许她已经抱着爆米花跪在电影院里，大喊一声：伟大的生命啊！然而，这一切都不是幻觉，远不止壮观。

“兄弟们！在美丽的妞儿面前，你们就这么点力气吗！”铁球的声音气喘吁吁地响起来，“没看见妞儿都急躁了吗！”

“美丽的妞儿”，就是那只八脚怪，正奋力地想要支撑起身体。

它的身上盘踞了一张网，几十个蜥蜴人各自拉住了大网末端的一根绳，把它死死地控制在了地面上。铁球船长腾出了一只手，从腰间拔出枪，朝着八脚怪的头上开了一枪。子弹带着火星，落到八脚怪的头顶，燃起了小火苗。

“嗷……”八脚怪发出尖锐的声音，忽然发狂起来。

“啊啊啊……”

十几个蜥蜴船员被抛到天上，重重砸上山洞顶层岩壁。

“要死了要死了啊啊啊……”铁球船长凌乱的声音在山洞里一遍一遍循环回荡。

宛籽：……我信了你的邪啊！

宛籽简直想穿越回到湖边，然后面对铁球的邀请回答他：有多远滚多远老子不去啊啊啊！

可惜为时已晚。巨型八脚怪挣脱了束缚，抬起前两只脚，做出攻击的预备动作。下一秒，它的口中伸出一根湿漉漉的口器，直直戳穿了在它面前尖叫的蜥蜴船员的胸膛！

一瞬间，万籁俱寂。八脚怪的口器上还在往下滴着鲜绿色的黏液。而蜥蜴船员已经软趴趴地悬挂在了它的口器上，再也没有声音了。片刻之后，八脚怪开始进食。恐怖的咀嚼声回荡在山洞里，响在每一个人的耳边。

“宛、宛籽……”铁球船长紧张的声音响起。宛籽知道他的意思，他想要她呼唤莱格修斯下场。可是……

“我们出去吧……”宛籽小声建议。

她死死抓住自己脖颈上的尖端，莱格修斯的生命，每一分每一秒都是偷来的，她宁可自己死，也不愿意让他再去拼命。铁球船长绝望道：“出不去了……我们刚才只清理了主干道上的小兵，地下通道四通八达……女王的惨叫，已经把这一片的八脚怪都吸引过来了，除非女王被杀死，才能把它们吓跑……”

宛籽气急败坏：“你怎么不早说！”

铁球哆嗦道：“我们刚刚已经几乎杀死它了！谁知道它真的能复原？生命之力……生命之力一直只是传说啊！”

曾经有很多船队，为了传说中的生命之力而走上猎杀八脚怪女王之旅。可结果是，女王肚子里的腺体却也就只比普通八脚怪大了一点点，从女王肚子里挖出来的石头只是一颗又一颗普通的结石，对治疗别的生物的伤口根本毫无作用。而每一次猎杀女王，都会死伤很多猎手，还会导致八脚怪在很长时间里很难繁衍，渐渐地，也就很少有人愿意去大费周章地猎杀女王了。

于是传说就仅仅成了一个美好的传说。谁知道它真的……

“所以，你骗了我们。”宛籽死死盯着铁球。如果一开始生命之力就只是一个连铁球船长自己都不相信的传说的话，那他就是故意夸大了说辞，欺骗她和莱格修斯一起进山洞。铁球心虚地移开了视线。

“嗷——”女王听见声响，忽然从地上一跃而起，扑向铁球船长与宛籽所处的位置。电光石火间，宛籽奋力一把推开了莱格修斯！

“嗷——”女王嘶声尖叫，锋利的口器从口腔内钻出，挨着宛籽的耳朵戳穿地面——

宛籽死死捂住自己的嘴，屏住呼吸。这些八脚怪的眼睛早已经退化，他们的听觉的确很灵敏，却不至于听到蚂蚁大小的他们的心跳声。所以只要不出声……

山洞内是前所未有的安静，没有任何一个人再敢发出声音了。宛籽躺在女王的身下，脸上湿漉漉的，一半是八脚怪的口水，一半是她没出息的眼泪。

会死在这里吧……

宛籽绝望地想着，指尖用力捏紧“尖端”。女王听不见声响，口器一次一次试探性伸出，又失望地缩回嘴巴里。铁球船长在远处看着，焦急得尾巴都僵直了。他不敢出声，原本就猩红的眼睛几乎要瞪裂开来。

宛籽吃力地扭过头去看远处的莱格修斯，突然很庆幸他一直是一个安静的傻子，至少他一定会是这山洞里面活到最后的那个人。想到这里，她忽然有了无穷的勇气，敢睁大眼睛，直面女王泛着腐臭味的嘴。

——如果一定要被吃掉，就吃得干净一点吧。

——永远不要让他记起来，她曾经与他重逢过。

女王的头颅越凑越近，宛籽终于明白，在破军号上等死的莱格修斯究竟怀着怎样的心情送她进逃生舱。诚然我已经必死无疑，也愿意用所有换取你一线渺茫的生机。你去向未知的远方，而希望，将照彻我灵魂的归途。

八脚怪的口水滴答，滴答，不断滴落在宛籽的脸上。宛籽看见它的喉咙深处微微闪着光，好似有什么发光的物体？她努力想要看清一点，可是她的眼球被恶臭的液体侵蚀得痛痒难忍，视线开始逐渐模糊。

八脚怪的口器高高地抬起，这一次，它已经直直地对准了宛籽的脑袋。宛籽艰难地扭曲着身体，模模糊糊看见莱格修斯忽然全身战栗起来。他似乎是承受了巨大的痛苦，全身的肌肉都紧缩抽搐，随后双腿一软，身体向前倾，跪伏在了地上。

他的膝盖触碰地面，发出了细微的声响。八脚怪警觉地抬起头，似乎是想要寻找声音的源头。

不要……宛籽原本已经平静地在等死，这一刻心跳又狂乱地跳起来。

不要……求你，不要在这时候醒过来……宛籽在心底拼命祈祷，她的双手死死抠住了地面，眼睛盯着莱格修斯几乎瞪裂开来，恐惧又一次席卷了她的身体。如果莱格修斯这时候醒了过来，他会亲眼看着她被八脚怪撕成碎片吞进肚子里，这太残忍了……他不该承受这些的……

然而，老天爷显然并没有听见她的祷告。莱格修斯跪伏着身体，停顿了片刻，缓缓地伸手捂住了自己的胸口。他缓缓抬起头，目光精准无比地锁定了宛籽的脸，眼底的震惊与恐惧一瞬间蔓延到了他的全身。

宛籽与他对视，缓缓松开了手。她知道，一切的努力付诸东流了。他已经能感知到伤口的疼痛，他能看见她。他已经醒来。

八脚怪听不见声音，无法持续锁定目标，又开始燥乱起来。它一共有八只脚，最前面两只在空中胡乱挥舞，身后六只各自固定在一块岩石上，腿上的细毛蔓延到地上，探听着地上的所有震动声响。

莱格修斯捂着伤口，无声无息地站起了身，在黑暗中徐徐张开翅膀。不敢动弹的蜥蜴人横七竖八躺在地上，所有人的目光都落在了莱格修斯身上，眼眸中震惊与兴奋的光芒交织。

战神莱格修斯。几乎所有少年都是在他的神话中长大成为战士。而现在，他们正与战神并肩作战！他们忽然有了勇气，开始小心地挪动位置，变换姿势，有人站起来，有人试图去捡地上掉落的武器。铁球船长从自己的腰间解下一把枪，双手托举着递向莱格修斯所在的方向。

“嗷——”八脚怪听见了声音，可是声音从四面八方传来，它一时间彷徨，不知道该先攻击哪一处，只好仰天长啸，企图用声音震慑敌人。

就在它出声的一刹那，莱格修斯从地上一跃而起，张开双翅在八脚怪的腿间穿梭而过，抓起了铁球船长手上的枪，朝着八脚怪扣下扳机——

子弹呼啸而过，击中八脚怪的头颅。

“嗷嗷嗷——”八脚怪尖叫着跳跃起来，整个身体高高抬起，前四肢都伸展到了空中，企图袭击眼前看不见的敌人！莱格修斯险些被它的前肢击中，他用力翻转身体险险地避开，身体却不受控制地撞上了背后的岩体。

沉闷的撞击声响起。八脚怪敏锐地捕捉到了声音的方向，迈动粗壮的身体朝声音所在的方向飞扑而去！

莱格修斯就趁着这短暂的空当飞向宛籽所在的方向，一把捞起了宛籽的身体，带着她飞离了八脚怪的攻击范围！这一切发生在短短的一瞬间，很快，碎石滚落完毕，山洞里又恢复了宁静。

宛籽被放置在了山洞的角落里。她不敢轻举妄动，不敢呼吸，只能用力抓住莱格修斯的手腕，不让他继续去攻击。

她感觉得到，他在发抖。她不敢想象他现在有多疼，他的身体是前所未有的冰冷，脸色惨白得如同死过一回，这样的身体根本就不可能支撑多久……他根本就在垂死边缘了，虫族才会轻而易举地把他丢弃在这里。

莱格修斯全身早已经被冷汗浸湿，唯有他的眼睛，明亮如同星辰。他定定地看着宛籽，眸光中闪过许多复杂的情绪，那些在绝境中一点一滴累积的思念，终于在这一刻尽数迸发出来。

——宛籽。他张了张口，用口型轻念她的名字。

——你还活着。宛籽站在原地，原本她强迫自己保持冷静，可是在看到他的口型的一瞬间，眼泪还是落了下来。

她上前一步拥抱住他，尽量不发出声音，却用上了全身的力气，仿佛把灵魂也一起嵌进他的身体里一样。莱格修斯忽然全身一怔，眉头紧紧地拧了起来。他推开了宛籽，目光落在她的脖颈上。

宛籽跟随着他的目光，看见了“尖端”，飞快地一把捂住了它。

不行！不行……绝对不行！宛籽攥紧脖颈上的尖端。

莱格修斯既没有争抢，也没有辩驳，他只是静静看着它，淡金色的眼眸中流露出一点点哀伤。宛籽在他的目光下显得局促无措，红肿着眼睛与他对望：你会死的，你真的会死的！

两两僵持。谁也没有妥协。

宛籽已经不记得上一次这样意见相左剑拔弩张是什么时候了，那已经是很久远很久远的记忆，后来他从讨厌的残暴元帅逐渐变成了温柔单纯的莱格修斯，她就再也没有这样与他对峙过。而现在，时空似乎逆转，她又一次用性命与他博弈，却是为了保护他。

只是，终归不同了。此时的莱格修斯眉头紧锁，身体已经无法支撑，片刻之后，他缓缓屈膝跪在了地上，整个身体佝偻了起来。

他在战栗中抬起惨白的脸，哀伤的目光落在宛籽的脸上。

宛籽知道，他是在哀求。她忽然有一种错觉，仿佛眼前的莱格修斯不是在看她的脸，而是在拷问她的灵魂——这个男人，他曾经用生命带给你希望，现在他正在为你唯一的生机而苦苦哀求你，你真的要让他在濒死边缘还承担这样的绝望吗？

这是为了赌上性命的奉献，还是以爱为名的自私？还有希望的，是不是？莱格修斯的目光已经越来越迷离，他即将失去意识。

宛籽哆嗦着，摘下了脖颈上的尖端，连同手腕上的一起，双手递到了莱格修斯面前。

——如果真是你的心愿……

——那就一起死吧。

莱格修斯迟缓地抬起手，抓过了其中一枚尖端，放在了两枚尖端之上。尖端发出微弱的光，在黑暗中幽幽地悬浮了起来。几乎是同时，莱格修斯站直了身体，脸上的痛楚表情一扫而空，明亮的瞳眸笼上了一层雾气。

宛籽一只手握住尖端，另一只手指向八脚怪。

“杀了它。”她木然道。莱格修斯机械地转过身，面向八脚怪的方向。

八脚怪已经调整方向，在搜寻声音的源头。宛籽看着莱格修斯的背影，轻声补了一句指令：“活着回来。”

战况因为莱格修斯的加入而逆转。没有知觉的他显然并不习惯使用高科技武器，他在地上找到了一把前人留下的剑，身形如同一道闪电，穿梭在八脚怪的肢体之间。八脚怪听见了他振翅的声音，却追不上他的速度，焦急地在山洞中横冲直撞，不断发出嘶吼声。

“兄弟们！动手！”铁球船长一声呐喊，蜥蜴船员们纷纷站了起来，重新试图拉起巨网。八脚怪的脚上长着尖锐的指甲，指甲撞击上岩壁，钩起一颗颗碎石往下砸“嗷——”

莱格修斯振翅靠近，双手握剑，直冲向八脚怪的头顶，自上而下狠狠斩向八角怪！尖锐的撞击声响彻山洞，八脚怪的一只腿从它身上跌落下来。

“嗷嗷嗷——”八脚怪疯狂地吼起来，开始冲撞岩壁，混乱中冲到了早已经准备好的巨网内部。蜥蜴船员们飞快交换位置，把一整张网翻转过来，拉着八脚怪的身体贴向地面。

“坚持住——”铁球船长声嘶力竭。八脚怪仍在网内不断地挣扎。

莱格修斯跳到了八脚怪的头顶，在它的肢体无法触及的位置，高举手中的剑笔直刺下！

剑身没入它的头顶，却没有阻止它挣扎。莱格修斯重新抽出剑身，一剑刺进它的肚子，他手握剑柄用力一推，剑身在它的肚子上划出了一道深而长的口子。浓绿的液体从八脚怪的身体里不断流淌，然而它的行动丝毫没有受到影响，摇头摆尾，眼看着就要从巨网中挣脱出来。

它好像、杀不死。所有人都意识到了这一点，蜥蜴船员们的眼睛里又冒出惊恐的光芒。就连莱格修斯也停下了手中的动作。

宛籽一直在边上围观，她的脑海中忽然闪过了一些记忆，急切地喊了出来："莱格修斯——它的喉咙里有东西——你砍下它的头——"

生死关头，并没有那么多道理可讲。虽然她并不确定那个发光的东西到底是什么，但至少可以试一试！莱格修斯听到命令，木然掉转了身体的方向。他举起长剑，用握刀的姿势，对着八脚怪的头颅狠狠砍下——

八脚怪长啸一声，身首分离。铁锤船队的船员们呆呆看着地上翻滚的蜘蛛怪身体，愣了好一阵子，终于齐声欢呼了起来！

——结、结束了吗？宛籽颤颤巍巍地朝前走了几步，扶住墙壁，才让自己没有瘫软在地上。铁球船长已经带着船员们开始着手解剖八脚怪的肚子。他们把它的肚子沿着莱格修斯留下的伤口小心打开，从里头挖出腺体囊，放入早就准备好的真空器皿中，最后再把肚子彻底打开，挖出了一堆光滑平整的红色石头。这些是……"生命之力"陨石？

"这些就是'生命之力'，"铁球拣了一块递给宛籽，挠耳朵，"科学家们都试过了……没有用，只是结石……对不起，我没有说清楚那的确只是传说。"

宛籽有些彷徨，如果这些真的是能够治疗莱格修斯的伤的陨石，这也……太多了吧？看起来一点都不珍贵。宛籽转头看莱格修斯，却发现莱格修斯似乎被八脚怪的脑袋吸引去了注意力。

"……莱格修斯？"

莱格修斯俯下身，伸出手，呆滞地触碰八脚怪的脑袋。宛籽忽然反应过来，心中重新燃起一丝希望。她跌跌撞撞跑到他身旁，跪坐在八脚怪的脑袋旁，伸出手去扒它血肉模糊的头颅。

"刺啦——"从八脚怪的喉咙流出的浓绿液体似乎天然带着腐蚀性。

宛籽感觉自己的手指疼痛灼烧，却没有停下手上的动作，她机械式地扒开它的断颈，把自己的半个手臂伸了进去，忍着痛在里面摸索——八脚怪的喉咙内部还是温热的，有些软，有些恶心，忽然她的手触碰到了一块冰凉坚硬的物体。

——是那个发光的东西？宛籽不知道自己哪来的力气，居然把它从里面扯了出来。

并不是什么发光的东西，而是一块拳头大小的漆黑的方形石头。就像一颗烂掉的牙齿。宛籽仔细盯着它看了一会儿，想了想，放到了莱格修斯的手上。如果她不是看见过翼都上空的那块石头，如果不是刚才见过它喉咙底发光的那个东西，她绝对不会认为这个东西有什么特别的。然而这一切的巧合叠加在了一起，给了她希望。

宛籽盯着莱格修斯。她看见莱格修斯呆滞的眼神忽然颤了颤，似是恢复了神采，可惜下一秒，他就虚软地晕了过去。

“莱格修斯！”宛籽惊恐叫出声来。铁球船长带着一个船员匆匆跑了上来。船员仔细查看了莱格修斯的身体长叹一口气：“没事，只是体力不支。”

只是……体力不支？他手里的黑色石头已经滚到了一边，混杂在一堆石头里，毫不起眼。

“宛籽，你在找什么？”远处，铁球船长扬声问。

“没什么。”宛籽说。她站起身来，捡起了石头，放到了自己的口袋中，回头望向女王的头颅。为什么八脚怪女王在被猎杀之后，要很久以后才能孕育出下一只呢？也许，需要等下一只普通八脚怪来到山洞里，意外吃下女王的头颅。

第十九章：兰多罗纳花朵

铁锤海盗船满载而归。一个女王腺液囊，四十九个普通八脚怪腺液囊，还有数不清可以制作成原始兵器的八脚怪利爪，满满的战利品堆满了海盗船仓库。这一票简直是盆满钵满！宛籽上了海盗船，把昏迷的莱格修斯安排在休眠舱里，才记起来问铁球船长：“我们要去哪儿？”

铁球船长的笑容咧到了后脑勺：“八脚怪腺液囊是战争财，当然要去打仗的地方！”

宛籽一愣，不确定地问：“伊克斯佩特星？”

“当然。”铁球船长望了莱格修斯一眼，“元帅救了我们，我们当然应该要有所报答。”宛籽看着铁球船长的表情若有所思，良久，才点了点头。“好，我们回帝国。”

“这就对了！”铁球船长亲昵地搂着宛籽的脖子，“我亲爱的朋友，飞船起飞后，在餐厅有个庆功宴，记得来哦！”

“……好。”铁球船长摇着尾巴离开休眠舱，宛籽盯着他的背影直至舱门自动阖上才轻轻舒了一口气。纵观已经可考的宇宙范围，现在哪里是战火连天的地方呢？当然是伊克斯佩特帝国与虫族交火的星际战场。恐怕铁球船长报恩是顺便，去把腺液囊卖给伊克斯佩特军部才是真，说不定还会趁机以救助了莱格修斯而狠狠敲上军部一笔，这才符合他们祖上海盗的作风传统。

……每一步都好艰难啊！

宛籽叹息着坐到莱格修斯的休眠舱旁边，操控着仪器，把它调节为最适宜身体恢复的休养治疗模式。确定铁球船长真的已经离开了，她从口袋中掏出了那颗黑色石头，把它塞到莱格修斯的手里，让他的双手交握，捧住那块石头放在胸前。

“帝国的子民正在经受前所未有的苦难，你知道了，一定会很忧虑。”宛籽轻轻拨开莱格修斯额前凌乱的发丝。

“我搭乘逃生舱离开破军号后，好多次，差一点就死了……你如果在场，一定焦虑得大发脾气。

“穿越黑洞的时候，身上每一个细胞都好像被拆开又重新拼起来，不是很痛，却比痛还要难受。

“我很庆幸，这一路的苦难我全部坚持了下来，直到我终于遇见你。

“请一定，不要让帝国失望，也不要让我绝望……莱格修斯……”

宛籽俯下身，轻轻亲吻莱格修斯的额头。休眠舱缓缓阖上，里面微弱的指示灯也随即关上。从现在开始，一切就交由天命了。宛籽擦了擦眼角的湿润，收拾好情绪，转身离开休眠舱。她心中还有太多的疑惑，需要铁球船长来解答。她没有看见的是，就在她离开休憩舱后没有多久，休眠舱中的莱格修斯的眼睫微微颤了颤。

海盗船的餐厅里正在举行声势浩大的庆功宴。餐厅的中央燃烧着一个巨大的篝火，所有的蜥蜴人在餐厅里围成一圈，摇头摆尾放声高歌。

宛籽感觉自己可怜的小魂魄要被吓散了。这群愚蠢的蜥蜴人竟然在飞船里面开篝！火！晚！会！这可是飞船啊——现在要求下船还来得及吗？

“宛籽！”铁球船长一眼看见了宛籽，热情招呼，“快来！这些肉正是时候，味道非常适合享用！”

——那也要有命享用啊……宛籽哭丧着脸，不情不愿地挪到铁球船长身边，接过了他手里的烤肉。

“快尝尝。”铁球船长兴奋地建议。宛籽胆战心惊地看了一眼中央的篝火，十分怀疑这将是自己吃到的最后一顿食物。她没有死在坦尼桑的实验室里，也没有死在八脚怪嘴下，结果今天要死在宇宙飞船内部开的篝火晚会吗？

“改良过的，好吃吗！”铁球船长问。

“……好吃。”宛籽哆嗦答。老实说，味道确实不错，蜥蜴人是有美食味觉天赋的，经过他们处理的烤肉串美味可口中带了一丝原汁原味的肉香，的确很好吃。

“可你看起来很紧张。”铁球船长疑惑道。

——你试试看把脑袋挂腰上然后原地跳绳一万下啊！宛籽含恨看了一眼篝火，颤抖建议：“要不要……换一种吃法？”

铁球船长眼前一亮。海盗船主题火锅晚会低调地开场。宛籽用一些能用于加温的器皿当成锅子，把肉块切成薄薄的肉片，撒入清水中。

蜥蜴人口味偏重，清水煮肉片当然是不适合他们的，不过好在，他们有自己的酱料，而且酱料品类还很繁多。她教每个蜥蜴人根据自己的口味调制出了喜欢的酱料，就这样一大群人围着一口锅子，夹起清淡的肉片，蘸上完全符合自己口味的酱料，每个人都吃得不亦乐乎。趁着他们沉浸于自助火锅带来的震撼，宛籽又指挥着工匠，把一些废旧的金属制作成长方形的烤炉，用废弃引擎做成高温电阻，制作成了一个简易的油汀，用来当烤肉架。在这个过程中，铁球船长一直摇晃着尾巴跟在宛籽的身后，看到她终于烤出了第一片肉，他终于开了口：“你有兴趣加入海盗船吗，我亲爱的朋友！”

宛籽：……

铁球船长的目光闪烁，尾巴在身后一摇一摆：“我其实，不建议你回伊克斯佩特。”

宛籽的心中一颤，脸上惊讶：“怎么了？”

铁球船长干咳一声，道：“最近星际战场战况对伊克斯佩特帝国不利，虫族已经接连吞并了许多原本隶属于伊克斯佩特帝国的小型星球。现在帝国的四周已经被虫族包围，恐怕用不了多久，虫族就会发动大型攻击……”

宛籽静静听着，低头看着烤肉在烤肉架上刺啦刺啦冒着油花。铁球船长看着她低落的样子，叹息道：“原本虫族不足以和帝国抗衡，破军号坠毁，对帝国的打击很大。”

宛籽沉默。

铁球船长盯着宛籽：“元帅现在的身体……短时间内没有办法恢复吧？”

宛籽低低应了一声。铁球船长轻声道：“其实所谓的国家与星球，并不是一定要恪守的东西。在有生之年看最远的风景，吃最好的食物，过最畅快的日子，这样等到哪天闭上眼睛的时候，回想起一生都是快活的回忆。你们如果留在我这船上，我保证，不会有任何人再提起你们的过往。”

宛籽诧异地抬起了头，看见铁球船长闪闪发光的眼睛。她知道，这是一份真诚的邀约。也许在之前，他都是在忽悠他们留下，以扩充海盗船的实力，并且还能绑定一张长期饭票，可是在他说最后一番话的时候，他是真心的。

“对不起。”宛籽放下了戒备与算计，真诚回答他，“莱格修斯有他的信仰。”

“那你呢？”铁球船长问。

“我信仰的自由，只有莱格修斯能给。”

庆功宴在一片欢腾中落下帷幕。海盗船正式确定航线，驶向曾经光辉的伊克斯佩特星。在那里，帝国的战士们已经苦苦支撑了太久太久，等待着或许不会降临的希望。宛籽作为唯一清醒的智慧生物，踮着脚离开餐厅，穿过陈旧的舱道。她的鞋子掉在了八脚怪的山洞里，一路走来，脚底已经磨出了一点点血泡。走起路来一瘸一拐。

好疼啊……

宛籽哭丧着脸，一瘸一拐地走进了昏暗的休憩室里。一进休憩室，宛籽警觉地发现了一丝异样，似乎有什么东西跟她离开的时候不一样？她不露声色地站起身来，用余光四处探寻，果然在休憩室的最暗处发现了一道身影。

“谁在那儿！”宛籽感觉全身的鸡皮疙瘩已经冒了出来：海盗船上难道有人潜入？还是铁球船长忽然反悔了？还是……

她的脑海中纷乱一团，在短短的一瞬间已经勾画了三四种从这个逃生舱里安全逃生的方法以及一万种逃生失败的死法，然后，所有凌乱的思维停止在那个黑影冲上来的一刹那。她来不及反应，被那道黑影抱了个满怀。

“放……”宛籽挣扎的动作只持续了一小会儿，就再也没有力气。

身体仿佛要被揉碎，铺天盖地的熟悉气息却让她的心随之剧烈地颤动起来。那是——

“宛籽。”黑暗中，沙哑的声音在她的头顶响起。宛籽停下了所有的动作，像一只没有知觉的玩偶，呆呆任由那个身影拥抱着。黑色身影的动作也停滞了片刻，似乎难以发出声音，过了好久，他又拥抱得更紧。

“宛籽。”他似乎只会这两个字。他埋首在她的肩上，似乎不太确定似的在她的颈上吸气闻嗅，就像一只野兽在辩别真伪。宛籽知道，这并不仅仅是温情，他显然是在确认，如果一旦发现异样，她的动脉就会被彻底切断——她哆嗦着，伸手轻轻拥抱住那黑色身影，把脖子抻长，让自己所有的要害都暴露在他的攻击范围内——

“莱格……修斯……”过了好久，宛籽终于吐出了艰难的字眼。

几乎是同时，莱格修斯身上所有的戾气消退得一干二净。

“宛籽……”他低哑地呢喃。宛籽怀疑自己是在做梦，愣了好久才反应过来。这不是梦。她感觉到脚底钻心的疼，心上慌张的坠疼，感觉到绝望的刀片割过灵魂，刀刀留痕、无以复加的疼痛。她的情感知觉在FQ1218的沙漠等待的时候被关了机，直到此时此刻，才终于被重新唤醒。于是，铺天盖地的委屈比重逢的欣喜还要快涌上心头。

她用力抱紧了莱格修斯，放声哭了出来。这一刻，她才终于敢做回那个懵懂胆小的废柴。幸福来得太过突然，实在有些不真切。莱格修斯拥抱着她，把她抵在舱门与自己的胸膛之间，低下头想去亲吻她。宛籽在莱格修斯下一步动作之前阻止了他，捂住他的嘴，睁大眼睛仔细看着他的眼睛。

“你……”宛籽紧张地问，“你真的是醒着的吗……”

“嗯。”莱格修斯回答。他并不反抗，乖巧地任由宛籽捂着自己的嘴，抬起自己下巴又看又摸。他只是目光灼灼地看着她，金色的眼睛里闪动着刻意压抑的复杂情绪。

“为、为什么……”宛籽感觉自己的脑袋会炸，理论上不应该，他晕厥之前消耗了那么多精力，现在开机应该是傻瓜模式吧？难道是黑色石头起作用了？

可是……她的脑子乱作一团，发热发涨间，一抹冰凉落在了她的头顶——那是莱格修斯的手。

“别想了，你累了太久。”莱格修斯轻轻抚摸她的发顶，目光温柔。宛籽很没出息地又红了眼睛，笨拙地点点头。她扶着他到休眠舱旁，看见了休眠舱里的黑色石头，又忍不住抬头看莱格修斯：“这个，有用吗？”

莱格修斯伸出手触碰那块黑色石头，指尖触及的一瞬间，仿佛有风吹过，带动他的长发微微晃了晃。

“有用。”莱格修斯沉吟，“你是怎么……”

你是怎么知道的呢？莱格修斯眼底的疑惑积聚，他轻轻触了触自己胸口的伤，很显然，它真的好转了一点点。四千年来，帝国耗尽心血找寻治疗基因缺陷的方法，却只生产出了抑制基因缺陷发展速度的延缓剂，为什么这小小一块石头会有逆转基因缺陷的功效？为什么研究所四千年都找寻不到的解药……宛籽会知道？

“这个……我也不知道该从哪里说起啊！”宛籽挠了挠头恨自己的表达能力有限。黑洞？穿越？曾经更改历史却没成功，然后再次穿越时空时亲眼看到平行空间自动修复真实历史的过程？她在休眠舱里来回走动，一不小心踩到了脚底的伤口，顿时痛得一个趔趄：“哎呀……”

莱格修斯脸色一变蹲下身去查看宛籽的脚。宛籽顿时红了脸："只是一点小伤。"她的话还没有说完，就被莱格修斯抱了起来，放到了休眠舱边沿。

"疼？"

宛籽的头摇得像拨浪鼓："不疼！你别理我，我就是矫情……"

因为他醒了，所以她的心落了地；因为有了依靠，所以小病小灾也疼了起来。

"流血了。"

"……嗯。"宛籽红着脸应。也许因为不同星球的密度不同，其实污渍很少能够沾到她的身上，她的脚底并不算脏，也正是因为这个原因，上面的伤口一览无余，白皙的脚底上有好几道伤口，血肉模糊。

跟丧命比起来，这真的是小伤了。只是因为现在酒足饭饱环境安逸，就显得格外疼痛。宛籽还在发呆，身体被莱格修斯的手按倒在休眠舱里。

莱格修斯低声道："休眠舱有治疗模式。"

宛籽慌了："我不休眠！"

莱格修斯脸上露出疑惑的神情。宛籽紧张地抓住莱格修斯的手腕，她总归和当初的傻白甜不一样了，她不敢，也不能在这陌生的地方进入休眠舱。莱格修斯的身体还不知道会变成什么样，万一他再进入傻瓜模式怎么办？万一……

莱格修斯的眼里流淌过温柔的光，他思索了片刻，一起躺进了休眠舱里："不一定需要长期休眠，治疗模式也可以只是在清醒抑或是普通睡眠时开启。"

"睡吧。"莱格修斯轻声道。宛籽不安地环抱住他，挣扎了一会儿，闭上了眼睛。寂静。宛籽翻来覆去，又睁开眼。她问："我醒来的时候，你会重新失去意识吗？"

莱格修斯答："应该不会。"

宛籽盯着他的侧脸："没有意识的时候发生的事情，你记得吗？"这个问题大概出乎莱格修斯意料，他的眼睫颤了颤，脸上渐渐露出羞赧的表情。他没有回答。宛籽一瞬间想起某些……并不是很和谐的画面。

"我不好奇了。"宛籽体贴地道。

"……嗯。"莱格修斯轻声应道。宛籽盯着他渐红的耳尖，悄悄咧嘴笑起来：这个笨蛋，连撒谎都不会啊！

若干个恒星日之后，铁锤海盗船缓缓停靠在伊克斯佩特星唯一仍然对外开放的港口。铁球船长掏出了通行证，对着把守的士兵道："我们船上有一批八脚怪的腺液囊，希望作为军需提供给贵国。"

"有加强版通行证吗？"士兵问。

"呃？加强版？"

"没有加强版，无法通过港口审核，请离开帝国！"士兵们戒备起来。

铁球船长一脸茫然，慌忙举起手："是我啊！我们是铁锤星际商队啊！多少年来的贸易关系，我……"他在人群中左顾右盼，忽然眼前一亮，"薇妮！薇妮大人！"

远处，薇妮正在给受伤的战士检查身体，回头看见铁球船长一愣，笑了："好久不见，铁球船长。"

铁球船长趾高气扬地绕过了看守士兵："哼！"

薇妮在看到宛籽的一瞬间凝滞，倏地，眼圈通红："宛、宛籽？！"

宛籽微笑起来。在她身后跟着一个身披斗篷、戴着斗篷帽的身影，悄无声息地跟随着她的步伐。

"天哪，你怎么脱身的？"薇妮急切道，"这位是……"

"一个久别重逢的朋友。"宛籽轻声道。港口位于伊克斯佩特星日界线上，微弱的光芒照耀着大地，零星的野草在冷风中摇曳。就在不远处，一小队士兵相互依靠着瘫坐在地上，每一个人身上都是血迹斑斑，有人捂着伤口忍痛得满头大汗，有人闭上眼睛昏睡了过去，所有人脸上都写满了丧气。

这堆人中唯有一个人是特例。那是一个身材不算高挑的年轻人，骨骼纤细，站姿挺拔。他身上的铠甲上沾了不少血迹，却仍旧抬头挺胸，丝毫不见疲惫模样。听见薇妮的声音，他甚至还有精力朝宛籽所在的方向投来兴奋的目光，然后……眨了眨眼睛？

宛籽：……这种活泼俏皮风格的战士，是新兵入伍吗……

宛籽望着远处休憩的战士们，一边摘下兜帽一边朝他们走去。战士们逐渐发现了异样，一个个从地上爬了起来，投向宛籽的目光从懒散变成了戒备，又从戒备转向不可思议。

"……殿、殿下？"清醒的士兵不可置信地喃喃。他的声音引来了其他人纷纷侧目，越来越多的人瞠目结舌："快看！跟薇妮大人在一起的是宛籽殿下吗？！"

"不可能，破军号的残骸已经……"

“——宛籽殿下没有死？！”

一时间，寂静的港口炸开了锅。其中一个受伤的战士的胸口剧烈起伏着，眼圈赤红，摇摇晃晃想要站起身来，却被人一脚撩翻在地上。

“别动，”年轻战士一脚把受伤的战士踩在脚下，阻止他乱动，“再乱动你剩下的半条命就要丢了。”

“啊——”战士惨叫。

年轻战士满脸慈祥：“你应该好好休息，尽快恢复体力。”

战士：“啊——痛痛痛啊——”

年轻战士的脚在战士背上碾压：“未来是帝国的，命是自己的，要珍惜，懂吗？

宛籽：……如果她没有看错的话，战士“剩下的半条命”就快要被踩没了。

薇妮原本满面愁容，看见年轻战士乖张的嘴脸，低下头微微笑了起来：“别调皮。”她低声道，“快松开他，他快喘不过气了。”

年轻战士活动活动脚踝，勉为其难地松开脚，挑眉。宛籽呆呆看着年轻战士。虽然他没有开口也看不见他的眼睛，可是她能够很明显地感觉到他在好奇地打量她。

他看起来二十来岁，头上戴着护目镜，湖蓝色的头发乱糟糟一团，白皙的脸上嘴角上扬。即使穿着厚重的青铜盔甲，依旧可以看得出他纤细的身材。好像在哪里见过？宛籽有些茫然，她其实有点脸盲，在帝国的岁月里，作为人形吉祥物她见过许多人，是不是哪个贵族子弟刚成年的少爷呢？

“好久不见。”年轻战士没有像其他人一样俯身行礼，只是站在原地，笑眯眯看着宛籽。宛籽心虚得脊背出汗。

“好久不见。”她正色道。脸盲症患者必有的素养，就是装作了然于胸。

年轻战士一愣，皱起了眉头。宛籽逼自己露出亲切的微笑。谁知道年轻战士居然满脸不悦，一副赌气的嘴脸移开了视线。

宛籽：……这到底谁啊……

宛籽强行扭转这尴尬的局面，俯下身扶起那个被他踩在脚下的战士。

“殿下……”战士僵直了身体，“如果我们早三个恒星日知道您还活着……一定、一定会……”

所有战士眼里的炽热目光都渐渐淡下去。宛籽不明所以，转头看薇妮。薇妮红着眼眶轻声道：“三个恒星日之前，虫族军团攻破占领帝国的卫星，帝国的战士们为了守卫卫星，死伤……六千八百十三人……”

宛籽愣了。

好久，她才缓缓攥紧了拳头，不让自己的身体踉跄。六千多人，这并不是一个小数字。在科技发达如伊克斯佩特星，一个小型战舰只需要配备四名战士就可以轻松灭掉一座城池。伊克斯佩特帝国今时今日早已经不是以人数碾压战局的时代，就算是葵明宫之战，帝国也不过折损了千余人。她不敢想象，六千多的战士，对如今千疮百孔的帝国意味着什么。

终究，还是来晚了一步吗？

她听见身后响起细微的脚步声，她知道那是莱格修斯没有忍住自己的情绪，崩溃瞬间的动静。她微微挪动脚步，在他上前之前拦住了他。

“对不起大家……我回来晚了。”宛籽对着受伤的战士们，深深地低下了头颅。

港口寂静一片。那些原本已经毫无生机的战士们，一个接着一个站了起来，有人三两相互扶持，有人借着身旁干枯的大树，尽管艰难，却都站了起来。

“只要殿下没有抛弃我们……”

“希望就不会抛弃帝国。”

“伊克斯佩特战士，绝不放弃母星。”

光之所及，满是疮痍。狂风呼啸而过，吹起漫天黄沙。在这一片死亡之地中，满身是血的帝国战士一个接着一个，在大风中张开自己的翅膀，仰望头顶灰蒙蒙的天。

宛籽呆呆地看着眼前的场景，感觉自己的胸口被难以言说的情感震荡。那么久以来，也许伊克斯佩特星并不是她的母星，所以她很难对这一颗陌生而又强大的星球产生归属感。然而就在它最落魄残败的这一刻，就在久别重逢之后，她忽然发现自己已经对它有了无限的依赖。它虽然与她热爱的地球全然不同，却已经成为她所眷恋着想要守护的家园。

也许破灭生来就是与希望共存吧。

薇妮与战士们此行是去往植物研究所，找寻基因缺陷的延缓剂的原料。帝国战士们有太多重伤的，急需延缓剂，可是基因研究所的药用储备已经不多了，而在这个时空中，坦尼桑已经被 25 号摧毁，帝国已经没有任何可以用来替换的复制人，延缓剂是所有战士最后的希望。

“我们的作战能力有限……”薇妮叹息，“大家或多或少都有伤痛，而现在的植物研究所……”

亚瑟当初逃亡之际，开启了植物研究所内高危仓库，现在的植物研究所已经是一片物竞天择的丛林，那些残暴的食肉型植物占据了整片荒野，捕捉所有途径的动物。他们这一小队人马来回几趟运输原料，终究快要支撑不住了。

宛籽问薇妮：“延缓剂需要什么植物？”

薇妮轻声道：“甘苗花。”

宛籽：“它长什么样？”

薇妮震惊抬头：“宛籽，你想……不行，太危险了！”

宛籽回头看了一眼身后穿着斗篷遮盖了面容的莱格修斯，微笑道：“没有关系，我有保镖。”

“不行，我不同意，你不能有任何危险！”

“薇妮……”

薇妮语无伦次：“现在的帝国已经……你不能出意外……我不同意！”

这是宛籽第一次看见薇妮歇斯底里的样子。她叹了一口气，撩开薇妮颈侧的头发，露出后颈的伤口，轻轻地道：“可是你已经无法带队了，这是唯一的办法了。”

薇妮慌乱地拨下自己的头发，然而为时已晚，她身后的战士已经看得清清楚楚。她受伤了，就在她的脖颈要害附近，那个巨大的伤口只差一丁点就能要了她的性命。而现在甚至还没有完全止血。

“我……我可以的……”

“让我也为帝国分担一些危难，好吗？”宛籽轻声道。

薇妮的目光闪烁，过了好久，才终于妥协了一步。

“你可以去，但至少带上兰多。”

“好。”宛籽欣喜地答应了，忽然反应过来刚才听见的名字。

“……兰多？”不远处，年轻战士把护目镜移到了额头上，露出湖蓝色的眼睛。对上宛籽的目光，他水汪汪的眼睛里迅速凝结出雾气，一副受了委屈的样子。

宛籽：……

宛籽的心中顿时一万匹羊驼奔腾而过。

——说好的不用生长剂呢？

——说好的美好的陪伴，爱与信仰的浇灌呢？

——出了趟远门，儿子忽然嗑药长大了，怎！么！办！

——儿砸（子），你这样子爸爸……爸爸接受不了啊啊啊——

“我一直很想你的。”小兰多像一只大狗一样站在宛籽的面前，脸上的表情写满了委屈以及不满。他这个样子好纯良，哪里有半点刚才踩在同僚背上的乖张？

“别难过，我、我回来了啊……”宛籽尴尬道。

“嗯！”兰多委屈地俯下身，拥抱住宛籽。宛籽只觉得一股海洋的味道扑面而来，清新得好像风里也带了湿润。说到底，还是个孩子吧……

都说了打生长剂强行灌溉长大的孩子容易脑残啊……宛籽摸了摸他的脑袋，忽然觉得自己是抛家弃子的禽兽。兰多在宛籽的肩头睁开眼，轻车熟路地朝身后伫立的莱格修斯挑了挑眉，翻了个不屑的白眼。

莱格修斯：……

“出发吧。”兰多支起脑袋，催促道。

“好。”宛籽回头看了一眼铁锤海盗船队。

铁球船长伸了个懒腰，朝身后打了个响指：“说好了，不是免费的啊！”

“当然。”宛籽微笑。在薇妮与伊克斯佩特战士们诧异的目光中，帝国的帝后带着一群身经百战的蜥蜴海盗，走向了日半球的光明处。

飞行器抵达研究所的边缘之后，就不能靠近了，所有人只能下地前行。宛籽看着眼前陌生的世界，恍如隔世。植物研究所位于伊克斯佩特日半球，恒星光芒最为炽热的地带。这里俨然已经成了一片热带雨林，其间的草木生长势头惊人，巨大的树木参天如云，树与树之间缠绕着粗壮的寄生藤蔓，每一根藤蔓上的刺都仿佛是独立的活物，风一吹过，尖刺哆嗦着随风摆动身姿，如同大型的螺旋桨。

大树遮天蔽日，树荫下栖身着各种自由活动的植物。它们的根系已经进化为粗壮的肢体，如同章鱼一样在树影憧憧中跳跃攀爬，时不时伸出颜色艳丽的触角，企图触探穿行在雨林中的不速之客。

它们有智商吗？宛籽不敢肯定，但是她分明能感觉到那些根系对穿行的人非常有兴趣，又似乎不敢触碰。

她缩着脑袋前进，余光看见前方的藤蔓上攀爬着一株紫色的植物。那株植物几乎整个形态都化作了半透明的液体，如同软糖一样垂挂下来，就像是桃树上长出的桃胶。“桃胶”的尖端在风里摇曳，果冻一样晶莹剔透，如果仔细观察，还能看到它在一点一点移动着接近毫无防备的铁球船长……

“小心！”宛籽尖叫出声。与此同时，莱格修斯从她身后一跃而起，举起佩剑一刀斩断了它透明的肢体！寂静的雨林中响起尖锐的哀鸣声，那一坨果冻状的生物在地上扭动抽搐着，透明的身体内流淌出白色的泡沫，所过之处，草木竟然都变成了焦炭一样的黑。

“……”铁球船长咽了一口口水。没有人敢想象，如果它碰到了裸露的皮肤会变成什么样。大概……也会变成黑色吧？

“它不是很危险。”兰多低声道，“只是触碰到它的肢体会坏死。”

——就算是这样也很可怕了好吗！宛籽心惊胆战，一路上她都紧紧盯着莱格修斯。她个子矮，那些透明果冻想要挂到她身上也并不容易，但是莱格修斯就不同了，他是小队中最高的，稍有不慎就会被触碰到。

——还好刚才下飞船之前给莱格修斯找了一件大斗篷，他的身体已经破了个洞，绝对、绝对不能再受到损伤了！

——如果他再出什么意外，如果……莱格修斯察觉了她的目光，渐渐地放缓了脚步，落后于队伍。渐渐地，他就和宛籽并排前行了。

“你……一定要小心啊！”宛籽小声开口。她清楚他是怎么活下来的，那是许多渺茫的希望积攒而成的奇迹。她诚惶诚恐，时刻怀揣无法言喻的恐惧，在无数个夜晚从噩梦中惊醒。她不敢让他知道，她又多么害怕，害怕重逢是一场梦。莱格修斯温柔地看着她僵硬的肢体，他似乎是犹豫了一会儿，从她的左侧绕行到了他的右侧。

宛籽正疑惑，手腕上倏地传来一阵微凉。原来是莱格修斯牵起了她的手，带着她一路前行。

“莱格修斯……”

宛籽想要阻止他，却发现他牵手前行的决心意外坚决。这并不是什么明智之举，也并不安全。他违背了一个战士的原则，几乎等同于在战场上卸下了一半盔甲。这是战神莱格修斯绝对不会犯的愚蠢的荒诞的错误。

可是……

宛籽看着他冷硬的侧脸，只是忽然感觉手上的冰凉浸润到了心里，让她疲乏紧张的心脏舒服得一塌糊涂。原来他一直知道她的忐忑。这个笨蛋，明明情商是负数，有时候，其实也是意外的敏感啊！一路上，采药小分队斩杀了无数奇形怪状的植物，一路前行，从一座小土丘的山脚到了山巅。

事实上，那个透明果冻只是一道开胃菜，之后的满汉全席，让经验丰富如铁球船长都瞠目结舌。

渐渐地，所有人的体力都损耗过半，铁球船长忍不住追上兰多："我说，小美人鱼儿，你说的甘苗花到底在哪里啊？"

兰多听见铁球船长的称呼，白净的脸黑了一半。铁球船长无知无觉地一把勾住了兰多的肩膀："我说小美人鱼儿，你还挺能打的嘛，看在我们都是水生的，要不要加入我们海盗船？"

兰多的整张脸黑了。下一秒，他的枪对准了铁球船长的脑袋，湖蓝色的眼眸中，嫌弃快要漫出来了。

"别用这种恶心的语调叫我，也不要碰我，你这只蜥蜴。"兰多似乎整个人都哆嗦了下，皱眉道，"你身上有气味。"

铁球船长的脸一僵，不可置信地闻了闻自己的爪子，问身后的蜥蜴船员："我、有、气、味？"

"没有！"蜥蜴船员异口同声。铁球船长赤红着眼睛，在小队里面巡视了一圈，目光落在宛籽的身上。

宛籽：……

铁球船长颤抖地问："宛籽，你说……"

宛籽转移开视线，他当然有气味啊，吃生肉的两栖动物，他们的身上有一股草木浸在水里腐烂的气息，这可能是蜥蜴人身上的普遍味道？每个种族或多或少都有体味，比如兰多身上是清爽的海水味，作为高等文明种族，她对智慧人种不报以任何种族歧视，也就……咯，一直忍了……

铁球船长已经从宛籽的反应中发现了事实，三观碎裂了一地，一路耷拉着脑袋。直到，兰多轻缓的声音响起来："队友们，甘苗花的花期到了哦。"

话音刚落，他收回枪，拔出腰间的佩剑，从山巅一跃而下——

"兰多！"宛籽惊叫。眼前的情景让她震惊得连呼吸都忘记了。

此时此刻，他们站在小土丘的山巅，能够清晰地看见那些密密麻麻的参天大树。那些参天大树的树冠相连，一直绵延到了天际，而就在树冠之上，紫色的粗壮的寄生藤蔓狰狞地铺在一片树冠上，如同一片又一片的毛细血管。它们枝干上的尖刺鳞次栉比，扭动起舞，场面简直令密集恐惧症患者作呕。而就在这些刺团间，正以肉眼可见的速度绽放出纯白的花朵，如同夹带了种子在风里一般，风过之处，百花盛开……

兰多就在这些刺藤之间跳跃，踩着还没有被藤蔓覆盖的树冠，迅速变换位置，用佩剑割下新生的花朵。那些刺藤扭动着粗壮的枝干，疯狂地向他进攻，可惜它们的速度远远赶不上兰多的速度，每到一处，兰多早已经纵身离开。宛籽完全被眼前的景象震慑，脑海里只剩下一个念头：看不出，兰多果然是……一条很能跳的鱼啊……

“兄弟们，上！”三观碎成玻璃碴儿的铁球船长，发誓要在战场上找回场子！宛籽回头看莱格修斯，只见莱格修斯已经扯掉一身斗篷，张开他身后的金属翅膀。

“你在这里，不安全。”莱格修斯轻声道。

“嗯！”宛籽轻车熟路，走到莱格修斯的身后，环着他的脖颈趴到了他背上。下一秒，莱格修斯腾空而起。甘苗花虽然生长在可怕的刺藤间，本身却是很柔软的花朵。莱格修斯每斩断一段花枝，宛籽就伸出手把花握在手里，两个人合作无间，来回山巅与藤蔓上数次，效率惊人。

莱格修斯有意把山巅附近的甘苗花留给没有翅膀的兰多与蜥蜴人，渐渐地越飞越远。宛籽趴在他的背上，忽然觉得底下的刺藤也并不是那么恶心，她仿佛飞越花海，要去往这颗星球的尽头。

“看，那是什么？”宛籽忽然发现了视线中不一样的风景。就在视线可及之处，紫色的藤蔓戛然而止，在一棵树外绕了一圈，唯独没有寄生在它身上。莱格修斯也看见了那道独特的风景，他振翅滑翔，逐渐靠近那一棵不一样的树木。忽然，他的方向略略侧移，显然是临时换了方向，飞行的速度也缓慢了下来。

“莱格修斯？”宛籽疑惑道。她看不见他的表情，却可以看见他的耳尖微微地红了起来。哎？宛籽抬头仰望远处幸免于难的巨树。植物园里许多美好的植物都已经被淘汰殆尽，唯有这一棵树依旧遮天蔽日，阳光下，透明的花朵藏匿于枝叶间，在一片阴森的暗紫藤蔓中美得令人窒息。

那是——怀桑花？！它竟然能在这一场浩劫中活下来？

“莱格修斯，靠近一些！”宛籽急促道。她虽然不是专家，可是久病成良医，哦不，做实验品久了难免有些科学惯性思维。如果这些藤蔓都绕开它长的话，会不会怀桑花树身上蕴含着克制这些基因改良版植物的成分呢？如果这些攻击性强的植物被消灭了，帝国的子民应该能够重新回到日半球生活作息吧？

莱格修斯在空中盘旋，似乎有些为难。他犹豫了片刻，最终还是飞向了怀桑花树，低空掠过怀桑花树的树梢。宛籽就趁着最近的那一刻，一把抓住了几朵怀桑花！

——带回去让薇妮研究一下吧！宛籽默默打定主意。

莱格修斯急速向上，狼狈地飞离了怀桑花树范围。在山巅上，兰多与蜥蜴人已经采摘完毕，把所有的花都聚集在了一起，包裹成札。

莱格修斯一落地，面无表情地重新穿上了斗篷。兰多收拾完毕花枝，埋着头走到宛籽面前，朝她伸出了手。

兰多把手腕缓缓翻转了过来，露出白皙的手腕，和手腕上拇指大小的一道黑痕。宛籽一愣：这是——那个“果冻”造成的伤害？

“疼啊！”兰多呢喃。他抬起头，湖蓝的眼睛里微波粼粼，满是委屈。仿佛是在控诉她一路只专心看着莱格修斯而没有注意到他。

宛籽终于感觉到了熟悉的情绪，果然是她用鱼缸抱了一路的小人鱼尾巴啊！

“对不起啊，”宛籽伸出手，摸了摸他柔软的头发，真心道歉，“没让你自由自在当个婴儿。”

如果不是她离开那么久，如果不是帝国现在这个处境，他说不定还在享受该有的童年。

“好吧，原谅你了，宛籽。”兰多眯起眼，终于笑了。紫色刺藤的花期一过，原有的粗壮藤蔓上又生长出翠绿的柔嫩新枝，这些枝条会在短时间内茁壮成长，总有一天会彻底隔绝身下所有植物与恒星光芒的接触。用不了多久，伊克斯佩特的日半球将会变成它的天下，没有任何生物胆敢擅闯进它的地盘。

宛籽搭乘着飞行器，飞过大片大片的紫色刺藤，很快进入日夜交替的区域。宛籽趴在窗户上，眺望远方的山川，依稀可以看见在草木横生之中有一座巍峨的建筑耸立在山巅，沐浴在渐渐熹微的恒星光芒下。

那是赫利俄斯宫。宛籽不禁回头看了一眼莱格修斯，发现他也正凝望山巅的景色。

葵明宫之战后，有毒的和高攻击的植物在日半球肆意滋长，帝国的平民不得不潜入暗夜之中。那时候，赫利俄斯宫其实并没有受到波及，宫内的守卫也足够清理完方圆数十里的植物，可是莱格修斯并不愿意独自生活在光明所及之处，跟随着帝国大部分人群，迁徙进入夜半球。

这是他作为帝国的新主人的责任与担当，只是，他总归是不舍的吧？那毕竟，是他的家园。

飞行器缓缓降落在港口，早已等候的战士们把甘苗花枝卸下，又急匆匆装载进另一个飞行器中。薇妮看见一捆捆的甘苗花，眼里的喜悦蔓延到了嘴角：“太好了！这些制作成延缓剂，能减轻很多战士的痛苦！”

宛籽问薇妮：“现在怎么样？”

薇妮的脸上又渐渐爬满晦涩。她轻声道：“虫族占领了伊克斯佩特星的三颗卫星，我们暂时击溃了虫族的进攻，却没有击落虫族的母舰，现在母舰返航，可能是去调取新战斗力。可是我们的战士们……已经很累了。”

薇妮的声音让喧闹的港口寂静了不少，所有人的脸色都沉重下来。帝国战士的对手其实根本不是虫族，而是他们自身的基因缺陷，还有它带来的绝望。

坦尼桑已毁，他们再也没有可以替换的复制人。已经病发的战士就只剩下苟延残喘，日复一日重复无望的生活，直到身体终于破败得无法坚持，最终化成一摊烂泥。

而在死亡到来之前，他们要经历的还有很多。

食物匮乏，身体溃烂，长年累月的，如同困兽一样的夜半球生活，还有不断肆虐的来势汹汹的虫族。这些疲惫不断在与信念相互折磨，最终凝结成了足以击垮他们意志力的绝望。

伊克斯佩特帝国，真的还能得到救赎吗？

薇妮搭乘着飞行器离开，她要尽快赶去基因研究所调配出新的延缓剂，临行之前还抽调出两名战士，强行留给宛籽。宛籽目送她离开的背影，忽然间觉得记忆中那个柔软的软妹薇妮已经不见了。不知不觉间，战争已经把薇妮逼成了一个真正的基因研究所主人。

——事实上，所有人都变了，不是吗？宛籽叹了一口气，对两名战士道：“你们去休息吧。”他们身上血迹斑斑，明显已经很累了。

战士们不肯妥协：“殿下，我们必须负责您的安全。”

宛籽回头望了一眼穿着斗篷的莱格修斯，轻声道：“我想去看一看赫利俄斯宫，他会保护我，你们放心。”

两名战士面面相觑，迟疑不决：“他是……”

说话间，宛籽已经绕到了莱格修斯的身后，踮起脚，环住他的脖颈。

“殿下！”战士们慌忙跟随，却迟了一步，只能眼睁睁地看着那个穿斗篷的高大身影背后张开翅膀。忽然，他震惊得瞪大了眼睛：“那是什么——”

微光下，所有的景物都依稀可见。那人身后的银色翅膀如同冰刃划破天际。基因改良改变了伊克斯佩特星人的发色与眸色，他们的身后长出相匹配的翅膀，颜色越浅代表战斗力越强。

……在帝国，有多少人拥有纯正的银色翅膀？

“元、元帅……”

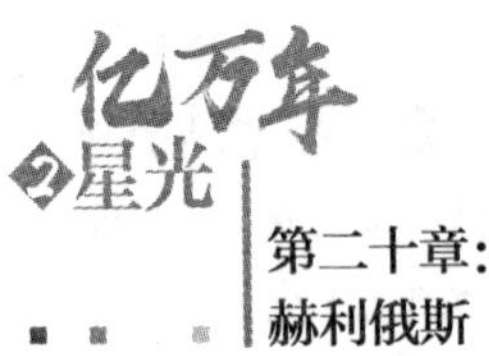

第二十章：赫利俄斯

赫利俄斯宫的城墙上落满了灰尘，曾经巍峨壮观的主宫殿内照明全无，阴森森如同鬼屋。宛籽却不觉得恐怖，她跟在莱格修斯的身后走过漫长的走廊，缓步到了城堡的顶层露台，脑海中光鲜的记忆与眼前陈旧的画面交织在一起，凌乱绰约，仿佛踏步在云端。

莱格修斯走到露台边缘，目光投向无尽的远方。斜阳落在他的脸上，勾勒出他深刻的眉眼，照射得他的眼眸几乎成了半透明。

宛籽就站在他的身后，一点都不想去打扰他。她的莱格修斯，曾经有过单纯而美好的少年时代，而后变故来临，他一夕之间成了莱格修斯。征战、杀戮、鲜血、死亡、那些残酷的过往并没有泯灭他的灵魂，纵然千疮百孔，他仍然为这一个衰亡的种族坚持着不敢有丝毫松懈。

而现在，他的脸上终于流露出了痛苦的神色。不为自己的伤痛，而是为这一颗曾经繁华鼎盛的星球。那些隐晦的一闪而过的情绪刺痛了宛籽的眼睛。她轻声道："我……见过穆查理了。"

莱格修斯终于抽回了游走的神思，眼里露出诧异。宛籽走到了他身旁，望着底下黑压压的景色。"逃生舱穿越了黑洞，我去了四千年前的穆查理帝国。"她眺望远处，闭上眼睛，"富饶的土地，绿色的山川，广阔的海洋，虽然科技比不上伊克斯佩特，可是所有一切都很美……"

宛籽微睁开眼，眼前的虚像转瞬消失，入眼的依旧是死气沉沉的风景。

"我不知道我在那里生活了多久，起初我只是以为掉落到了荒郊野外的小行星，可是不论我怎么努力，我都找不到伊克斯佩特星存在的痕迹。"莱格修斯震惊得僵直了身体。

"直到后来，我遇到了一个叫伊斯的小屁孩。"宛籽回头望向莱格修斯，眯眼笑起来，“我被他选中做战斗伙伴，可是他实在很讨厌，居然只是看上了我是个废柴……从进伊克斯学院第一天起，他就好嫌弃我。

“那时候，我找不到归途，一度很绝望……小屁孩伊斯告诉我，‘辽阔宇宙，希望是很奢侈的东西。如果它还在，就不要轻易放弃’。”

莱格修斯脸上阴沉的神情已经全然被惊骇替代，张了张口，却没能说出完整的话语来。宛籽仔细观察着他的神情，很满意地发现他脸上的痛苦已经消失不见。她轻轻舒了口气，笑出声来：“后来啊，我和那个讨厌的小屁孩，还有一个更讨厌的吃人魔王一起，成了好朋友。伊斯和他一起帮我做特训，我在特训中学会了很多，身体也……喏，至少不是废柴了。”她撩起袖子，捏紧了拳头露出肱二头肌，“你看！我变强壮了！”

莱格修斯依旧保持着原来的动作，呆滞地看着眼前的地球人。的确，从他醒来，他已经发现了许多变化。她的体力和灵敏度要比从前好很多，在八脚怪的山洞和在植物研究所丛林中她已经能表现出相当的作战能力……这一切，他都以为只是她流亡在外时因为生存所迫的被动成长。可是现在，真相已经远远超出了他的想象。她的成长竟然来源于——

“在地球上，人类曾经是食物链的顶端。”宛籽叹息，“可是到了这里，我就成了底层，还是食物餐单之一。”

“宛籽……”莱格修斯终于挤出了艰涩的字眼，眼底微光闪动。

“可我正在变得适应这里的生存，虽然过程很痛苦，可是我在进步。”

莱格修斯轻声道：“……你很好。”

“对啊，我很好。”宛籽在他面前仰起头，“你也很好，伊克斯佩特也很好。我们脚下的这片土地仍然铭刻着穆查理帝国的记忆，守护它的战士依旧热爱着它，这颗星球仍然保留着它高傲的灵魂，就算希望再奢侈，它依旧存在，不是吗……伊斯·艾伦特？”

宛籽静静看着莱格修斯。念出这个熟悉的名字，要比她想象中容易许多。就在不久之前这个名字的主人还曾经与她并肩作战，而现在，她站在莱格修斯面前，认真地呼唤他的过往。莱格修斯全身一震。

——伊斯·艾伦特。这个早就消失在岁月长河里的名字，他几乎已经忘记了它的存在，就连灵魂上的痕迹都仿佛被冲刷干净了。

他艰难地松开了紧握的拳头，举到半空，却不敢触碰他的地球人。他不确定，站在他面前的究竟是他的臆想，还是真真切切存在这样一个人，了解他的过往，触及他的灵魂，跨越亿万年的宇宙星河，降临在他阴霾无望的生命里。

四千年来，他并不是最初的莱格修斯，也不是唯一的一个。他真的，能够拥有这样一个相伴的灵魂吗？宛籽看着他呆呆的模样，依稀能够了解他的惶恐。这个笨蛋，强悍的外表下，其实灵魂卑微得像个机械传送带上的小齿轮，明明就，柔软得一塌糊涂啊！

当初为什么害怕他那么久呢？她利落地抓住了他的手，脑补自己是一个霸道总裁，不容分说地投进他的怀里，踮起脚，趁着他发呆的时候去亲吻他的嘴唇。

……居然，够不到。脑补的玛丽苏段子烟消云散。

宛籽耷拉着脑袋，忽然脑海中电光一闪，把口袋里的透明花朵掏了出来，递到莱格修斯的鼻尖。

“那个……”她在他触动的表情下抓耳挠腮，“刚才给完薇妮研究素材后，我私自留了一朵……”

莱格修斯的脸瞬间通红。宛籽顿时明白了什么叫人比花美。表达爱意的怀桑花朵。她现在深刻怀疑是不是因为伊克斯佩特星人太高了，无法用身体表达“我想泡你”这磅礴的爱所以产生的必备道具！关键时刻还真是表意清晰，言简意赅啊！

“莱格修斯……”宛籽轻声道，“我很爱你，只是你，比喜欢多很多……所以，请你不要轻易绝望，不然我会害怕得……找不到活下去的希望。”

她已经没有办法想象，没有莱格修斯的宇宙会是什么样了。莱格修斯的目光迷离，却只是短短一瞬，下一瞬他忽然拦腰抱住了宛籽的腰，从露台上一跃而下——

“啊——”宛籽被他突如其来的动作吓了一跳，紧紧抱住他的脖颈。莱格修斯张开身后的翅膀，俯冲向远处地面，又险险地向上滑翔，从一处窗口飞进了城堡的内部！

“莱格修斯……”宛籽感觉到自己的身体被放置在了一片柔软之上，那是她原本居住的赫利俄斯宫的寝殿内的床。莱格修斯跪伏在她的身上，身后的翅膀仍然尽情地舒展，被斜阳染成了温暖的金色。

“等——”宛籽心跳凌乱，慌忙支起身来，却被莱格修斯蛮横的吻压回了床上。一瞬间，属于莱格修斯的气息铺天盖地而来。

“莱……唔……现在不合适……你的伤……虫族……”

宛籽挣扎无果艰难地吐出断断续续的言语。虫族的军舰不知什么时候会到，莱格修斯的胸口还有一个巨大的洞，更不知道什么时候会变回傻瓜待机模式，不论如何，现在都并不合适做某些……咯，耗时耗精力的事情啊！怀桑花表达的感情永远只有本垒吗？就没有 ABC 强度不同的若干档吗？

“唔呜呜……”宛籽终于抽出了手，用力推莱格修斯的胸口。莱格修斯终于移开了一丝距离，交融的唇齿之间抽开一条晶莹的液体，炙热的目光黏着在宛籽的脸上。宛籽面红心跳，飞快地捂住了自己的眼睛。虽然老夫老妻了……但是不论看多少次还是觉得，此处应该马赛克啊……

可惜，莱格修斯似乎并不打算让她缩进龟壳里。他跪伏在她的身上，额头抵着她的额头，执拗地把她自欺欺人的手拽开。

“别看……”宛籽自暴自弃，睁开了眼睛。

“我，不是最初的伊斯·艾伦特，也并不是唯一的莱格修斯。

“我为帝国而生，也将为帝国而亡。”

宛籽愣住，忘记了挣扎。她不明白莱格修斯讲这些的缘由，只是看见他一贯平静的眼底翻涌着从未有过的情绪波澜。然后，她眼睁睁看着他牵引着她的手，抵在了自己的胸膛上。莱格修斯望进她的眼，用低哑的声音道：“但这里所承载的灵魂，永远为你所有，直至腐朽。”

莱格修斯的声音低沉而温柔。宛籽却忽然不知所措，呆愣了好一会儿，眼泪一不小心从酸痛的眼眶里溢了出来。她了解莱格修斯，帝国的强盛是他生存的唯一意义。可是现在，他却在用笨拙的语言，试图在立一个今生今世的誓言。他终于，彻彻底底地，不再认同自己只是一个复制品了。

“忽然说这种仪式性的句子，在我们地球上，”宛籽用另一只手粗暴地擦眼泪，“要戒指的，钻超大的那种。”莱格修斯脸上露出疑惑的神色，过了好久，他的脸上流露过晦涩：“对不起，那个‘戒指’，和破军号一起……”

宛籽忽然记起了很久以前她送给莱格修斯的手工版求婚戒指，顿时笑了出来。看他一脸萎靡她攀着他的脖颈，把自己的额头贴了上去。算了不合时宜，就不合时宜吧。她现在，只想把这个笨蛋灵魂上所有的胆怯与卑微，一点一点消融得干干净净。宛籽指尖划过他的胸口，忽然发现莱格修斯此刻身上的铠甲并不是原装的帝国高科技产品，无法完成一秒脱衣那种设定。

……所以要手工解吗？可是从哪里拆啊？

宛籽退开一些距离，胡乱地在他身周摸索，脸上发烧手指发抖，感觉自己愚蠢得像罗斯特。铠甲的构造很复杂，轻薄的金属片贴身在身上完美镶嵌，明明她的手都能触碰到莱格修斯的心跳，可就是找不到解开的方法……

“宛籽。”莱格修斯从刚才开始就一直在发呆，终于找到了机会开口。

“……别看我，别说话，不许动。”宛籽鸵鸟一样低着头，开车找不到钥匙，这绝对是人生糗事……

莱格修斯真的不说话了，专注地看着她的动作，乖巧得就像是一只金毛。宛籽气喘吁吁，最后终于，放弃了！她推着莱格修斯坐了起来，闭上眼睛把自己的唇贴了上去，轻轻舔舐他略微冰凉的唇，趁着他惊讶张口的时候，她用舌尖挑开他的唇齿，探进他的口中。

顷刻间，微凉与柔腻的触感传来，她的脊椎上升腾起微妙的酥麻。宛籽感觉自己的脸已经烧了起来，指尖的小血管也在跳动。她偷偷睁开眼睛，偷看莱格修斯，莱格修斯的呼吸陡然加剧。他的胸口剧烈地起伏着，仿佛数千年前的呼吸本能重新回到了他的身上。

莱格修斯的眼周红了一圈，脸上已经冒出许多汗珠，柔软的金发贴在脸颊上，嘴唇也被他自己咬得泛了白。宛籽忍无可忍笑了出来，贴着他的耳边轻声说：“好了，可以动……”话还没有说完，她的脊背重重压上身后的床榻！

“莱……”宛籽的身体深深地陷进了柔软的床榻中，指尖也不知道碰到了他铠甲的什么地方，忽然传来一阵刺痛。

“唔——”她痛得红了眼。没有想到，莱格修斯居然停下了急躁的动作，一把抓过了她的手腕。指尖上滴下一滴血，殷红晶莹。莱格修斯轻轻舔了舔她的指尖，把那点殷红吞入口中。他调整急促的呼吸坐直身体，按下腰间的一个锁扣，一瞬间整件铠甲从他的身上一块一块跌落，大片白皙的皮肤裸露在了恒星余晖下，如同藕色的瓷器。

——原来开关在腰上啊！宛籽好奇地凑上去，结果又被按回床上。她还想看一眼，结果身上忽然一凉，原来是她的衣服被莱格修斯扯成两半，从领口直接撕破到了裙摆……

“等下……”我还要穿的啊啊啊——说话间，莱格修斯的气息彻底把她笼罩。她的唇齿被占领，充满雄性荷尔蒙的气息扑面而来。急促的呼吸与心跳已经分不清是谁的，宛籽感觉自己的胸口贴到了莱格修斯冰凉的皮肤，身上一阵一阵的战栗，口中是莱格修斯肆虐的舌尖，整个灵魂都被碾压得支离破碎。

她感觉自己快要喘不过气来了，指尖胡乱地挣扎推搡，结果被莱格修斯一手抓住一个手腕，压到了头顶。

宛籽终于找到了一丝喘息的机会，却是因为莱格修斯的唇舌终于放过了她的嘴唇，炙热的吻从她的嘴角蔓延到了颈侧，路过肩胛骨，舌尖停顿到了她的蓓蕾上，轻柔地绕了一圈。

“嗯……”宛籽难耐地发出了一点声响，“唔……手……”

都到了这份儿上，老夫老妻的其实也……不太用矫情了……她很想拥抱他，用自己的身体，贴近他的灵魂。然而显然莱格修斯不信，他甚至不再听话了，固执地固定着宛籽的手，他用牙齿轻轻啃噬她敏感的部位，让她出口的话语都变成零碎的喘息。

“莱唔……”莱格修斯听见宛籽发出的声音，他金色的眼眸中流露过一些焦躁的光芒，眼色微微暗沉。宛籽的心脏狂乱地跳起来。她感觉到莱格修斯的皮肤滑过她的，在一片冰凉中唯有一处火热，燃烧得她也几乎快要燃烧起来。可是……可是……她还来不及做好足够的心理准备，忽然感觉到身下传来一阵剧痛，胀痛与撕裂的感觉一瞬间席卷了她，冷汗顷刻间遍布全身。她张开口急促呼吸，什么声音都发不出来了……

沉浸于自己情绪中的莱格修斯终于察觉了她的异样，他松开手，额头抵住她的额头：“疼？”

废话啊啊啊——莱格修斯用手轻轻拨开她濡湿的刘海儿：“可是之前，明明不疼了。”

——废话！很久了啊！！！宛籽依旧讲不出话来，只能大口大口呼吸，全身战栗。莱格修斯的鼻尖凝结着一滴晶莹的汗珠，他在忍，忍得很委屈，明明是罪魁祸首，却睁着无辜的眼睛仓皇地看着她不适的样子。然后，他居然真的开始往外退。宛籽仅剩的力气，仰身用力抱住他，一口咬在了他的唇上。

“宛籽……”

宛籽吃力道：“笨蛋……慢……慢一点就好……”

莱格修斯听懂了她的话，眼里迸射出兴奋的光芒。他急促地又把她压在了身下，疯狂地吞噬她的唇齿。然后，他轻缓地动了起来。宛籽感觉自己的灵魂被碾压侵占得一丝不剩，渐渐地，久违的痛楚渐渐淡去，随之而来的是焦躁与空虚……可是刚刚才立了 Flag 啊……宛籽难耐地仰起了身体，感觉自己的脊背与床榻摩擦也产生了一丝丝酥痒。

“莱格修斯……”她捂住自己的眼睛，从指缝里偷偷看他汗涔涔的脸。莱格修斯专注看着她。

“……我爱你。”宛籽轻声道。莱格修斯的眼色陡然暗沉。

“……对不起。”他颤抖道，随后用力咬住了宛籽的唇，疯狂地与她交融……

宛籽的空虚终于彻底消散。她感觉视野模糊，整个世界在天晕地转。朦胧间，恒星的光芒照射进整个房间里，也被碾压成碎片，消散在她目光所及的宇宙星河中。

宛籽醒来时，世界已经归为寂静。她睁开迷蒙的眼睛，看见莱格修斯正趴在她的身旁。他依旧没穿衣服，裸露的脊背被斜阳勾勒出优美的弧度，长长的眼睫几乎要触碰到她的鼻尖。这是梦吗？宛籽吃力地支撑起酸痛的身体，那些凌乱的碎片记忆迟来一步，如开闸的洪水一样涌入她的脑海中。她顿时感觉自己的脸烫得快要炸了——

啊啊啊——别想了！宛籽坐起身来，捂住自己的脸，努力地从莱格修斯瓷般完美的脊背皮肤上挪开视线，把目光投向窗外。窗外彩霞满天，天边依稀有一些黑色的飞行器如同鸟儿一样各自在航线上翱翔。渐渐地，那些飞行器组成了一个奇怪的形状，每一个飞行器中射出一道射线，与周围的飞行器相连。

宛籽忽然有种不祥的预感，哆嗦着走到窗边。果然，那些飞行器的射线逐渐构成了一个硕大的八边形，随后射线渐渐变宽，天空中出现了一个八边形的黑色暗影区。那是——暗影区中出现了一个男人的半身虚空投影。那人有着蓝色的短发与温和的瞳眸，对着地面上的人露出一丝微笑。

……亚瑟？宛籽盯着他的笑容，只觉得毛骨悚然。

“莱……”她想要叫醒莱格修斯，却发现他不知道什么时候已经站到了她的身后。下一刻，空中的投影发出了声音：“我亲爱的帝国子民，我很荣幸，能见证这历史性的一刻。”

宛籽惊叫：“他怎么可以做到……”莱格修斯的脸色阴沉了下来：“虫族攻破了天网。”天空中，亚瑟的身影一直保持着同一个姿势，如同一个巨人瞰底下的微观世界。

“宇宙万物都有它的运转规律，四千年前，狂妄的穆查理先人强行改变了这些规律导致万物生长脱离轨道，灾难降落在所有伊克斯佩特星人身上。

“战争，病痛，饥饿，死亡，离别……四千年来，我们与这些苦难纠缠，从没有过哪怕转瞬的解脱。

“黑夜如此漫长，生命就如同一场无休止的徒刑。

“当所有的希望都已经化为星尘。

“是时候，结束这一场噩梦了。”

宛籽站在赫利俄斯宫的窗前，仰望半空中的虚影。亚瑟依旧是那个亚瑟。明媚，优雅，湛蓝的眼眸中深藏着令人沉醉的温柔。他的虚拟形象从高空中俯视伊克斯佩特星的山川河流，就像凝望着自己曾经深爱的情人。可是从他口中吐出的话语却寒冷如同万年冰川。他正用他一如既往的柔和嗓音，诱惑着地面上的战士所剩不多的信念与决心。

——这样的亚瑟，比魔鬼还要令人心寒。

宛籽趴在莱格修斯的背上，跟随他离开赫利俄斯宫。她穿梭在稀薄的云雾间，感觉就在亚瑟的眼前飞翔，只要稍一抬视线就能对上亚瑟的目光。她不明白，明明在另一个时空里，在穆查理星上，那个一度被洛迪洗脑的亚瑟，在最后的关头，宁可选择死亡也要保护他深爱的母星。明明他们是同一个人，为什么这一个亚瑟能够狠得下心，不惜一切代价，也要摧毁自己的母星呢？

一个人怎么可以疯狂得那么彻底？莱格修斯的飞行速度已经接近极限，没过多久，港口模糊的影子就出现在了宛籽的视野中。港口内所有的战士都仰头望着天空，有人怒不可遏，有人灰心丧气，更多的人脸上浮现出迷茫的神色，就连宛籽与莱格修斯落地都没有觉察。他们已经迷失了。宛籽落地，扯着莱格修斯低语：“我们得去能截断信息的地方。”

莱格修斯道：“基因研究所有干扰装置。”

宛籽：“那我们快去基因研究所！”

没有人能在走投无路的时候还信心百倍，就算是伊克斯佩特星的战士也不例外。没有人预料到，虫族对抗伊克斯佩特星人的最终战，第一回合竟然是心理战。地面上所有的战士都已经支撑疲惫了太久，也绝望了太久。所有的生物都是在极度疲惫的状态下容易被洗脑驯化。此时此刻所有的战士都将面临意志力的崩塌，如果不及时给予他们信心，恐怕这最后一战虫族会不战而胜。

片刻后，一枚高速飞行器从港口起飞，不久之后，抵达夜半球基因研究所。基因研究门庭冷清，守卫森严。宛籽出现在门口时，引发了一阵骚动，很快罗斯特匆匆从里面冲了出来，亲自把宛籽接进了研究所。

“你现在其实……不该来这里。”寂静的过道上，罗斯特的声音低沉地响起来。

“为什么？”宛籽问。她跟在他的身后，发现往日意气风发的二货少将罗斯特明显情绪低迷了不少，他的肩膀微微佝偻，不知道是因为压力还是受伤。罗斯特的脚步沉重，心情也沉重，甚至没有警觉地排查跟在宛籽身后的那个人是谁。只是自顾自地解释：“虫族围攻，最重要的是天网已经沦陷，战士们的身体也……自从天上出现了那个东西，大家都很低落。”

宛籽问：“基因研究所……有什么东西可以帮上忙吗？”

罗斯特低声道：“有一些超脑体，几千年前的老机器了，当时没有天网和主脑，我们靠它发射强烈信号……”

宛籽：“这么厉害？”

罗斯特：“那时候基因还并不优秀，我们甚至可以靠它让人产生幻觉，但是现在已经没效果了……”

宛籽脑海中电光一闪忽然明白那是什么东西。伊克斯学院的入学考试时，在考场里迷惑她和伊斯、灰叶的那个装置，恐怕说的就是这个“超脑体”吧？对于当时的普通体质的人来说，它的确已经很厉害了，后来居然被淘汰了吗？

宛籽思绪翻飞，不知不觉跟着罗斯特进入了基因研究所地下三层。舱门开启，一个巨大的防空大厅出现在她的眼前。大厅里聚集了密密麻麻的人群，他们大多身着军部制服，每个人脸上都带着抑制不住的疲乏神色。

“宛籽殿下？”人群中，有人发现了罗斯特身后的宛籽。所有人的神情一震，脸上露出欣喜的神色。

“您真的还活着？！”

“薇妮大人没有骗人……殿下您、您居然能从破军号上逃生！”

“太好了，如果殿下在，我们的战士至少还有战斗的信仰……”

宛籽站在人群中间，扫视这些人的脸孔。葵明宫一战，绝大多数军部元老都已经身故，这些年轻的面孔是从军队中选出的新任领袖们。他们年轻，热血，对帝国充满赤诚的爱，却也相对缺乏上位者的经验。此时此刻，他们年轻的脸上写满了欣喜若狂，之前的疲倦一扫而光。

——真的还是年轻人啊！宛籽低头偷笑，用余光扫视身旁的莱格修斯。

一会儿还有一个大惊喜呢。伊克斯佩特星总共有三颗卫星，每一颗卫星上都建立了信号发射装置，这些装置在离地几十万米的高空编织成一张覆盖全球的信息探触网。

这张网就是天网，也是主脑栖身的地方。天网被攻占，意味着支持着帝国的人工智能系统变得彻底不可信任。伊克斯佩特星的科技，一夜倒退回数千年以前。

“我们总共还有三个超脑体。”罗斯特指着大厅中央，“但是只有一次机会。”

大厅中央陈列着三个锥形金属盒，工程师们正来来回回对它们进行调试。此时此刻，基因研究所仿佛一夜回到了四千年前。大厅里只有简单的照明，没有先进的自动化装备，没有体贴入微的人工智能，所有的工程师都借助于双手，通力合作，在对三个锥形体进行紧张的最后调试。许久之后，主控的工程师突然退后了几步，握紧拳头道：“调试完毕！”

大厅内所有人屏住了呼吸。主控工程师道：“如果成功的话，超脑体能够暂时侵入天网，将这里的信号覆盖到已有信号上。”

他眯起眼睛，按下启动按钮。超脑体发出轻微的震动，顷刻间，监视器所捕捉到的天空画面中，亚瑟的声音消失了。

——成功了！所有人同时欢呼！罗斯特问：“能维持多少时间？他们会不会夺回主控权……”

“亚瑟只是医疗人员，”主控工程师抬起头，额头上的汗珠晶亮闪烁，一如他眼底的光芒，“我不相信虫族能拥有对天网进行修复的智慧。”

“然……然后呢？”寂静中，有人问。主控工程师一愣，旋即沉默。

所有人都沉默下来。之前大家的思维都被短暂的喜悦麻痹着，所有人沉浸在“至少先把超脑体调试完毕”的梦境中，而现在，实验成功了，残酷的现实就压了下来。长久以来压抑在每一个人心头的巨石，终于快要把最后一丝希望碾压殆尽。

的确，只是强制性撤除了在天上洗脑的亚瑟投影，并不能够改变现状。就算在天空投影上讲得天花乱坠，能改变基因缺陷带来的病痛，挽救现状低迷的士气吗？能让已经占领三颗卫星的虫族原地消失吗？能让一颗垂死的星球从此焕发生机吗？

可是除此之外，还能怎么办？伊克斯佩特星……大概真的已经走到绝路了吧？大厅里正激昂的士气明显低落下来，凝重的气氛笼盖在每一个人身上。就在这一片低迷中，一个平静的声音响了起来：“替换画面，宣布开战。”

——谁？！所有人回过神来，只见一个穿戴斗篷的男人从宛籽的身后走出，缓缓走到超脑体旁边。

“你是什么人？！”罗斯特终于起了警觉心。在场的青年将士们纷纷掏出武器，对准了这个不速之客。就在所有人的目光中，不速之客的手轻轻抚过超脑体，仿佛抚过久远的记忆。

“你到底……”不速之客在所有人面前摘下了斗篷帽。众目睽睽之下，一抹金色的发丝露了出来。

“替换画面，宣布开战。”不速之客抬起眼睛，静静地与罗斯特和他身后的将士们对视，淡金色的眼眸中噙着一抹平静的光。所有人都愣神看着眼前的不速之客，脸上只有呆滞与不可置信。

“元……元帅……”这怎么可能？

没有了天网，外面的情形无从知晓，可是在这大厅内，那些经历了无数次战火洗礼的年轻战士们一个个赤红了双眼。在极致的情感冲击之下，连欢呼的力气都消耗殆尽。元帅还活着！数千年的基因缺陷终于……终于找寻到了救治的方法！

莱格修斯的影像被传达到伊克斯佩特星的每一寸领空，激荡在每一个伊克斯佩特星人的心里。宛籽站在莱格修斯身侧，看着他隐没阴影中的脸——明明已经是生死存亡之际，可是他仿佛凌驾于战争之上，对眼前的星际战争毫无感觉……这就是伊克斯佩特星的战神——莱格修斯·伊克斯。

要不是她离得足够近，可能她也会像这颗星球上的其他人一样，把他当作神明来看吧……

宛籽悄悄靠近他，轻轻地握住他的手。他的手冰凉，甚至有些颤抖。她牢牢握住莱格修斯的手，用体温安抚他隐藏得很完美的紧张情绪。因为足够靠近，因为他对她没有丝毫防备，因为她看得见他的灵魂，因为她终归是站在他身旁的那个人。所以，他来守护这个世界，她来保护他。

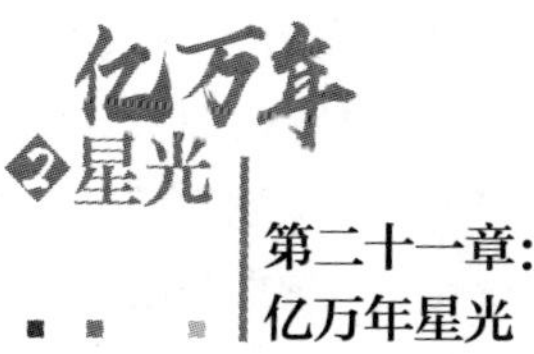

第二十一章：亿万年星光

不论如何，存亡之战已经来到。莱格修斯的影响不止传达到伊克斯佩特星上，超脑体还把它发射到能力所及的所有范围内。星际战争旷日持久，在每一颗星球上都散落着逃亡的伊克斯佩特星人，还有受伤的战士们，这段影像同时也传送到了他们的眼前。于是已经零散的军部力量被重新整合，无数尚存战斗力的战士从四面八方聚集起来，即刻奔向自己的母星！

的确，伊克斯佩特是一颗早就腐朽的星球，的确它已经衰微已久。但是莱格修斯元帅还活着！他已经找到了救治基因缺陷的解药！已经没有任何事物，能够阻挡他们向母星进发了！与此同时，伊克斯佩特军部宣布：集结本星系所有尚存兵力，向一号卫星发起激烈的反攻战役！

重修完成的战舰划破长空，夜半球的天空被焰火照亮。宛籽站在新破军号的指挥舱内，看着它穿破云层，挣脱引力，直直扎进广袤无垠的太空。几乎是同时，战舰指挥舱的外壳变成了透明，她站在指挥舱中央宛如悬浮在太空中，所有的茫然与喧嚣在这一刻都彻底消散。

她所见，只有身旁的莱格修斯，还有眼前的宇宙星空。

“警告，发现不明声波回应，目标距离 5000 星际单位。”

“警告，发现不明声波回应，目标距离 3000 星际单位。”

战舰的警报声一声声响起。莱格修斯自始至终都没有发出过指令，他的目光专注于前方，仿佛与这个世界隔绝。他身旁站着五位年轻的少将还有现任元帅罗斯特。少将们的脸上已经出现了一丝焦虑，只有罗斯特眼里绽放着隐隐的光芒，神态是前所未有的自信。也是，那毕竟是战神那是莱格修斯啊！

“警告，发现不明声波回应，目标距离 1500 星际单位。”

——已经这么近了？！宛籽回过神来，扭头望向莱格修斯所看的方向，顿时脊背上被吓出一身冷汗。新破军号的对面出现了铺天盖地的虫族军舰，已经不需要机械，只凭肉眼就可以看见——他们的军舰比起帝国的军舰要小很多，密密麻麻，就像是狂蜂倾巢而出，以铺天盖地之势正向这边涌来。明明没有任何声息，可是所有人都仿佛听见了虫子们扇动翅膀的声音。

真的是……无法计算的数量！——为什么不开火呢？

宛籽无法确定。她也曾经经历过和虫族的战争，虫族的军事科技不如伊克斯佩特星，只要在远距离的情况下开火，虫族的应对能力就会很被动！可是莱格修斯……她紧紧盯着莱格修斯的脸，他并没有开口发动攻击的意思。他只是死死盯着眼前的数量惊人的虫族战舰靠近，就像是手无寸铁的人面对狂蜂潮流放弃了抵抗一样。

为什么？他到底在等待着什么呢？宛籽紧张得握紧了拳头。她见过虫族的作战方式，他们也有炮火，虽然不强，但是他们竟然也没有开火？

“警告，发现不明声波回应，目标距离 500 星际单位。”

“特殊警告，目标接近发射极限值，目标接近发射极限值。”

警报声已经升级到红色。就连罗斯特脸上的自信也有些挂不住了，他焦虑地望向莱格修斯：“元帅……”

一旦虫族的军舰进入发射极限值以内，那么代表新破军号的炮火已经扫射击中所有敌军。到那时，虫族的小型军舰就会灵活地穿梭过火线，利用自己的体型小灵敏度高的特性，把机械口器扎进帝国的大型军舰中，就像是昆虫吸食血液一样。一旦造成完全闭合的连接口，那么虫族的精锐战士们就会从那些连接口中杀入帝国军舰，通过近身战，取得军舰的操控权！这是一种……非常有虫族特色的作战方式，也是迄今为止对付伊克斯佩特星人最笨拙、却是最有效的方式。

更何况现在的帝国战士们几乎没有完全健康的！

一旦他们取得了大型杀伤性武器的操控权……

“特殊警告……”

“Z-3 准备，人工操作。”终于，莱格修斯发出了第一个指令。

“是！”罗斯特激动高呼，“Z-3！准备！锁定目标！”现在虫族的距离是……300 星际单位？莱格修斯抬眼，冷冷地道：“目标 500 星际单位。”

“什么——”虫族已经距离只有 300 星际单位了，为什么是 500？

罗斯特震撼地瞪大了眼睛，随即马上反应过来，冲上主控平台，切换人工模式。不管了！这就是命令！关键时刻还得人工操作啊，人工智能还会一遍遍确认是否执行，现在的情况哪怕一眨眼的工夫都不能浪费！

“辅舰转人工操控，S-22 准备，100 星际单位。”

“是！”罗斯特应声。

“发射。”莱格修斯一声令下。罗斯特几乎在同时按下发射按钮！

顷刻间，重型炮火 Z-3 从破军号上射向远方，所有的辅舰同时发射小型却密集的 S-22，如同流星雨一般朝着虫族舰队进发！虫族的小型战舰数量众多，却也难逃流星雨式的攻击。S-22 在帝国的舰队之前形成了一张巨型光网，竟没有一艘战舰能够突破这一层防护！

宛籽的心悬挂到了嗓子眼，她忽然明白为什么莱格修斯要等虫族逼近到极限再开火了，如果再稍微远一点，可能炮弹形成的防护网就没有如此密集了吧，虫族战舰太小了，有一两艘运气特别好的突破重围也不是不可能的事……

“虫族主舰！”罗斯特紧紧盯着前方，惊叫出声！三颗卫星中，帝国首选是防备最薄弱的一颗。没有人想过，虫族的指挥主舰居然就在这一堆密密麻麻的小型战舰后面。

有主舰在，为什么他们也没有开火？震惊过后，所有少将脸上浮现疑虑，又渐渐明白过来，每一个人的眼睛里都绽放出兴奋的光芒！莱格修斯元帅他从一开始就在赌虫族的主舰在这一颗卫星上，在两军初遇时，甚至是在更早的时候！虫族的主舰一般配备重型武器，却通常不会冲在最前面，一旦刚才新破军号开火，恐怕只能击中在它周围的小型战舰群而已，而真正的主舰很有可能趁着战乱发射重型炮火，随后逃之夭夭。葵明宫之战就是因为这个原因，才没有全歼入侵的虫族。

刚才新破军号没有开火，这个行为迷惑了虫族，让他们产生了侥幸心理——也许伊克斯佩特星所剩的战备已经不多了呢？也许帝国剩下的炮火需要足够靠近之后才能进入有效射程，比如 S-22？如果这已经是伊克斯佩特星人最后挣扎的希望呢？有没有可能，一举歼灭？

怀抱着这个侥幸心理，虫族主舰也没有开火。它就暗藏在层层战舰后，装作好像这颗卫星上根本没有主舰的样子，小心而又谨慎地靠近新破军号。

它越靠近越兴奋，曾经驰骋宇宙的神话，到此，终于要结束了……

Z-3 击中虫族主舰，炸开惊天的焰火！指挥舱内久久没有人发出声音。没有人预料到战势会是这样的发展。就算是帝国战士们，在得知莱格修斯元帅活着归来后，也只是兴奋于反击战的开始。可现在竟然，只一战……就击中虫族军队的主舰？！这怎么……可能呢？就在所有人震惊时，莱格修斯望向远处的战况，冷冷地道："转人工智能模式。"

"是……是！"罗斯特哆嗦着切回自动模式。

新破军号主脑的声音又响起来："请下达新指令，新破军号将为您而战。"

莱格修斯抬眼，淡金色的眼眸中映衬着远处的战火："Z-3，自动锁定目标为敌军最大主舰，即刻追击。"

"收到指令。"指挥舱内，终于有人完全反应了过来，惊叫出声："元帅！我们……我们这一战……"这一战，能赢。

宛籽握紧了拳头，死死盯着 Z-3 发射进程。在以往的战役中，帝国军队从来没有像现在这样接近虫族主舰过，一次都没有。

因为伊克斯佩特星的战线已经崩溃，因为帝国的战士们已经无法战斗，因为战无不胜的破军号已经坠毁在不知名的小行星上，因为身为帝国皇帝的战神莱格修斯已经身亡……种种颓势叠加，帝国已经名存实亡。正是因为这些原因重重叠加，才让虫族主舰有了放手一搏的信心，正是这孤注一掷的信心，让它第一次彻底完全地暴露在了帝国的炮火之下！

而利用所有的颓势操控了整场战争的人，是莱格修斯！谁能想到呢？战场实在太过瞬息万变。宛籽静静等候着。然后她看见第二颗 Z-3 穿过光网，迅速追上了企图撤退的虫族主舰，在它的引擎位置爆炸。

火焰波及它周围的小型战舰，炮火连接成一片。虫族主舰仍然在逃窜，却已经失去了方向，竟然朝着伊克斯佩特星飞去！——确切地说，是坠落。莱格修斯看着虫族主舰坠落的方向，轻声道："新破军号，追击。其余辅舰，清理战场。"

"元帅——"罗斯特急躁道，"我们的准备不够充分——"就算虫族主舰已毁，剩下两颗卫星的残余虫族要是赶过来怎么办？要知道虫族的战斗力从来就不是主舰！现在的火力根本不够啊……

莱格修斯道："战争永远没有充分准备的时机。"

罗斯特："元帅……"

僵持间，主脑的声音响起来："发现声波回应，目标距离 5000 星级单位，身份认证：帝国 3453 舰队"罗斯特瞠目结舌："他们是……"上一场战役中因为伤亡过多，基因缺陷集中爆发而被要求在附近星系原地解散安度最后时光的战队！

莱格修斯终于露出了一丝笑意。“归来的战士。”他轻声道。

虫族主舰坠落在伊克斯佩特星的植物研究所附近，落地之后立刻被火焰吞噬。热浪席卷了植物研究所，黑紫色的寄生藤上也燃起大火，那些活蹦乱跳的植物们叫嚷着，大半被烧成了灰烬。新破军号悬浮在植物研究所上空。宛籽站在指挥舱内，看见的已经是一片焦土，满目狼藉。

……应该是彻底损毁了吧？宛籽静静看着虫族母舰的残骸，实在无法开心得起来。她知道，在那个母舰上搭乘的是虫族，并不是嗡嗡叫的虫子，而是具有高等智慧的能与人交流、有自己的信仰与感情高等虫族。就事论事，四千年前，明明是伊克斯佩特星对他们做了残忍至极的屠杀。

“他们着落还算顺利。”莱格修斯的声音在她的身旁响起，“舰上的乘客如果没有经历内乱，应该绝大多数都能存活。”

宛籽惊讶回头。莱格修斯道：“如果他们愿意放弃战争，帝国不会把他们赶尽杀绝。”

“我……”宛籽心虚地移开视线。是她的表情出卖了她的思想吗？莱格修斯盯着她的眼睛，轻声道：“种族之战，原本就是残酷的。但是如果能以和平为代价，没有人愿意选择杀戮。”

宛籽低下了头，远眺焦土中的虫族主舰残骸。明明已经胜利在即，可是心情却一点也没有好转啊！“如果这是结局就好了。”她轻声道。莱格修斯的手落到了宛籽的头上，轻轻磨蹭她柔软的头发。

“会的。”他回答。过了不久，支援的舰队赶到，把虫族母舰重重包围了起来。新破军号主脑对虫族母舰进行了扫描，发现其中仍然有生命体。突击队率先行动，用激光刀刃割开舰身，强行制造出一个入口，深入其中。

又过片刻，突击队员传回冷静的声音：“已经控制。”

随后，宛籽就跟着莱格修斯进入了虫族主舰。她每一步都走得很小心，越往深处走越心惊肉跳：这艘船舰实在是，坏得太严重了。内部一片漆黑，周遭凌乱破败，一阵阵焦烟味令人晕厥，她不敢想象，在这样的环境中，还能有多少人生存下来。

终于，她迈进了最后一道舱门看见了黑压压的人群。那是数不清的虫族战士站在一起，齐整地列队，他们每一个伤痕累累，脸上却看不见任何惊惶，所有人都带着同一个表情，看起来不像是被俘，更像是在接受检阅的仪仗部队，任凭突击队员们的枪口已经抵到眼前，仍然面不改色。莱格修斯双翅一振，飞离地面，冷眼看着眼前的虫族道："这一场战争，已经结束了。"

虫族的战士们终于变了脸色，原本就苍白的脸上浮现出垂死的挣扎。一阵细微的推搡之后，人群中挤出一个矮小的身影。他仰头凝望莱格修斯，目光锐利如同野兽，做出了攻击的姿态。

"来打架吧！"清亮而又稚嫩的声音响起，"虽然不知道你为什么还活着，不过我替你高兴！跟你打，死了不亏！"

……小虫！宛籽不敢相信自己的眼睛。他不是应该在回母星搬救兵的船上吗？怎么会在这里？

"你也在这里啊！"小虫也看见了宛籽，表情稍稍松动，"那个，我们是朋友，对吧？"小虫紧紧盯着宛籽的眼睛，脸上似乎露出了一点愉悦。在场的所有人都震惊地看着这一幕：一个虫族的少年，正对着帝国的帝后说我们是朋友，对吧？

"……是。"宛籽握紧了拳头。

小虫开心地眯起了眼睛："那你能不能帮我一个忙呀？"他小心翼翼补充，"没有报答的。"

"……好。"

"我们虫族啊，死了后是要回母亲那里的……如果我输了。"小虫的重新摆好攻击的姿态，一字一顿道，"请你一定，要送我回去啊！"

如果我输了，请你一定，送我回去啊！宛籽如逢雷击，深埋在记忆深处的声音碾压而来——

我们的母亲叫虫后。只有最优秀的战士，死后才能被族人送回母亲的身边，在她的怀里等待重生。在虫族母星的夜晚，只要抬头就可以看见她的光辉……我很想……很想让你看一眼……

宛籽，如果有可能，尽量活久一点吧……没有预期的痛苦突然降临，尖锐的疼痛仿佛撕裂灵魂。宛籽颤抖着伸出手抱住自己的脑袋，哭不出来，只能如同雕像一样保持着僵直的姿势，一遍一遍，接受无形的凌迟。

灰……灰叶……

时至今日，她仍然欺骗自己，真正的历史上的灰叶只是莱格修斯的战斗伙伴，他和她从来就没有相遇过。只有这样，她才能心安理得地，把灰叶这个名字从生命里雪藏起来，让那些痛苦永远深埋于久远的虚幻的记忆中。

可是她做不到。那些记忆如此真实，明明就在她的生命里。她忘不掉那些真切的相处，忘不掉分别时他颤抖的嘱托，忘不掉她坠落湖中时看见的他最后的身影，灰叶他存在过，就算只有她一个人记得，他也真实地存在过。

“来吧！”小虫厉声喊了出来。几乎是一瞬间，它风驰电掣般冲出，与莱格修斯在空中缠斗成光影。他们的动作极快，位置不断变化，短兵相接发出零碎的声响，刀光剑影如同远古的武士作战。

不论是帝国战士还是虫族，都没有人出手相助。

——这是两个种族最为骄傲的战士，在为了荣耀而战。

时间在这一刻已经没有痕迹。终于，小虫的身体被莱格修斯倾轧，重重撞击在飞船的舱壁上。莱格修斯的刀刃抵在他的脖颈处，划入一分，绿色的血液随着刀锋渗出一线。小虫还想要反抗，手臂却已经不再受控，软软垂下。

莱格修斯松开束缚。小虫从空中坠落，砸在地面上。

“果然……很强啊……”小虫的眼睛肿了，只能睁开一小条缝隙，却吃力地笑了起来。

“你也，很强。”莱格修斯气喘吁吁，捂住了胸口的伤处。虫族的战士们看见小虫的模样，仿佛是默契齐整的队伍渐渐散了开来让出了一条通道。

在场的人终于看清了被他们围在中央的是什么。那是三个虫族的长者，其中有两个已经长眠，只有一个仍然保持着坐姿，正目光炯炯地看着莱格修斯，满是褶子的脸上挤出了一抹细微的笑容。苍老的声音响了起来：“作为发起战争者，我后悔之前自以为是的愚蠢决定，低估了对手。”

宛籽紧紧跟在莱格修斯身后，握紧拳头。她知道，他说的是之前把他们留在八脚怪星球上的行为。长老闭上了眼睛：“作为一个战士，我为目睹生命的光辉而感到骄傲。恭喜你活了下来，我尊敬的敌军元帅。”

他已经快死了……宛籽看见他的肚子上插着一片飞船残骸，鲜绿色的血液正从伤口处汩汩流出来。

“莱格修斯”宛籽喃喃，看了一眼莱格修斯。莱格修斯略微点了点头。宛籽蹲下身去，捂住了他的伤口，朝着身后高声喊：“薇妮！快！快来——”长老吃力地抬起手，似乎想要阻拦。

“我知道你们所谓的战士骄傲！”宛籽粗暴地擦干眼泪甩掉脑海里盘踞的灰叶影像，“可以活下去就活下去，努力活到和平的那一天，难道不好吗？”

“我亲爱的孩子，”长老低沉道，“和平原本就是最难的事情。”

“那就别放弃啊！”宛籽哭着喊了出来，“战士的本质，不是无论如何都要活下去战斗吗？”

那些虫族战士，他们一个个坦然的眼神，每一个都和灰叶诀别时刻最后的眼神一模一样。他们分明做好了赴死的准备，为了他们身为战士的骄傲。这样的眼神在她的噩梦中出现了无数次，每一次她急躁得不知所措却又无能为力，直到此时此刻，她终于把心中积聚已久的痛苦喊了出来。

——明明还有生的机会，为什么当时不一起逃走呢？

——为什么、为什么为了所谓的骄傲就要付出生命？

——为什么就这么放弃了，灰叶？！

长老混浊的眼神一滞，缓缓放下了手。下一秒，薇妮带着医疗队冲到了他的面前，把虫族长老围了起来。在远处，小虫已经被放到了治疗舱内，苍白的小脸上狰狞的表情渐渐止息，剩下的战士们也相继得到了治疗。

帝国的医疗队员们大多文弱，像薇妮一样几乎没有战斗力，他们靠近虫族时紧张得全身僵硬，上药的指尖微微发颤。间或抬起头来，看见虫族阴森森的眼睛，顿时吓得更加无措。

“喂，不用抖，我们不揍废物的。”残暴的杀人机器战士挠头道，“一般是直接杀掉。”

医疗队成员：……

虫族没有抵死反抗，而帝国也没有把他们关进军部监狱，这发展让所有人跌破了眼镜。这是帝国的帝后，前任元帅的伴侣，来自遥远的星系的地球雌性倡导的。她现在已经抬不起头了，擦干了眼泪之后，一直处于深深的羞耻感中无法自拔。

——太……太丢人了……众目睽睽之下，这一盆狗血洒得真是……

宛籽已经预料到了自己上《星际日报》的画面，尴尬癌晚期发作，简直想要抓狂。

“你做得很好。”莱格修斯安抚地摸了摸她的发顶。

“你毕竟，给了和平以希望。”

“真……真的吗？”

莱格修斯低声道：“不过，在和平真正到来之前，还需要消除一些东西。”

“什、什么？”医疗团队推着治疗舱路过莱格修斯。虫族长老在透明的治疗舱内睁开了眼睛，对着莱格修斯缓缓道：“作为报答，我可以告诉你，亚瑟·柯博特去了葵明宫旧址。”

话毕，他就闭上了眼睛。很快，医疗团队清退干净，帝国的工程师们进入了虫族主舰，开始着手修复这一艘破败的船舰。那时，宛籽已经跟随莱格修斯飞抵葵明宫。

葵明宫已然是一片废墟，荒草丛生。在不久之前的战役中，从天而降的虫族曾经和帝国战士在这里进行了激烈的交锋，而后炮火摧毁了富丽堂皇的宫殿。宫墙、喷泉、雕像、鲜花……所有一切繁华与文明毁于一旦，只剩下一些雕刻着精美花纹的白色石头，歪歪斜斜地伫立在原本的遗址之上，无声而又寂静。

这就是战争啊！宛籽小心地穿梭在其中，搜寻着亚瑟的身影。可是偌大一个葵明宫里，根本找寻不到任何活物生存的痕迹。

——他也许已经逃跑了呢？宛籽忍不住这样猜想，却很快否定了自己的念头。她有一种感觉，像亚瑟那样疯狂而又偏执的人，绝对不会让他的这一场堂皇演出就这样拉上帷幕的。绝对不会。可是葵明宫里确实是一片死寂，根本找寻不到亚瑟的身影。如果他一定在这里，那么最后可能出现在哪里呢？

宛籽在自己的脑海里努力地查找思索，忽然眼前一亮。

——花园高塔！

“莱格修斯，”宛籽低声呼唤，“我可能、知道他在哪里。”

她奔跑着沿着记忆中的道路绕过重重废墟，往花园的方向前行。一路上许多记忆从脑海里一幕一幕闪过，如同电影一般在她的身体周围来回播放。

最初相遇时，她的身旁一片漆黑，只有亚瑟温柔的声音日日夜夜陪伴，后来她睁开了眼，常常偷窥他在实验室里忙碌的身影，不论看多少次都觉得他漂亮得不像话，再后来，他渐渐成为她最信赖的人；直到葵明宫一役，他从高塔之上一跃而下，从此变成了陌生人……

葵明宫的花园里狂风阵阵，唯一还残存的高塔格外孤单，如同这个世界的尽头。宛籽站在塔下仰望塔顶，果然看见了一个比高塔还要孤独的身影站立在塔顶。

“亚瑟……”宛籽呢喃。莱格修斯振翅一跃而起，冲上塔顶。

宛籽看见两道身影交织在一起，感觉自己坠落于梦境的边缘。那一年那一天，亚瑟在这座高塔的顶端对她摊牌。这个地方亚瑟与自己母星正式决裂，也是她对他信赖的终点。不论之前有过多少信赖，在那一刻他都与她正式成为陌路人。

而他现在回到这里，又代表了什么呢？塔顶狂风大作，沙石与落叶铺天盖地，席卷而来。莱格修斯的伤势终归没有痊愈，又经历了与小虫的一战，应战速度渐渐变得迟缓。就在他略微分神之际，亚瑟忽然身形一闪，从腰间拔出一把枪械，在他身后对准心脏扣下扳机——

“莱格修斯小心——”宛籽惊叫。莱格修斯的动作并没有停滞，他骤然转身，扣下手腕上的装置，朝亚瑟发射出一颗微型弹药！

时间在这一刻仿佛凝滞。亚瑟的身影在空中僵持了片刻，忽然直直地坠向地面。“啊——”宛籽吓得退了好几步。亚瑟就坠落在距离她几步开外的地方，沉闷的声响过后，四周的尘土飞扬起来。

宛籽呆呆看着他。他没有穿铠甲，身上的衣衫一半被火灼烧成了焦灰色，一半被鲜血染红。胸口射穿一个洞，露出来的却不是血肉，而是隐隐泛光的机械。他稍稍挣扎呻吟，那堆机械就发出咯吱咯吱的噪音，不一会儿，里面还升腾起了一点点焦烟。

宛籽看得毛骨悚然，一步都不敢动弹。莱格修斯降落在宛籽的身旁，眼睛里也露出略微的惊讶。亚瑟停止了挣扎。他微微转了转头，涣散的目光落到了宛籽身上，凝聚成微微的光亮。

“……很丑吧？”亚瑟的声音喑哑而又缓慢。

宛籽终于忍不住靠近他，颤声问：“你的……心脏呢？”

“心脏啊……”亚瑟眯起眼睛，扬起了一抹惯有的微笑。他深深地吸了几口气，忽然将手伸进了伤口，从里头一把揪出了数十根细小的神经纤维传导线。

“啊——”他大声惨叫。

“你在做什么？”宛籽扑了上去，却只握住了一点点断裂的传导线。

亚瑟气喘吁吁，望着宛籽惊恐的脸，他的眼睫微微弯翘起来，仿佛是偷偷做了坏事的调皮孩子。

“心脏，早就没有了。”亚瑟轻声道。短而凌乱的蓝色发丝被汗水濡湿，紧紧贴在他惨白的脸上，搭配着他的笑容，居然露出几分明媚来。

莱格修斯一直安静地站在宛籽身后，也终于站不住，走到了亚瑟身前，单膝跪在他身旁。他问他：“为什么这样做？”

亚瑟艰涩地抬起眼，低声道：“确保……肯定会死啊……”

莱格修斯道：“我问的是，为什么要走到这样的结局？”

莱格修斯的声音很轻，却罕见地透着一丝迷惘。宛籽跪坐在亚瑟身旁，仿佛看见了穆查理时代的少年伊斯与那个自称“基因研究所之光”的实习助理亚瑟。他们从那么早之前就成为彼此的伙伴，相伴走过四千年时光，多少次生死战役中患难与共，到头来，却是这样的结局……就算是莱格修斯也没有办法释怀吧？

“你变化很多。”亚瑟低语，“变成了……四千年里，最像伊斯的那一个。”

莱格修斯沉默。亚瑟目光飘荡到了别处：“我大概是……最不像亚瑟的那一个吧……”

莱格修斯低声道：“你的心脏和你的所作所为，是不是因为基因缺陷混淆了你的判断？”亚瑟低笑起来，胸口的机械不断冒着火花，刺啦作响。“我也不确定……但我很确定现在的我……是清醒的……我一点也……不后悔。”

亚瑟的声音越来越低，阴霾的目光却随之越来越澄明。他又挣扎了些许，吃力道：“能……让我自私地……与宛籽告个别吗？”

宛籽很害怕这样的独处，紧张得手脚都不知道往哪里放。她早就发誓再也不会对亚瑟有一丝一毫的希望，这个人已经彻底变成了她的陌生人，可是现在他已经气息奄奄地躺在地上，说要和她告别。

——有什么好告别的呢？宛籽握紧了拳头，很想一走了之。他做了那么多惨无人道的事情，却想在这一刻回到从前吗？他确实是如他自己所说，真是自私透了。

“别纠结了……反正你也……不忍心走啊……”亚瑟仿佛吃定她不忍心走，躺在地上笑了起来。

宛籽：……

亚瑟看见她憋屈的模样，笑得越发厉害，气喘得胸口的洞里又冒出一点火焰来。下一秒，他痛得全身都抽搐了起来。宛籽咬了咬牙，不再别扭了。她低声问他：“基因缺陷的解药已经找到了……还有机会活下来吗？”

亚瑟收敛了笑容，轻轻摇头：“没有了。”

宛籽顿时气岔。是啊，做了那么多坏事，身体也破败成这样，他还自己扯了一把电线加快进程，这个浑蛋根本就是想早点死……

“我本来，早就该被销毁了……”亚瑟躺在地上，“在很久很久以前，你还在培育皿里的时候……”

“我自私地隐瞒了病情……延长了陪伴你的时间……本来只是想……亲自陪伴到你长大……”亚瑟的目光虽然勉强聚焦，语言却开始凌乱。

后来的事宛籽已经了然。隐瞒了病情的亚瑟逐渐陷入偏激与执拗，直到变成现在的疯狂。没有人知道他为什么会陷入癫狂，只知道他不计代价要摧毁整个伊克斯佩特帝国，就像是扑火的飞蛾，不惜粉身碎骨也要和这个世界同归于尽……他的疯狂，几乎是匪夷所思而无法自控的，疯狂到临到终了，亲手了结自己的生命。就像那段穆查理虚幻的记忆里，他宁可跟随伊斯一起赴死，只为了怕自己难以自控继续研究。或许亚瑟他，本来就是这样玉石俱焚的性格吧？

“宛籽。”他轻声叫她的名字。宛籽低声应：“嗯。”

亚瑟湛蓝的眼眸开始变混浊得眸光越来越淡：“对不起让你……失望……”

他合上双眼。大风呼啸而过。最后的声音淹没在了风里，消散得无影无踪。宛籽僵坐在原地，忍了好久都没有掉落的眼泪，在听见对不起的这一刻终于还是落了下来。

“你果然是个……自私至极的浑蛋。”宛籽摇摇晃晃站起身来，勉强走了几步，却脚下一软，踉跄着朝前冲了几步。在她彻底失去平衡之前，栽进了莱格修斯的怀里。

“我其实并不是非常难过……我只是、只是……”她埋头在莱格修斯的怀里，闷声闷气地语无伦次，眼泪透过他的铠甲缝隙，渗透进他的胸口。

“我明白，”莱格修斯轻轻拥抱住她，“只是忽然找不到来时的路。”

“我……”

“……没关系的，你不必坚强。”莱格修斯的声音低哑轻缓，夹杂在风里，仿佛能够渗透进她的骨血。宛籽感觉自己的心头忽然也破了一个大洞，所有的情绪倾倒而出。她紧紧抱住莱格修斯，再也不再压抑，号啕大哭。

四千年时光，痛苦多于欢愉。他一个人独自疯狂，终于走完这漫长的人生。这个自私至极的浑蛋，哪怕失望至极，终究也再难相见了。两个恒星日之后，伊克斯佩特星军队夺回了剩下两颗卫星的统治权，天网系统正式恢复，这一场旷日持久的战争终于在两败俱伤的战局之下走到了尾声。

三个恒星月之后，帝国的工程师终于完成了浩大的工程，成功修复虫族主舰。翌日，军部聚集了所有的虫族战士，送他们登上自己的主舰，押解他们飞往虫族的母星。虫族长老是最后一个登舰的，在登上飞船之前，他停步在莱格修斯与宛籽的面前，苍老的脸上露出一丝高傲的神情。他道：“贵国答应收治所有在战时受伤的虫族，作为交换条件，虫族才允诺你们在三个恒星年之间往来翼都，调养你们身上的疾病。”

莱格修斯冷眼看着虫族长老。虫族长老道："我希望你能记住，虫族绝不会因为恩情就忘记仇恨，和平只是暂时的。"

莱格修斯冷冷地道："休养之后，如果虫族还想较量，帝国欢迎至极。"

虫族长老混浊的眼里闪过锐利的光芒。小虫从他身后探出脑袋，盯着宛籽龇牙咧嘴："我要回去了，来玩呀。"

"滚。"宛籽的身后，人鱼兰多面无表情地道。

"切。"小虫朝他比了个中指，大摇大摆离开。

宛籽：……这个家伙从哪里学的……

轰鸣声中，飞船拔地而起，转眼间消失在苍穹。

"那种石头，我的母星要多少有多少。"兰多死死盯着远去的飞船，满脸不高兴。宛籽摸了摸他的脑袋，笑出声来："好啦，打架输了很正常的啦，而且小虫也让你赢了一次啊！"

兰多与小虫公平决斗，三个恒星月来总计三百零五场，胜一场，输三百零四场。最后一场小虫勉为其难手下留了情，结果，戳中了兰多的马蜂窝。

"谁要他让啊！！！"

后来，第一批伊克斯佩特星人搭乘飞船飞往虫族的故乡。那时候，莱格修斯已经在基因研究所的修复液中沉眠。那一枚黑色的石头就装载在培育皿的顶端，幽幽地散发着只有仪器才能捕捉到的波段。薇妮与研究所的成员对它进行了深入的研究，却始终没能检查出它到底是什么物质，又是来自哪里。最后，科学家们只能暂时放弃研究，把它当作一个时代的未解之谜。毕竟宇宙广博，就算是高度发达的文明，也终究只能窥得一二。

"他会完全康复吗？"宛籽轻声问薇妮。薇妮伸手一抹，莹绿色的数据投影围绕着莱格修斯旋转，一行一行的精密数值无声地诠释着这一个高级生命体的所有体征。她盯了好一会儿，终于微笑起来，轻声道："会，所有的伊克斯佩特星人，都将会重新踏上生命的旅程。"

宛籽站在高大的培育皿前，仰头盯着悬浮在淡蓝色液体中的莱格修斯。恍惚间，她仿佛穿越回四千年之前的坦尼桑，分不清眼前的究竟是经历过无数次生死的莱格修斯，还是刚刚完成基因改良的伊斯。

一天一天，他身上的伤口正在一肉眼可辨的速度消失殆尽，胸口的大洞逐渐缩小，从内向外长出新生的肌肉来。

四千年的痛苦与磨难，正在被一点一滴地抹去。这个过程如此安静，安静得宛若一场期待已久的美梦。

“快点好起来啊，帝国在等着你。”宛籽伸手触及培育皿壁，对着里头的莱格修斯轻声呢喃。莱格修斯闭着眼睛，安详地悬浮在培育液之中。

“我也……在等你。”在莱格修斯沉眠的时间里，身为帝后的宛籽指挥着罗斯特对植物研究所附近具有杀伤力的植物进行扫荡，尽可能地与植物抢夺在日半球的生存空间。

起初局面很艰难，因为那些变异植物的攻击性太高了，可是不知从什么时候起，那些植物逐渐变得行动迟缓。基因研究所几次勘察，终于发现，原来是一种新生的小花，不知不觉开遍了阳光能照耀到的地方。小花所到之处，粗壮的紫色刺藤像是失去了吸食营养的能力，渐渐地刺藤一片一片枯萎，藤蔓间隐藏的变异植物也失去了遮蔽，暴露后被战士们无情斩杀。

而那些白色的小花每一朵都不过指甲大小，更加可贵的是它们的枝叶是天然的绿色，是几乎已经在伊克斯佩特星绝迹了的天然非变异植物，没有任何攻击力。就是这样的柔软生物，却意外地成了变异植物的克星，所过之处，片片枯萎。它们就生根在刺藤的残骸之上，摇曳着细软的腰肢，借着风把种子撒向更远的地方。那时候，莱格修斯已经不需要泡在培育皿中了。他的身体已经恢复，意识却还迷失在广阔的宇宙中，迟迟没有醒来。宛籽带他回到了赫利俄斯宫，把他安放在寝殿的床上，让温旭的斜阳点缀他金色的眼睫。

“第一批去虫族休养的战士已经回来，他们真的恢复健康了呢。

“我们已经从刺藤那儿抢回了很多土地，大家已经开始移居到日半球。”

“现在的帝国很美……你什么时候能够醒来呢？”

等待的时间，焦虑而又匆忙。宛籽在花园里种上了绿色的树木，在回廊上栽上新生的兰多罗纳花，独自一个人，一点一点让这一座陈旧的宫殿修整成它昔日的模样。等到累极了，她就缩回莱格修斯的身旁，搂着他的腰沉沉睡上一觉，或是盯着他一天天好转的脸色，发一小会儿呆，偷偷占一点点小便宜。

“睡美人，花开了，你快醒过来吧……”思念像日界线的斜阳那样绵延万里，时间，真的已经过去很久了。

“你再不醒来，我都想忍不住做坏事了……”宛籽轻吻他的额头，轻声呢喃。斜阳照在身上暖融融的，她渐渐又起了困意，忽然，脊背上传来轻微的触碰。宛籽惊愕地抬起头，对上了莱格修斯淡金色的眼眸，一瞬间，仿佛看到全宇宙的星光。

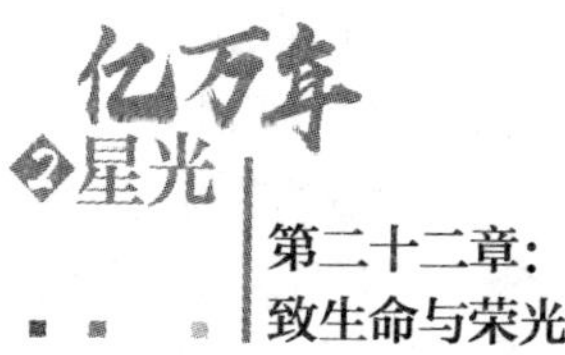

第二十二章：致生命与荣光

不知名的小花绽放遍野，不过短短两个恒星月，旷野之上，竟然再也没有那些可怕的刺藤踪影。宛籽与莱格修斯搭乘飞行器低空飞过植物研究所，只见漫天的白色小花如同繁星一样开遍了山川大地，从高处望去就好像是下了一场大雪，埋葬了一切狰狞与丑陋。飞行器降落在葵明宫废墟上，眼前的葵明宫已然成了一片花海。莱格修斯走到宛籽身旁，轻声道：“根据调查，这些花，最初是从这里开始蔓延的……”

宛籽在花海中迂回前进，凭借着那些残存的雕花石柱勉强判断方向，停步在葵明宫的正殿前。这里曾经发生过战役，如今只剩下云烟。没有人知道这些花朵为什么会从葵明宫里生长出来，可是它确实从这里开始蔓延成了花海。大风吹过，已经没有任何沙石飞扬，只有遍野的花枝轻轻摇曳。

宛籽低声问莱格修斯：“柔软的天然植物，生命力居然比变异的还要顽强，四千年前的穆查理星人，估计怎么都想不到吧？”

莱格修斯一愣，轻声答：“是啊！”

帝国经历了四千年的痛苦与折磨，也许帝国的植物也是呢？违逆自然的后果，恐怕只有亲身经历过的人才会懂得它的可怕。

宛籽道：“这里……以后会变得很美吧？”

曾经象征着皇权的葵明宫，埋葬了太多的过往。那些已经逝去的人的身体埋藏于废墟之下，灵魂上开出新生的花朵，也许正亲眼看着全新的世界就这样来到。远处，罗斯特带领亲卫飞过葵明宫上空，巡查这一片新世界的每一寸土地，基因研究所的科学家们正忙碌着采集小花样本，兰多假装帮科学家们采集样本，找到空隙，就悄悄对莱格修斯翻白眼，薇妮站在风中眺望远处的高塔，轻轻拭去眼角的泪水，莱格修斯俯下身，轻吻宛籽的眼睛。

“是，它将会是最美的起点。”

小花疯狂盛开了两个恒星月，之后就成片成片地枯萎，黝黑的土地重新裸露了出来。那些刺藤已经腐烂成肥沃的土壤，广袤的大地上重新生长出不同品种的绿色嫩芽。这是四千年来，帝国土地上第一次重新生长出原始颜色的植物，没有人知道那些生命是如何发芽的，所有人只知道，在绿色重新覆盖满整颗星球的那一日，帝国的元帅与他的地球伴侣在葵明宫建起一座丰碑，纪念这四千年的往昔。

“致生命与荣光。”